ハヤカワ文庫NV
〈NV1418〉

放たれた虎

ミック・ヘロン
田村義進訳

REAL TIGERS

by

Mick Herron

Translated by
Yoshinobu Tamura
First published 2017 in Japan by
HAYAKAWA PUBLISHING, INC.
This book is published in Japan by
arrangement with
JULIET BURTON LITERARY AGENCY
through TUTTLE-MORI AGENCY, INC., TOKYO.

エレノアへ

放たれた虎

登場人物

ジャクソン・ラム……………………………〈泥沼の家〉のリーダー

リヴァー・カートライト
ローデリック・ホー
キャサリン・スタンディッシュ
ルイーザ・ガイ
マーカス・ロングリッジ
シャーリー・ダンダー……〈泥沼の家〉のメンバー

イングリッド・ターニー…………………保安局の局長

ダイアナ・タヴァナー
（レディ・ダイ）………保安局のナンバーツー

ニック・ダフィー…………………………保安局員。〈犬〉のリーダー

モリー・ドーラン…………………………同。保管庫の番人

シルヴェスター
（スライ）・モンティス………ブラック・アロー社の経営者

ショーン・ドノヴァン
ベンジャミン（ベン）・トレイナー……同社の社員。元軍人

ピーター・ジャド…………………………新任の内務大臣

セバスチャン………………………………ジャドの執事

たいていの汚職の場合と同様、それはスーツ姿の男から始まった。ウィークデイの朝、シティのはずれ、まだ五時にもなっておらず、霧が立ちこめていて、湿っぽく、薄暗い。周辺の二十階建ての高層ビル群の窓には、ところどころに明かりがついていて、ガラスとスティールの碁盤目に斑《まだら》模様をつくっている。その明かりのいくつかは、早朝出勤の銀行員が机に向かって、市場の開拓に精を出していることを意味しているが、ほかはちがう。そこでは、夜明けまえに出勤してきたオーバーオール姿の作業員が、掃除機をかけたり、磨いたり、ダストボックスを空《から》にしたりしている。ポール・ローウェルが親近感を覚えるのは後者だ。他人が汚したものを片づけるか否か。それが階級制度というものである。

ローウェルは下の道路にちらっと目をやった。そこまで垂直に十八メートルというのはかなりの距離だ。しゃがみこむと、安物の生地に太股を締めつけられ、筋肉がきしみ音を立てているような気がした。服《スーツ》があまりに小さすぎた。伸縮性があるので問題はないと思っていたが、結果的には気をそがれ、それによって得られるはずだった力の感覚を味わえることはなかった。

あるいはただ単に太りすぎというだけかもしれない。

ローウェルはアーチ門の上にいた。その下には、聖マーティン・ル・グランドからムーアゲートまでの二車線道路ロンドン・ウォールが通っている。頭上には、斜めに並んで建っているツインタワーのひとつで、有名なピザのチェーン店と世界有数の投資銀行が入っているビルが聳えている。百ヤード先の道路わきには、草深い小丘があり、そこにこの地の名前の由来となったものがある。かつてシティを取り囲んでいたローマ時代の壁の遺構で、それは建造者が死没して何世紀もの歳月が流れたいまも威風あたりを払っている。シンボルだ、とローウェルは思った。いくつかのものは世相の変化に耐えて生き残る。それを保存するために尽力するのは有意義なことだ。そういう思いから、自分はここに来ている。きつきつの服を着て。

肩からリュックをはずして、それを膝のあいだに置き、ジッパーをあけて、中身を取りだす。あと一時間もすれば、このアーチ門をくぐりぬける車の量は急増する。シティに入ってくる車、東に向かう車、タクシー、バス、オートバイ。そのすべてが好むと好まざるとにかかわらず目撃者になる。そのあとに何が続くかはおのずとあきらかだ。記事と写真によって、メッセージは国中へ伝えられる。

望んでいることはただひとつ。自分の声を世に届かせることだ。これまで何年にもわたって当然の権利を拒まれつづけてきたのだ。となると、闘うしかない。その方法は、これまでの前例にならって、一風変わったものになる。伝統はこんなふうに生まれる。今日やることが大きな変化をもたらすとは露《つゆ》ほども思っていないが、同じ立場の人間がそれを見て、学び、なんらかの行動を起こすことは充分に考えられる。そうすれば、いつかは変化が起きる。

物音がしたので、振り向くと、アーチ門の反対側に人影が現われた。ローウェルが十分前にしたように、下の道路からあがってきたのだ。一瞬おやっと思ったが、どういうことかわかると、十二歳の少年に戻ったような興奮を覚えた。十二歳の少年はみなこのようなかたちでのニュー・ヒーローの登場を待ち望んでいる。それは少年たちの夢そのものだ。

湿った霧のなかをバットマンがつかつかと歩いてくる。長身で肩幅は広く、強い意志を感じさせる。

「やあ」と、ローウェルは言った。「いいね」

そして、自分自身の衣装を見た。スパイダーマンにしては年を食いすぎているが、見てくれの良さで点数を稼ごうとは思っていない。目的は夕方のニュースのネタになることなのだ。スーパーヒーローのコスチュームがメディア受けするのは間違いない。以前にも同じようなことがあった。今回もうまくいくにちがいない。それゆえのアメイジング・スパイダーマンであり、今日はじめて顔をあわせたバットマンだ。ふたりはウェブサイトの掲示板を通じて匿名で連絡をとりあっていた仲間であり、週末のニュース番組を賑わせるために結成された、この日の朝だけの即席コンビだった。取りだした布のロールを片方の手に持ったまま、ローウェルは立ちあがり、もう一方の手をさしだした。これも昔ながらの物語の一部だ——出あい、挨拶、同じ大義を有する同志的結束。

さしだした手は無視され、顔にパンチが飛んできた。

ローウェルは後ろ向きに倒れ、世界はコントロールを失い、オフィスの窓の明かりは星のように回転し、背中が湿った煉瓦にぶつかると、身体からすべての空気が抜けたような気がした。だが、咄嗟に機転をきかせ、アーチ門の縁の逆側に素早く転がったので、踏みおろされたバットマンの足は肘をかすっただけですんだ。なんとかして立ちあがらなければならない。腹ばいの姿勢で闘いに勝てる者はいない。それで、次の二秒間はそのことに集中し、バットマンがなぜ襲いかかってきたのかを考えるのはあとまわしにした。それはうまくいった。だが、膝をついたとき、ふたたび顔面にパンチを見舞われた。スパイダーマンのマスクから血が滲みでる。何か言おうとしたが、口からは喉が鳴るようなあえぎ声しか出てこない。

それから、アーチ門の縁へ引きずっていかれた。

ローウェルは悲鳴をあげた。次に何が起きるかは明白だった。両肩をつかまれ、身体を引っぱりあげられる。振りほどくことはできない。バットマンの手は鋼《はがね》でできているみたいだ。できることは手足をばたつかせることくらいしかない。だが、足は布のロールを蹴っただけで、それは展《ひろ》がりながらアーチ門の縁に向かって転がっていった。股間を狙った拳《こぶし》は腿の固い筋肉に当たっただけで、次の瞬間には二本の腕で宙に持ちあげられていた。一瞬、抱きあったような格好で、ふたりは静止した。バットマンはまっすぐ立っている。スパイダーマンは宙づりになっている。雑誌の表紙のイラストのためにポーズをとっているようだ。

「や、やめてくれ」スパイダーマンは言った。

バットマンは手を離した。

ポール・ローウェルより布のロールのほうが先に道路に落ちた。だが、それはもはやロールではなかった。遠くからだと、アスファルトの上に敷かれた絨毯のように見える。元々は横断幕だったが、そのようには見えない。縦一フィートの文字で書かれたスローガン〝父親《フェア・》に正当な扱いを《ディール・フォー・ファーザーズ》〟は、布地に夜露とローウェルの血が染みこんで、ぼやけている。それでも、ニュース映像としては依然として充分な価値があり、その日が終わるまでに、いくつもの番組でとりあげられることになるだろう。

だが、ポール・ローウェルはそのいずれも見ない。

バットマンはとうに消え失せている。

第一部　偽の友人

うだるような暑さの夕べ、ロンドンのフィンズベリー自治区で、ドアが開き、ひとりの女が裏庭に出てくる。表の通りにではない。そこは〈泥沼の家〉であり、〈泥沼の家〉の正面のドアが決して開きもしないし閉じもしないことは知るひとぞ知る。裏庭には陽がほとんどささないので、周囲の壁には黴《かび》がびっしりと生えている。そこに漂っているのは放置の臭いであり、その組成成分を特定するのはそんなにむずかしいことではない。テイクアウトの料理と脂、湿気た煙草、乾いた水たまり。隅のほうでごぼごぼと音を立てている下水管からも何やら臭ってくるが、詳しく調べるのは控えたほうがいいだろう。空はまだ暮れきっておらず、いわゆる菫色《すみれいろ》の時刻だが、この裏庭にはすでに夕闇が迫っている。女は立ちどまらない。そこに見るべきものは何もない。

だが、女のほうが見られていたとしたら？　ドアを閉めるときに、その身体の脇をそよと吹き抜けたのが、八月のあいだ人々がずっと待ち望んでいた秋風でなく、安息の地を探し求めてさまよっている魂だとしたら？　ドアが固く閉ざされるまえの一瞬は、またとないチャンスのはずだ。それは太陽光線のように素早く建物のなかに滑りこむ。魂《スピリット》にとっては、とりわけ迷える魂にとっては、ためらうことは何もなく、そのあとの一連の動きは、生身の人間が目をしばたたいているあいだに完了する。仲間たちからなかば忘れられ、完全に無視されている、かつて〝局内の土牢〟と呼ばれた情報部の出先機関のチェックなど、いくらの手間もかからない。

迷える魂は階段を飛んであがる。ほかに上にあがる経路はない。階段の途中で、壁に茶色いぎざぎざの輪郭線があることに気づく。それはその高さまで湿気があがってきていることを示すもので、描きかけの茶色い大陸図のようにも見えるし、薄暗がりのなかでは炎が踊っているようにも見える。言い方がかくのごとく妄想めいたものになるのは、この暑さとこの建物のなかに漂う重苦しい空気のせいかもしれない。まるで誰かが、あるいは何かが、そこに囚われている者たちを邪悪な力で支配しているかのように思える。

二階には、ふたつのオフィスのドアがある。最初にふらりと入ったのは、薄汚い雑然とした部屋だった。そこにはふたつの机があり、その上に一台ずつのコンピューターが置かれ、暗がりのなかでモニターのスタンバイ・ライトが静かに点滅している。ここでは床に何かがこぼれても、決して拭きとられることはなく、染みになり、だが誰にも気づかれずに、少しずつ部屋の色あいに馴染んでいく。ここにあるものはすべてが黄ばむか、くすんでいる。そして、すべてが壊れているか、修理を要したかのどちらかだ。狭いスペースに押しこまれたプリンターのカバーには、大きなひびがジグザグに走っている。天井からさがっている電球のひとつには、破れ提灯のようなシェードが横に傾いてついている。もうひとつは裸電球だ。片方の机の上の汚いマグカップは取っ手がとれている。もうひとつの机の上の汚いグラスは欠けていて、縁には野蛮人がにやにや笑いながら脂ぎった口をつけたようなあとがついている。

ここは自分にふさわしい部屋ではない。そう思って、迷える魂は鼻を鳴らしたが、むろん音はしない。すぐに姿を消し、同じ階のもうひとつの部屋へ。続いてその上の階のふたつの部屋へ。そして、さらに上の階へ。なるだけ高いところのほうが全体像を見通しやすい……が、その結果わかったのは、ここが好ましい場所ではないということだった。どの部屋にも誰もいないようだが、何かがうごめいているのは間違いない。失意、いらだち、強いられた惰性の苦々しさ。無限大の退屈からかろうじて逃れえていると思えるのは、この建物のなかで唯一のハイスペック・コンピューターが備わった部屋だけで、仕事に対して多少なりとも目的意識のようなものが感じとれるのは、最上階のふたつある部屋の狭いほうだけだ。ほかの部屋には、益体もないルーティン・ワークに対する不満が渦を巻いている。その仕事は暇つぶしのためにあてがわれたものであり、アルファベットに数字がランダムにちりばめられているだけに見える膨大な生データの処理が大半を占めている。まるで人間の行状をつぶさに記録にとどめるのをなりわいとする悪魔から業務を委託されているかのようで、それは永遠に続けなければならない現世の苦役になり、怠れば、もっと深い闇へ突き落とされる。続けても地獄、やめても地獄。それでも、〝ここに入らんとする者はすべての希望を捨てよ〟という銘文が掲げられていないのは、勤め人なら誰でも知っているように、ひとを絶望させるのは、希望がなくなるからではない。ひとが絶望するのは、希望がなくなるからではなく、希望がなくなったことを知るからなのだ。

やれやれ、と迷える魂は思ったが、まだ訪れていない部屋がひとつ残っている。最上階の広いほうの部屋で、暗いが、無人ではない。われらが魂に耳があったとしても、わざわざしかめるためにドアに耳を押しつける必要はない。そこから聞こえてくる音は半端なものではない。耳障りな大きな音で、家畜の鳴き声のようにも聞こえる。魂は人間のおののきの仕草そっくりに小さく震え、いびきとも、げっぷとも、うなり声ともつかない音が消えるまえに下の階へと退散する。三階と二階のむさくるしい部屋を通りすぎ、階段部分以外は中華料理店と食料雑貨店になっている一階に着くと、そこから風通しの悪い黴だらけの裏庭に出る。ちょうどそのとき、時間が復活し、車のワイパーに虫が払いのけられるように迷える魂を消し去ってしまう。それがあまりに突然だったために、ポッという音があとに残ったが、ごく小さく、控えめだったので、そこにいた女は何も気づかない。ドアが閉まっていることはさっき確認したはずだがと思いながら、念のためにもう一度取っ手を引っぱってから、最上階の部屋にあった気配と同じ目的意識を感じさせる足取りで、裏庭から路地を抜けてアルダーズゲート通りへ出た。そして、そこを左に曲がり、五ヤードほど行ったところで、意外な音が耳に飛びこんできた。ポッでも、バンでも、ジャクソン・ラムが得意とする特大のげっぷでもない。それは別の人生を歩む者の口から発せられた彼女自身の名前だった。キャ――

「――サリン？」

誰？　敵、それとも味方？

キャサリンは考えたが、敵か味方かを判別するのが大事なことなのかどうかはわからない。

「キャサリン・スタンディッシュ？」

どことなく聞き覚えがある声だ。だが、眉を寄せたりはしなかった。記憶は曇ったガラスの向こうで揺らめいている。それを見きわめるために心のなかで目をこらし、しばらくして曇りがとれると、自分が覗きこんでいるのは、空《から》だが、酒の膜のようなものがほんのうっすら残っているタンブラーの底だということがわかった。

「ショーン・ドノヴァン」

「覚えていてくれたんだね」

「もちろんでしょ」

そう簡単に忘れることができる男ではない。長身で、肩幅は広い。鼻は何度か折られている(偶数回だ。でなかったら、もっと曲がって見えるはずだ、と本人は笑いながら言っていた)。ところどころに白いものの混じった髪はまえに見たときよりも長いが、それでもクルーカットよりやや長い程度だ。目の色はブルーで、これは変わりようがないが、迫りつつある宵闇のなかでも、それが九月の澄んだ空の色ではなく、嵐の日のような陰鬱な暗い陰を宿していることは容易に見てとれる。最初に気がついたように、長身で、肩幅が広く、自分の二倍はありそうで、こんなふうに菫色の時刻にたたずむふたりは、全身に軍人の刻印がある男と、袖にレースをあしらったワンピースを襟もとまでボタンをとめて着て、バックルつきの靴をはいた女のお似あいのカップルのようにしか見えないだろう。

キャサリンは言わなければならないことを言った。「知らなかったわ。あなたが……」

「出所したってことを？」

キャサリンはうなずいた。

「一年前。正確に言うと、十三カ月前だ」その声も忘れることができないものだった。かすかなアイルランド訛り。アイルランドに行ったことはないが、彼の話を聞いていたら、しばしば頭のなかにのどかな田園風景が広がったものだ。

もちろん、酒のせいもあった。

「日数で答えることもできる」

「大変だったんでしょうね」

「他人にはわからない。文字どおり想像もつかないだろうね」

かえすべき言葉はなかった。

ふたりでひとつところにじっと立っているのは、スパイとして褒められた行為ではない。それくらいのことは、一度も現場で仕事をしたことがない者にもわかる。

それが顔に出たにちがいない。ショーン・ドノヴァンはオールド・ストリートの交差点のほうを指さした。「あっちだね」

「ええ」

「よかったら、少しいっしょに歩かないか」

それで、そうした。それが見かけどおりのものであるかのように。それが夏の夕べの偶然の出会いであり、陽が沈みかけたころ、古い友人（もしふたりがそうであったとすれば）がたまたま通りで行きあい、名残を惜しんでいるかのように。別の時代なら、いや、おそらくいまでも、腕を取りあって歩いたら、ちょっぴり感傷的で甘い気分になっていただろう。だが、そんなものはまやかしにすぎない。そういったことも、一度も現場で仕事をしたことがなくても、わかる。偶然の再会などというものは、別の場所で、別の人間になら、たしかにあるだろうが、ここでは、そしてスパイたちのあいだでは、絶対にない。

〈泥沼の家〉の近くのバーで、ローデリック・ホーは恋愛のことを考えていた。

最近はそのことをよく考える。理由ははっきりしている。これは自信を持って言えることだが、いま自分がルイーザ・ガイと付きあいはじめたとしても、眉をひそめる者は誰もいない。ミン・ハーパーとの関係はすでに過去のものであり、インターネットを通じて教えられたのは、女はつねに男に飢えているということだ。教えられたことはほかにもある。どんな見え見えのナンパでも、引っかかる者は引っかかるということとか、インターネットの掲示板を賑わしたければ、九・一一やマイケル・ジャクソンや猫について物議をかもしそうなコメントを投稿すればいいということとか。そう。自分がいまあるのはインターネットのおかげなのだ。独力で世のなかのことを学んだ二十一世紀イギリスの市民として、身の処し方は心得ている。

女《ビッチ》は熟れている。

女は待っている。

あとは、手をのばして、摘みとるだけでいい。

ゲームの九割がたは理屈で割りきれる。だが、問題は残りの一割だ。ルイーザとはほぼ毎日顔をあわせており、コーヒーの時間には毎回キッチンに行って話しかけているが、いっかなサインを読みとってもらえない。一週間ほどまえには、いつも同じ時間にコーヒーを飲みたくなるのだから二人分をまとめていれたほうがいいんじゃないかと言ったが、その言葉は耳に入らなかったらしく、ルイーザは相変わらずコーヒーポットを自分の部屋に持っていきつづけている。ここまで男女の機微に疎いのは笑えるが、だったらどうしたらいいのかというと、頭をかかえこまざるをえない。

そもそもコーヒーなんか好きではない。それだけ無理をしているのだ。

一説によると、何より大事なのは、優しくすること、気を配ること、話を聞くこと、だという。アホらしい。いまの時代にそんな人間がいるものか。そんなアプローチの仕方では、どれだけ時間がかかるかわからない。ルイーザはいつまでも若くない。正直に言えば、自分も飢えていて、おおよそのところはインターネットで満たされるが、最近はそんなにのほほんと構えていられなくなりつつある。ルイーザ・ガイは隙だらけの女だ。そこにつけこもうとする男は多い。筆頭はリヴァー・カートライトだ。あれは間抜けだが、隙だらけの女が何をするかは予測がつかない。サインをしばしば読みちがえる女は特に。

それで、アドバイスを仰ごうという気になった。だから、いま隣の部屋のマーカス・ロングリッジとシャーリー・ダンダーといっしょにこのバーに来ているのだ。

「最近、ルイーザと話をしたかい」と、ホーは尋ねた。

マーカス・ロングリッジは低いうなり声を発しただけだった。

ホーは思った。このふたりはいちばん新しい〈遅い馬〉で、口数が少ないのはそのためだ。〈泥沼の家〉に厳密な序列は存在しないが、トップのジャクソン・ラムを別にしたら、自分がいちばんの上席ということになる。この部署は筋肉ではなく頭脳によって動いているのだ。だから、自分を目上の者と見なし、かしこまっているにちがいない。立場が逆なら、自分もそうしたはずだ。

ホーはノンアルコールのビールを一飲みし、あらためて訊いた。「ひとことも？　キッチンとかでも？」

ふたたび低いうなり声。

マーカスが四十代だということは知っているが、だからと言って、例外扱いしなければならない理由はない。マーカスは長身で、黒人で、既婚で、ひとを少なくとも一人は殺しているが、いずれもホーのことを若いころの自分と重ねあわせて見ているということを否定する根拠にはならない。きっと具体的な口説きのテクニックを伝授してくれるはずだ。そう思って声をかけたのだ。男どうしでビールを飲み、笑いあい、しかるのちに本論に入る。だが、そこに至るためにはどうしてもクリアしなければならないものがある。テーブルの向かい側に目障りな消火栓のように鎮座しているシャーリー・ダンダーだ。どうしてついてきたのかはわからないが、自分にとってもマーカスにとっても、うざったい存在であるのは間違いない。

その前にポテトチップスの袋がピクニック・シートのように広げられていたので、手をのばして一枚とろうとすると、シャーリーはその手をぴしゃりと叩いた。「ひとのを取らないで」そして、全体の十五パーセント相当のポテトチップスを口のなかに放りこむと、それをばりばり嚙み砕きながら言った。「さっきは何について訊いたの？」

ホーは〝これは男どうしの会話なんだ〟という意味をこめた視線をかえした。

「どうかしたの？　レモネードが肺に入ったの？」

「これはレモネードじゃない」

「あら、そうだったの」シャーリーはあきらかにノンアルコールでないビールでポテトチップスを喉に流しこんでから、話を元に戻した。「何についての話をルイーザとしたかって訊いたの？」

「べつに。どんなことでもいい」

「馬鹿馬鹿しい」

マーカスは自分のグラスを覗きこんでいる。そのなかに入っているのはギネスだ。ホーはそれがマーカスの肌と同じ色であることをネタにしたジョークを五分ほどかけて考えたが、口にするのは保留にした。シャーリーが余計なことを言わなければ、そのときはすぐに来る。

だが、シャーリーは黙っていなかった。

「馬鹿馬鹿しすぎる」

「どういう意味かよくわからないんだが」

「ルイーザのことよ。ルイーザとどうにかなると思ってるの？」

「誰もそんなことを……」

「はあ？　あきれてものも言えないわ。ルイーザとどうにかなると本気で思ってるの？」

「やれやれ。いい加減にしろ」とマーカスは言ったが、それはふたりのうちどちらかひとりに向かってではない。

ローデリック・ホーが社会生活上の戦術ミスをおかしたかもしれないと思ったのは、このときがはじめてではなかった。

ショーン・ドノヴァンは言った。「きみはもうリージェンツ・パークにはいないんだな」

それは質問ではなかったので、キャサリンは答えず、こう言った。「出所できてよかったわ、ショーン。だいじょうぶ。人生はこれからよ」

「すんだことだ。橋の下の川の流れがとまることはない」

だが、その顔には、敵の死体が流れていくのを橋の上で長いこと見守っているような表情があった。

ふたりは交差点のすぐ手前まで来ていた。そこに信号待ちをしている車の短い列ができている。ほとんどがタクシーだ。通りの反対側にあるパブの窓ガラスの向こうには、笑いながら話をしている人々の顔が見える。パブは酔いどれの行くところではない。軽く一杯ひっかけるためだけの場所だ。キャサリンは横にいるショーン・ドノヴァンのいかにも軍人らしい筋骨隆々とした身体を意識せずにはいられなかった。五十代になっても、肉体的な存在感に翳りはない。刑務所のなかでもジム通いをしていたのだろう。監房では、腕立て伏せや腹筋運動を繰りかえしていたにちがいない。

バスの列が大きな音を立てて通りすぎていく。その音が静まるのを待ってから、キャサリンは言った。「もう行かなくちゃ、ショーン」

「一杯どうだい」

「お酒はやめたの」

ドノヴァンは軽く口笛を吹いた。「おたがいに大変だったね」

「わたしはもう乗りこえたわ」

実際は、もう乗りこえたと思うときもあるし、まだ乗りこえていないと思うときもある。たいていの日はなんの問題もない。でも、夏のはじめの夕方や、冬の終わりの夜には、酒を飲んでもいないのに飲んでしまったように感じることがある。とつぜん気を失い、目が覚めたら、昔の生活に戻ってしまったような錯覚に陥るのだ。飲酒――それは終わりのない始まり。

一杯飲むということは、誤りをおかすかどうかの問題ではない。決してならないと決めた人間になるかならないかの問題なのだ。

「だったら、コーヒーは？」

「やめておくわ」

「おいおい、キャサリン。久しぶりに会ったんじゃないか。知らない仲じゃないんだし……」

そのことは考えたくない。

「ジョーン、わたしはまだ情報部で仕事をしているのよ。あなたといっしょにいるところを見られるわけにはいかないの。そんな危険はおかせない」

キャサリンは言った尻から言ったことを後悔した。

「危険？　胡散臭《うさんくさ》い者とはかかわりになるなってことかい」

「そんなふうに言ったつもりじゃないけど、とにかく駄目なの。あなたといっしょにいることはできない。あなたの問題のせいじゃなくて、わたしのせいよ。わたしの職業のせい」

「〝あなたの問題〟か」ドノヴァンは笑いながら首を振った。「おれの死んだ母親もよくそう言っていたよ。〝あなたの問題〟。悲嘆に暮れている未亡人や、駄々をこねている子供に向かってね。言葉の微妙なニュアンスがわからないんだよ」

いつものフレーズ——微妙なニュアンス。

「元気そうで何よりだったわ、ショーン」

「きみもだよ、キャサリン」

このやりとりは、おたがいが公道で車を運転できる能力をいまも持っていることを認めあう程度のものでしかない。

「それじゃまた」

信号が青に変わったので、キャサリンはすぐに歩きだした。後ろを振りかえりはしなかったが、ドノヴァンが自分を見ていることは振りかえらなくてもわかっていた。この距離からだと、その目の色を見定めることはできないだろうが、そこに陰鬱な暗い影が宿っているということもわかっていた。

「話し相手になってもらえそうな気がしたんだが……」

ルイーザは返事をしなかった。

それでもめげずに、男は隣のストゥールに腰かけた。カウンターの向こうの鏡をちらっと見ると、外見はそこそこいい。年は三十代のなかばだろうが、それ以上に若く見える。身体にぴったりフィットしたチャコールのスーツ姿で、ブルーとゴールドの細緻な模様のネクタイを、自由な精神を内に宿していることを示すように緩く締めている。細い黒縁の眼鏡をかけているが、レンズに度が入っていないのはあきらかで、ウォッカのライム割りを賭けてもいい。間抜けな洒落者。だが、実際に顔を見て、そのことを確認するようなことはしなかった。

「三十七分間ここにいるのに、きみは一度も入口を見なかったからね」

そこで少し間があった。ウィットに富んだ言いまわしや、観察眼の鋭さをアピールしたいのだろう。たしかにそれくらいの時間はここにすわっていたし、連れを待っていたわけでもない。飲んだ酒の数を数えていて、いま飲んでいるのが三杯目だということもわかっているにちがいない。

男はくすっと笑った。

「無口だってことだね。場所柄、貴重な存在といっていい」

〝場所〟はテムズ川の南だが、誂えたスーツと小洒落たネクタイをまったく見かけないほど南ではない。ここにはワンルームの自宅からバスに乗ってやってきたのだが、途中で天気が変わって、通りにタールと乾いた埃の臭いが満ちると、車内は暑さのせいで収縮したのではないかと思えるくらい狭く、あらゆるものが脈動しているように感じられた。別のところにすればよかったと何度思ったことか。

「だけど、いいかい。無口で謎めいた美しい女性に、ぼくのような男は惹きつけられるものでね。ついその気になってしまう。じゃ、こうしよう。話したくなったら、いつでもどうぞ。微笑んだり、うなずいたりしてくれるだけでもいい。それを見ているだけで、ぼくは嬉しい」

ルイーザは家でシャワーを浴び、着替えをしてきた。それで、いまはデニムのシャツの袖をまくりあげて着て、極細のブラックジーンズとゴールドのサンダルをはいている。つい最近のことだが、髪にはブロンドのメッシュを入れ、足の爪には真っ赤なペディキュアを塗っている。男が言ったことはあながち間違いではない。自分は美人ではない。でも、見ようによっては美人に見えなくはないはずだ。

しかも、八月の暑い夕べに、バーのカウンターでひとり酒を飲んでいる。条件が揃えば、誰だって美しく見える。

グラスをあげると、氷が優しく同意してくれた。

「職場ではソリューション部門を担当しているんだがね。扱うのは輸出入関連のものが多い。今日は朝から大わらわだったんだ。マニラから送られてきた総額二百五十万ポンドの高機能タブレットの書類が欠陥だらけで……」

男は話を続けた。まだ酒を勧めてはいない。タイミングをはかっているのだ。しばらくしてふたりほとんど同時に酒を飲みほすと、バーテンダーに向かって指をあげ、ウォッカ・ライムに氷を多めに入れてくれと頼み、それから自分が起こした小さな奇跡にはなんの興味もないように話を続けるという寸法だろう。

よくあるパターンだ。

ルイーザは自分のグラスの縁に指を置いて一周させ、それから耳もとの一房の髪を後ろにまわした。話は続いているが、ドアの近くのテーブルには彼の仲間がすわっていて、成功か失敗かを知らせる合図を待ちながら、どちらに転んだとしても笑うつもりでいることは、見なくてもわかっている。おそらくみな〝ソリューション部門〟で働いているのだろう。細かいことを気にしなければ、どの方向にも職域を広げることができる部署だ。

ルイーザ自身の仕事は、この日も過去二カ月のほかのすべての出勤日と同じように、二〇〇一年と二〇一一年の国勢調査の数字を比較することだった。対象都市はリーズで、対象年齢は十八歳から二十四歳。調査目的は、忽然と行方をくらませたり、どこからともなく姿を現わしたりした者を見つけだすこと。

「特に注意しなければならない言語グループは？」と、尋ねたことがある。

「民族差別は道義にもとる」と、ラムは答えた。「それくらいのことはわかっていると思っていたが。でも、まあいい。砂漠の民に重点を置けばいいってことだ」

消えた人間と現われた人間。そのような者は何百人もいるし、その大半が正当な理由を有し、残りの者も正当な理由を有している可能性が高い。もっとも、その理由が具体的になんであるのかを特定するのは至難のわざといっていい。ターゲットに正面から近づくことはできない。必然的に搦め手からということになる。社会保障、運転免許証、光熱費の請求書、国民医療サービスの利用記録、インターネットの閲覧履歴、そういったものから過去を調べ、足跡をたどらなければならない。それは干し草の山のなかの一本の針を探すというより、干し草を長さと太さで分けながら、向きを揃えて、一本ずつ積みあげていくようなものだ。自分も〝ソリューション部門〟で仕事をしたい。いまの任務は不必要な懸念事項を故意につくりだすことが目的であるように思えてならない。

そこが問題なのだ。一日の終わりに、自国の安全に貢献できたと感じながら〈泥沼の家〉から出てくる者はいない。みな、脳みそをジューサーにかけられたみたいに感じながら出てくる。ルイーザは電話帳のなかに閉じこめられている夢をよく見る。たしかに自分が〈遅い馬〉の仲間入りすることになったのは、大きな失敗をしたからだ。尾行の任務をしくじり、その結果、大量の銃器が通りに出まわるという事態を招いてしまったからだ。罰はもう充分に受けたが、問題は罰の大きさではない。刑期は自分で決めることができる。服役し、気が向いたら、いつでも出ていくことができる。本当ならそうすべきなのだ。諦めて、立ち去るべきなのだ。だが、だからこそ、そうはしたくない。ほかの者もみなそう思っている。ミンが言ったように……いや、ミンのことは考えないようにしよう。とにかく、みなそう思っていることは、話を聞かなくてもわかる。ただしローデリック・ホーは別だ。あまりにも間抜けすぎて、自分が罰を与えられていることに気づいていない。もっとも、間抜けだから罰せられているとすれば、あげつらうのも詮ないことではあるが。

ルイーザのほうは脳みそがジューサーにかけられたみたいに感じている。

隣の男はまだ話している。もしかしたら、これから面白くなるのかもしれないが、はっきりしているのは、話がどんなオチになったとしても、そんなものは耳汚しでしかないということだ。ルイーザは振り向くこともなく、男の手首に手を置いた。まるでリモコンを使ったみたいに、男の話は途中でプツッと途切れた。

「わたしはここであと二杯飲むつもりよ。飲みおえたときに、まだあなたがここにいれば、あなたといっしょにどこかに行ってもいい。でも、それまでは黙っててちょうだい。わかった？　一言もしゃべっちゃ駄目。そのときは取引不成立よ」

男は思っていたより利口だった。無言のまま、バーテンダーに手を振り、それからルイーザのグラスを指さして、二本の指を立てた。

これでようやく一息つき、酒に専念することができる。

いい加減にしろ、とマーカスはまた思ったが、このときは声に出さなかった。

シャーリーはホーがルイーザをものにできると思っていることを笑いものにしている。

「すごい、すごい。掲示板はあるの？　ないのなら、つくったほうがいい」両手の二本指で#マークをつくって、「ハッシュタグ――勘違い男」

このバーはバービカン・センターの奥にある。ホーは勘違いしているようだが、ここを選んだのは、マーカスがしばしば友人といっしょにやってくるお気にいりの店であるからではない。ここに来たのはこのときがはじめてであり、だからここを選んだのだ。賭けてもいいが、ここはマーカスの友人がやってくるような店ではない。つまり、ローデリック・ホーといっしょにいるところを友人に見られる可能性はかぎりなくゼロに近いということでもある。

賭けと言えば、そもそもマーカスが〈泥沼の家〉送りになったのはそのためだ。どんなことでも賭けの対象にするのは厳に慎まなければならない。

壁に固定された巨大なテレビは、ニュースの専門局にあわされている。画面には、ニュース速報の見出しのテロップが流れているが、速すぎて、ついていけない。映像のほうはわかる。見間違えようはない。ブルーのスーツ、黄色のネクタイ、わざとくしゃくしゃにした髪、満面の笑み。だが、その裏に、サメも避けて通るような利己主義が隠されていることに気づかないのは、よほどの間抜けか有権者ぐらいだろう。ピーター・ジャド——新任の内務大臣であり、ということはつまりマーカスやシャーリーやホーの新しいボスだが、本人にとっては、そんなことはどうでもいいことであるにちがいない。関心の対象になるためには、王室との関係や、テレビ番組や、巨乳（真偽のほどは定かでない）である必要がある。マスコミの寄生虫と政界の暴れん坊という二足のわらじをはき、有名人の追っかけから追っかけられる有名人に成りあがり、おどけ者として国民的人気を博し、敵を飼いならせというハリウッド由来の警句を座右の銘として政治的権勢を拡大してきた。その警句は本人に対しても言えることだが、ジャドが野党席にいたら首相にとって大きな脅威になっていたにちがいないという点で、議会の長老の意見は一致している。野党が前回の選挙で優勢だったら、ジャドは間違いなく野党に属していただろう。

世間では、〝食えない男〟で通っている。

別の言葉で言えば、「ゲスな白んぼ」と、マーカスはつぶやいた。

「ヘイト・スピーチよ」シャーリーが茶々を入れる。

「わかってる。あの男は間違いなくヘイトの対象だ」

シャーリーはちらっとテレビに目をやり、肩をすくめた。「あなたの支持政党なんでしょ」

「そうだ。でも、やつを支持しているわけじゃない」

ホーは自分の居場所を失ったかのように交互にふたりを見ている。

シャーリーはホーに注意を戻した。「いつからなの、あなたがルイーザをものにできるという愚にもつかないことを考えはじめたのは」

「サインを読みとったんだ」

「ドアマットの〝ウェルカム〟も読めないくせに。女の気持ちが読めると本気で思ってるの？」

ホーは肩をすくめた。「ビッチは熟れている。ビッチは摘みとられるのを待っている」

シャーリーはホーに逆手打ちを食わせた。眼鏡が吹っ飛ぶ。

マーカスがつぶやく。「この次はおれの番だ。気をつけなきゃ」

敵、それとも味方？

致しかたないことなのだが、あのとき以来、まわりの誰もが敵になってしまった。

キャサリンの住まいはセント・ジョンズ・ウッドにあるが、まっすぐ家に帰るつもりはなかった。偽りの足跡を残すという発想は自然に出てきた。アル中は偽り方を知っている。それで、エンジェル駅のある北に向かって歩きはじめた。目的地をめざす者の足取りで、だが、そんなに急いでいるわけではないといった感じで。すれちがう者はみな自分より三十歳は若く、自分の腕を覆っている布地と同じくらいの面積の服しか着ていない。そのせいかどうかはわからないが、なかには不思議そうな目で見る者もいる。だが、そんなことは気にならない。そんなことは敵味方の判別をする理由にはならない。通りすがりの者は関係ない。頭のなかには別のことがある。

ショーン・ドノヴァンは敵だ。あのとき以来、誰もが敵なのだ。もちろん悪い男ではない。少なくとも記憶にあるかぎりは。軍人……不名誉なことにいまはもう軍人ではないが、にもかかわらずいまでも軍人という呼び方がいちばん適切であるように思える。見たら、一目でそれとわかる。年は五十代なかばで、本来なら、閲兵場で敬礼されたり、政府高官に意見を求められたりしていてもおかしくない。カメラの前に立ち、最近の軍事行動の正当性を説明している姿を想像するのは、そんなにむずかしいことではない。だが、彼が最後にカメラの前に立ったのは、手錠をかけられて軍事法廷から連れだされたときのことだ。そこで下されたのは、危険運転致死罪により五年の実刑判決というものだった。

キャサリンにとって、そのことは私的なショックではなく、単なる新聞記事のひとつにすぎなかった。そのころにはもう酒を断っており、そこに至る過程で飲み仲間を避けるようになっていた。飲み仲間というのは男のことであり、ショーン・ドノヴァンもそのひとりだった。さほど特別な相手ではなかったが、その時期のほかの男もみな同じで、しかも掃いて捨てるほどいた。

キャサリンは道路を横切っていた。そのとき、軽いめまいがした。道路を横切るという行為そのもののせいではなく、道路を横切るために過去から現実に立ち戻ったからだ。過去を覗きこむのは楽ではない。愉快でもない。どういうわけか知らないが、暗いオフィスに閉じこもっているジャクソン・ラムの姿がだしぬけに頭に浮かび、だが、すぐに消えた。道路を渡りきると、思いきって後ろを振りかえったが、ショーン・ドノヴァンは尾《つ》けてきていなかった。尾けてくると思っていたわけではない。たとえ、尾けてきていたとしても、その姿を見つけられるとは思っていない。

ショーン・ドノヴァンは自分の過去の一部だが、わかっていることはほとんど何もない。セックスについては、何か語るべきことがあったとしても、覚えていない。あのころは、酒を二杯飲むと、それから先のことが白紙になり、そこに書かれたことは書かれた尻から消えてしまっていた。ソネットを詠んでくれていたとしても、アリアを歌ってくれていたとしても、同じだ。だが、実際はそんなことをしてくれてはいない。いつものように、ただ単にセックスをしただけだ。あのころは誰でもよかった。闇のなかに滑り落ちていくときに、しがみつくことができさえすれば、それでよかった。詩もオペラも必要なかった。酒があれば、用は足りた。

男たちの多くは忘却のかなたにいる。なかには、行為の最中でさえ、誰なのかわからなかった男もいる。だが、少なくともショーン・ドノヴァンとは朝までいっしょにいたことが何度かある。やはり酒が好きで、偽りの親切心からおたがいさまというふりをしてくれた。

〝くそっ、頭が割れそうだ。夕べは浮かれすぎたよ〟。だが、彼が浮かれていた夜は、自分が記憶を失っていた夜でもある。酒には喜んで付きあった。あのころは誰にでもほいほいついていった。そうでなかったとしたら、あのころ自分が酒に溺れていなかったとしたら、あんなふうになっていただろうか。が、考えても、それは詮ないことだ。

地下鉄の駅はもうそんなに遠くない。そこから家に向かうつもりだったが、そのまえに携帯電話を取りだした。電話をかけると、ボイスメールにつながったが、メッセージは残さなかった。

携帯電話をバッグに戻すと、キャサリンはそのまま歩きつづけた。

その百ヤードほど後ろで、一台の黒いヴァンがアイドリングをしていた。

ローデリック・ホーが床を這いずりまわって眼鏡を探しているのを見ながら、シャーリーは逆手打ちでよかったのだろうかと思った。逆手打ちだと不意をつき、相手を驚かせることができる。だが、一呼吸おいて拳をつくっていたら、鼻をつぶすことができたはずだ。なんなら、そうするということを紙に書いて知らせてやってもよかった。ホーの場合、警告は備えを意味しない。警告しても、考えこむだけだ。どのみち、パンチは鼻にめりこむ。

といったことのせいもあって、いまひとつすっきりしない。

物事の一般的な順序として、手荒な真似をすれば、弁が開いて、エンドルフィンが放出され、その結果、痛みと快感の中間くらいの快い高揚感を感じることができる。本来なら、ホーがぎこちない手つきで眼鏡を探す姿を見て、会心の笑みを浮かべ、場合によっては、優しい顔をして手を貸してやっていただろう（そうしたとしても、この恩知らずのチビのボンクラはありがたいともなんとも思わないだろう）。でも、今回はまだ腹の虫がおさまらず、もう一発お見舞いしたいくらいだった。そうしないと、この日一日の残りを心穏やかに過ごすことができなくなるように思えた。

マーカスは席を離れている。たぶんトイレだろう。あるいは、通用口からこっそり外に出ていったのかもしれない。そうしたいのは山々だろうが、なりゆき上、あえてそんなことはしないはずだ。

この日の朝、マーカスは言った。「あのチビのボンクラが何をしてるか知ってるかい」〝チビのボンクラ〟と呼べる者はいくらでもいるが、リストの筆頭に挙げられるのはいつだってローデリック・ホーだ。

「あなたをサイバー・ストーキングしている？」

「それもある。ほかには？」

「あなたの秘密をふれまわっている？」

「いまはまだしていない。これからそうするかもしれないと言っている」

「あのゲス野郎」

「話はまだ半分しかすんでいない。黙っていることの見返りに何を要求してきたと思う？」

そのときは笑ったが、いまは笑ったことを後悔している。

「夜、パブに付きあうこと？　それだけ？」

「金をせびられたほうがよかった」

「面白そうじゃない。メモをとっておいてちょうだい。どんな話をしたのか知りたいわ」

「心配いらない。きみもいっしょに行くんだ」

「寝ぼけてるの？」

「おれだけだと、話がどこに向かうかわからない。スポーツや政治の話が一通り終わったら、同僚の陰口になるかもしれない。たとえば、誰にも見られていないとわかったときに、誰が職場を真っ先に抜けだすかとか、誰がキッチンの流しに汚れたマグカップを置きっぱなしにしていくかとか」

「興味深い」

「誰がコカインを吸っているかとか」

シャーリーは持っていたペンを落とした。「それは困る」

「きみがいたら、そういった話は出ない」

「脅迫する気？」

「なんと言えばいいか。要するに、教官の教えを忠実に守っているだけだ」

というわけで、シャーリーはマーカスといっしょにここに来て、ローデリック・〝ウェブ・ヘッド〟・ホーの相手をしている。いらだちは募るばかりだった。

だが、このときは、できれば〝いらだち〟という言葉は使いたくなかった。

先週、歯医者に行ったときのことだ。待合室で雑誌をぱらぱらとめくっていると、〝あなたのいらだち度診断〟という記事が目にとまり、心のなかで設問に答えはじめた。〝自分が急いでいないときでも、誰かが列に割りこんできたら、むかっとしますか？〟。あたりまえだ。問われているのはモラルであって、それ以上でも以下でもない。設問そのものがいらだちの種だ。〝自分のパートナーが元カレあるいは元カノと旧交を温めるために会って、一杯飲んだとしたら？〟。残りを読む必要はなかった。こんなことで〝いらだち度〟がわかるわけがない。問題は常識があるかないかというだけのことだ。シャーリーは雑誌をドアに投げつけたが、たまたまそのときそこから顔を出した看護師に当たりそうになり、その五分後には、口腔洗浄器でしっかりお返しをされることになった。

それはともかくとして、世のなかにコカインが嫌いな者がいるだろうか。マーカスは一度も吸ったことはないと言っている。だが、かつてオペレーション課に所属し、ドアを蹴破って突入する任務についていた男だ。アドレナリンによる高揚感は一度味わったら、決して忘れられるものではない。一度も吸ったことはないと口で言うことは、いくらでもできる。それに、そもそも自分はコカインの常用者ではない。吸うのは週末をはさんだ木曜日から火曜日までだ。

ローデリック・ホーがどかっと椅子にすわる音が聞こえた。右の頰が真っ赤になり、眼鏡は歪んでいる。

「なんで殴ったんだ」

シャーリーは大きなため息をついた。

「殴る必要があったからよ」と、なかばひとりごちるように言い、そこがどこか別の場所であればよかったのにと思った。

〝別の場所〟というのはどこでもかまわないのだが、もろもろの点から、リヴァー・カートライトがいまいるところは除外すべきであろう。

そこは病室で、リヴァーは開かずの窓のそばに立っていた。以前、国民医療サービスにまだ多少の資金的余裕があったころ、ペンキを塗りなおされ、そのせいで窓が開かなくなってしまったのだ。だが、たとえ開いたとしても、入ってくる空気はスープのように濃く、水を飲みたくなるような塩気をはらんでいて、喉にへばりつくにちがいない。窓から屋根つきの連絡通路を見おろしながら、ガラスを叩くと、ベッドの脇に置かれたふたつの医療機器のひとつから聞こえてくるピッピッという音と重なり、短い対位旋律になった。ベッドの上には、衰弱し、周囲に与える影響力が以前に比べて著しく低下しつつある肉体が横たわっている。

「あんたが気楽にベッドに横たわっているときに、ぼくが何をしていたか教えてやろうか」

リヴァーは言った。

ベッドの横の棚には、扇風機が置かれているが、フレームに結びつけられた細長いリボンを揺らすのがやっとの風しか送りだしていない。なんとかならないものかと思ったが、素人《しろうと》にできることはかぎられている。何度かスイッチをつけたり消したりしたが、どうにもならなかったので、隙間風が入ってくるところに見舞客用の椅子を移動させて、そこに腰をおろした。

「これでも何かと大変なんだぜ」

返事はなかったが、べつに驚くべきことではない。ここに来たのはこれで四回目で、ずっと黙っていたときもあれば、一人語りをしたときもあったが、いずれにしても、ベッドの主がリヴァーの存在に気づいている気配はなかった。実際のところ、患者の存在自体がさほどたしかなものではなかった。肉体はたしかにそこにあるが、意識がどこにあるかはわからない。中断された人生の回廊をさまよっているのか。それとも、みずからつくりあげた悪夢にとらわれているのか。たとえば、ふたつの顔を持つジャッカルとか、いくつもの頭を持つ蛇がいるようなダリの世界とかに。

「ぼくたちが生まれるまえのことだが、一九八一年に公務員のストライキがあった。それは何カ月も続いた。そのあいだに、どれだけの量の書類が机の上に積みあげられたかは想像もできないだろう。すべての書類がそれぞれ三通ずつ作成されなきゃならなかったのに、二十数週間ずっと放置されつづけたんだ。消防士がストライキをすれば、軍隊がその代役を務めることになる。でも、公務員がストライキをしたら、誰がその穴を埋めるというのか」

自分も公務員だ。自分が持ち場を放棄したら、誰がその穴を埋めるのか。自分自身の魂が〈泥沼の家〉に現われて、やり残した仕事をせっせとこなしてくれるというのか。

「まあいい。これで話が見えてきたと思う。〈泥沼の家〉に行って一分もすれば、ジャクソン・ラムの頭の動きはおおむね理解できるようになる。あの男が考えだす仕事は、退屈なだけでも、無意味なだけでもない。さらに言うなら、名前と日付のリストを何カ月もかけてチェックし、何をもって例外とするかわからないので、存在するかどうかもわからない例外を見つけだすためだけでもない。そういったくだらないことのためだけではない。部下を退屈させるためだけではなく、ひとの魂を一度に一ピクセルずつ掻き消していくためなんだ。でも、最悪の部分は別のところにある。掛け値なしに最悪の部分だ」

返事は期待していなかった。そして、実際に返事はなかった。

「掛け値なしに最悪の部分というのは、可能性はごく小さいとしても、もしかしたら、そこに何かあるかもしれないということだ。きちんと仕事をこなして、すべての石を引っくりかえしたら、見つかってはいけないものが見つかるかもしれない。それはまさしくぼくたちが探さなきゃならないものだ。そうだろ。それが情報部員に求められていることだ」

リヴァーが若くして情報部入りしたのは、祖父の志を継ぐためだった。祖父のデイヴィッド・カートライトは伝説的な情報部員だ。だが、孫のリヴァーは情報部の笑いものだった。〈泥沼の家〉送りになったのは、昇級試験の際に、ラッシュ時のキングス・クロス駅を大混乱に陥らせるという大失敗をやらかしたからだ。実際のところはまんまとはめられたのであり、それがこの笑い話の本当の落ちなのだが、そのことはごく一部の人間しか知らないし、そもそも笑えるようなことでもない。

「問題は旅券局だ。パスポートの申請書の未処理分は大量にある。そのうちの数百通は、情報部の背広組が現場に復帰したとき、無審査で発行された。そのとき、そこに目をつけた者がいるかもしれない。偽名は在庫品の特売みたいなものだ。本物のパスポートと偽名のパスポートのあいだに、どれだけのちがいがあるのか。何度か更新したら、ケチをつける者はひとりもいなくなる」

ベッドの脇の医療機器は震えたり、揺れたり、回転したり、明滅したりしているが、ベッドの上の身体は動かないし、言葉を発することもない。

「あんたのいまの状態がうらやましいよ」と、リヴァーは言った。

だが、ほぼ間違いなく、それは本心ではなかった。

キャサリンはヴァンに目をやらなかった。その視線の先にあったのは、地下鉄の入口近くに立っている若い軍人の姿だった。

ただし軍服は着ていない。着ていたら、二度、目をやることはなかっただろう。ロンドンで若い軍人の姿を見るのは珍しいことではない。その男の物腰は一見穏やかだが、一分の隙もなく、そこから伝わってくる警戒心は占領した敵地で求められるものだ。今夜はこれで二人目ということになる。これで偶然の出会いという可能性は完全に消えた。男は手に丸めた新聞紙を持ち、監視しているというより、すべての動きを頭に入れ、分類し、不審者に目を光らせているように見える。だが、実際に目を光らせている相手は不審者ではない。キャサリン自身だ。

としたら、すでに見られている可能性が高い。そうでなかったとしても、いまこの時点で見られたことになる。キャサリンがいきなり百八十度の方向転換をしたからだ。スパイとして褒められた行為ではないが、自分は現場組ではない。経験したオペレーションといえば、扁桃腺の切除手術くらいなものだ。もしかしたら、これは単なる妄想かもしれない。昔のろくでもない日々がよみがえったり、空酔《ドライ・ドランク》い状態になったような気がしているときには、何が起きてもおかしくない。

後ろを振り向きはしなかった。そのかわりに、前方の歩道に意識を集中させた。黒いヴァンがすぐ横を通りすぎていく。ティーンエイジャーの一団とすれちがう。脇へ寄って、歩きつづける。バス停はそんなに遠くない。運がよければ、待たなくてすむだろう。バスが来て、それに乗ったら、もう一度ラムに電話をしてみよう。バスがすぐに来たらいいのだが。

通りは混みあっている。会社員風の者もいれば、Tシャツに半ズボン姿の者もいる。銀行や賭け屋《ブックメーカー》の戸口は暗いが、商店はまだ開いている。パブやバーのドアは店内の熱を逃すためにあけっぱなしになっていて、音楽や話し声が聞こえてくる。夏の夕暮れどき、若者たちは近くの運河のほうへゆっくり歩いていったり、ベンチで飲み食いをしたり、芝地に広げたブランケットの上に寝転がってメールのチェックをしたりしている。何かあれば、大声をあげて助けを呼べば――

そうしたら、どうなるのか。〝近づかないほうがいい。暑さで頭がおかしくなったんだ。

かかわりになっちゃいけない〟

思いきって後ろを振り向く。バスは来ない。尾《つ》けてくる者はいない。軍人(軍人だとすればば)の姿は見えない。ショーン・ドノヴァンの姿もない。

バス停で、立ちどまる。次のバスに乗れば、来た道を引きかえすことになり、〈泥沼の家〉の筋向かいで降りると、路地から出たときまで時間を巻き戻すことになるだけで、結局は何も起きず、明日の朝には、ふたりの元アル中が通りでたまたま出くわし、あたりさわりのない会話を交わしただけの、取るに足りない出来事としてすますことができるようになるにちがいない。交差点の信号が変わり、ふたたび車が流れはじめたが、バスは来ず、向かってくる車のなかでもっとも大きいのは、先ほど反対方向に走り去った黒いヴァンだった。キャサリンは胸の鼓動が速まるのを感じながらバス停を離れた。軍人、もうひとりの軍人、繰りかえし現われる黒いヴァン。何かが酔いどれ時代から響いてくる。だが、響いてこないものもある。

なぜ自分は誰かの標的にならなければならないのか。

考えるのはあとだ。いまはどこかに身を隠さなければならない。

ヴァンがやってくるまえに、キャサリンは素早く道路を横切った。

マーカスはしばらくのあいだひとりになるためにバーのトイレに行き、あいている個室を見つけると、そこに入って、これまで自分の人生に起きたことを考えていた。大雑把に言えば〈泥沼の家〉に送られてきたあと、もう少し正確に言えば、この二カ月間、何度となくトイレにこもっていた。ほかのどの場所にいるよりも、そこにいるほうが落ち着けるのだ。

何もかもが本来あるべき姿であったころ、戦闘訓練の教官から次のような教えを受けたことがある――大事なのはコントロールすることだ。状況をコントロールしろ。敵をコントロールしろ。何よりも自分自身をコントロールしろ。聞いたときは、なるほどと思った。理解できたつもりでいた。だが、しばらくして、それは表面的な理解でしかなかったことがわかった。コントロールするというのは、何かに蓋をするというだけでなく、蓋を固定するということでもある。そうすれば自分自身を武器にすることができる。折りたたんで、刃を隠し、必要なときだけ開いて使うことができる。

これは自分だけの考えではないが、訓練自体はなんの役に立つのだろうと思うようなものばかりだった。たとえば、四十八時間ぶっとおしで森のなかに身を隠す訓練とか。結局のところ、それを活かす機会は一度もなかった。ドアを蹴破ったことは何度かあったし、少しまえには人間の身体に風穴をあけたこともあるが、それでも、みずからのキャリアのなかで使えるスキルはごくかぎられていた。そして、いまは〈泥沼の家〉にいて、これまで抱いていた野心を少しずつ失いつつある。コントロールは正気を保つためのよすがだ。ここでは、毎日、自分自身に枷《かせ》をはめ、言われたことをしつづけなければならない。そうすれば、いつかは報われる日が来ると思っているかのように。ここへ来た直後にキャサリン・スタンディッシュに告げられたところによると、〈遅い馬〉はみな本部へ返り咲くすべはないことを知りつつ、頭のどこかでは別のことを考えている。　〝ほかの者はそうでも、自分だけは例外で……〟

　もちろん、コントロールというのはギャンブルに対しても言えることだ。ギャンブルにはまるということは、自分をコントロールできなくなるということにほかならない。どんなに言いつくろっても、それが綱渡り的な行為であることは否定できない。時間や賭け金に限度を設けて、自制することを忘れていないと言っても、実際のところ、カジノに入るたびに、そこには未知の世界が待ちかまえている。最近まで、それはたいした問題ではなかった。最近まで、負け癖はついていなかったから。

　事態が一変したのは、ルーレット・マシーンがある日とつぜん降って湧いたように賭け屋《ブックメーカー》に現われたときのことだ。スロット・マシーンでは、なんの問題も起きなかった。〝片腕《ワンアームド・》の盗賊《バンディット》〟の異名どおり、それは金をまきあげる機械にすぎない。だが、ルーレット・マシーンはちがう。なぜかわからないが、こちらのほうがずっと面白く、やみつきになる。数枚のコインから始め、たとえ負けたとしても、あと一転がりで勝てたのにと思い、さらにコインを注ぎこみ、そうしたら今度は勝つ。勝つと、先ほどの負けは帳消しになる。勝てば、そのたびに、勝負は振りだしに戻る。けれども、元手は少しずつ確実に減っていく。あのときは、ラスヴェガスから来たプロのギャンブラーとポーカーをし、すごすごとテーブルを離れたあと、歩く犬の餌のような穴馬で儲けた金を持って、ルーレット・マシーンに向かい、はじめて授かった子に食べさせるように二十ペンス玉を入れた。それまで、自分は賭け屋にとっての悪夢だと思っていた。今日は十時までといった具合に時間を限定してプレイするギャンブラーだ。だが、最近では腕時計に目をやると、帰る時間はかならず予定より三十分ほど遅れていて、そのたびに、次の給料日が遠ざかっていくような気になる。いまでは貯金にも手をつけている。地下鉄の車内で、気がつくと、ローンの広告に見入っていたりする。その金利は年率に換算すると、四千パーセント以上だ。自分が先に拳銃自殺しなければ、キャシーに殺されてしまう。

最悪なのは、勤務時間中にカジノのサイトにログインして、昼休みに負けた分を取り戻そうとしたところ、〈泥沼の家〉のタコグラフであるローデリック・ホーに見つかってしまったことだ。そんなわけで、今夜はホーの飲み仲間になり、助っ人としてコカイン中毒のシャーリー・ダンダーを同伴させたのだった。たしかにトイレの居心地はいい。けれども、ずっとこもっているわけにはいかない。マーカスは立ちあがって、バーに引きかえした。

席に戻ったとき、シャーリーはホーに向かって、頭と口が直結しているのかと訊いていた。

「ビッチ？　ひっぱたかれただけですんでよかったと思いなさい」

ホーは安堵の表情でマーカスを見た。「信じられるかい、ドッグ」

「いま、おれを犬呼ばわりしなかったか」

シャーリーはホーが縮みあがるのを楽しそうに見ながら、手をあげて制した。「もう少し言葉に気をつけたほうがいいんじゃないの」

「こいつはおれを犬呼ばわりしなかったか」

「したと思う」

マーカスはホーの顔から眼鏡を奪いとり、床に放り投げた。「おれが犬だって？　いいや、犬はおまえだ。取ってこい」

ホーがまた床を這いまわっているあいだに、マーカスはシャーリーに言った。「きみとルイーザが親しいとは知らなかったよ」

「親しくはないわ。ただ、ホーとの仲をとりもちたくなかっただけよ」

「女の絆は強い」

「そういうこと」

ふたりはグラスをあわせた。

ホーは椅子に戻ると、二本の指で眼鏡のフレームをつかんで言った。「なんでこんなことをするんだ」

マーカスは首を振った。「信じられないよ。おれのことを犬呼ばわりするなんて」

ホーはシャーリーをちらっと見て言った。「取引の条件を忘れたんじゃないだろうな」

マーカスは鼻から息を吐いた。「わかった。上等だ。だったら、条件をあらためて話しあおう。いいか。これが新しい条件だ。あのカジノのサイトのことを誰かに一言でもしゃべったら、おれはおまえの身体の骨を全部叩き折る。わかったな、ニワトリの糞」

「ニワトリの糞とはなんだ」

「骨のことを気にしたほうがいい。わからないのか」

「ニワトリの糞とはなんだと言ってるんだ」

「身体中の骨を折られてもいいのか」

「骨はいい。それより、ニワトリの糞だ」

「おかしなところにこだわるんだな。おまえの問題は何かわかるか」マーカスは調子づいてさらに一押しした。「おまえは何もしていない。机の前にすわって、ネットサーフィンをしているだけだ。ガキンチョのように。来る日も来る日も、無意味な情報の海を泳ぎまわっているだけだ。ジャクソン・ラムの顔色をうかがいながら」

「自分だって同じじゃないか」

「ああ。でも、好きでやってるわけじゃない」

「それでも、やっている」

シャーリーは首を振った。

マーカスは噛んで含めるように言った。「おまえはゲスだ、ホー。ぜんぜんイケてない。いまも、これからも。ルイーザがなびくわけがない。前もってクレジットカードを見せなかったら、どんな女からも見向きもされないだろう。おれはちがう。どうしてかわかるか。ここに来るまえ、おれはちがう仕事をしていた。もっとまともな仕事だ。でも、おまえはこの仕事しかしていない。それで満足している」

「要するに何が言いたいんだ」

「わからんやつだな。身体を使って何かしろ。それがおれの言いたいことだ。ここで頭角をあらわしたいとか、まわりの者に一目置かれたいと思っているのなら、行動するんだ。どんなことでもかまわない。モニターの前にすわり、コンピューターに向かってシコシコやっているだけじゃ、誰にも見向きもされない」

〝シコシコ〟という言葉が情報の処理を意味していないとすれば、それはきわめて際どい表現になる。

マーカスは立ちあがった。「おれは帰る。いいか、骨のことを忘れるな。ほかのことは忘れてもいいから、骨のことは忘れるんじゃないぞ」

「もう一杯やっていかないか」

シャーリーはまた両手の二本指で#マークをつくった。「ハッシュタグ——空気が読めない男」

「もういい」マーカスは言い、飲みさしのビールにちらっと目をやってから、肩をすくめて戸口に向かった。

シャーリーは手をのばし、ホーの顔からゆっくり眼鏡をはずすと、ツルをたたんで、マーカスのグラスのなかに落とした。「ご感想は?」

ホーは口を開いて何か言いかけたが、賢明にも思いなおした。

道路の反対側では、建設工事が行なわれていた。べつに珍しいことではない。古いビルが解体されたあとには、いずれ新しいビルが建てられるのだろうが、それまでのあいだ、空き地は板で囲われる。だから、街のすべての場所に建物が建っていなければならないわけではないということに、たいていの者は気づかないだけだ。キャサリンはバックルつきの靴の音を舗道に響かせながら、工事現場の脇を急ぎ足で通りすぎた。前から歩いてくる男が怪訝《けげん》そうな目で見ているのは、歩く速さのせいか服の選び方のせいかはわからない。

　このあたりの地理には明るくないが、それでも、右に曲がったら、キングス・クロスに通じる大通りに出て、反対方向に行くと、ロンドンの古い街並みがいまも残る地区のひとつに足を踏みいれることになるということくらいはわかっている。いまいるところにはジョージ王朝時代の広場がいくつもあり、一部は戦争や開発のせいで原形をとどめていないが、ほかはなんとか無傷のまま残っている。歩道わきには、車がずらりと並んでとまっている。そのとき、キャサリンは自分が他人の目でまわりを観察していることに気づいた。角度と光の加減によって、ロンドンは驚くほど穏やかに見えることがある。

　大通りに出て、大声で叫べば、混乱を招く。混乱は敵の友人だ。ここに往来の喧騒はない。近くの家のドアをノックして助けを求めたら……思いきって後ろを見ると、黒いヴァンはすでに通りの向こうに消えていた。中央分離帯があるので、かなり先まで行かないと、方向転換することはできない。だが、百ヤードほど後ろに誰かいる、というより、いた。振り向いた瞬間、人影は夕べの暑気のなかに溶けこんだみたいだった。それは無意識という小悪魔のいたずらだったのかもしれない。

　あるいは、生身の人間で、路上にとまっている車の後ろに身を隠したのかもしれない。

でなければ、暑さのせいで幻を見た可能性もある。元アル中の友である妄想が、猛暑の暮れ方にとつぜん膨れあがったのかもしれない。だが、実際に誰かがそこにいたという思いは強い。まずショーン・ドノヴァン、それから別の軍人。戻ってきた黒いヴァン。まるで拉致する機会を狙っているかのようだ。にわかに恐怖が湧きあがってきた。だが、表面的にはほんの少しとまどったような顔をしただけで、よほど注意して見ていなければ、誰も何も気づかなかっただろう。〈泥沼の家〉でなら、バリケードを築いていたかもしれないが、通りで大騒ぎをするわけにはいかない。

間違いなく誰かがあとを尾けている。いまは車の後ろに姿を隠している。

さらには、黒いヴァンがいつまた現われてもおかしくない。理由はわからないが、自分が標的になっているのは間違いない。ショーン・ドノヴァンは仲間の見張り役の手引きをしていたのだ。連中はもうすぐひとかたまりになって襲いかかってくるはずだ。

歩く速度をさらにあげると、携帯電話を取りだして、ふたたびラムに電話をかけたが、やはりボイスメールにしかつながらなかった。電話を切り、近くの家のドアをノックしようかとあらためて思ったが、そうしたらどうなるのか。シャーリー・ダンダーが自分のことを〝浮世離れした女家庭教師《ガヴァネス》〟と呼んでいることは知っている。身長五フィート二インチで、頭を丸刈りにしている女に、外見をとやかく言われる筋合いはないと思うが、自分が着心地がいいと思っている格好のために変人扱いされているのは事実だ。おそらく家には入れてもらえないだろう。しかも、ドアをノックするには、そこで立ちどまらなければならない。立ちどまるより、動いているほうが危険は少ない。ラムなら、動きつづけるだろう。いまのラムではない。いまのラムになるまえのラムなら、という意味だ。

広場を横切ったところには、テラスハウスが立ち並んでいた。街路灯がぽつりぽつりともりはじめていて、熱は空から降ってくるかわりに舗道から立ちのぼっている。夜になっても一息つくことはできないだろう。それでも、早く家に帰りたい。家に帰って、鍵のかかったドアの向こうにすわり、猛暑の通りで自分をとらえた一瞬の狂気とはなんだったのかをゆっくり考えたい。

ここにあるテラスハウスは三十戸建てで、その先には別の広場がある。次の交差点で大通りに出て、バスに飛び乗れば、時間はかかるがロンドンのどこにでも行ける。もう一度後ろを見たが、誰もいない。車の後ろに身を隠したものは単なる幻影にすぎなかったのだろう。黒いヴァンは引きかえしてきたのではなく、じつはまったく無関係な二台の車だったのだろう。一台の車がゆっくり通りすぎた。駐車スペースを探しているのだろう。その車が角を曲がって視界から消えると同時に、そこから黒いヴァンが出てきた。キャサリンが踵をかえしたとき、ショーン・ドノヴァンが姿を現わした。お伽噺のヒロインのように両腕で身体を抱きあげられる。なぜか声を出すことができない。

黒いヴァンが速度を落としてとまり、後ろのドアがあくと、ドノヴァンはキャサリンを抱えたまま乗りこんだ。ドアが閉まり、ヴァンは走り去った。

かかった時間は七秒。

通りの空気は静かに揺れ、空は菫色から紫に変わっていた。

依然としてうだるように暑い時間に、ジャクソン・ラムは〈泥沼の家〉から裏庭に出て、ポケットをあさり、探していたライターのかわりに携帯電話を見つけだした。不在着信が二件あった。キャサリン・スタンディッシュからだ。どうせまた、注文した事務用品が届かないとか、プリンターの調子が悪いとかいったことだろう。何度ここの内規を説明しても、わかろうとしないが、ラム自身もそれを守っているわけではない。手には火のついた煙草を持っていて、路地に出たときには、背中の後ろに冠状の煙が漂っていた。まるで迷える魂のように。

煙は短い時間だがそこにとどまり、この建物のなかで仕事をしている者たちのイメージを取りこむかのように広がっていった。そこには、欲求不満、ギャンブル癖、ドラッグ中毒といった問題や、昏睡状態にある者に愚痴をこぼしたり、パブでつまらない喧嘩をしたり、忘れかけた過去の情事を思いだしたりする行為や、だらしなくなったり、太ったり、投げやりになったりする心情がぎっしり詰めこまれている。もしかしたら、先刻そこから何マイルも離れたところで投げかけられた質問の答えを見つけだす手がかりを、そのなかに見いだすことができるかもしれない——〝同僚のなかで、命を託してもいいと思うくらい信頼できる者は誰か〟

やがて空気が動いて、煙は消えた。

キャサリンは思った。この静かな屋根裏部屋は、以前は子供部屋だったにちがいない。白い天井には、ベビーベッドのなかにいた赤ん坊をあやすために貼りつけられた星や三日月の紙のあとがうっすら残っている。けれども、それは遠い昔のことであり、幅木の下には漆喰の粉が積もっていて、粉砂糖の吹きだまりのように見える。床面はむきだしで、乳幼児の足の裏を保護するものはなく、一人用のベッドの脇に薄いラグが敷いてあるだけで、ドアの向こう側には、いたずらっ子を閉じこめておくためのものとは思えない大きな南京錠がかかっている。それはもう子供部屋ではない。が、かといって、警戒厳重な刑務所の独居房でもない。

ここに来るまでに少なくとも一時間はかかった。ヴァンは最初のうちロンドン市内の混雑した通りをゆっくり走り、郊外に出ると、スピードをあげた。かかった時間は一時間ちょっとだと思うが、腕時計は取りあげられていたし、経過時間を心のなかで計測するゆとりもなかった。しかも、ヴァンに放りこまれたときには、意識を失っていた。頸動脈に強い圧を加えられたせいかもしれないし、そこにショックと暑気が加わったせいかもしれない。あるいは、間抜けな話だが、最悪の事態になったことを知り、いつそうなるかという心配がなくなって、一瞬ほっとしたせいかもしれない。めまいがし、目の前が真っ暗になった。だから、いくつ角を曲がったかを数えることもできなかったし、音による手がかりを得ることもできなかった。教会の鐘が鳴っていたとしても、聞こえなかっただろうし、車が滝のそばを通ったとしても、何も気づかなかっただろう。

男たちは全部で三人。ひとりは運転手。もうひとりはショーン・ドノヴァン。そして、三人目は地下鉄の入口近くに立っていた軍人然とした男だ。このときふと思ったのだが、その男がそこにいることに気づいたのは、たまたまではなく、故意に仕向けられたからかもしれない。自分をそこから遠ざけるために。地下通路でヴァンは使えない。

囚われた者のつねとして、まず最初に窓をチェックした。それは傾斜した屋根のくぼみにあり、菱形模様の桟がついていて、小さなラッチでとめられている。通り抜けるには充分な広さだが、外側の枠には鉄格子が取りつけられていて、押しても引いても微動だにしない。もっとも、外に出られたからといって、壁を伝っておりることができるというわけではない。そこは警戒厳重な刑務所ではないが、そうである必要はない。自分は現役のアル中の個人秘書をしている元アル中の中年女であり、現場で仕事をしたことは一度もない。そんな人間がどうして拉致されなければならないのか。ショーン・ドノヴァンを含む三人はいったい何者なのか。

窓から抜けだすことはできないが、あけておけば、風が吹きこむことはないにせよ、少なくとも換気にはなる。遠くのほうから車の行き交う音が聞こえてくるが、道路は見えない。高速道路と思われるが、それで何かがわかるわけではない。ロンドンの中心部から車で一時間ほど離れたところ。高速道路のそば。田園地帯で、まわりに家はない。あるとしたら、まわりはこんなに暗くないはずだ。

ヴァンのなかで目隠しをされ、口に布を詰められ、手錠をかけられたが、手荒い扱いは受けなかった。もしかしたら、これは単なるいたずらであり、なんらかの余興かもしれない。少なくとも移動中はそうだとしてもおかしくはないように思えた。手足をばたつかせて暴れることも考えたが、そんなことをしても何にもならないことはわかっていた。次に起きることに備えて、力をたくわえておくのがいちばんだ。

とつぜん乗り心地が悪くなった。高速道路を降り、側道を通って、二級道路に出たのだろう。灌木の枝が車体に当たる音が聞こえた。そのあと砂利の音がし、でこぼこ道のくぼみにはまり、タイヤがはずみ、それからヴァンは急停止した。目的地に到着したのだ。ショーン・ドノヴァンではない男に腕一本で腰をかかえあげられ、足が地面に着くと、手錠と猿ぐつわははずされたが、目隠しはそのままだった。そこにあったのは田舎の空気で、都会のものより柔らかく、濃く、緑の香がまじっていた。家のなかへ入ると、バックルつきの靴が木の床を踏む音が響き、小さくこだました。

「ここから階段だ」

その声もドノヴァンのものではなかった。

たしかにそこから階段になっていて、二階にあがらされ、さらに三階にあがらされた。それから、いまいる部屋に入れられ、目隠しをとられた。

「ここにいろ」

地下鉄の駅の近くにいた男だ。ドノヴァンに会ったところからあとを尾けていたにちがいない。だが、うかがい知ることができたのはそれだけで、男はすぐに部屋から出ていき、ドアに南京錠をかける音と階段をおりていく足音が聞こえた。

それで、いまはこうしている。バッグは取りあげられた。そのなかには、財布、ポケットティッシュ、口紅、キンドル、定期券、それに携帯電話も入っていた。同様に腕時計も取りあげられた。ボディーチェックをしなかったのはあきらかにミスだ。浮き足立っているということかもしれない。武器、もしくは武器のかわりになるものを持っている可能性があるというのに。何が狙いなのかを知る手がかりは依然として何も得られていない。開いた窓からほんの少しだけ風が入ってきた。遠いかなたに丘が見える。空は雲に覆われて、星ひとつない。少し離れたところにぽつりぽつりとともっているのは、民家の明かりだろう。ひときわ明るい光は高速道路わきのガソリンスタンドのもののようだ。全部見える。なんとなく素人《しろうと》くさい。ショーン・ドノヴァンがかかわっているということを除いては。彼を素人と呼べる者はいない。

下の階には明かりがついていて、そこの窓から漏れる光で、敷地内に小さな建物があることがわかった。納屋か何かだろう。やはりここは農家のようだ。暗がりのなかに見えるものは、ほかにもある。大きさと形からして、どうやらロンドン・バスのようだ。市の交通政策次第で引退するか再導入されるかが決まることになる旧型のルートマスターだろう。違和感だらけだ。これからいったい何が始まろうとしているのか。

個人的な問題とは思えない。ドノヴァンがかつての恋人を誘拐するのに徒党を組むなんてことはありえない。いや、自分はかつての恋人でさえない。かつてのセックス・フレンドのひとりでしかない。とすると、理由はほかにあるということになる。自分がリージェンツ・パークにいないことをドノヴァンは知っていた。アルダーズゲート通りで話したときに、そう言っていた。〈泥沼の家〉のことはどこまで知っているのだろう。〈泥沼の家〉が保安局の重要部署と考えているのだろうか。だとすれば、大いに失望することになるだろう。

部屋の奥には、もうひとつのドアがある。鍵がかかっているものとばかり思っていたが、ノブをまわすと、ドアはすんなりあいた。そこはバスルームだった。トイレと洗面台と浴槽がある。キャビネットはないが、淡いピンクの壁には、ネジ穴があいていて、周囲より色褪せしていない長方形の部分がある。つまり、元はそこに鏡があったということだ。なるほど。鏡はナイフになる。同じ伝で、シャンプーや歯磨きチューブやヘアスプレーの缶なども危険物になりうると考えたのだろう。バスルームの備品は、トイレットペーパーを別にすれば、包み紙がついたままの試供品サイズの石鹸ひとつしかない。石鹸にヘアピンを刺せば、使い捨ての武器にならなくもないが、あいにくヘアピンは持っていないし、持っていたとしても、ボーイスカウトの少年なみの背格好の男にしか立ち向かえないだろう。

窓はもうひとつある。天窓だ。やはり鉄格子がはまっているが、いずれにしても手は届かない。

キャサリンは部屋へ戻った。少し眠ったほうがいいかもしれない。ひとつところを歩きまわって恐怖を募らせる以外にできることは、それしかない。けれども、そうはしなかった。眠れば無防備になる。自分の身は自分で守るしかない。すわって、待とう。そのうちに、いろいろなことがわかってくるはずだ。それまでは自然体でいよう。いつもどおり素面《しらふ》で、気を強く持ち、できるかぎり落ち着いていよう。

それから三十分ほど、誰も来なかった。部屋の明かりを消すと、窓外の眺めはよくなったが、暗闇のなかでキャサリンの頭に閃くものは何もなかった。その昔ショーン・ドノヴァンと知りあったのは、彼がある会議に連絡係として出席したときのことだった。会議の参加者は、当時の自分の上司で保安局の局長だったチャールズ・パートナー、それに〝権力の回廊〟と呼ばれるウェストミンスターと、情報部の本拠地がある〝川の向こう側〟のお歴々で、朝、一件書類を渡したときに、自分の目を見てくれた唯一の男がショーン・ドノヴァンだった。それがきっかけになった。あのころはべつに珍しいことではなかった。

南京錠をはずす音が聞こえたので、ドノヴァンかもしれないと思ったが、入ってきたのは見知らぬ男だった。それはドノヴァンでも、もうひとりの軍人でもない。第三の男だ。若くて、がっしりした身体つきをしている。元々は白かった半袖のシャツを着ていて、腕にも、剃りあげた頭の後ろにも、刺青が入っている。手には何かを握っている。それはふたつある。ひとつはヴァンのなかでかけられていた手錠で、もうひとつは先ほど取りあげられた携帯電話だ。

男は手錠を振りながら言った。「これをかけさせてもらうよ」

「いったいどういうことなの？」

「とにかく、かけさせてもらう。それからこれも」

男は尻ポケットから口に詰める布を取りだした。

「それはわたしの携帯電話？」

「そうだ」

母音がくぐもっている。北部訛りだ。お国訛りに詳しいわけではないが、北東ではなく北西部のものだろう。逆にキャサリンはいつも以上にBBC風の話し方になっている。それはラムがよく使う小細工のひとつで、知らず知らずのうちに真似をしていたようだ。

「あなたの名前は？」

「答えられると思ってるのか」

「訊いてみただけよ」

「とにかく手錠をかけさせてくれ」

「仕方がないわ。そういう決まりになっているのなら」

両手をさしだすと、男は腰をかがめて、手錠をかけ、口に布を詰めた。そのとき、デオドラントでは抑えきれないいやな臭いがした。男はすべきことをすませると、あとずさりして、携帯電話のレンズをキャサリンに向け、写真を撮った。それからその画像を見て、満足げにうなずいた。やれやれ。いったいなんのつもりなのか。

キャサリンの凝視に何かを感じとったらしく、男は口から布を取りながら言った。「ちゃんと撮れてるかどうかチェックしていただけだよ」

「ご苦労さま、ディヴィッド・ベイリー」

「えっ？」

「気にしないで」

キャサリンは思った。この男はディヴィッド・ベイリーが有名な写真家だということを知らない。どうでもいいようなことだが、それも情報のひとつであり、いまここで何が起きつつあるのかを知るための手がかりになる可能性はある。

男は手錠をはずすと、部屋から出ていき、ドアに錠をかけた。いまは何時ごろか。たぶん夜の十二時をまわったくらいだろう。食事は与えられるのか。空腹ではないが、食事が与えられるとしたら、誰かがまたここに来ることになる。そうなれば、もっと話を聞くことが……空腹ではないが、そういったことを考えていたら、喉が渇いていることに気がついた。それで、バスルームに行って、蛇口をひねり、てのひらに水を受けて飲んだ。普段なら、いまごろ自分は何をしているだろう。たいていは家で眠っている。いつもではない。ときには、夜遅くまでギターを小さな音で爪弾いていることもある。酒を飲んでいることもある。酒を飲めば、どんないやなことがあった日でも、多少は気がまぎれる。だが、いまは別の慰みに頼るしかない。それで気が晴れることはない。

眠っていたか、でなければ、眠りかけていたにちがいない。いきなりドアが開く音が聞こえたので、あわてて身体を起こした。心臓がばくばくし、頭がくらっとする。

このときはショーン・ドノヴァンだった。

ドノヴァンはしばらくのあいだ何も言わず、支払った敷金の返還を拒む理由を探しているかのように部屋を見まわしていた。キャサリンはその顔を凝視した。そこには罪の意識のようなものがたしかにある。これから何をするつもりかはわからないが、少なくともこれまでにしたことに関しては後ろめたい気持ちでいるにちがいない。

ようやくキャサリンのほうを向いたとき、その目にはやはり陰鬱な暗い影が宿っていた。

キャサリンは言った。「ベイリーは何も話してくれなかったわ」

「ベイリー？」

「内輪のジョークよ」

「友人になれたようでよかったよ。きみにはもう友人づきあいはできないと思っていた」

「つまり、こういうことなの？　あなたは何年ものあいだわたしを思いつづけていた。そういうことなの、ショーン？」

「きみはそう思っているのか」

「まだなんとも言えない。あなたの身にいったい何があったの？」

ドノヴァンは笑った。あるいは、笑ったように思えた。少なくとも声は出たし、面白がっているように見えもする。「おたがい落ちぶれたものさ」

「あら。わたしは普通にやってるわ。でも、あなたは……あなたはすさんで見える」

ドノヴァンは自分の身なりをちらりと見た。

「服装のことを言ってるんじゃない。服装の中身のことを言ってるのよ。あなたは変わった。遅効性の毒薬を服《の》んだみたいに」

「遅効性の毒薬？」

キャサリンは肩をすくめて両手を軽く上にあげ、隠しているものは何もないというジェスチャーをした。

「きみには勝てないよ。酒はもうやめたのかい」

ドノヴァンの身のこなしは、先ほど会ったときと比べると、まるで関節に油をさしたように滑らかになっている。臭いがしなくても酒を飲んだのはあきらかだ。下の階の様子は、見なくても、おおよそは察しがつく。部屋は薄汚いが、居心地は悪くない。窓からは小屋と二階建てのバスが見えるはずだ。調度のひとつに、五〇年代風のリキュール・キャビネットがある。ドノヴァンはカットグラスのデカンターからグラスに酒を注ぎ、一気に飲みほし、二杯目はゆっくり味わいながら飲んだにちがいない。それくらいなら、飲んでも、何も変わらないと思って。酒飲みはみなそう思う。喫煙者が自分の服についた臭いに気づかないように、酒飲みは自分が酔っていることに気づかない。

だ。キャサリンは両手を握りしめて、拳をつくった。酒のことを考えると、いつもそうなるの

手を開いて、スカートにこすりつける。まるでそこにパン屑か何かがくっついているかのように。その仕草には刺々《とげとげ》しさを感じさせるものがあり、それがドノヴァンをとまどわせたみたいだった。

「えらく不愛想だな。いまのきみを見て、おれたちが過ごした時間を想像できる者はいないよ」

「わたしは元アル中よ、ショーン。長いこと、ろくでもないことばかりしていた。でも、これからはもうしない」

「いまはろくでもないことは何もしていないってことかい」

「そういう問題じゃないわ」

「でも、あのときはよかったよ。上からでも、下からでも。きみはいつもよかった」

ドノヴァンは反応を待ったが、キャサリンは何も言わず、臆するふうもなく目と目をあわせた。いまの自分は過去の自分ではない。恥も自己嫌悪も感じていない。

ドノヴァンが目をそらすのを待って、キャサリンは口を開いた。「いったい何が目的なの、ショーン。身代金目当てなら、とんだお門違いよ。そもそも、どうしてここに来たの？　お天気の話でもしたいの？」

なぜかドノヴァンは楽しそうな顔をしていた。かえってきた答えは意外なものだった。

「きみが誰を信用しているかを知りたいんだ」

「そんな話をしたい気分じゃないわ」

「話をするんじゃない。これは質問だ。同僚のなかで、命を託してもいいと思うくらい信頼できる者は誰か」

「命を託してもいいと思うくらい？」

返事はない。

キャサリンは言った。「あなたよ。それじゃ駄目？」

「〈泥沼の家〉の誰かだ。名前をあげてくれ。ロングリッジ？　カートライト？　ガイ？」

つまり、用があるのは自分ではなく、〈泥沼の家〉ということだ。ひいてはジャクソン・ラムということだろう。

「どうなんだ」

キャサリンは名前を告げた。

ドノヴァンは部屋から出ていき、ドアに錠をかけた。キャサリンは姿勢を変えず、背筋をのばし、膝の上で手を組んだまま椅子にすわっていた。〝浮世離れした女家庭教師〟とはよく言ったものだ。浮世離れしているだけではなく、いまは屋根裏部屋に閉じこめられている。監禁されているのだ。シャーリー・ダンダーがこのことを知ったら、きっと大笑いするだろう。

少したってから、キャサリンはベッドに横たわり、さらにまた少したってから眠りに落ちた。

方角や距離に関係なく、〈泥沼の家〉も朝からうだるような暑さだった。キャサリンとラムを除く全員が午前九時までに出勤していた。ラムはともかく、キャサリンがいないというのはどうもおかしい。少なくともリヴァーはそう思っていた。それで、インスタントコーヒーを入れながら、インスタントでないコーヒーを淹れているルイーザにキャサリンのことを訊いた。

ルイーザは答えなかった。

「ルイーザ」

「えっ？」

「キャサリンを見なかったかい」

ルイーザは首を振った。

気にすることはない。ミンの死以来、ルイーザは歩く時限爆弾になっている。会話が成立することはめったにないが、耳をすませば、チクタクいう音が聞こえてくるにちがいない。

リヴァーはカップを持って自分の部屋に入った。今日もまた古いパスポートの申請書に目を通し、スキャンし、データベース化する作業が待っている。ここが船なら、ネズミたちがわれ先に逃げだすのを目のあたりにすることになるだろう。ボールペンを手に取り、それで前歯を叩きながら、頭のなかで計算する。一日八時間半マイナス昼の休憩時間。週に五日、年に四十八週……身を粉にして働けば、四十の大台に乗るまでは、なんとかこの仕事を終えることができるだろう。だから、がんばろう。そうすれば、四十の誕生日といっしょに任務の完了を祝うことができる。

それがいやなら、ルーズリーフ用の穴あけ器《ホール・パンチャー》で自分の頭を叩き割るしかない。

机の上にあった穴あけ器を手に取ると、ストレス解消グッズのように押しながら窓際に歩み寄る。窓には、どんな馬鹿がこんなところで働いているのだろうと訝る通行人のために、髭飾りの金文字で〈W・W・ヘンダーソン事務弁護士および宣誓管理官〉と記された看板が出ている。実際に宣誓書が発行されたことも過去には何度かあるらしい。また穴あけ器を押したとき、階下のドアが開いて閉じる音が聞こえた。キャサリンか。いや、ちがう。キャサリンなら幽霊のように階段をあがってくる。ラムも、その気になれば足音を忍ばせることができるが、今朝はいつもどおりの騒々しさだ。荷車を押すカバのように階段をあがってくると、リヴァーの部屋の前を通り、上階の自分のオフィスへ向かった。そのあと、たいていは一人劇団によるパフォーマンスになる。屁、悪態、調度をがたつかせる音。この序曲をもって一日は幕をあける。

リヴァーは机に戻った。パスポートの申請書の山は知らないあいだにまた高くなっている。それがなくなることはない。なくならないかぎり、自分もどこにも行けない。申請書の山の頂きから一枚ひったくったとき、予期していた頭上のオペラがまだ始まっていないことに気づいた。いまそこにあるのは大木が倒れるまえの静寂だ。リヴァーは立ちあがり、上からドンという大きな音が聞こえたときには、すでに部屋から出かかっていた。

ラムは片方の目を煙草の煙を遮るために閉じ、もう一方の底意地の悪そうな目で、普通に言うなら〝部下〟、本人に言わせるなら〝下僕〟を睨《ね》めまわした。ブラインドはいつものようにおりているが、多少の陽光はさしこんでいて、壁と、古い映画に出てくる容疑者のようにひとかたまりになっている〈遅い馬〉の面々の頭や肩に縞々の模様をつくっている。

ラムは煙草と同じ手にデニッシュを持ち、それをみんなのほうに向けて振りまわしはじめた。「おまえたちの顔を見てると、毎朝なんでわしがここに来るのかよくわかるよ」

パン屑が飛び、その反対方向に紫煙が流れていく。

「家にはゴキブリがわんさかいる」

「つながりがわからない」リヴァーはひとりごちるようにつぶやいた。

「ぶつくさ言うな。わしに我慢できないことがあるとすれば、それはマナーの悪さだ」ラムは言いながら、デニッシュを口いっぱいに頬張った。「やれやれ、ゾンビ映画を観てるみたいだ。おまえたちのそのしけたツラ、なんとかならんのか。スタンディッシュはどこだ」

「まだ見てません」ホーが答える。

「見たかどうかを訊いてるんじゃない。どこにいるかと訊いてるんだ。いつもなら、わしより先にここに来ている」

「いつもではありません」

「おおきにありがとう。今度わしが〝いつも〟の意味を忘れたときは誰に訊けばいいか、これでわかったよ」

「トイレじゃありませんか」と、シャーリー。

「世界一長い糞《くそ》をしているにちがいない。わしには勝てんと思うが」

「その点に誰も異存はないでしょう」

「家で何かあったんじゃないかな」と、マーカス。

「どんな？　本がアルファベット順に並んでなかったとか？」

リヴァーは言った。「ひとの暮らしはさまざまです。あなたの知らないこともあります」

「たとえばおまえのこととか？　お友だちのスパイダーはどうしていた？」

スパイダーというのは、ジェームズ・〝スパイダー〟・ウェブ、公式記録によれば〝公務遂行中に負傷した〟男であり、ラムに言わせれば〝愚行遂行中に一発かまされた〟男のことだ。現在も生命維持装置につながれているが、完治する見こみはなく、それどころか意識を取り戻すことさえありそうもない。何度か病院へ行ったことをラムがどうやって知ったかはわからないが、それがジャクソン・ラムのジャクソン・ラムたるゆえんである。どんな手を使ったにせよ、あまり気分のいいものではない。

返事を待たれているようなので、リヴァーは答えた。「七台くらいの機械につながれています。当分のあいだ目覚めることはないでしょう」

「機械のスイッチを切って、それからまた入れなおしたってことはないのか」

「今度訊いてみます」

ラムは黄色い歯をむきだしにし、それから訊いた。

「便所をチェックした者はいるか」

ルイーザが答えた。

「そこにはいませんでした。病気かもしれません」

「昨日はなんともなかった」

「誰だって急に病気になります。外から見ただけではわからないこともあります」

「ここは情報部なんだ。《ウーマンズ・アワー》のトークショー会場じゃない。そもそも、病気なら、電話を入れてもいいはずだ」

「予定表に何か書きこんであるかもしれません」と、ホー。

「予定表があるのか」

「オフィスの壁に貼ってあります」

ラムはホーを見つめた。

「いつ誰がここを不在にするか書かれています」

「それはわしが考えたんだ。何をぐずぐずしている。行って見てこい」

ホーは部屋から出ていった。

「どうしてそんなに心配するんです」リヴァーは言った。「交通機関に遅れが出ているだけかもしれません。よくあることです」

「ほう。スタンディッシュが最後に遅刻したのがいつだったか覚えていると言うのか」

そのとき、ラムは一同を見ていなかった。自分の机の上に置いてある携帯電話を見ていた。

リヴァーは思った。キャサリン・スタンディッシュはラムに連絡をとろうとしたが、ラムは着信を無視したということかもしれない。信じられない。ラムは罪の意識を感じているということなのか。ラムは昨日の紅茶が半分入ったカップに煙草を捨てた。「でも、失踪するなどとはスタンディッシュらしくない」

「〝失踪〟は言いすぎじゃありませんか」と、シャーリー。

「本当に？　だったら、なんと言えばいいんだ」

「……ここにいない、とか？」

「それがここにいる全員に起きたら、どうなるんだ。わしがとつぜんここにいなくなったら、どうなるんだ」

シャーリーは何か言おうとしたが、途中で口をつぐんだ。

「ハムレットのいない《ハムレット》のようなものです」リヴァーが答えた。

「そのとおり。あるいは、ゴドーのいない《ゴドーを待ちながら》のようなものだ」

コメントする者はいない。

ホーが戻ってきた。

「どうだった」

「予定表には何も書かれていませんでした」

「なのに五分もかかったのか。ガキの使いでも半分の時間ですんだはずだ」

「ええっと、それには理由が……」

全員が話の続きを待った。

ホーの言葉は尻すぼまりになったたままだった。

ラムは言った。「急がんでいい。ポストカードに書いて投函しておけ」

ラムはまた一同を睨《ね》めまわした。

「もっとまともな意見はないのか」

リヴァーのポケットのなかで、幸いなことにサイレントモードに設定してあった携帯電話が振動しはじめた。

「誰かの机にメモを残していったかもしれません」リヴァーは言った。

「いつ？」

「朝いちばんに。最初にここに来て、すぐに出かけなければならなかったのかもしれません。見てきます」

リヴァーは部屋から出ていった。

「メモを見た者はいるか」ラムは残りの者に訊いた。

マーカスが答えた。「見たら、報告しています」

ラムは唇を歪めた。「なるほど、ありがとう。武闘派にしては、気のきいた答えだ」

「もう仕事に戻っていいですか」ルイーザは言った。

「ずいぶん熱心だな。単純労働の面白さがわかってきたのか」

「ええ。無意味で退屈な仕事ですけど、黙ってできます」

「なんなら、このまま懇親会に切りかえてもいいぞ。とにかく、雌鶏のお母さんが戻ってくるまで待とう。おや、あの音は……」

ほかの者には何も聞こえてなかった。

「裏口のドアだ！　スタンディッシュだ！」

とつぜんの大声だったので、シャーリーは膀胱が少し緩むのを感じた。だが、下からはなんの声も聞こえず、キャサリン・スタンディッシュが姿を現わすこともなかった。

ラムは怪訝そうな顔をしていた。「カートライトはどこに行ったんだ」

「トイレじゃないですか」シャーリーが答える。

「今朝はそればっかりだな。おまえもトイレに行きたいのか」

「見てきます」

「行くな！　またひとり行方不明になった。これはいったいどういうことなんだ」ラムは苦々しげに言ったが、リヴァーが戻ってくる気配はない。

沈黙が垂れこめ、ルイーザは窓ガラスが震える音が聞こえるような気がした。

ようやくラムは言った。「いいか。おまえたちが出ていくのを見るのがいやだというわけじゃない。でも、わしらには果たすべき職務がある」

マーカスは鼻を鳴らしたが、それは花粉症のせいかもしれない。

「わかった。もういい」ラムは言い、ルイーザのほうを向いた。「きみはスタンディッシュを探しにいけ。ゲロのなかに突っ伏していたら、写真を撮っておけ。それから、そこのふたり」それはマーカスとシャーリーのことだ。「おまえたちはカートライトの居場所を見つけだして、連れ戻せ」

「力ずくで?」

「必要とあらば撃ってもいい。わしが許可する」

残ったのはローデリック・ホーひとりだった。

「ぼくはルイーザといっしょに行きます」

「いいや、駄目だ。ひとりのほうがいい。おまえがいると、足手まといだ」

ほかの者はすでに階下に向かっていた。ホーは戸口で足をとめ、振り向いた。

「何か?」

「遅くなったのは、ガキの使いとちがって、注意深くチェックしてたからです」

「切手代を節約できたな。ほっとしたか」

ホーはうなずいた。

「そりゃよかった。とっととうせろ」

メッセージはキャサリンの携帯電話からのものだった。リヴァーは首尾よくラムの部屋から抜けだせたことに気をよくしながら、階段をおりていった。そのときは欠勤の理由を知らせてきたのだろうとばかり思っていた。地下鉄の遅延とか、急病とか、異星人の侵略とか。

だが、届いていたのは、ごく短い呼びだしのメッセージだった。

〝歩道橋へ。いますぐに〟

なんとなくキャサリンの文章らしくない。

メッセージにはファイルが添付されていた。開くのに時間がかかり、リヴァーは階段の踊り場で立ちどまって待った。見えてきたものをすぐに理解することはできなかった。女が手錠をかけられ、口に布を詰めこまれている。アマチュア・ポルノ・サイトの画像のようだが、服を着ているし、それに……そ、それはキャサリンではないか。

いったいなんのためにキャサリンを？

〝歩道橋へ〟

〝いますぐに〟

考えられる歩道橋はひとつしかない。地下鉄の駅とバービカン・センターを結ぶ道路の上にかかっているもので、ここから十数ヤードも離れていない。だが、そこへ行くまえに、しなければならないことはいくつかある。〈遅い馬〉であろうがなかろうが、キャサリンは保安局の一員だ。その身が危険にさらされているとすれば、リージェンツ・パークは決して黙っていない。あとはラムだ。無断で次の一歩を踏みだしたら、どんな目にあわされるかわからない。考慮が必要だ。で、考慮しながら、携帯電話をポケットに突っこみ、階段を二段飛ばしで駆けおりはじめた。

外はすでにむっとするような暑さで、黴臭い裏庭には熱気がこもっている。路地を抜けて通りに出ると、歩道橋の上にいるひとりの男の姿が目に入った。眼下の光景を楽しんでいるかのように往来を見おろしている。遠すぎて顔はわからないが、とにかくそういう印象を受けた。リヴァーは通りを駆け、駅のなかを抜けて、階段をあがり、歩道橋の上に出た。

男は片方の手を歩道橋の手すりにかけて待っていた。やはりそうだ。どこか楽しげに見える。年は五十がらみで、黒い髪には白いものがまじっている。痩せ型で、朝もやのようなグレーのスーツを着ている。黄色いネクタイはどこかのクラブのものかもしれない。ひとを見くだすような笑みは、イートン校あたりで習得したものだろう。両手の小指につけた指輪は、世の偏見の正しさを証明するものであるように思える。

リヴァーが近づいていくと、男は手すりから手を離した。そして、その手を前にさしだした。

握手に応じるかわりに、リヴァーは男のスーツの下襟をつかんだ。「キャサリンはどこだ」

「何も心配することはない」

「そんなことを訊いてるんじゃない」リヴァーは男をさらに引き寄せた。「ちゃんと答えろ。ゆっくりと」

「何も、心配する、ことは、ない」

あきらかに人をなめている。母音の発音は、カットグラスとは言えないまでも、精密機器なみには鋭い。

リヴァーは男を枯れ枝のように揺すった。「写真では手錠をかけられ、猿ぐつわをかまされていた」

「注意喚起のためだ。だから、きみはここに来た」

「ここは歩道橋で、下の道路には車が途切れなく行き交っている」

男は大きな笑みを浮かべた。「何もわかっちゃいないようだな。ミズ・スタンディッシュは無事でいる。これから三十秒以内にここから電話をかけたら、その状態は維持される。後ろへさがったほうが賢明だと思わないか」

グレーのスーツの肩ごしに、下の通りを歩いていたカップルが足をとめ、ひとりがこちらを指さしているのが見える。

リヴァーは手を離した。

「それでいい。それでこそ文明人だ」

「ふざけるな」

男は携帯電話を取りだして、誰かと二言三言ことばを交わした。話が終わると、携帯電話をしまい、それから言った。「きみはリヴァー・カートライトというらしいな。変わった名前だな」

「〝カートの大工《ライト》〟って意味だ」

「ミズ・スタンディッシュはきみを信用していると言った。きみになら命を託すことができるとのことだった」

「彼女はいまどこにいるんだ」

男は悲しげに首を振ったが、もちろん悲しいわけではない。「人質を取り戻す算段について話しあったほうがいいと思うんだがね」

やはり面白がっている。手に入れたいものより、手に入れる手段のほうに重きを置いているかのようだ。

「何がほしいんだ」

「情報だ」

「なんの」

「そんなことを知る必要はない。黙って持ってくればいいんだ」

「さもないと？」

「本当に知りたいのか。よかろう」

男はそこで話すのをやめた。リヴァーはあえて後ろを振り向かなかった。振り向かなくても、後ろに誰かいることはわかっていた。先ほど下から指をさしていたカップルだ。ふたりは素知らぬ顔をして通りすぎていった。暴力沙汰になっていないことをたしかめなければと思ったからかもしれないし、単に物見高かっただけかもしれない。バービカン・センターの前まで行ったところで、一度だけ振りかえり、そのまま歩き去った。

「わたしの仲間は衝動を抑えるのが苦手でな」

「衝動……？」

「そう。すぐに前後の見境がなくなる。具体的な数字を知りたいのなら、そのときまでの時間は八十分だ」

リヴァーは両手をのばし、先ほどつかんだ下襟の皺《しわ》をのばすように撫でつけた。「あとで後悔することになるぞ」

「待ちきれないよ。そのあいだに、きみにやってもらわなきゃならないことがある。さて」腕時計に目をやって、「わたしの仲間が腰のベルトを緩めはじめるまで、あと七十九分だ。脅し文句を並べて時間を無駄にしたいというなら、それでもかまわないがね」

「何がほしいんだ」

男は告げた。

リヴァーが歩道橋を駆けおりた二分後、マーカス・ロングリッジとシャーリー・ダンダーは〈泥沼の家〉の裏手の路地を抜けて、アルダーズゲート通りに出た。マーカスが通りの片側を、シャーリーがもう一方を見やる。地下鉄駅から出てきた歩行者が、信号が変わると同時に道路を横切りはじめる。通りの角のジムの入口付近に、大きな人だかりができている。バスが両側からやってくる。一台の自転車が行き交う車を無視して走っている。臓器提供カードを所持していて、それを一刻も早く役立てたいということかもしれない。市職員の制服を着た女がダストカートを押している。バービカン・センターへ向かう歩道橋の上から、グレーのスーツを着た男が周囲を見まわしている。だが、リヴァー・カートライトの姿はない。

「いたか？」

「いない。そっちは？」

「いない」マーカスはさらに一呼吸おき、周囲にリヴァーの姿が見あたらないことを確認してから言った。「アイスクリームを食べたくないか」

「食べたーい」

ふたりは仲間たちに見られる恐れのないスミスフィールドへ向かった。

そのとき、歩道橋の上にいた男は姿を消していた。

キャサリンが自宅のスペア・キーをマッチ箱に入れて机の天板の裏に貼りつけていることに、ルイーザは〈泥沼の家〉に来て間もないころから気づいていた。それで、このときはその鍵を持って、タクシーでセント・ジョンズ・ウッドへ向かっていた。気温はすでに二十度を超え、まぶしい陽光がガラスや金属に反射している。こんな日には、外出するのがなんとなく億劫になり、薄暗い部屋に引きこもっていたくなったとしてもおかしくはないだろう。キャサリンの家へ行ったことはいままで一度もない。それは自分にとって何を意味しているのか。あるいは、〈泥沼の家〉の面々にとって何を意味しているのか。職の日常生活のなかでの友情は紙のように薄っぺらい。けれども、いまはそういったことをとやかく言っている場合ではない。とにかく外部を遮断し、何も考えずにロンドンを横切るのだ。いまは自分の机にいるのでもないし、ミンのいない空間を埋めようとしているのでもない。

キャサリンの住まいはアールデコ調の建物のなかにあり、その前には手入れの行き届いた生け垣がしつらえられている。ルイーザはタクシー代を払って、レシートをポケットに突っこんだ。建物の丸みを帯びた縁や金属の窓枠はSF風で、かつては未来を感じさせる意匠だったのだろう。タイル張りの明るいロビーに入ると、サンダルの音が響いたが、それ以外にはなんの物音もしない。建物全体が異様なほど静かで、行方不明になった住人はキャサリンだけではないのではないかとすら思える。それはルイーザが自分の隣人たちにそうなってほしいと思っている運命だ。だから、そういった静けさが神経にさわるようなことはない。

キャサリンの部屋は最上階にあった。呼び鈴を鳴らし、たっぷり一分待ってから、なかに入り、念のためにキャサリンの名前を呼んだが、返事はなかった。素早く室内を見てまわったが、やはり誰もいない。ベッドはきちんと整えられているが、それはべつに驚くべきことではない。キャサリンはそこにいるだけでその場をよりよく見せることができるような女性だ。無秩序や混乱をあとに残すようなことはしない。

居間には固定電話があったが、メモ帳の類は置かれていない。キッチンの壁にはカレンダーがかかっているが、この月は二週間先の美容院の予約以外になんの書きこみもない。冷蔵庫のドアには買物リストが貼りつけられているだけだ。ナイトテーブルの上には四カ所に本が積みあげられているが、それはキャサリンが読書家であることを示しているだけで、ところどころに栞《しおり》がわりにはさまれている紙片にも、とりたてて意味があるとは思えない。無菌状態ではなく、生活感はあちこちに漂っているが、そこの住人が行きそうな場所を示唆するものは何もない。ワードローブにはマーチャント・アイヴォリーが制作した映画のように服がぎっしり詰まっている。玄関のクロゼットには空《から》のスーツケースが収納されている。財布、携帯電話、サングラス、定期券といった普段持ち歩くものは見あたらない。一見すると、キャサリンはいつもどおりの朝を迎えたように思える。目を覚まし、いつもどおり仕事に出かけ、その途中、職場までたどりつけないような何かが起きたのかもしれない。だが、食洗機を見ると、なかの食器は乾き、冷たくなっている。朝食用の皿を使ったような形跡はない。ケトルに手を触れても、熱は伝わってこない。朝食をとらずに家を出たか、昨夜は家に帰ってきていないかのどちらかということだ。

「夜遊びってこと?」ルイーザはつぶやいたが、もちろん本当のところはわからない。

昨夜は自分も夜遊びをしていた。帰宅したのは朝の七時で、それからシャワーを浴び、着替えて、出勤したのだ。昨年は何度かミンとバーで過ごし、まわりでナンパしたりされたりしている男女を横目で見ては、そういった出会いの危うさを他人ごとながら心配し、自分たちの関係がそんないい加減なものでないことにほっこりしあっていた。だが、それを幸運と呼ぶことはできない。運とは猛犬のようなもので、簡単に手なずけられるものではない。不運はしつこくついてまわるが、幸運にはめったに出くわさない。

よそう。そんなことを考えている場合ではない。バスルームを覗くと、空気は乾いていたし、湿ったタオルはなかった。バスルームは一日以上使っていないということだ。

居間に引きかえす途中、おたがいの部屋をついつい比べてしまった。自分の部屋は狭く、汚く、心配ごとも少なくない。たとえば放火とか。ここはちがう。かならずしも整理整頓が行き届いているわけではないが、少なくとも、すべてのものがしかるべきところにおさまり、配置の仕方にもそれ相応の心くばりが感じられる。いかにもキャサリンらしい。〈泥沼の家〉の面々なら何も驚かないはずだ。ホーは別として。ホーがそういったことに意を払うとは思えない。

ただし、それがすべてというわけではない。ここはキャサリンが表の暮らしをしているところだ。だから、カップボードにワインのボトルが並んでいたりとか、冷蔵庫にスピリットが入っていたりとか、ドレッサーの上にシェリーが置いてあったりといったことはない。酒用のグラスだけでなく、普通のコップもない。ルイーザの家でもグラスがなくなることはよくあるが、それは割ってしまうからで、特別な理由があるわけではない。ここではそれが意図的に行なわれている。絞りたてのフルーツジュースをグラスに入れただけで、心の箍《たが》がはずれ、近くの酒場へ一直線ということになりかねないからだ。

とすれば、それが原因かもしれない。キャサリンがアルコール依存症であることを知っているのは、本人から聞いたからではなく、ラムがことあるごとにあげつらうからだ。アルコール依存症について誰もが知っているのは、インフルエンザとはちがうということだ。アルコール中の場合、酒を断っても、それで終わりということにはならず、つねに気を引きしめていないと、いつまた禁を破らないともかぎらない。要するに、いつどこで何が起きてもおかしくないということだ。帰宅途中に起きた些細な出来事が引き金となって、スイッチが入り、歯止めがきかなくなったという可能性もある。ラムがオフィスに酒を常備していることがきっかけになったという可能性も考えられなくはない。飲酒癖は不死身で、ロンドンには無数の酒場がある。

だが、イメージ的にはいまひとつしっくりこない。泥酔したキャサリン、生け垣の下でぶっ倒れているキャサリン、行きずりの男に身をまかせているキャサリン。それは下手な小話の落ちのようなものだ。熱心な仕事ぶり、女家庭教師然とした堅苦しい服装、めったに毒づいたりしない上品な物言い。そういった規矩正しさは、かつて酒に溺れていたときがあったことを笑い話にするものではない。それは元に戻らないようにするための防御策なのだ。部屋に関しても同様で、だからすべてがおさまるべきところにおさまっているのだ。プライベートな空間にすら覆いをかけるのは、スパイの習性と言っていい。スパイはスパイでしかいられない。たとえ薄汚いオフィスにこもりきりでも、スパイにはちがいない。通信本部で電話を傍受しているオタク系の若者から、川の向こうにいるお偉方まで、あるいは、リージェンツ・パークの指令センターにいる才人才女から、黄ばんだ書類の山に埋もれている〈遅い馬〉まで、全員がスパイであり、全員がそれぞれの生活の九割を偽らなければならないことを知っている。そもそも情報部で働くことを決めたのは、世界は敵意に満ちているという思いがあったからだ。けれども、実際に情報部入りしてみると、唯一信じられるはずの仲間でさえ信用できないということが徐々にわかってくる。スパイほど不誠実な友人はいない。いつ背中を刺されるか、膝を切られるか、あるいは殺されるかわからない。

キャサリンの身に何が起きたのかを知ることはできないが、酒びたりになっているのでないのはたしかだ。それくらいのことはラムにもわかっているはずだが、とにかく一報だけは入れておいたほうがいい。そう思って、ルイーザは携帯電話を開いた。情報が多すぎて困るということはない。

男がほしいものを説明するのに、そんなに時間はかからなかった。指図することに慣れているみたいで、それは生まれのよさのせいにちがいない、とリヴァーは思った。この国には、いまなおその種の悪弊が色濃く残っている。特にロンドンには、りゅうとしたスーツ姿で、肩で風を切りながら通りを闊歩し、尻を蹴とばしてくれと頼んでいる輩《やから》がわんさといる。

そんなことを考えるともなく考えながら、リヴァーは走った。

ジェイムズ・ボンドなら、歩道橋から走っているバスの上に飛びおりるか、オートバイを奪いとるためにライダーにドロップキックを食わせるだろう。ジェイソン・ボーンなら、車のルーフ伝いに通りを進むか、パルクールの技を駆使して、壁やゴミ容器を跳び越えていくにちがいない。どんなときにも、どこを通ればいちばんの近道か知っていて……

七十九分……

リヴァーはレンタル自転車の列に一瞥をくれ、だが頭を振って、地下鉄駅の階段を駆けおりはじめた。

リージェンツ・パークからそう遠くないところに位置する、最近リニューアルしたばかりの市営の室内プールの地下に、一般には知られていない施設がある。保安局の局員はそこで上下の別なく、年次評価の判定の際には事務方も加わって、種々の格闘技の訓練を受けることになっている。ひとつには武装した敵に襲われたときに生きのびる確率をあげるためだが、そのような機会はそうそうあるものではなく、たいていの場合は無警戒で無防備なターゲットを取りおさえるためだ。ペン、コーヒーカップ、眼鏡、小銭など、相手にダメージを与えることができるなら、使えるものは何でも使う。

部下にダメージを与えるスキルは、仕事をしながら身につけることになる。

このとき、リージェンツ・パークの会議には六名が出席していた。デイムの称号を持つイングリッド・ターニーとその部下の五名だが、五名のうちの四名は数あわせのためにとりあえず呼ばれたにすぎない。このメンツでの会議のほとんどがそうであるように、主役はあくまでターニーとタヴァナーである。デイム・ターニーは十年近く保安局のトップの座にあり、国葬されるか女王になるまで続投するつもりでいる。それに対して、レディ・ダイと称されるダイアナ・タヴァナーは、保安局のナンバー・ツーとして、第一線で働いているスパイたちの生死を左右する権能を有し、リージェンツ・パークの指令センターを牛耳っている。が、見方を変えると、それはターニーのために露払いをしているにすぎないということでもある。

タヴァナーがトップの座を狙っているのは公然の秘密といっていい。年はターニーより十二歳下だが、野心がかなえられる可能性は日に日に低くなっていくように思える。

この日の会議の議題は予算についてだった。最近はどんな議案でも結局は予算の話になり、緊縮財政という悪路はほかのすべての組織と同じように保安局の車軸にも悲鳴をあげさせているのだが、今回は予算そのものが議題になっていて、最近切り詰められたばかりの経費を近い将来どうやってさらに切り詰めるかという問題が話しあわれることになっていた。財務省のお達しによれば、予算削減は効率化の一環であり、こうした美徳の実行に誤解があってはならず、端的に言えば、とにかく身を削れということであり、となると、保安局としても無下《むげ》にはできない。とりわけ先日の政権交代で保安局が権力の回廊に後ろ盾を持たなくなってからは。

新任の内務大臣ピーター・ジャドは、リージェンツ・パークを目の仇のようにしている。この憎悪の大もとには、何十年もまえに保安局入りを拒否されたという事実がある。親の莫大な遺産を受け継いだ自己陶酔的なサイコパスであり、権力欲のかたまりであり、決して恨みを忘れない男。こういった心理アセスメントは、赤いブロック体の大文字で記されていて、事情通が口をそろえて言うように、いまなお諸刃の剣でありつづけている。ジャドを怒らせた代償を支払わされるのは癪《しゃく》だが、ジャドが保安局入りしていれば、これまでの外交上の立ち位置からして、冷戦という火種に油を注ぐ可能性すらあった。だが、お粗末な外交政策は往々にして大衆受けするもので、ジャドの星まわりは依然として良好である。少なくとも、当分のあいだは、その顔色をうかがいながらことを進めなければならない。

ただ、どの諸刃の剣にも柄がある。ターニーはそれを握っている。そして、それを自分の都合のいい方向に振りおろそうとしている。

「あまり愉快な話じゃないことはよくわかってるけど、次の半期の予算はすでに決まっている。ひとつは良いニュースで、もうひとつは悪いニュースよ。良いニュースというのは、悪いニュースがそれほど悪くないということ」ここでターニーは言葉を切り、口もとに悲しげな笑みを浮かべて、テーブルのまわりの面々を見まわし、ダイアナ・タヴァナーのところで岩礁に突きあたったように目をとめた。やり方は心得ている。これでいい。トラブルメーカーは孤立させるにかぎる。

ターニーはチェーンつきの眼鏡をはずし、胸の上に垂らした。その日はブロンドのふんわりとしたウィッグをつけていたが、それがこの日の本気度を示すものであることは知るひとぞ知る。その優しく柔らかい外見は、異論が出た際、衝撃を吸収する役割を果たしている。

「今年度は事務職の補充はしません。じつのところ、秋の予算編成方針のことを考えたら、過去二年間に新規採用された者を解雇するということもありうる。ええ、もちろんわかってます。申しわけないと思ってる」実際、ターニーは申しわけなさそうな顔をしていた。美人ではないが、器量の悪さを、他人の気持ちを思いやる表情で補うことができるというのが、持って生まれた美質のひとつなのだ。「でも、これはわたしたちが向かいあわなくてはならない現実で、反対してもなんの得にもならない」

タヴァナーは当然のことのように異を唱えた。「事務方のサポートがなければ、とてもやっていけません」

「だいじょうぶ。あなたならなんとかやっていけるはずよ、ダイアナ」

「事務用品を見つけだすのに勤務時間の半分をとられているというのに？」

「大袈裟ね」

大袈裟でないことはターニーにもよくわかっている。アシスタントが川の向こう側へ異動になってからの十カ月間、タヴァナー自身がメモ用紙に書き残したように、〝自分で自分のアシスタント役を務めなければならず〟、ずっと一人二役をこなしているのだ。これまで何人かいたアシスタントが最長で十八カ月しかもたなかったという事実を考えれば、タヴァナーが過労のために倒れるのは時間の問題だろうと心配する向きもあったが、ターニーは意に介していなかった。タヴァナーなら、自滅するときでも、自分が有利になるようになんらかの手立てを講じるにちがいない。

「この一年、アシスタントなしで仕事をしなきゃならなかったのは本当に大変だったと思うわ、ダイアナ。でも、財務省としては、オフィスにいる者のことだけを考えていればいいというわけにはいかないの。人材の補充は現場を優先させなきゃならない。わかるわね」

わからないと言えば、自分でコーヒーを淹れるより国民を危機にさらすほうがいいと宣言したことになる。

「それに、これはわたしから提案しようと思っていたことでもあるの。あなたの孤軍奮闘ぶりをないがしろにするつもりはない。あなたが機密文書の保管という厄介な問題をひとりで解決したことを、財務省は高く評価している。最高の評価よ」

ターニーの褒め言葉には、あまねく知られた特徴がある。かならず脚注がついているということだ。

「このなかには知らない者もいると思うけど、情報過多に対するダイアナの取り組みは第一

4半期の終わりから始まっている。そして、その作業はもうすぐ終わる。そういう理解でいいのね、ダイアナ」

タヴァナーは小さくうなずいた。遠まわしな賛辞を理解したということではなく、そのような言いまわしができる技量に舌を巻いたということだろう。上出来だ。とどめを刺すときはすぐそばまで来ている。

そう思ったとき、もうひとりのナンバー・ツーが口をはさんだ。「それって、オペレーションの記録を新しい保管場所に移す案件のことでしょうか」

「そのとおりよ、ジョージ」ターニーは穏やかな口調を崩さなかった。「わたしの話を聞いていたとわかって嬉しいわ。知ってのとおり、オペレーション課が動けば、ほかの者はみなハーメルンの笛吹きを追いかける子供のようにあとに続く。そのうちにメモがまわってくると思うけど、局内の書類の山は近いうちにモグラ塚のようになる。オペレーション課でうまくいけば、ほかでもうまくいく。オペレーション課はつねにいちばん手間がかかる部局よ。何をするにしても、失敗すれば、書類の大きな山ができる」

「成功しても同じです」タヴァナーは言ったが、歯をきしらせる音は聞こえなかった。

「もちろん。わたしが言ったことに、そんなに深い意味はないのよ」

「わかっています」

機密文書の保管はかねてよりの懸案事項だった。秘密の保持に意を払わなければならないのは言うまでもないが、最大の問題は幾何級数的に増えつつある書類をどこにどう保管するかということだった。デジタル化は万能ではない。まず第一に暗号化の問題がある。ターニーはリージェンツ・パークを情報の秘匿に最適の場所と考えているが、しょせんはそこも行政庁のひとつでしかない。だが、デジタル化によって情報の多義性が損なわれる恐れがあるというのは、どちらかというとマイナーな問題であり、何よりも警戒しなければならないのは、サイバースペース上の汚染爆弾《ダーティーボム》によって、保安局のすべての記録が一瞬のうちにスパム化してしまうことである。

だが、ターニーにとって、それはかならずしも悪いことではない。自分の在任中の記録のすべてがデジタルの破片となるのは、むしろ望ましいことだ。けれども、政府主導の〝歯止め会議〟は情報公開法にもとづいてすべての情報を保存することを求めている。それで、二年前にサイバーテロの脅威にさらされたときから、必要なものはネットワークから切り離してオフライン環境に置くか、紙媒体で文書化するようになり、その結果、出てきたのが保管の問題だった。個人情報を中心としてその一部はモリー・ドーランの〈書架〉におさめられたが、それ以外は各部署が個別に管理しなければならず、特にオペレーション課の書類は《アンクル・トムの小屋》のトプシーのような成長をとげることになった。オペレーションはつねに秘密裏に遂行されるが、にもかかわらずつねに多くの文書業務をつくりだす。秘密が必要になれば、それを隠すための書類が必要になる。何かを隠蔽するのに、山積みの書類ほど重宝なものはない。

今回にかぎっては、ターニーとタヴァナーは意見の一致を見ていた。それはリージェンツ

・パークとは別の場所に機密文書の保管庫をつくる必要があるということである。そして、その場所の選定条件は三つ。充分な広さがあるということ、秘密性が確保できるということと、そして、予期せぬ被害にあう可能性があること。つまり、火事や浸水やネズミやカビなどの被害によって、文書が失われたと主張しても、不自然に思われないということだ。

自分の利益に反しないかぎり、褒めるべきところは褒める。それがイングリッド・ターニーの信条のひとつだ。タヴァナーは予想以上に役に立ってくれた。そう思うと、自然に口もとが緩み、ネズミを食いちぎるまえのフクロウのような顔になった。

「あなたの最大の敵はあなた自身、と言いたくなるくらいよ。あなたの手際のよさを見ていたら、アシスタントに仕事を押しつけるのは馬鹿げていると思えてくる」

タヴァナーがうなずくのを見て、ターニーは今回の首尾のほどを〝上出来〟から〝完璧〟に引きあげた。テーブルのまわりで、書類をめくったり、咳払いをしたりする音がして、それがこの案件の議論終了の合図となった。アシスタントをつけてほしいというタヴァナーの要望は却下された。

少し間を置いてから、ターニーは言った。「労をねぎらいたいと心から思ってるわ、ダイアナ。あなたは指令センターの宝よ。正直なところ、あなたのがんばりがなかったら、保安局は早晩立ちゆかなくなる。こんな時間でなかったら、乾杯したいくらいよ。でも、いまは話を先に進め、残りの案件を片づけてしまわなきゃならない」

タヴァナーは言った。「つまり息を抜けるときはないってことですね」

ターニーは百パーセントの演技力で心配そうな顔をした。「息を抜けるとき？　つまり、あなたはストレスを感じてるってこと？　もしそうなら、対策を考えなきゃならない」

「ストレスを感じてるわけじゃありません」

「本当に？　いい薬があるのよ。恥じることは何もない。それなら、そう言ってちょうだい。すぐに人材を補充するわ。予算なんて知ったことじゃない。大事なのは、あなたが心身ともに健康で、素晴らしい能力を存分に発揮してもらうことなんだから」

沈黙が垂れこめた。

タヴァナーは決して白旗をあげるようなことはないが、引き際は心得ていた。

「だいじょうぶです。ご心配には及びません」

「だったら、次の案件に移るわね」ターニーは言い、議事は進行した。

平均的なロンドンっ子は生涯でどれほどの時間を公共の交通機関で移動するのに費やすのかという統計値を、リヴァーはまえに見たことがある。記憶力は無意味にいいのだが、いまは覚えないでいいことはできるだけ覚えないでおこうと思っている。年をとると、覚えようとしても覚えられない日がいやでもやってくる。プラットホームで二分待って、列車が到着し、車内で六分が経過したということは、残された時間は七十分。キャサリンの写真が目に焼きついて離れない。手錠をかけられ、猿ぐつわをかまされて、ベッドにすわらされていた。七十分後に男はベルトをはずし……膝のあいだで、拳に思わず力が入る。何かを殴りたい。

できれば、あの歩道橋にいた男を。でも、いまはそのときではない。列車が揺れ、数ヤード進んで、またとまる。リヴァーは毒づいた。半分は列車に対して。残りの半分は自分自身に対して。けれども、それで気がおさまることはなかった。

「どれだけ機転がきくか試されているんだ」と、男は言っていた。

その口調には、莫大な財産を相続した大臣が、社会保障の給付金を受ける国民の権利について一席ぶっているような響きがあった。

列車が揺れ、また動きだす。

まずは目的地にたどり着かなければならない。そのあとどうやって目的を達成するかはまた別の問題だ。保安局のIDがなんの助けにもならない場所なら、拳銃を突きつけたほうがいいかもしれない。リヴァーの心理状態がいまとちがったものであったとしたら、こんな考えは即座に却下していただろう。手に入れることができる拳銃は、ここから何マイルも離れた祖父の家の金庫のなかにしかない。

かためた拳を解いて、指を大きく広げる。そのとき、昨夜ジェームズ・ウェブに語りかけた言葉がふと脳裏によみがえった。たしかに、〈泥沼の家〉の仕事は、ただ単に退屈なだけではない。それはそこで働いている者の魂を一度に一ピクセルずつ掻き消していく。

だが、今日の仕事はちょっとちがう。

そう思うと、なんとなく嬉しくなってきた。目にはいまもキャサリンの姿が焼きついている。求められていることに応えられる見こみはほとんどないにもかかわらず。

〝同僚のなかで、命を託してもいいと思うくらい信頼できる者は誰か〟

簡単に名指しできることではない。キャサリンにとっては、特にそうだ。

だがしかし、親子を除外するとしたら、命を託すことができる者の名前をなんの迷いもなしに答えられる人間がどれだけいるだろう。夫あるいは妻の名前をあげる者もそんなに多くはないはずだ。少なくとも、本人たちが思っているほどは。もしかしたら友人のなかにはいるかもしれない。けれども、同僚は……？

かつてはチャールズ・パートナーという上司がいた。向かっていって体当たりを食わせたいという意味ではなく、存在するだけで安心できるという意味で、大きな岩のような男だった。だが、実際はちがった。ある日、彼の自宅を訪ねたとき、バスタブで死んでいるのを見つけたのだ。それはアルコール依存症の治療を終えた直後のことだった。リージェンツ・パークに戻ったときには、まわりにいる者全員から避けられていた。元アル中を相手にする者などいるわけがない。だが、チャールズ・パートナーはそんな人間をふたたび個人秘書として迎えいれてくれた。そして、それ以降その話を口にすることは一度もなかった。あれは間違いなく最大級の信頼に値する行為だった。彼の死体をバスルームで発見することになったのは、だからなのか、本人がそうなるように仕組んだのかはわからない。真相は藪のなかだ。

そして、いまはチャールズ・パートナーにかわって、ジャクソン・ラムの下にいる。その昔、ラムはパートナーの部下だったことがあり、そういったいきさつを考えると、気味の悪さを感じずにはいられない。パートナーが一昔前の銀行の支店長のように頼りがいがあったのに対して、ラムは水切りボールのなかの屁のようにとらえどころがなかった。何年ものあいだベルリンの壁の両側を行ったり来たりしたあと、戦地から戻ってきた男であり、パートナーに言わせると、〝変わり者〟だった。実際そうだった。それだけなら、なんの問題もなかった。だが、ラムはパートナーの見たてと異なり、みずからつくりあげた独裁者の座に鎮座することになった。

ラムはラムなりに、かつてのパートナーと同じように自分を守ってくれたのかもしれない。パートナーが死んだとき、そこで自分のキャリアも終わってしかるべきだったのに、ラムが拾ってくれ、いっしょに〈泥沼の家〉へ行くことになったのだ。ラムが部下の窮地を黙って見ているはずがないことはわかっている。これは単なる推測にすぎないが、ラム自身がそのような目にあったことがあるからだろう。だから、命を託すことができる同僚として、ラムの名前をあげてもよかったのだが、それはほかに選択肢がなかったらの話だ。見返りにどんな無理難題を押しつけられるかと思うと、二の足を踏まざるをえなかった。

では、リヴァーは？　リヴァーなら、なんとかしてくれそうだ。何を要求されたとしても、最善を尽くしてくれるにちがいない。

今回ばかりは失敗は許されない。

リヴァーは列車を降りると、「危ないじゃないか！」という背後の声を無視して、二段飛ばしで階段を駆けあがった。とつぜんの通りの明るさに足がとまる。往来の喧噪、行き交う歩行者、夏の日の朝のまぶしい光。地下鉄の車内と同じ、まといつくような暑さ。タールやゴムの臭い。頭のなかで時計が音を立てている。あと四十八分……

信号を無視して道路を渡ったとき、もう少しで自転車とぶつかりそうになった。そういえば、いまこんなふうにしていることは、地下鉄の列車の減速や膝の震えと同様、馴染み深いもののような気がする。時間との闘いが毎日あるいは毎晩経験していることのように思えるのと同じだ。大通りを離れ、近くの緑地のほうへ向かって走りながら、リヴァーは考えた。そう、これは夢と同じだ。誰しも覚えがあるだろう。あるところに向かって必死で走っているのに、目的地は急げば急ぐほど遠のいていき、いらだちのあまり心臓が破裂しそうになる。だが、それは抑えつけられた恐怖ではなく、記憶だ。数年前にキングス・クロス駅を大混乱に陥れ、その全責任を負わされたときのことだ。あのときは、昇級試験の際に、テロリストを誤認し、朝のラッシュ時に二十分間のドタバタ劇を演じることになった。

そのせいで〈泥沼の家〉送りになったのだ。

まさかだまし討ちにあうとは思わなかった。

ありがとう、スパイダー・ウェブ。

歩道が広くなる。左手に緑地が見えた。その手前には鉄柵が張りめぐらされ、頭上の枝はその下にあるすべてのものにまだらな影を落としている。路上に駐車している車のなかで、カップルが口喧嘩をしている。肺が苦しくなってきた。あと四十四分。息を整えるために立ちどまる。濡れ雑巾のようになって訪ねていくのはあきらかにまずい。そこにいて当然のような顔をしていなければならない。実際のところ、キングス・クロスでの一件とスパイダー・ウェブの嘘がなければ、そこにいて当然だったのだ。キャリアへの思いは火山のような爆発力を持っている。灰の下には、赤々と燃える石炭が隠されている。自分では、そしておそらくは祖父も、いつか第一線で働ける日が来ると信じている。だが、いつもではないし、この日でもない。

にもかかわらず、この日はここに戻ってきた。リヴァーは汗だくのブロンドの髪を掻きあげ、リージェンツ・パークの正面玄関に近づいた。

会議が終わり、ナンバー・ツーの面々は部屋から出ていったが、ダイアナ・タヴァナーはドアの前でイングリッド・ターニーに呼びとめられた。

「ダイアナ。ちょっといいかしら」

タヴァナーが待っているあいだ、ターニーはチェーンで首にかかっている眼鏡を探したり、書類を掻き集めたり、ふと頭に浮かんだ考えを守護霊に命じられてチェックしているように意味もなく考えこんだりしていた。相手を手持ちぶさたにさせるためにしているとしか思えない。

冗談じゃない。ほとんどすべての点で自分より劣っているくせに、とタヴァナーは思った。容姿に関しては、そもそも比較の対象にならない。背丈も同じように比較にならず、ターニーは女版ホビット、あるいはY染色体がひとつ足りない鉄道オタクといったところだ。努力はしているし、金もかけているが、どんなデザイナーズ・ブランドでめかしこんでも、キャットウォークを歩くヌートリアにしか見えない。ずんぐりした身体、短い脚、そして十代のころから悩んでいた脱毛症を隠すために順ぐりにつけているグレー、ブロンド、ブラックの三種類のウィッグ。柔和で優しい印象を与えるのが狙いの髪型だろうが、その効果はオートバイ用のヘルメットをかぶっているのと変わらない。負けているのは裕福さという点だけだ。学歴はどっこいどっこい。向こうはロンドン大学経済政治学総合学部、こちらはケンブリッジ大学キーズ・カレッジ、プラス、エール大学に一年。ターニーが生まれ育ったのは、スタッフォードシャーかどこかの、地図上の埋め草のようなところでしかない州。いろいろな意味で勝負は最初からついている。素手での殴りあいになったとしても、いざというときにはそういう手段に訴える用意のある自分のほうに分はあるはずだ。

けれども、ターニーには別の強みがある。とにかく頭が切れる。デスクでも、会議の場でも、抜群の冴えを見せる。性的な魅力に欠けるぶん、〝パパは何でも知っている〟ならぬ〝お姉さんは何でも知っている〟の聡明さでパブリックスクール上がりの坊っちゃんたちをナンバー・ツーの座に甘んじさせ、権力の回廊にたむろする足腰の弱った政治家たちを巧みに手なずけている。また、どうすれば部下を挑発したり、侮辱したり、いらだたせたりできるかを知る天性の能力も備えている。このときもそうだ。タヴァナーを戸口で待たせ、身体がひきつりだすのを見届けてから、ようやく切りだした。

「ねえ。さっきはごめんなさいね。いっしょにちょっと歩かない？」

ふたりは廊下へ出た。

「会議って、ひどく退屈よね。時間を割いてくれたことに感謝するわ」

出席は義務だ。その点では保安局もほかの行政官庁と変わりはない。

「指令センターですませなきゃならない用が残っているんです」タヴァナーは言った。「時間は長くかかりそうですか」

「例の記録文書の移動が無事にすんだかどうかを確認したいだけよ」

「先月の時点では問題ありませんでした」

「ヴァージル・レベルの話という理解でいいのね」

「報告書にあるとおりです」

機密文書の格付けは二年ごとに見直されるが、目下のところヴァージルは上から二番目のところに位置している。そして、それは重要な秘密情報の多くがヴァージル扱いになることを意味している。秘密情報を覗き見たいと思っている者（各種の監視委員会、政府閣僚、TVプロデューサー等々）は、最高機密は最上位のスコット・レベルに分類されていると考え、そこばかりに注意を払い、その下のヴァージル・レベルは等閑に付される可能性が高い。もちろん、だからといって、その保管場所を外部に移さなくていいということにはならない。

「すべて承知しておられると思っていましたが」

「念を押しておきたかっただけ。あなたの要求は今朝の人事部の会議で正式に却下されるはずよ」

「わかりました。話はそれだけですか」

その言葉が聞こえていないかのようにターニーは続けた。「ひとの上に立つってことの難点は、部下の陰口を聞けないってこと。つまり局内の体温をはかれないってことよ。どういう意味かわかるわね」

言葉の意味を理解したかどうか訊いているわけではないだろうと思い、タヴァナーは黙っていた。

「それで、そのへんのところを知っておいたほうがいいと思って」

「そうですね。みな働きすぎで、人手は不足しているのに、評価は不当に低い。それが局全体の雰囲気になってあらわれています」

ターニーは笑った。案に相違して、それはイボイノシシの鳴き声のようではなく、鈴の音に近かった。

ターニーは言った。「あなたなら忌憚《きたん》のないところを話してくれると思っていたわ、ダイアナ。わたしがあなたのことをかけがえのないナンバー・ツーであると見なしているのは、そのためよ」

「何か問題でも？」

「ピーター・ジャドが小うるさいことを言ってきてるの。一からやり直す必要があるとかなんとか。たしか再起動《リブート》って言葉を使ってたわ。やる気まんまんってところを見せつけたいみたい」

「新任の大臣はみなそうです」

「でも、あの男は本気よ。内輪の情報が漏れすぎている。無理に境界線を超えなくても、効果的に治安を維持することはできると言いたげだった」

境界線を超えるというのは、他国のオンライン上の足跡の違法な監視をしたり、それを別の国に密かに譲り渡したりといった裏の仕事の婉曲表現だ。

タヴァナーは意味のない相槌を打った。

「わたしたちはかならずしも味方どうしじゃない。あなたとわたしは。ちがう？」

「わたしは保安局のために身も心も捧げています。これまでずっとそうでした。おわかりだと思います」

「そして、いまはピーター・ジャドがわたしをトップの座からはずしたとき、どうしたらその献身ぶりをもっとも効果的にアピールできるかを考えている」

否定したら、肯定したも同然の結果になる。それで、こう言った。「どうしてピーター・ジャドがそんなことをするとお思いなんでしょう」

「力を誇示したいからよ。首相になるための地ならしってわけ。内務大臣であの男の野心が満たされると思う？」

三歳以上で、ピーター・ジャドの野心が内務大臣で満たされると思う者はひとりもいない。

「だから、あなたに忠告しておこうと思ったのよ。ピーター・ジャドは保安局に攻撃をかけようとしている。局員の首をはねることなどなんとも思っていない。信頼できる筋からの情報によれば、ナンバー・ツーの役割にも懐疑的な見方を示している。指令系統に中間層をつくり、政治的な監視をしやすいようにするってことよ。人事権は大臣が握っている。外部の者が登用されるのはまず間違いない」ターニーは目をそらした。「さっきも言ったとおり、わたしたちはかならずしも味方どうしじゃない。でも、結果的にその逆のことを意味する格言もある」

敵の敵は味方、とタヴァナーは心のなかでつぶやいた。「わたしは今後とも保安局のために尽力するつもりです。大臣の横槍は過去にも何度か経験があります。ホームグラウンドでは傍若無人に振るまうことができるかもしれないが、リージェンツ・パークで仕事をしたいのなら、それなりに身のほどをわきまえてもらわなければなりません」

そのときタヴァナーのポケットベルが鳴った。

「ありがとう、ダイアナ。話ができてよかったわ」

ターニーがうなずくと、タヴァナーは廊下に出た。これで同盟関係は成立した。

廊下でポケットベルを取りだすと、警備課の番号が表示されていたので、携帯電話でフロントデスクを呼びだした。

「外部の局員が来ています。アポはとってあると言ってますが、予定表に記載はありません」

「誰と会う約束もしてないけど……名前は？」

「リヴァー・カートライトと言っています」そして、受付係は保安局のコードナンバーを読みあげた。

「通してちょうだい」タヴァナーは言った。「一階の階段の上で待ってるわ」

あと三十九分……

リージェンツ・パークに来ると、リヴァーはいつも虚しさを覚える。離婚後にかつての愛の巣に足を踏みいれるような感覚だ。以前、自分にまだキャリアというものがあったころには、そこに通うのは当然で、ずっと続くことのように思っていたが、いまの自分は〈遅い馬〉のラテン語〝好ましからざる人物《ペルソナ・ノン・グラータ》〟なのだ。そうなって以来、この建物のなかに入ったのは二回しかない。そのうちの一回は、スパイダー・ウェブに届けものをしたときで、さんざんいやみを言われ、シベリア送りになったような気分になった。だが、いまはスパイダー自身がシベリアのようなところにいる。白一色の世界で、息吹いているものはほとんど何もない。昏睡状態でそのようなところにいるのはどんな気分なのだろう。できることなら一生知りたくない。

受付けで、保安局のIDカードを提示し、ダイアナ・タヴァナーに用があると告げた。一か八かの賭けだ。どの面《つら》さげてここに来たのかと思ってくれたら、しめたものだ。どやしつけるために、なかに入れてくれるかもしれない。

受付係の女がタヴァナーを呼びだしているあいだ、リヴァーは周囲を見まわした。

あと三十八分。

いつもながら、この建物が持つ二面性には驚かされる。表面は、その歴史（洗練された暗殺の歴史）ゆえに伝統ある名門大学のように見えるが、地階は放射性物質を撒き散らす汚染爆弾も、衆人の好奇の目も寄せつけない今風の造りになっている。上階の廊下には祖父の肖像画がかけられているというが、そんな上まであがったことはない。そこまで行けるのはごく一部の者だけだ。

ここでリヴァーは思案から呼び覚まされた。

「……それで？」

「ミズ・タヴァナーが階段の上でお待ちです」

そこから突き落とされるということかもしれない。

受付係はラミネート加工された紐つきの入館証をさしだし、向かうべきところを指さした。

スミスフィールドの近くにあるジェラートの店の二階で、ふたりは錫《すず》のカップに入ったアイスクリームを食べていた。マーカスはストロベリーとピスタチオ、シャーリーはピーチとストラッチャテラ。スプーンがカップに当たる音はふたりのあいだの会話の量と同じくらいで、食べ終わるころになって、シャーリーは口からスプーンを音を立てて抜きとり、マーカスのカップに顎をしゃくった。

「ストロベリーとピスタチオ。それって最悪の組みあわせよ」

「おれは気にいっている」

「だったら、味蕾がどうかしてる。ストロベリーにあわせるのは、チョコレートかバニラと決まってる。そもそもピスタチオなんて作りもののフレーバーなのよ。一九九七年以前には存在さえしていなかった」

「恋人に振られたのか」

「恋人に振られた？　それってどういう意味なの？　藪から棒になんという質問なの？　いまはアイスクリームの話をしてるのよ」

「ああ」

「言っとくけど、とんだお門違いよ」

「ならいい」

「たとえ振られたとしても、あなたにはなんの関係もないことでしょ」

「たしかに」

「なんでそう思ったの？」

「さあ。そのつっけんどんな物言いのせいかな」

「ほっといてちょうだい」

「何があったんだい。彼女に新しい恋人ができたのかい」

「ほっといてって言ってるでしょ。それに、なぜわたしをレズと決めつけるの？」

「否定はしなかっただろ」

「なんで知ってるのかと訊いてるのよ。わたしが仕事に私生活を持ちこんだことがある?」

「いいかい。きみと同じ部屋にいるというのは、雷雲のすぐ下にいるようなものなんだぜ。もちろん、きみは仕事に私生活を持ちこんでいる。だから、おれには理由を訊く権利がある。彼女に新しい恋人ができたのかい」

「だから、どうして彼女と……」

マーカスはナプキンの上にスプーンを置き、アイスクリームがついた口ひげをなめた。

「小説と同じだ。スリラーとかミステリとか。きみも読むだろ」

「いったい何が言いたいの?」

「そのなかで、〝犯人は何々をした〟と書かれていて、〝彼〟とか〝彼女〟という言葉が使われていなかった場合、犯人はかならず女だ。きみも決して〝彼〟とか〝彼女〟という言葉を使わない。だから、だから〝彼女〟なんだ」

シャーリーは笑った。「単なる引っかけかもしれないわよ」

「かもしれない。でも、ちがう。それで、何があったんだ。振られたのか」

「そんな話をするつもりはないわ」

「それならそれでいい。でも、これ以上、他人に当たり散らすのはやめろ。いいな」

「ずいぶん強引ね」

「それが仕事だったんだ」

「でも、いまはちがう。いまはデスクワークしかしていない。みんなと同じように。それを受けいれなきゃ」

「数カ月前にも同じことを言われたな」マーカスは言って、またスプーンを手に取った。「でも、おれはあのときも銃を使った。ちがうか」

「二度目があるとは思えないけど」

「そのときが来たら、また使う。おれがいちばん迷惑に思っているのは何かわかるか。それはそばで怒鳴ったり、わめいたりしている相棒だ。気が散って仕方がない」

シャーリーもスプーンを手に取り、それで空《から》になったカップを叩き、店内に甲高い音を響かせはじめた。その癇《かん》の強さに、マーカスはあらためて驚かされた。彼女の丸刈りに近い髪型や広い肩幅に男っぽさを見てとるのは単純にすぎる。その肌のきめ細かさや深く茶色い瞳から男っぽさは微塵も感じられない。それでも、空のカップに身を乗りだしている姿を見ると、性別不明という印象は拭えない。いずれにしても、強烈な右フックで相手の足を宙に浮かせることができる女なのだ。

シャーリーは顔をあげた。「相棒？　わたしたちってそういう関係なの？」

「それ以上に適切な言葉はとりあえず見つからない」

「そういうことなら、もうひとつ食べるわ、相棒。今度はバタースコッチとミント」

「本気かい」

シャーリーはまばたきもせずにマーカスを見つめた。

マーカスはアイスクリームを注文しにいった。

「カートライト」

タヴァナーは受付係が言ったとおり階段の上にいた。そこもまた古風な造りになっていて、階段の幅はダンスができるほど広く、踊り場には高さ八フィートの大きな細長い窓がついている。その窓から斜めにさしこむ埃っぽい光を浴びて、タヴァナーの巻き毛が淡い栗色に染まっているのが見えた。一瞬、リヴァーはその姿に気をとられて何も考えられなくなった。自分はなんのためにここに来たんだっけ。

「ええっと……」と言ったとき、タヴァナーがちらっと腕時計に目をやった。それで思いだした。あと三十六分。

タヴァナーは言った。「あなたはここに来てはいけないことになってるのよ。忘れたの？」

「いいえ。でも――」

「どうしたの、その汗は」

「外は暑いんです」

ここは涼しい。エアコンが効いているし、床は大理石でできている。

「それで？」

元々ダイアナ・タヴァナーとは訳ありの関係だ。訳ありといっても、そう聞いて世間の人々が連想するような関係ではないが、まったくちがうとも言えない。裏切り、嘘、だまし打ち……そういう意味では、恋人というより夫婦の関係に近い。ただ、そのほとんどは距離を置いてのことで、面と向かってのことではなかった。だから、こうしてこの踊り場で、シャツを背中にへばりつかせながら、顔と顔を突きあわせたとき、その存在感にこれほど圧倒されるとは思っていなかった。それは、外見のせいだけではない。いかなる状況においても、どうすれば自分の優位さを最大限に活かせるかを心得ているせいでもある。

リヴァーは言った。「ジェームズのことです。ジェームズ・ウェブのことです」

「ほう」

「何度か見舞いに行っています」

スパイダー・ウェブはタヴァナーの下で働いていたが、本人が忠誠心と呼ぶものはイングリッド・ターニーにも等分に振りわけていた。実際問題、ロシアのならず者に撃たれたとき、どちらの側に立っていたかは微妙なところで、どっちとも言えないところがあった。だが、それもいまとなってはどうでもいいことだ。あれ以来、ウェブはずっと寝たきりなのだから。

タヴァナーは言った。「あなたたちの友情はいまもまだ続いてるの？　理解できないわ」

「いっしょに訓練を受けた仲です」

「そんなことを訊いたんじゃない」

「いまはちがいますが、以前は親しくしていました。いまジェームズに付き添う者は誰もいません。家族も誰も」

それは口から出まかせで、本当に家族がいないのかどうかは知らない。タヴァナーも知らないことを祈るしかない。

「知らなかったわ。それで……容態は？　何か変化はあった？」

「特にありません」

一瞬、タヴァナーの目に同情の念のようなものが浮かんだように見えた。だが、そんなことを気にする必要はない。もちろん、多少の同情の念が湧いたとしても不思議ではない。ウェブはタヴァナーの提灯持ちだったのだ。自分はいまその男の窮状を利用して、その男のせいで追いだされた古巣に潜りこんでいる。ウェブが見たら、苦笑いするにちがいない。この小さな裏切り行為は、復讐というよりリスペクトの証しなのだ。

だが、そんなことを考えるのはあとまわしだ。

あと三十五分。

リヴァーは言った。「実際のところ、なんの変化もありません。回復する可能性はないそうです」

タヴァナーは目をそらした。「報告書は見ているわ」

「だったら、おわかりでしょう。植物状態で、脳の機能はほぼ全面的に失われていて、ときおりかすかに反応を示す程度です。脳波は微弱ながらあるようなのですが……臓器も自力では機能しません。機械を取りはずしたら、すぐに心臓はとまります」

「何か言いたいことがあるってこと？」

「以前ジェームズとふたりでこの問題について話しあったことがあります。ブラック山脈で拷問に耐える訓練を受けていたときのことです」

タヴァナーは小さくうなずいた。

「単刀直入に言います」

「いい考えだわ」

「彼はこう言っていました。機械につながれていて、それがないと生きていけない状態になったら、スイッチを切ってくれ」

「そのことを個人情報のファイルに加えておくわ」

「でも、表立っては言っていないと思います。そういう話をしたのは二十四歳かそこらのときでした。べつにプランとかを立てていたわけじゃありません。なんとなくそう思っていただけです」

「もう少しよく考えていたら、そういうプランは立てないほうがいいとわかったはずよ」

あと三十四分。

「それで、わたしに何をしろと言うの？」

「話を聞いてもらいたかっただけです。しかるべき決断が下されるまで、ジェームズは寝たきりの生活を続けなければなりません」

「安楽死させろと言ってるの」

「選択の余地があるとは思えません」

だが、ラムならこう言っていただろう。〝まだ使い道はある。道路に転がしときゃ、スピード防止帯になる〟

タヴァナーは言った。「悪いけど、いまは時間がないの。家族がいないというのはたしかなの？　いいとことかも？」

「いないと思います」

「とにかく、こんなところで決められることじゃない」タヴァナーは言って、リヴァーを一睨みし、それから表情を和らげた。「でも、検討しておくわ。たしかにあなたの言うとおりよ。決められる者がいないのなら、局がなんとかしなきゃならない。病院側の意向はどうなの」

「責任問題になることを恐れているようです」

「やれやれ。いずこも同じね」タヴァナーはまた腕時計に目をやった。「話はそれだけ？」

「ええ」

「リージェンツ・パークに戻りたいという話はしないの？〈泥沼の家〉じゃ存分に働けないと言いたいんじゃないの？」

「いまはいいです」

「本当に？」そこで少し間があった。「ウェブの件については、何か決まったら知らせるわ」

「ありがとうございます」

「でも、こんな横紙破りは許されない。なんの連絡もなく、いきなり会いにくるなんて。この次こんなことをしたら、地下室送りよ」

　このときは表情を和らげなかった。

　あと三十二分。

「話はこれでおしまいよ」

「わかりました」

　リヴァーは階段をおりはじめた。そのあいだ、タヴァナーが後ろから見ているのは間違いないと思っていた。だが、階段の下までおりて、振りかえると、その姿はもうなくなっていた。

　あと三十一分。

　やっかいなのはここからだ。

　歩道橋にいた男は場所を変え、いまはポストマンズ・パークにいる。そこはこぢんまりとした公園で、その一角にある張りだし屋根の下のスペースは、地元の勤め人のランチ・スポットとして人気が高い。それは自己犠牲という英雄的行為を顕彰するためにつくられた施設で、奥の壁に貼られたタイルには、みずからの命を投げうって他人の命を救った、あるいは救おうとして果たせなかった者の名前と行為が記されている。運河で溺れている少年を救ったが、自分自身を救うことはできなかったリー・ピット。救命具を他人に譲り、みずからは沈みゆく船に残ったメアリー・ロジャーズ。バタシー砂糖精製所のボイラーの爆発で同僚を助けにいき、大火傷を負って死亡したトーマス・グリフィン。友人を助けるために毒ガスが充満する坑井へおりていき、中毒死したジョージ・エリオットとロバート・アンダーヒル……

シルヴェスター・モンティス（知りあいや、その本性を見抜いている者からはスライ――〝狡猾〟と呼ばれている）は、スチロール樹脂のカップに入ったアイスティーを飲みながら、自己犠牲がなぜ称賛されるのだろうと考えていた。ヒーロー像は時代によって変わる。彼の場合、八〇年代に成人したときには、危なくなったら逃げるべしと心得ていた。のちには、災難を招いた原因を徹底的に究明し、どれだけ金がかかっても設備や施設の改良をはかるよう求めるべしと考えるようになった。鉱夫や、砂糖精製所の作業員や、船の乗客や、運河の脇を歩いている者の今後の安全のことを考えたら、そうしたほうが絶対にいいし、結果的には安上がりになる。そうやって世界は動く。いまも動いている。

そのことをたしかめるために、モンティスは腕時計に目をやった。リヴァー・カートライトを送りだしてから二十分ほどたっている。その行為もポストマンズ・パークのタイルに記してやりたいぐらいの自己犠牲的なものだ。もちろん、そういった仕事を頼むときには、そのようなことはおくびにも出さない。大砲を撃つ者と大砲の前に身を投げだす者とのあいだには、深く大きな溝がある。大砲を撃つほうは気楽なもので、それで幸せな人生に水がさされることはない。今回、リヴァーが命じられたのは生命にかかわるようなことではないが、

〈泥沼の家〉送りを長期休暇のように思わせるものではある。

さらには〈速い馬〉たちも今回のことで廃馬処理場送りになる。〈遅い馬〉たちのほうが先にそこに着くというのは皮肉としか言いようがない。

モンティスはアイスティーを飲みほし、携帯電話を取りだした。

最初の呼びだし音でジョーン・ドノヴァンが出た。どうやら運転中のようだ。

「こっちに向かってるんだな」

「ええ」

モンティスの目の前をジョギングをしている女が通りすぎていった。髪は汗で濡れ、Tシャツが身体にぴったりと張りついている。イヤホンで聴いている音楽にあわせて頭を動かしている。

「女の様子はどうだ」

「ご心配なく。怪我はしていません。混乱し、いらだっているだけです」

「そんなに時間はかからない。でも、少々怖い思いをさせるのも悪くはない」

短い沈黙のあと、ドノヴァンは言った。「それは命令ですか」

「そうだ」

さっきの女はもういないが、その姿を見たときに掻きたてられた感情は消えなかった。女の悲鳴が聞きたい。実際には聞けないが、それは仕方がない。自分が悲鳴をあげさせたというだけでもいい。

モンティスは訊いた。「こっちにはあとどれぐらいで着く」

「三十分くらいでしょう」

「遅れるな」モンティスは言って、電話を切った。

それから、空《から》になったカップをゴミ箱に捨てると、立ちどまって、もう一度壁のタイルを見た。そこに記されているのは、悲劇の結末だけだ。始まりや途中経過を知りたいと思う者はいない。モンティスは首を振った。そして、小さな公園を出ると、そこでタクシーを呼びとめた。


リヴァーはふたたび階段をのぼりはじめた。背後から、受付けの女の声が聞こえた。

リヴァーは振りかえった。「忘れものだ。ミズ・タヴァナーから署名をもらわなきゃいけない」宙に字を書く仕草をしながら、「一分で戻る」

「おりてください。あらためて呼びだします」

「ミズ・タヴァナーはすぐそこにいる」上の踊り場を指さし、入館証をひらひら振って、

「一分だけだ」

リヴァーは次の踊り場まで駆けあがった。受付けからはもう見えない。

あと三十分。

もしかしたら、もう少しあるかもしれない。逆にそんなにないかもしれない。

正直なところ、キャサリン・スタンディッシュのことはもう頭になかった。これはオペレ

ーションなのだ。ここは敵地であり、それが同時に自陣の司令部であるとすれば、いましているこことに全神経を集中させせなければならないのは当然のことだ。

スイング・ドアを押して前に進む。頭のなかに残っている見取り図は不完全なものだったが、このあたりにエレベーターがあったのは間違いない。入館証をシャツからはずし、ポケットに入れる。あった。幸いなことに、周辺に人けはない。そこにタヴァナーがいたらどうしようという不安は杞憂に終わった。

エレベーターのボタンを押し、それから携帯電話を取りだす。リージェンツ・パークの受付けの電話番号はまだ連絡先のリストに入っている。何年も使っていないが、削除はしていない。なぜなら……

なぜなら、またそこで働ける日が来るかもしれないという思いを捨てきれないから。

二回の呼びだし音で、受付けが出た。

「保安局です」

リヴァーは低い声で言った。「おかしなものを見たので、知らせておこうと思って……」

「あなたは？」

「前の道路を二十ヤードほど行ったところに、カップルが乗った車がとまっている。なにやら言い争っているように見えた。男は拳銃を持っている。間違いない。拳銃を持っているんだ。気をつけたほうがいい」

「あなたの名前を――」

「早く見にいったほうがいい」リヴァーは言って、電話を切った。これで少しのあいだ連中の注意をそらせることができる。

エレベーターが来たので、リヴァーは乗りこんだ。

ショーン・ドノヴァンはロンドンの西側から市街地に入った。ヴァンのエアコンは効かないので、モンティスから電話がかかってくるまで、窓をあけて運転していた。運転席の両側から吹きこむ風のおかげで多少は涼しくなったが、いまはまた窓を閉めている。このときはトレイナーに電話をかけるためだった。

トレイナーは電話に出ると、いつものように答えた。「おれだ」

抜かりはないかどうか、ドノヴァンは尋ねなかった。ベンジャミン・トレイナーとはともに戦場で死線をくぐりぬけた仲だ。ふたりで壁の後ろにかがみこみ、頭に粉塵をかぶったこともある。トレイナーが屋根裏部屋にいるひとりの中年女を扱いきれないのなら、おたがいの将来を考えなおさなければならない。特にこれからの二十四時間を。

ドノヴァンは言った。「こっちは市内に入った。すべて予定どおりだ」

「おれももうすぐ出る。ボスと話をしたかい」

「ああ。女をびびらせろと言っていた」

「びびらせろ？」

「正確に言うと、〝少々怖い思いをさせるのも悪くない〟だ」

「仕方がない。仕切っているのはあの男だ」

〝坊や〟というのはキャサリンがベイリーと呼んだ若者のことだ。

「坊やはどうしてる」

「ドアの前で見張っている。念のために」

「彼がついていれば、安心できる」

「ああ。用心するに越したことはないからな」トレイナーは言った。いくつもの戦地を渡り歩き、いくつもの崩れ落ちる壁の下になってきた男で、このところは新人の育成に精を出している。ドノヴァンが獄につながれていた五年間、無駄に過ごしたわけではない。「やつはいい男だ」

「姉と同様に」

「そう、姉と同様に」

ドノヴァンは電話を切り、また車の窓をあけた。車内に入ってくるのはガソリンの臭いとタイヤのゴムの臭いだけだが、刑務所では嗅ぐことができないというだけで、自由の香りがする。腕時計を見ると、モンティスと会う約束の時間まであと二十分ある。待ちあわせ場所はユーストン・ロードの駐車場で、余裕で着ける。

世のなかにはうまくいかないことが多くある。だが、今回はきっとうまくいく。

いまリヴァーが乗っているのは建物内にいる者なら誰でも使える普通のエレベーターだが、

そうではないものもある。いくつかのエレベーターはいま行きたいと思っている階よりさらに下に行く。それは特別に許可を得た者しか乗れないようになっていて、ロンドンの地下深くにある危機管理施設に通じている。そこから極秘の地下交通網が広がっているという噂もあり、それが根も葉もない世迷いごととして公式に否定されていることを知るまで、リヴァーは眉に唾をつけながらもありえないことではないと思っていた。地階に秘密の尋問室があるという話もあるが、それは無条件に信じられる。安全とはそういった基礎の上になりたっているのだ。

だが、リヴァーがいま向かっているのは、書類の保管庫がある階だった。リージェンツ・パークで働いていたころでさえ、足を運んだことはめったになかったが、祖父のO・B（〝老いぼれ《オールド・バスタード》〟の略だが、リヴァーは親しみをこめてそう呼んでいる）から聞いた話だと、報告書、議事録、個人情報のファイル、覚書などさまざまな機密レベルの書類が増えすぎて、ずっと以前から保管の限界に達しているらしい。まだ紙の書類が幅をきかせているのはちょっとした驚きだったが、それは話好きなO・Bの口をいっそう滑らかなものにすることになった。

「そう。書類の保管法が見直されることになったのは、コンピューターが銀行の金庫みたいなものだとわかったからだ。安全安心なのは、扉を吹っ飛ばされ、中身を全部持っていかれるまでだ」

つい先日もそのような話をしたが、それは雨が窓を叩く夕方のことで、ブランデーがなかば定期的にグラスに注がれていた。

「コンピューターはおたがいのあいだでやりとりができる。それが何より大事な点だ。いいか、リヴァー、おまえたちの世代はネットがないと卵をゆでることもできん。一から十までコンピューターまかせだ。だが、みな肝心なことを忘れている。コンピューターに情報を保存するのは、それを取りだすためだってことだ」

言われるまでもなく、それくらいのことはわかっている。だから、リージェンツ・パークでも、一部のコンピューターはネットに接続されておらず、USBポートはメモリースティックをさしこむことができないように塞がれている。そんなふうにコンピューターは使いわけられ、ネット接続の有無によって〝インターネットとインターノット〟とおふざけで呼ばれている。いずれにせよ、いまサイバー攻撃がかつての核攻撃に匹敵する脅威となっているのは周知の事実だ。保安局は盗むが、盗まれることは好まない。

ローデリック・ホーのような生来のハッカーなら、五分間インターネットに接続する時間を与えたら、首相の個人情報の記録でも盗みだすことができる。

だから、そのようなものはコンピューターに保管されていない。それは書類としてリージェンツ・パークに保管されている。そして、リヴァーはいまそこに向かっている。

それは間違いなく二階建てのロンドン・バスだった。昇降口が開いているので、車掌に怒鳴られるのを覚悟すれば、バスが動きだしてからでも飛び乗ることができる旧式のものだ。

屋根はなく、二階席はキャンバス地の布で覆われている。家のほうを向いてとまっているので、行き先の表示帯に〝さあ、乗って！〟と書かれているのがわかる。見たところ、ほかに車はない。小屋は三つある。いずれも簡素なもので、窓はなく、傾斜した屋根がついている。納屋のようにもガレージのようにも見える。現在使用されている形跡はない。ここが空き家になっていることを連中はたまたま知ったのだろうか。だが、ショーン・ドノヴァンが偶然に頼るとは思えない。二重三重に策を張りめぐらし、あらゆる不測の事態を想定して、厳密なストレス・テストをし、一本の緩んだネジもないようにしなければおさまらない男なのだ。そのとき、ふと苦い思いが胸をよぎった。緩んだネジ――ショーン・ドノヴァンにとって、あのときの自分はそういうものにすぎなかったのではないだろうか。としたら、いまはどうなのか。

もう何時間も寝ていない。頭のなかでは、いくつもの疑問が渦を巻いているが、そのなかでいちばんわからないのは〝なぜ自分なのか〟ということだった。ドノヴァンにとって自分は完全に過去の人間だ。なのに、現在に引っぱりだされたのはなぜなのか。ドノヴァンにとって自分が個人的に意味のある存在であるとは思えない。どこかで自分のいまの仕事が絡んでいるにちがいない。としたら、それは何か。自分は保安局の末席に連なっているだけで、たいしたことは何もしていない。ジャクソン・ラムの命令に唯々諾々と従い、〈遅い馬〉たちが時間つぶしのために作成している書類をまとめて、リージェンツ・パークに送っているだけだ。本部の連中が目を通すことはない。そういった書類のなかに今回の騒ぎの理由となるものがあったとしたら、それが何であるかはすぐにわかっただろう……数時間前、狭いベッドに横たわって、そんなことを考えていたとき、玄関のドアの閉まる音が聞こえたので、窓の前へ行くと、ドノヴァンが先ほどのヴァンに乗りこむのが見えた。車は道を曲がり、視界から消えていった。

何が起きているにせよ、それはもうとまらない。

さっきタヴァナーと話をしたところより三階下の廊下の明かりは、青みがかっていて、外の夕暮れどきの雰囲気を再現しているかのように見えた。エレベーターをおりたときに方向感覚がおかしくなったのは、この明かりのせいであると同時に、白い壁と白いタイル張りの床のせいでもある。ここは地上階とは何もかもちがっている。羽目板もなければ大理石の床もない。

背後でエレベーターの扉が閉まり、ふたたび低い機械音が聞こえた。

あと二十八分。

いまのところ警報は鳴っていない。入館証はエレベーターのなかに置いてきた。そこにICチップが内蔵されていたら、その位置情報から居場所を知られてしまう。連中がいつまでも外の〝武装したテロリスト〟に気をとられているとは思えない。あと二十八分か二十七分。そのあいだに、あのスーツ姿の男に言われたファイルを手に入れ、キャサリンが獣たちの餌食になるのを防がなければならない。

「……リージェンツ・パークに侵入しろ？　本気で言ってるのか」

「冗談で言ってるように見えるか」

実際のところ、そのように見えなくもなかった。口もとには尊大な笑みが浮かんでいた。上流階級に属する者の、ひとを見下すような笑みだ。

「もう少し単純化しよう。ファイルを盗む必要はない。写真を撮るだけでいい」

「おいそれと見せてくれるわけがないだろ」まともに答えるだけでも馬鹿馬鹿しかった。

「おいそれと見せてくれるなら、きみの同僚をさらったりしない」

スーツ姿の男とのやりとりを思いだしていたとき、廊下の突きあたりの開いているドアから、人影が現われた。

丸々と太った身体、灰色のもじゃもじゃの髪。白く塗りたくった顔は、まるで子供がピエロのメイクをまねたような感じだが、髪と同じ灰色の瞳に子供らしさはまったくないし、サクランボ色の車椅子が玩具のように見えるわけでもない。車輪は太く、どのような障害物も難なく乗り越えていけそうに思える。閉ざされたドアでも、敵の塹壕でも、あるいはリヴァー・カートライトでも。

名前はモリー・ドーラン。噂はいろいろ聞いているが、概して悪いものではない。

頭を横に傾けて近づいてくる。そのとき、後ろからピンという音が聞こえた。それはエレベーターがどこかの階に着いたことを告げる音だったが、そうではなく、彼女の口から発せられたもので、そのあとにピーとかキーとかいう声が聞こえたとしても、そんなに驚きはしなかっただろう。車椅子に乗っているからではない。磁器製の人形のような顔のせいだ。だが、その口から出てきた実際の声は、昼下がりのBBC風の、生真面目で、なんの変哲もないものだった。

「ジャクソン・ラムの一党ね」

「え、ええ、そうです」

「今回は何を探してるの」

返事を待つことなく、モリーは出てきた戸口に戻っていった。リヴァーはそのあとに続き、細長い部屋に入った。図書館の書架のように、床に敷かれたレールの上に、いくつもの縦長のキャビネットが並び、使わないときはアコーディオンのように脇に寄せておけるようになっている。どのキャビネットにも厚紙のフォルダーがぎっしりと詰まっている。このどこかに、盗むよう指示されたファイルがある。いや、盗む必要はない。中身を写真に撮ればいいだけだ。

机の前には、車椅子がぴったりおさまるスペースがある。モリーの脚は両方とも膝から下がない。噂はいろいろ聞いているが、なぜ脚を失ったかという話はどこからも伝わってこない。全員一致で同意できるのは、かつては脚があったということだけだ。

モリーは言った。「聞こえなかったの？　ジャクソンは何を探しているのかって訊いたのよ」

「ファイルです」

「なるほど。だったら、ファイルの閲覧申請書を見せてちょうだい」

「ジャクソン・ラムの性格はご存じだと思います」

「知りすぎてるくらいよ」

　モリーは鳥を連想させる。だが、鳥という言葉を聞いて思い浮かべるような、空を飛ぶ鳥ではない。ペンギンの類だ。背が低く、ずんぐりしていて、首を横に傾け、鉤鼻を突きだし、首をのばしている。

「あなたの名前は？」

「カートライトです」

「そうだと思った……そっくりね。おじいさんに」

　自分の身体がどんどんと重くなっていくような気がする。過ぎていく時間が重みとなってのしかかってくるような感じだ。

「特に目の形とか、目もととか。おじいさんは元気？」

「ええ。矍鑠《かくしゃく》としています」

「つまり年をとったってことね。老人は矍鑠、若い女はぴちぴち。でなかったら、そんな言葉は使わない。それで、ジャクソンがほしがってるファイルというのは？」

　リヴァーは歩道橋の男に告げられたファイル番号を言いかけたが、モリーに遮られた。

「いったいどういうことなの？　ジャクソンはなぜそのファイルに興味を持ってるの？」

「わかりません」

「どうやってここに入ったの？」

「何も聞いてないってこと？」

「ジャクソン・ラムの性格はご存じだと思います」

「あなたよりはね」それからリヴァーを値踏みするような目になって、「どうやってここに入ったの？」

「どういうことでしょう」

「どうやってこの建物に入ったのかと訊いたのよ。それとも、今日から保安局は一般に門戸を開放するようになったの？」

「アポをとってあったのです」

「わたしは何も聞いていない。入館証は？」

「さっきまでダイアナ・タヴァナーと会っていたんです」

「それはすごい。あの気位高いレディ・ダイが〈泥沼の家〉との面会に応じるとは思わなかったわ。おじいさんの名前を出して入れてもらったんじゃなかったのね」

「祖父の名前に頼ったことは一度もありません」

「それはそうかもね。でなきゃ〈泥沼の家〉送りになるはずがない」

こんな話に付きあうつもりはない。時間は刻一刻と過ぎていく。いっそのこと携帯電話を取りだして、キャサリンの写真を見せようか。ここはモリーの協力がどうしても必要なのだ。いつ警備員がやってきてもおかしくない。

モリーはだしぬけに言った。「彼はどうしてるの？」

話題が変わったことは訊かなくてもわかった。

「ラムのことですか。あいかわらずです」

モリーは笑ったが、かならずしも楽しそうではなかった。「本当に？」

「本当です。少しも改善されていません」

あと二十分あるかどうか。そのあいだにファイルを見つけて写真を撮り、それを送信しなければならない。そうするためにはこの建物の外に出なければならない。建物内で添付ファイルを送信すれば、警報が鳴り響く。

車のなかのカップルの取調べはもうすんだだろう。自分がまだこの建物から出ていないこともわかっているはずだ。けれども、その程度のことで建物が封鎖されるとは思えない。〈遅い馬〉が慣れないところに来て迷っているというだけのことだ。それでも警備員が探しにくるのは間違いない。急がなければならない。だが、モリーはしゃべりつづけている。

「ジャクソンは長いこと橋の下にいたので、いつのまにか浮浪者みたいになってしまった。若いころはどんなだったか見せてあげたいわ」

「きっと女泣かせだったんでしょうね」

モリーは笑った。「ご心配なく。あのひとは昔も美男子じゃなかった。でも、何かを持っていた。あなたのように若くてハンサムなひとにはわからないかもしれないけど、女はあのようなひとに心を奪われるのよ。心だけでなく、ほかのところも」

「ファイルのことですが……」

「あなたは閲覧申請書を持っていない」

「ジャクソン・ラムが書類を作成しているところを見たことがありますか。若くて、女性にもてたときに」

「口達者ね」だしぬけにモリーは車輪をまわして、また通路に出た。「そういうところはおじいさんから受け継いだのね」

リヴァーは前かがみになって、モリーの耳に口を近づけた。「じつを言うと、この階に来るための許可証も持っていないんです」

「あきれた」

「レディ・ダイと会う約束をとっていたので、ジャクソン・ラムがほしがっていたファイルのことを思いだし――」

「一石二鳥ってわけ？」

「そういうことです」

「おじいさんだけじゃなく、ジャクソンからもいろいろなものを受け継いでるのね。ジャクソンはお伺いを立ててまわるようなことはしなかった。破城槌があれば、それを使っていた」

「いまでもそうです。変わっていません」

「どんなファイルが必要だと言ったかしら」

リヴァーはふたたびファイル番号を告げた。記憶力には自信がある。数字だけではない。

歩道橋で会った男の顔もしっかり覚えている。どこかでまた出くわしたらいいのだが。

「変ね」と、モリーは言った。

「何がです」

「〈泥沼の家〉は陸の孤島で、周囲との交通は完全に途絶えていると聞いてるけど」

「われわれはデータを精査し、あとをたどり、何か興味深いことが見つかったら、一応本部に連絡することになっています」

「一応？」

「そういうことが起きたことはまだ一度もないので……」

あと十五分。あるいは十四分。いや、十二分かもしれない。さっきファイル番号を告げたとき、モリーの顔を注意深く見ていたが、そのファイルがある方向へ目をやったりするような仕草はいっさいなかった。なんらかの手がかりがなければ、ここに何時間いても、それに近づくことさえできないだろう。番号に該当するファイルがどこにあるかを知っているのはモリー・ドーランだけなのだ。

「これはいったいどういうことなの？　そのファイルはただのファイルじゃない。わが国の現首相に関する個人情報が詰まったファイルなのよ」

モリーの口調に変化はない。

廊下から足音が聞こえてきた。砂利の上をブーツで歩いているみたいに周囲に響きわたっている。その音がとまったとき、リヴァーは自分の心臓もとまったような気がした。それから、低い機械音が聞こえ、エレベーターのドアが開くのがわかった。足音はエレベーターのなかに入っていき、そのあとにまた低い機械音が通路ごしに伝わってきた。

そのあいだモリーはリヴァーの顔をしげしげと見つめていた。

「本当のことを聞きたいですか」と、リヴァーは言った。

「さあ、どうかしら。興味はなくもないけど」

「ジャクソン・ラムには、なんというか、いたずら好きなところがあって……」

「わかるわ」

「そうなんです」

「わたしがジョギングをする程度には」

「賭けをしようと言ったんです」

「それならありうる」

「ぼくが首相の学生時代のニックネームを見つけられるかどうかという賭けをしたんです」

「ウィキペディアを見たらわかるでしょ」

「それはそうなんですが……ラムは食えない男です。どうやら誰かに頼んで、その部分を削除させたようなんです」

「わたしはそのファイルがあるほうに目をやるだけでいいのね」

「ええ」

「そして、わたしがちょっと横を向いているあいだに、あなたは用を足す。手間はかからない」

「そういうことです」

「見ていなければ、関係ないってことね。公職守秘法違反の共犯者にはならないってことね。ハロウェーに五年もいたいと思う者はひとりもいない。刑務所の食事って、とても食べられたものじゃない」

すぐ近くに別の者がいたことは、振りかえらなくてもわかった。後ろから腕をねじられ、プラスティックの手錠をかけられたとき、モリーの目には憐れみと好奇の色が入り混じっていた。まるで理解の範囲を越える行動を目のあたりにしたかのようだった。ジャクソン・ラムと親しくしていた者がそのような表情をしているのだ。本当にまずいことになったにちがいない。

リヴァーがおとなしく部屋から連れだされたときも、モリーは何も言わなかった。

南京錠の音がしたので、キャサリンはすぐに身体を起こし、両足をベッドからおろした。囚われの身の者なら誰だってそうする。

やってきたのはベイリーにちがいない。さっき写真を撮った若い男であり、エンジェル駅で見かけた軍人然とした男だ。ショーン・ドノヴァンと同様、いかにも軍人らしく、部屋に入ってくると、室内のすべてのものに素早く一瞥をくれた。前回ここに来たときから何かが変わっているわけはないが、それでも用心は怠らない。部屋のチェックがすむと、その視線はキャサリンのところでとまった。

キャサリンは待った。

「こんなことをして申しわけないと思ってる」と、ベイリーは言った。

でも、もちろんそのようには見えなかった。

かつては〈泥沼の家〉の階段をのぼることが、ルイーザの日々を真冬に変えていた。いまは自分で冬を連れまわっている。裏庭を通り抜け、立てつけの悪いドアを押しあけたからといって、何が変わるわけでもない。どこにいても、まわりには同じ空気がまとわりついている。

二階のホーのオフィスの前で、ルイーザは足をとめた。ホーは机に向かい、日焼けマシーンのように並べた四台のフラット・スクリーンを見ながら、ときおり頭を揺すっていた。頭が小さく見えるほどの大きさのイヤホンをつけていて、音楽を聴いているようにも見えるし、スクリーン上に種々の映像を呼びだすための二進法のリズムにあわせているようにも見える。ルイーザは何度かこの部屋に入ったことがあるが、ホーは戸口のほうを向いてすわっているにもかかわらず、気づいたことは一度もない。〝ゾーンに入っている〟(コンピューターおたくがいまもこういう言葉を使っているかどうかはわからないが)ときは、月に行っていると思うしかない。要するに、変人なのだ。それは疑いない事実だが、もっとも重要なことというわけではない。もっとも重要なのは、サイバー空間に精通しているということだ。そのおかげで生きのびられているのはほぼ間違いない。たまにでも役に立つことがなかったら、マーカスかシャーリーに叩きのめされ、いまごろは粥《ポリッジ》のようになっていただろう。

けれども、この日は月に行っていなかった。この日はルイーザが部屋に入ってくるのをじっと見ていた。そして、イヤホンまではずした。ジェーン・オースティンもびっくりの礼儀正しさだ。これまでなら、少しでも意味のあることをしているとき、たとえばコーラの缶をあけているときとか、息を吐こうとしているときに、誰かに話しかけられそうになると、いつも車の通行を遮断するように黙って手をあげていた。

このときはちがった。「やあ」

なにか変だ。

「具合が悪いの？」

「いいや。どうして？」

「べつに。キャサリンの携帯電話を追跡することはできる？」

「いいや」

「できると思っていたのに。GPSとか何かで」

「電源が入っていればね。今回は切れていた」

「もうすでに調べたってこと？　あなたが自分で思いついたの？」

ホーは肩をすくめた。

このときには、ルイーザの後ろに、マーカスとシャーリーが立っていた。

「じゃ、キャサリンは見つからなかったんだな」とマーカス。

「カートライトも見つからなかったわ」とシャーリー。

「ばればれよ。ここについてる」ルイーザは言って、自分の上唇に手をやった。

シャーリーも同じようにして、上唇からアイスクリームを拭いとった。そして、マーカスを睨みつけた。「どうして教えてくれなかったの」

「教えたら面白くないだろ」

ホーは檻のなかの動物をながめるような目で三人を見ていた。

ルイーザは訊いた。「リヴァーの携帯電話は？」

ホーはふたたび肩をすくめた。このときはむっつり顔だった。「番号を知らない」

ルイーザは自分の携帯電話に登録されていた番号を読みあげた。

「全員の番号が入っているのか」

「まさか」

シャーリーがマーカスを肘で突つく。

ホーの指がキーボードの上でサルサを踊りだす。

ルイーザは窓辺に歩み寄った。多少の高さのちがいはあるが、基本的には自分の部屋からの眺めと変わらない。保安局で働きはじめたときは、こんなことになるとは思ってもいなかった。毎日同じことの繰りかえしで、変化というものがまったくない。

去年、しばらくのあいだは、あまり気にならなくなったこともあったが、ほかのすべてのものと同じく結局は一時しのぎにすぎなかった。人生が仕掛けるもっとも残酷ないたずらは、どこに何があるかわかる程度に光を入れ、それからなんの前触れもなく光を閉ざすことだ。それ以来、ルイーザは暗がりのなかでさまざまな障害物にぶつかりつづけている。

自宅の冷蔵庫の後ろの壁には、指の爪サイズのダイヤモンドが埋めこまれている。先日のダイヤモンド強奪未遂事件でたまたま手に入れたものだ。どのくらいの価値があるのかはわからないが、それも大して意味のあることのようには思えない。

ミン、あなたはなんて馬鹿なひとだったの。どうして死ななきゃならなかったの。

よそう。考えたところで、なんのためにもならない。

ホーがキーを叩き終わった。「カートライトの携帯電話はブロックされている」

「どういうこと、ブロックされているって」

「電源は入っているけど、電波が通じないんだ」

「厚い壁の後ろにいるとか？」

マーカスが言った。「いいや、GPSを無効化できる場所ってことだ」

「どういうことかしら」シャーリーは言った。〈泥沼の家〉に来るまでは通信課にいたのだ。

「そんな場所がどこにあるのかしら」

リヴァーが連れていかれた部屋は地下にある。窓はひとつだけで、外側からしか見ることができず、内側は鏡になっている。大きさは縦横ともに一メートルほどで、そこに映っているのは、がらんとした部屋と自分自身の奇妙に落ち着いた顔かたちだけだ。だが、心臓はリトル・ドラマー・ボーイの太鼓の音のように早鐘を打っている。ビートだけで、メロディーはない。

これまで数えていた残り時間はゼロになり、デッドラインはとうに過ぎてしまった。〝わたしの仲間は衝動を抑えるのが苦手でな……わたしの仲間が腰のベルトを緩めはじめるまで……〟。鏡に映った手が拳をかためるのがわかった。今朝は一度ならず選択を誤ってしまった。本当なら、歩道橋の上にとどまって、あの男を道路に突き落とすべきだったのだ。どのみちキャサリンの身を守ることはできなかっただろうが、少なくとも、あの男の顔から薄笑いを消すことはできた。

なぜそうしなかったのか。

すわりたかったが、すわれるところはどこにもない。部屋は立方体に近く、がらんとしている。ドアには取っ手がついていない。目に見える照明器具はないが、天井は青みがかった光を放ち、鏡に映っているものの姿をエイリアンのように見せている。だが、自分はエイリアンでもなければ、部外者でもない。ここに来たのは自分の意思によるものだ。こんなことなら、半時間前、レディ・ダイに手首をさしだし、こう言ったほうがよかった――ここに来たのは盗みのためです。でも、成功する見こみはない。捕まえてください。

何にでも手順というものがある。それくらいのことは〈遅い馬〉でも知っている。なんだかんだ言っても、〈遅い馬〉もほかの情報部員たちと同じ教育や訓練を受けているのだ。局員が脅されたり、危害を加えられたりした場合には、しかるべき手順が踏まれ、リヴァーの場合だと、それは〈泥沼の家〉の階段を駆けあがり、最上階のオフィスの机まで行く。数々の欠点にもかかわらず、ジャクソン・ラムは身の危険にさらされた部下を救うためなら火のなかにでも飛びこむ男、あるいは誰かを飛びこませる男なのだ。なのに、それを無視して横紙破りをし、リージェンツ・パークに潜りこみ、事態を二倍悪化させてしまった。

保安局は人材を受けいれ、訓練を施し、必要なときには命を賭す覚悟を求め、その挙句、バス停しか見えないオフィスに閉じこめて、やる気とエネルギーと使命感を永遠に続く無意味な単純労働という汚水だめに注がせる。自分はその汚水だめから抜けだした。我慢は限界に達していた。今朝のゲームを仕掛けた者は、最初からそのことを知っていたにちがいない。

そして、結局のところ失敗に終わったということもすでに知っているかもしれない。

リヴァーは壁に寄りかかると、両手を頭の上にのせて、指を組み、祖父がなんと言うだろうかと考えた。O・Bは冷戦のあいだずっと保安局の舵をとっていた——一度も舵輪を握ることなしに。O・Bが一再ならず口にしたところによると、本当の権力というのは、指揮官の肘をつかむことによって得るべきものらしい。キングス・クロス駅での大失態のあと、即刻お払い箱にならなかったのは、O・Bがいたからだ。だが、今回ばかりは、O・Bがいてもどうにもならない。

だしぬけにドアが開き、ニック・ダフィーがプラスティックの椅子を持って入ってきた。

ダフィーは保安局の内部調査課を束ねている男で、その立場は管理者というより法執行官に近い。部下たちは〈犬〉と呼ばれているが、手綱は驚くほど長く、基本的には誰にでも嚙みつくことができ、だがしかし鼻を軽く叩かれる以上のお仕置きはされない。椅子を乱暴に置く音と、その脚が床にこすりつけられる音からすると、この日はどうやら嚙みつきたい気分のようだ。口もとに浮かんだ残忍そうな笑みがそれを裏づけている。椅子以外に持ってきたものはないが、ダフィーがそこに後ろ向きにまたがったとき、手の指の関節に胼胝《たこ》のようなものができていることに気づいた。

だが、それよりも気になったのは、ダフィーがスウェットの上下を着ていることだった。スウェットを着るのは汚れ仕事をするときだ。

イングリッド・ターニーの朝はここまで順調だった。ダイアナ・タヴァナーの足を引っぱるのはつねにいい運動になる。そのあとの話で、事態をよりいっそう深刻なものに見せかけることにも成功した。獲物が実際よりもひ弱であると捕食者に思わせておくのは、いつだって有効な手段だ。ピーター・ジャドが今回新たに手に入れた権力を保安局に対して行使するようになったとき、少なくともタヴァナーが戦場のどこにいるかということは容易に察しがつく。自分のすぐ後ろにいて、つけいる隙を狙っているのだ。

昔はもっと単純だった。保安局があり、国家の敵がいた。誰が選挙で選ばれたか、誰が失脚したか、誰が暗殺されたかなどによって、立ち位置はしばしば変わったが、概して境界線は明確だった。昔は敵をスパイしたり、中立者を監視したり、ときには素知らぬ顔をして友人をはめたりするだけだった。学校と同じと言えば言えなくもないが、決まりごとはずっと少なかった。けれども、昨今は個人の電話のモニターや、内部告発者の最新のツイートのチェックのあいだに、地政学が入りこむ余地はほとんどない。国家の安全に対して脅威となる人物を列挙しろと言われたら、まず大臣と同僚から始めなければならない。アンサール・アル・イスラムの正確な活動範囲を把握するのは、学者の仕事とそれほど変わらないように思える。

だが、ないものねだりはできない。大事なのは〝いま〟と〝ここ〟だ。スパイ活動が最新のアプリと同列に扱われるようになってしまったのなら、それはそれで仕方がない。そこに勝者のための表彰台があるかぎり、向かうべきところに疑問の余地はない。

机の上には、いつもどおりサインの必要な書類が積みあげられている。朝の会議の議事録や、各部署からあがってきた報告書だ。いちばん上に、警備課に電話をするようにと書かれたメモがあった。どうやら部屋から離れていたときに持ってこられたようだ。警備課が所管する事柄であれば、何が起きたにせよ、国家への脅威となるものではない。ともかく階下に電話をすると、〈犬小屋〉（〈犬〉のオフィスの内輪での呼び方）にまわされて、外部の局員が建物内に侵入したという話を二十秒ほど聞かされた。

「それで、いまはどこにいるの」

「地下です。ミスター・ダフィーが話をしています」

ダフィーが出てきたとなると、当然ただではすまないだろう。

「いったいどうして……侵入者の名前は？」

「カートライト。リヴァー・カートライトです」

「ここに侵入した理由は？」

「彼は〈泥沼の家〉の一員です」

「それは背景でしょ。理由じゃない。まあいい。ダフィーにまかせるわ。すんだら電話させて」

リヴァー・カートライト……間違いない。あの伝説のスパイの孫だ。

イングリッド・ターニーは首を振った。おそらくたいしたことではない。ペンを手に取ったとき、ふたたび電話が鳴った。

ニック・ダフィーは言った。「毎朝、目が覚めるたびに思うんだよ。今日はどこのどいつがおれの本分に横槍を入れようとするんだろうってな。いつもかならず誰かいる。おれのような仕事をしていると、のんびり椅子にすわって、新聞を読んだり、店が開く時間まで時計を見つめている暇はない」

一瞬、リヴァーは思った。ダフィーはこれからのんびり椅子にすわっている演技をするつもりなのではないか。だが、そうではなかった。ダフィーは椅子を少し傾け、それから宙に浮いた脚を床に叩きつけた。リヴァーはまばたきもしなかった。これはパントマイムだ。ここまでのところは過去何百回となくしてきたことを繰りかえしているだけだ。

「そうとも。自分の乳首を洗濯機のローラーにはさむような間抜けはどこにでもいる。そのときには、いつもおれが呼びだされる。パブに入館証を忘れた？　ニックに探しにいかせろ。親しい新聞記者についロを滑らせてしまった？　ニックに揉み消させろ。大使館のディスコでやばい女を引っかけてしまった？　心配するな。ニックが丸くおさめてくれる。どういうことかわかるな。〈犬〉たちのあいだでは、この種の仕事をなんと言ってると思う？　〝ヤボ用〟だ」

与太話を終わらせるために、リヴァーは言った。「ぼくは逮捕されたってことか」

「そんなわけで、普段のおれは家事手伝いに毛が生えたようなものでしかない。万遺漏なきを期し、禍根を残さず、タブロイド紙に特ダネをすっぱ抜かれないようにする。でも、今日はどうだ？　いつもとはいささか様相が異なっている。今日は、おれの勤務中に何者かがふらりと建物のなかに入ってきた。となると、もちろん〝ヤボ用〟ってことにはならない」

「もし逮捕されたのなら、電話をかけることができるはずだ」

「その上、そいつは保安局の局員ときている。でも、どこまで制限区域に立ちいれるかという点では、守衛以下だ」ダフィーはここでギアが切り変わることを宣言するように椅子にすわりなおした。「ところで、バービカン地区の〈泥沼の家〉所属のミスター・カートライト、きみが関与できるもっとも機密性の高い情報は、56番のバスの遅延に関するものだ。しかも、そういった情報にアクセスできるのは、上司から文書で許可を得られた場合にかぎられている。そして、いまのところは、きみにとってほぼ全員が上司だ。間違っていたら訂正してくれ」

「電話はできないってことか」

「もちろん、できない。目隠しをさせられないだけでも幸運だと思え」

「携帯電話をかえしてもらえたらありがたいんだが。見せたいものがある」

「きみが見せたいものと、おれが見たいものとは、ちょっとちがう。おれが事態を正確に把握してるかどうか見てみよう。きみは許可なしにリージェンツ・パークに入りこんだ。そして、会議中だったミズ・タヴァナーを呼びだし、ミスター・ウェブのことをあれこれ話した。いまは昏睡状態にあるが、きみとちがってミスター・ウェブの局員としての立場は――」

「このまえ会ったときは立っていなかったけど」

一瞬の沈黙があった。「ジャクソン・ラムと長く付きあいすぎたようだな。いまのは笑えないし、意味もない」

「ここに来たのにはわけがあるんだ」

「そりゃ、あるだろう。でも、そんなことはどうでもいい。きみは立入り制限区域にいるところを見つかり、モリー・ドーランによれば、機密ファイルを盗み見ようとしていたそうじゃないか。それは最高レベルの機密ファイルだ。公職守秘法に違反にした場合の罰則は知ってるな」

「違反はしていない」

「違反未遂だ。罰則は知ってるな。ゴミ拾いをすればすむわけじゃないぞ、カートライト。

これは反社会的行動禁止令の違反とはちがう。きみは保安局の一員だ。どんな不出来な者でも、身分証明書も持っているし、局員として登録もされている。ということは、軽犯罪じゃすまないってことだ。それは反逆罪ということになる。そのファイルで何をするつもりだったんだ。おれが知りたいのはそれだ。そのファイルを誰に売ろうとしていたんだ」

ラムが靴を脱いでいたので、オフィスには靴下の臭いが漂っていた。思いだせるなかで四番目にひどい臭いだ、とルイーザは思いながら、廊下で息を大きく吸いこみ、それからなかに入って、ホーから聞いたことを伝えた。

「リージェンツ・パークに舞い戻った？」ラムは言い、ちょっと考えてから続けた。「爺さんが喜ぶだろうな。まだ生きているとすれば」

「生きています」

「ああ。でも、孫が逮捕されたと知ったら、死ぬかもしれん」

「どうして逮捕されたと思うんですか」

「携帯電話の電波がブロックされているとしたら、地下にいるってことだ。それは地下の牢獄が一般公開されたからじゃあるまい」

リージェンツ・パークの地下で行なわれる尋問の話は、何度か聞いたことがある。リヴァーはいったい何をしでかしたのか。なぜこんなに短時間でそんなことになったのか。キッチンでいっしょにコーヒーを淹れていたのはほんの二、三時間前だったのに。そのときリヴァーはキャサリンを見なかったかと訊いた。そのキャサリンはまだ見つかっていない。ルイーザは言った。「これは偶然じゃありません」

「カートライトとスタンディッシュが示しあわせて職場放棄したというのか。それはどうかな」

「とにかく、わたしたちは何をすればいいか教えてください」

「わしはいつもしていることをする」身体の大きさの割りには驚くべき器用さで、ラムは右脚をあげて左膝の上にのせた。そして、その脚を力まかせに揉みはじめた。「きみは昨日していたことをしろ。国勢調査の続きだ」

「特別なことは何もしないということでしょうか」

「そうだ。普段と何も変わっていないかのように。夢も希望もないような顔をして」机にあった鉛筆を取り、それで足の指のあいだを掻きながら、「まだ何かあるのか」

「リヴァーはどうなるんでしょう」

「やつの骨から肉をむしりとったら、すぐに送りかえしてくるだろう。それ以上部屋が汚れないように」

「真面目に答えてください」

「真面目に答えてなかったか？　どこが冗談に聞こえた？」

「ふたりの情報部員がいなくなっているんです。なのに、あなたはそこにすわって、靴下に穴をあけているだけです」

「情報部員といっても、出来損ないばかりだ。ここに残れたのは単純に運のせいだ」

「〈泥沼の家〉送りのどこが幸運なんでしょう」

ラムは唇を歪めた。「運と言っただけで、幸運とは言ってない」

そして、鉛筆を机の上に放り投げた。それは机の反対側の端まで転がっていって、床に落ちた。

「たしかに、わたしたちは出来損ないです。でも、あなたの部下なんです。そうじゃありませんか」

「そんなにムキになるな。ここは〈泥沼の家〉だ。テレビのスパイ物とはわけがちがう。たとえば《MI－5英国機密諜報部》とか」

「わかってます。テレビなら《世界昔ばなし》がせいぜいのところでしょう」ルイーザは一歩前へ進みでた。「でも、あなたはキャサリンの身に何かあったと考えている。でなければ、わたしにキャサリンの自宅を見にいかせたりしないはずです。今回リヴァーがしようとしていたことも、そのことと関係があるにちがいありません。ですから、国勢調査に戻れという指示には従いかねます。あなたがこの事態にどう対処するつもりなのか話してくれるまでは」

ラムの部屋はいつもどおり薄暗かった。ブラインドはおろされ、古い電話帳の山の上に置かれたランプがワット数の低い光を放っているだけだ。影は床にしかできておらず、しかも淡い。天井は傾斜し、床板はきしみ、壁には、色褪せ黄ばんだクーポン券が蛾の死骸のようにピンでとめられたコルクボードや、チャリティ・ショップで手に入れたにちがいない、汚れたガラスの額に入った異国風の橋と川の絵がかかっていて、部屋の陰気さをさらに強調している。ラムが求めているのは居心地のよさではなく、いまルイーザに向けられている視線からもそれはあきらかだった。

「ここのボスは誰なのか忘れかけているようだな」

「いいえ。あなたがボスだということを思いださせようとしているだけです」

ルイーザはラムに横目で睨まれるか、舌打ちされるか、でなければ、おならをされるにちがいないと思った。たまにタイミングがずれることはあるが、こういうときにかえってくる反応がこのどれかであることは、これまでの経験からいって間違いない。だが、このときは足を床にどすんとおろし、ふんぞりかえるようにして椅子にもたれかかっただけだった。その顔はいつもの仏頂面ではなく、まったくの無表情で、皺ひとつできていない。だが、その固い仮面の裏で、さまざまな思案が駆けめぐっていることは、容易に察しがつく。

ようやくラムは口を開き、「電話をする」と言った。これから荷舟を引くか重い梱《こり》を持ちあげなければならないような口調だ。

ルイーザはうなずいたが、そこを動こうとはしなかった。

「電話をするだけだ。マスをかくわけじゃない。最後までちゃんとできるかどうか見届ける必要はない」

想像することさえしたくない。ルイーザはそれで引きさがることにしたが、部屋を出るときにドアを閉めはしなかった。

「そのファイルで何をするつもりだったんだ」ダフィーは訊いた。「誰に売ろうとしていたんだ」

「売ろうとしてたわけじゃない」

「もちろんそうだろう。夜の読書用にするつもりだったってことだな」ダフィーはいきなり立ちあがり、椅子を前に押して床に倒した。「つまり、首相のささやかな秘密を覗き見ながら、シコシコやろうとしていたってことだな」

「首相にはズリネタにできる秘密があるってことか」

ダフィーは鏡の前に行き、それが普通の鏡だと思っているかのようにそこで足をとめ、短く刈りこんだ髪に手を通した。髪の薄くなり具合をチェックしているのかもしれないし、でなかったら、鏡の向こうにいる者に秘密のサインを送っているのかもしれない。

「本当に面白いのは、こんな事態を面白がっているやつがいるってことだ」

「べつに面白がってるわけじゃない」

「いまのうちにせいぜい面白がっておけ。この先何年かは笑いたくても笑えなくなる」ダフィーは鏡から離れ、壁にもたれかかっていたリヴァーのすぐ前に進みでた。スウェットスーツは洗いたてらしく、柔軟剤の匂いがした。

リヴァーは言った。「キャサリン・スタンディッシュが捕らえられている」

「スタンディッシュ?」

「写真がある。携帯電話から送られてきた。今朝、いや、昨晩撮られたものだ。そいつらがあのファイルをほしがっている」

「スタンディッシュ?」ダフィーは繰りかえした。「〈泥沼の家〉の一員だな」

「いっしょにラムのところへ行ってもらいたいんだ」

「おまえが行けるのは、誰かにそこに行けと命じられたところだけだ。今後おまえは〝はい、わかりました〟としか言えなくなるんだ」

そうなる可能性は充分にある。そう思うと、ぞっとする。だが、それを顔に出してはならない。でないと、ダフィーの術中にはまってしまう。

恐怖を顔に出さないでいることは、いまの自分にできることのすべてなのだ。

「キャサリン・スタンディッシュは捕らえられている。誰かが捜しにいかなきゃならない。携帯電話の写真を鏡の向こうにいる者にいますぐ見せてくれ」

「アマチュアポルノのコレクションに興味はない、カートライト。問題はおまえが首相の個人情報のファイルを盗もうとしたことだ。本当にそんなことができると思っていたのか」

「相手は五十代前半の男で、身長は五フィート九インチ。グレーのスーツ、黄色いネクタイ、黒い革靴。黒髪で、こめかみのところが白くなりかけている。イギリス人、白人、上流階級のアクセント――」

ダフィーは左手を壁に叩きつけた。リヴァーの耳から一インチも離れていない。「それがファイルの買い手なんだな。そいつにリージェンツ・パークに侵入するよう指示されたんだな」

「侵入したわけじゃない」

「が、招かれたわけでもない。それはどこで起きたことだ」

「バービカン・センターの先だ」

「そして、その紳士は〈泥沼の家〉を訪ねてきたのか」

「言ったはずだ。そいつは携帯電話で――」

ダフィーは別の手をまた壁に叩きつけ、それから、額と額がつきそうになるところまで身体を近づけた。「なぜおまえの話を信じるのがむずかしいか教えてやろうか、カートライト」

「携帯電話を見てくれ」

「そんなことが実際にあったとすれば、いまおまえはどこで何をしていると思う？　そうとも。ここじゃなく、いつもどおり自分のデスクで自分の仕事をしているんだ。何かおかしいことがあれば、逐一上司に報告しなきゃならない。そうすれば、そこから所定の手順が踏まれることになる。そうしなかったら、カートライト、おまえは同僚の命を故意に危険にさらすことになる……あそこでおまえたちはなんと呼ばれているんだ」

息の臭いがする。眉の上に浮かんだ汗の熱も感じられる。

「答えろ」

「知っているはずだ」

次の瞬間、リヴァーは痛みのために身体をふたつに折っていた。男にしかわからない、一度経験したら二度と忘れない激痛だ。これから数分のあいだに、痛みはさらに激しくなるだろう。だが、とりあえずは、睾丸に膝蹴りを食わされたことにより、そういった不安はすべて消し去られた。

ダフィーは歩き去り、リヴァーは床に倒れた

ダイアナ・タヴァナーは三度目の呼びだし音で電話に出た。「どうかしたの?」

「べつに」ラムは言った。「ご機嫌うかがいだよ」

それは携帯電話だが、タヴァナーが机の前にいることはわかっていた。仕事熱心であるのはたしかだが、それとは別に、長く席を空けていたら誰かに乗っとられるのではないかという不安のせいもあるにちがいない。

「こっちから電話するつもりだったのよ。財務省があなたの必要経費の請求書に疑問を呈してるわ。部屋からほとんど出ていないのに、どうしてあんなに交通費がかかるのかって」

「なんで財務省がきみのところに話を持っていったんだ」

「高貴にして万能なイングリッド・ターニー局長から、どんなくだらない話でもわたしのところへ持っていくようにというお達しがあったのよ」タヴァナーはそこでいったん言葉を切った。リージェンツ・パークで喫煙が射殺に値するほどの規則違反でなければ、間違いなく

煙草に火をつけていただろう。「ターニーはわたしがかけがえのない人材だってことをしきりにアピールしている。つまり、首をすげかえるいい方法が見つかったってことよ」

ラムは煙草に火をつけた。そこはリージェンツ・パークではないし、〈泥沼の家〉では誰にも撃たれることはない。「それにしては落ち着いてるじゃないか」

「朝、起きなくてもいい時間に目を覚ますようになるのはわたしじゃない」他人には意味不明だが、本人にはどういうことかよくわかっているにちがいない。「まあいい。それより必要経費のことだけど……」

「しつこいぞ、ダイアナ。こっちには人質がいるんだ。忘れたのか」

「人質じゃなくて、部下でしょ」

「ものは言いようだ。でも、いまは以前ほどいない。風の便りでは、そのひとりが本部で勾留されているらしいな」

「リヴァー・カートライトのことね」

「そうだ。でも、わしのせいじゃないぞ。あいつの母親はヒッピーだったんだ」

「妊娠中にマリファナを吸いすぎたってこと？　それで今日の愚行の説明がつくってこと？　あなたの部下のなかじゃ、ピカ一の切れ者だと思ってたけど」

「剃刀みたいなものさ。使い捨ての。とにかく、お仕置きが終わったら、すぐに送りかえしてくれ。あいつの人生を悲惨なものにする方法を三つ考えた。早くとりかかりたくてうずうずしているんだ」

ラムがうずうずしているのは事実だった。鉛筆が手に届かないところにあるので、プラスティックの定規をつかみ、いまは右足の指のあいだを掻いているところだった。靴下のその部分にはすでに穴があいていたので、効果のほどは申しぶんない。

「わかるわ」含み笑いが聞こえた。〝歯止め会議〟でお歴々に気をつけの姿勢をとらせることで有名な笑いだ。「でも、そのような余興は別の機会にとっておいたほうがいい」

「余興？」

「今回はいつもの愚行とわけがちがうのよ、ラム。カートライトが盗もうとしていたのは、スコット・レベルの機密文書なのよ。あれが外部に漏れたら、保安局にとっても政府にとっても大打撃になる。しっぺをするだけですませるわけにはいかない。いずれにせよ、わたしがどうかできることじゃない。カートライトはいま〈犬〉のところにいる。そこでの取調べが終わったら、その身柄は警察に引き渡されることになる」

ラムは聞こえよがしに煙草を深く一喫いし、それから言った。「スコット・レベル？　そっちではまだサンダーバードごっこをやってるのか」

「そうよ。でも、それはわたしのせいじゃない。ターニーは自分たちを宇宙飛行士になぞらえているのよ」また含み笑い。その声が電話ごしにラムの部屋へ忍びこみ、煙草の煙と混じりあった。「とにかく、あなたは自分の部下が何をしようとしているのかまったくわかっていない」

「今月はわしの誕生日だ。とっておきのプレゼントを探していたのかもしれん」

「必要経費の件だけど、詳細はあとでメールするわ。今回は大目に見てもらえないかもしれないわよ」

「ダイアナ?」

タヴァナーはまた笑った。このときは含み笑いではなく、高笑いに近かった。「あら、どうしたの。泣きごとを言おうとしているんじゃないでしょうね」

「長い散歩に出かけた部下はカートライトだけじゃない。何かが起きているとしたら、わしはそのことを知る必要がある。その詳細もついでにメールしてくれ。そっちまで出向いて話を聞く手間を省きたい」

ラムは電話を切り、また定規で乱暴に足を掻いた。そのとき、定規がふたつに折れて、銃声のような音を立てたが、そこは〈泥沼の家〉であり、それはラムの部屋だったから、誰もなんの音だったのかをたしかめにはこなかった。

ふたたび目をあけたとき、見えたのは床だけだった。唾を吐いたとき、床のあちこちに唾が落ちていることがわかった。それからまた視界がかすみ、だがこのときはすぐに元に戻った。

後頭部から小さな声が聞こえた——その道のプロに股間を蹴りあげられるのがどんな感じか、これでよくわかった。

どんな単純な技でも、その道のプロの手にかかれば、名人芸になる。

「答えろと言ったはずだ」と、もうひとつの声が言った。それは頭のなかの声ではない。外から実際に聞こえてきた声だ。

リヴァーはなんとか上体を起こした。そういう姿勢をとることによって痛みが和らぐことはなかったが、いつかは和らぐ日が来るかもしれないという気持ちにはなった。深く息を吸いこむ。何か大切なものが破裂するのではないかとなかば不安だったが、そうはならなかった。自分の声を探すと、それはいつもより少し遠くにあるように感じられた。「遅い……馬。そう呼ばれている。〈遅い馬〉……だ」自分の耳にも九十歳を超えた老人の声のように聞こえる。「あんたたちは……なんと呼ばれているか知っているか」

「知らない者はいないさ」ダフィーは答えた。「おれたちは〈犬〉と呼ばれている」

「そうだ。〈犬〉だ。あんたたちは〈犬〉と呼ばれている。要するに、ゲスってことだ」

「床に這いつくばっている者が言うことか」

「あんたはどうなんだ。床に這いつくばったことはあるか。なんなら、這いつくばらせてやってもいい。ここじゃなくて、どこか別のところで。最終的に床に這いつくばるのは誰になるかわからせてやる」

調子が戻ってきた。口さかしいのも才能のひとつだ。顔をあげると、ダフィーが上から見おろしているのがわかった。

「たしかめてみてもいい。でも、当分は無理だ。おまえにはもう少しここにいてもらわなきゃならない」

「スタンディッシュ。キャサリン・スタンディッシュが捕らえられているんだ」

「それがどうした。われわれに何かをしてもらいたいのなら、キャサリンが首相の個人情報のファイルと同じだけの価値があるってことをみんなに納得させなきゃならない」ダフィーは左手の人さし指で右手の関節をなぞった。「さあ、立て。もう一度だ」

リヴァーは吐き気をこらえて、なんとか立ちあがった。

ダフィーは言った。「誰にファイルを売ろうとしていたんだ」

「キャサリン・スタンディッシュが捕らえられている。携帯電話を見ればわかる」

このときは腹にパンチが突き刺さった。


「こんなことをして申しわけない」と、若い男は言った。

だが、そう思っているようには見えなかった。

「あいにくだが、ミルクは切らしていてね」

男は持ってきた紅茶をベッドの脇のテーブルに置いた。

「ルーム・サービスなの?」と、キャサリンは言った。

「そういうことになる。キッチンまでおりてきてもらうわけにはいかないんだ。セキュリティ上の問題があるのでね」

「こんなおかしな誘拐は聞いたことがないわ。本当に本気でやってるの? こんなことをするのは今回がはじめてなんでしょ」

男は唇をすぼめ、思案顔になった。「捕虜を捕らえたことはある。でも、状況は同じじゃない」

「だったら、わたしを殺すつもりはないのね」

「われわれは獣じゃない」

「そのことを何かに書きおいてくれる？」キャサリンは笑わせようと思って言ったが、微笑すらかえってこなかった。「ドノヴァンはどこにいるの」

「下にいる」

いいや、そこにはいない。とっくにヴァンに乗って出ていった。だが、ここは信じたふりをしておこう。

「着替えがあれば嬉しいんだけど」

「われわれは獣じゃないと言ったが、マークス・アンド・スペンサーの店員だとは言っていない」

男は振りかえって出ていこうとした。キャサリンは引きとめるために話の接ぎ穂を探し、男がドアを閉めようとしたときに思いついた。

「ショーン・ドノヴァンはあのひとの話をよくする？」

「あのひとって？」

「亡くなった若い女性のことよ」

一瞬の沈黙のあと、男は言った。「ただの若い女性じゃない。軍の大尉だ」

「でも、亡くなったのはたしかでしょ。そのひとの話はしないの？　わたしだったらすると思うけど」

話しているうちに、声がだんだん大きくなっていくのがわかった。口調をコントロールできなくなることはめったにないのだが、このときはちがった。どうしてここに連れてこられたのか、ほかの場所で何が起きているのかを知る手がかりを得るために、なんとか話を長引かせなければならない。

「当然でしょ。飲酒運転で同乗者を死なせてしまったのだから」

若い男は悲しげに首を振ると、部屋から出ていき、ドアに錠をかけた。

しばらくして、キャサリンは紅茶に手をのばした。


ニック・ダフィーは自分の顔に水をかけて、洗面所の鏡を覗きこんだが、普段と変わったところは何もなかった。それは朝の一仕事にすぎない。だが、いつもこんなふうだというわけではない。そんなことはありえない。イギリスは警察国家ではないのだ。

ペーパータオルで顔を拭くと、マジックミラーごしにリヴァー・カートライトの様子をチェックした。あの小僧は（小僧という年ではないが、ダフィーの年からすると、そう呼んでもおかしくはない）尋問用の小道具として先ほど部屋に持っていった椅子にすわっていると思っていた。だが、案に相違して立ったままだった。腹の痛みのために魚のように青白い顔をして、つらそうに壁にもたれかかっている。そして、鏡に向かって中指を立てている。まるで見られていることがわかっているかのように。

もちろん偶然だろう。

ダフィーはマジックミラーから離れ、壁にかけられた電話の受話器を取った。三桁の内線番号を押すと、ダイアナ・タヴァナーにつながった。

「供述を変えようとしません」

「どういう供述かもう一度言ってみて」

ダフィーは言った――スタンディッシュの写真、短い指示、歩道橋の上にいたスーツ姿の男。上流階級のアクセント。

「癇にさわるような話し方だったそうです」

「あなたはその話を信じるの？」

ダフィーは空いているほうの手に目をやった。この日の朝、熱いコーヒーを運ぶ以上の荒っぽいことをした証拠は何もない。

「嘘をついているのなら、供述を変えていたと思います」

いつもの長い沈黙があった。普段なら、それはタヴァナーが情報の採否を選別していることを意味している。でも、今回はちがう。まるでいま起きていることをすでに承知しているかのようだ。

隣の部屋で、リヴァーがまた中指を立てた。まさしく壊れたレコードだ。意地でも反抗をやめるつもりはないのだろう。この二十分間にあれほどの目にあわされたのに、いまだに自分が足を突っこんだトラブルの性質と深刻さが理解できていない。

タヴァナーは言った。「それで、歩道橋の上にいたという男の捜索は?」

「二時間前に、ロンドンの歩道橋の上にいた男ですね。市を封鎖しましょうか」

タヴァナーは声の調子を変えることなく言った。「もう一度そのような口のきき方をしたら、カートライトと立場が入れかわることになるかもしれないわよ。それで、スタンディッシュのほうはどうなの?」

「携帯電話に写真がありました。供述どおりです」

「送信先は?」

「スタンディッシュの携帯電話です」

「でしょうね。場所は特定できたの?」

「そういう話は聞いていません」

「ところで、あなたはカートライトをどれだけ痛めつけたの?」

「ほとんど何もしてません」

「誰の基準で? あなたの?」

「彼は〈遅い馬〉かもしれませんが、民間人ではありません。死にはしないでしょう」

「それはよかったわ。部下にもしものことがあったら、ラムが黙っちゃいないはずよ」

「ラムは部下をいくらのものとも思っていません」

「だからといって、何をしてもいいってことにはならないでしょ。まあいい。とりあえずカートライトはいまのままでいい。追って沙汰があるはずよ」

「沙汰？」

「そう。イングリッドが内務大臣に呼びだされたのよ。いまごろは苦虫を嚙みつぶしたような顔をしているにちがいない」

カートライトはまた中指を立てている。自分が見られていることを知っているとは思えないが、それでも見ていてあまり気分のいいものではない。

「さっき市を封鎖したらどうかという冗談を言ったのは――」

「あなたはついさっき誰かを叩きのめした。だから、気が大きくなっている。何をやっても許されると思っている」

「そんなことは――」

「勘違いもいいところよ」

タヴァナーは電話を切った。

ダフィーは受話器を置き、それからしばらくのあいだマジックミラーの前に立っていた。中指を立てる仕草はまだ続いてるが、だんだんどうでもよくなってきた。リヴァーはもう〈遅い馬〉ですらない。廃馬だ。廃馬は何に利用されるのか。そう。ドッグ・フードや膠《にかわ》だ。気が向いたら、隣の部屋に入って、その話をしてやってもいい。でも、いまは何よりも一杯のコーヒーだ。

音を立てないよう静かに廊下に出る。カートライトが誰もいない部屋に向かって繰りかえし中指を立てているところを想像すると、レディ・ダイの最後の一言を忘れるまでにはいたらないにせよ、多少は溜飲がさがったような気がした。

イングリッド・ターニーの庭には、茨《いばら》の茂みがいくつもある。脅威はいたるところに潜んでいる。だから、用心を怠ることは許されない。たとえばダイアナ・タヴァナー。たとえば内務大臣からの呼びだし。最近までは、そのような呼びだしを受けても、なんとも思わなかった。大臣の執務室に行って、怯えた子犬をあやすように目と目をあわせ、もっともらしい気休めの言葉を並べていればよかった。だが、ピーター・ジャドが欲しているのは安心を得ることではなく、弱点を見つけだすことだ。人前では、肝胆相照らす仲と言っているが、できることなら、あの男には肝も胆も照らされたくない。

イングリッド・ターニーは通勤には地下鉄を利用するが、それ以外はすべて公用車を使う。いま車は暑さで溶けそうな道路を走っている。この異常気象が始まったとき、街は色鮮やかに塗りかえられたように見えたが、猛暑日が何週間も続いたあと、鮮やかさは古い絵の具のように色褪せてしまった。葉は枯れ、公園は茶色くなり、生気を感じさせない。人々は影を伝って歩いていて、そのなかには、大きな心の傷をかかえているような表情を浮かべている者もいれば、雨が降るかもしれないというニュースを聞いて宝くじがあたったように喜んでいる者もいる。インターネットでも〝何かがおかしい〟という話が飛び交っている。通りには陽が容赦なく降り注ぎ、何もかもがまぶしく、目に痛いくらいだ。

だが、車内の空気は冷たく、外から見たかぎりでは、ターニーは熱波とも憂鬱な考えとも無縁であるように思える。経済的にもゆとりがあり、いま着ている夏服は新調したものだ。その男っぽい顔は柔和な表情のマスクをつけているように見える。お菓子をくれる優しい祖母といったところだが、マスクの下では蒸気弁が低い音を立てている。電話をかけてきたのはいつもの執事ではなく、ジャド本人で、用件についての言及はいっさいなかったが、その口調にはあきらかに勝ち誇ったようなところがあった。どんなゲームをしようとしているのかはわからないが、とにかく手もとには使えるカードがあるということだろう。

それでもべつにかまわない。政治家と取引するつもりはない。

首根っこをつかまれているのでないかぎり。

大臣公邸の玄関のドアをあけたのは、ほんの少し舌足らずな話し方をする、目鼻立ちの整った若者だった。けれども、ジャドが同性愛者であると思う者はいない。実際のところ、見境がないといっていいくらいの女好きだが、取り巻きは〝従軍慰安部隊〟と呼ばれていて、同性愛タイプの若い男が多い。いつものようにそれはジャド一流の皮肉であり、人選はそれに従ったものだ。

執務室に入ると、ジャドは言った。「デイム・イングリッド」

「内務大臣」

「独断で決めてよかったかな」

その台詞《せりふ》は内務大臣としてこれまでやってきたことの要約のように聞こえたが、実際はかたわらのテーブルの上に置かれた紅茶のことを言っただけだった。

ジャドにすすめられて、ターニーは肘かけ椅子にすわった。部屋は前任者が使っていたときとほとんど変わっていない。ウォールナットの羽目板や書棚に並んだ本やペルシア絨毯だけでなく、飾りつけを変える気もないらしく、ありふれた静物や海戦の絵も、一昔前の大きな地球儀も元のままになっている。その性格からして、ジャドはどんなものでも自分の色に染めなおさずにはいられないはずだが、そうしないのは、ここに長居する気がないからだろう。前任者は実際に長居しなかったが、大臣職への思いのたけは真逆ということになる。

「ミルクと砂糖は?」

ターニーは首を振った。

ジャドはカップに紅茶を注いで、テーブルの上に置き、その反対側の椅子に腰をおろした。巨漢だが、太ってはいない。昨年五十になったが、いまだに残っている学生っぽさと、さらさらのふわっとした髪ゆえに、国民から広く愛され、テレビのワイドショーでは欠かせないキャラクターになっている。インタビューはかならずソファーで受ける。インタビュアーはコメディアンであることが多い。ブレのなさ、コネ、裕福な家系。世間では、〝さらさらの髪をなびかせて自転車に乗る鉄砲玉〟として通っている。政治的には同期のライバルたちより頭ひとつ抜けだしていて、たまにその首級をあげようとする者が現われたとしても、そうするための斧はまだ見つかっていない。ターニーが個人的に保管しているファイルに記されているのは、憶測ばかりで、事実はごくわずかしかない。だが、埃が立たないのは、さらさらの髪をふわふわに見せかけているのと同じ巧みさで、過去の大きな罪を隠蔽しているからにちがいない、とターニーは踏んでいる。いま、その目には、これから起こることが楽しみで仕方ないといった表情がありありと浮かんでいる。

「今日はどのようなご用件でしょう」ターニーは訊いた。自分自身の始末書にサインをするのは気分のいいものではない。「何か問題でも？」

「問題はない。でも、話したいことは山ほどある」

ターニーはため息をついていないふりをした。あるいは、ため息をついていないふりをしていることを気づかれたくないふりをした。「世間話ですか。喜んでと言いたいところですが、大臣、いまはしなければいけないことが山ほど……」

「だろうな。今朝も一悶着あったようだし」

〝一悶着〟はピーター・ジャドのお気にいりの語彙のひとつで、最近ヌード・ダンサーとの付きあいをタブロイド紙にすっぱ抜かれたときも、この言葉を使っていた。それは同時に九・一一や世界同時不況をさすときの言葉でもある。

「一悶着？　一悶着と言いますと？」

「不法侵入だよ」

リヴァー・カートライトの一件だ。たいしたことではないし、結果的に何も起きてはいない。ということは、そこには自分が知らない何かがあるということか。

「そこまでのものじゃないと思います。外部の局員が迷子になっただけです。リージェンツ・パークでは方向感覚が狂いがちです」

「その経験はわたしにもある」

「それに、発生から収束までに二十分もかかっていません。わたしが局を出たときには、その若者は警備責任者から……こってり絞られていました」ターニーは言って、紅茶を一口飲んだ。「いずれにせよ、このようなことにお手間をとらせるわけにはいきません。机の上には、もっと重要な案件が山積みになっているはずです」

それにしても、ジャドはどうやってこの一件をこんなに早く知りえたのか。これは注意してかかる必要がある。

「どんなことでも手間はいとわない」ジャドはここで口調をパブリックスクール出身者風の間延びしたものに変えた。「とりわけ、わが国の情報部の信頼性に疑問が生じる事態になりかねない場合には」

「情報部の信頼性に？　本当でしょうか」

ジャドは椅子の背にもたれかかった。「お茶のおかわりは？」

「けっこうです」

「本当にいいのかね。わたしはおかわりをするが……」

ターニーは首を振った。

ジャドはカップに紅茶を注ぎ、ターニーから目を離すことなく、ゆっくりまぜた。

「大臣、いったい何をおっしゃりたいのでしょう」

「簡単なことだよ、ディム・イングリッド。〝タイガー・チーム〟という言葉に心あたりは？」

ターニーはカップを下におろした。

「そ……それは」

モンティスは立体駐車場の前でタクシーを降りた。駐車場という機能ゆえに、なんの風趣もない、くすんだ茶色の建物で、設計段階で建築デザイナーがかかわっていたら、もう少し見て楽しい、垢抜けたものになっていたにちがいない。モンティスはそのことを記憶にとどめ、この次ピーター・ジャドに会ったときの話題のひとつにしようと思いながら、建物のなかに入った。舗道からの照りかえしにもかかわらず、そこは湿った土と黴のせいで墓場のような臭いがする。コンクリートの床の上の油の染みをよけて、階段ロの重いドアをあける。するとまたちがう臭いが鼻をついた。そのなかには小便の臭いも混じっている。洗練への道のりは容易ではない。

階段を一段飛ばしであがる。五十代になっても、体力には自信がある。煙草は喫わず、キューバ産の葉巻しかやらない。ポートワインやリキュールはいっさい口にせず、週に三日赤ワインを飲む(残りの日は白ワイン)。それをやめて、精進すれば、短距離走で誰よりも早いスタートを切れるようになるだろう。だが、自分はリーダーであって、歩兵ではない。先刻リヴァー・カートライトに胸ぐらをつかまれたときも、恐怖はまったく感じなかった。立場のちがいのためだ。カートライトはポーンにすぎない。自分は何人ものキングに囲まれている。今日の仕事でそれはもっとたしかなものになる。

ポーンではキングを取れない。それがこの世の条理というものだ。

ショーン・ドノヴァンは駐車場の最上階にとめたヴァンの横で待っていた。それもいい例になる。ドノヴァンは自分と肩を並べられるところまで来ている。少なくともあと一歩のところまで来ているのは間違いない。だが、それがどういうゲームなのか本人には何もわかっていない。そして、それ以上に大きな問題は、ドノヴァンが下からの叩きあげであるという事実だ。〝上流階級〟という言葉はこういったときのためにある。それは血筋から来るものであり、努力によって手に入るものではない。

だが、そのようなことはおくびにも出さず、モンティスは声をかけた。「ドノヴァン!」

返事はない。

また油の染みがあり、それもよけて歩いていく。こっちのほうが明るく、両側面が外に開いているので、空気は動いている。それでも、真昼の炎熱がかたまりのようになって次々に襲いかかってくる。そのたびに、壁に衝突しているような気になる。

シャツの襟に手をやりそうになったが、なんとか思いとどまった。身だしなみは大事だ。

いつもきちんとしておかなければならない。

「ドノヴァン」一ヤード弱の距離のところで、ふたたび声をかける。「どうだ、首尾のほどは」

「いまのところは順調です」

モンティスはこの瞬間のことを頭のなかで思い描き、ハイタッチをして成功を喜びあうことになると思っていた。だが、ドノヴァンはいつも以上によそよそしい。

まあいい。ドノヴァンに喜んでもらう必要ない。祝福はあとでいい。

ピーター・ジャドは、たとえそれがどういう人物であったとしても、成功を祝うすべを知っている。

「タイガー・チーム……」イングリッド・ターニーは口ごもった。

「そう。タイガー・チームだ」

「もちろん知っています」

いまはっきりと感じるのは、ジャドの指が自分の喉にかかっているということだ。

タイガー・チームとは一種の傭兵組織で、敵を掃討するのではなく、味方の防衛能力を試すことを任務としている。たとえば、模擬戦を仕掛けたり、ハッカーを使ってセキュリティ・システムの堅牢さをチェックしたり、護衛チームを襲撃したり。今年はじめには、首都圏のインフラの脆弱性をあぶりだすために、保安局の肝いりで大手の電力会社に攻撃をかけたこともある。その結果、わかったことはふたつあった。ひとつは、大手の電力会社の心胆を寒からしめるのは驚くほど簡単だということと、もうひとつは、このところの電気料金の高騰のせいもあって、人々はそれを歓迎しているように見受けられるということだ。さらに言うなら、一般市民の多くはテロより世界的なワイン不足のほうが日々の暮らしにより大きな影響を与えると考えている。同じ伝で、保安局に対する、あるいはそこでのイングリッド・ターニーの地位に対する最大の脅威は、テロリストやライバルの情報機関やガーディアン紙といった従来の敵ではなく、内務大臣ということになる。

「あなたが命じたんですね」

ジャドは満足げにうなずいた。とりたてて珍しいことではない。自己満足はトレードマークのようなものだ。だが、これだけ近くで見せつけられると、ティーポットをぶつけたくなる。

「理由をうかがってもよろしいでしょうか」

「なぜそんなことをしたのかってことかね。保安局の危機管理能力をチェックしたかったからだよ。自分自身を守れない守りのプロじゃ、洒落にならないからね」

「でしたら、結果に満足されたと思います。被害は何もありませんでした」

ジャドは指を振った。いまどきこのような仕草をする者はめったにいないが、パントマイムはこの男の習い性のひとつだ。「局員のひとりは往来で拉致された。もうひとりはきみの領地からデータを盗むよう仕向けられた」

「そして、失敗しました」

「本来ならそこまで行かせちゃいけなかったんだ。ものごとには手順というものがある。タイガー・チームから呼びだしを受けた時点で、その局員は上司に報告すべきだった。なのに、そうしなかった。これは誰の基準からしても重大な過失と言わざるをえない。所管大臣としての基準からすると、早急に策を講じなければならない欠陥ということになる」

何かの策を講じることにつねに消極的だった大臣の下で数年にわたって仕事をしてきたあと、すべての政治家が自分の不利にならないことをたしかめてからでないと何もしないというわけではないとわかるのは、決して悪いことではない。だが、それをこのようなかたちで見せつけられるのは業腹というものだ。

ターニーは言った。「それで、そのタイガー・チームですが、リーダーは誰なんです」

「シルヴェスター・モンティス。ブラック・アローという会社を経営している。馬鹿げた名前だが、仕事の内容を考えると、それはそれでまあいいのかもしれない」

「ブラック・アロー……」

「きみのレーダーに引っかからなかったことを咎めるつもりはない。主として民間企業のセキュリティの仕事を請けおっている。そう。社内のセキュリティ・システムを揺さぶって、いながたつきの有無を見つけだすんだ。国内限定で、外国の企業とはいっさい関係を持っていない」組んだ脚の左の膝の上にカップを置いて、「これは私見になるが、アフガンくんだりの怪しい連中には近づかないほうが身のためだ。儲けはたしかに大きいが、保険料も相当高くつく」

「そんなところで仕事をしようとする者の気が知れません。シルヴェスター・モンティスという男を雇ったという話でしたね」

「ああ。安く引きうけてもらった。お茶のおかわりは？」

「けっこうです。その男とは旧知の間柄ってことでしょうか」

「本人はスライと呼ばれたがっている」

「それで答えになっていると思います」

「われわれは政界が動く原理を知っている。ウェストミンスターが仲間内で村《ヴィレッジ》と呼ばれるのは、理由のないことではない。そう。われわれは古なじみだ」

「親しい友人ということでしょうか」

「わたしの辞書にそのような言葉はない。人脈をないがしろにしたら、仕事は成功しないし、企業は成長しない。世のなかとはそういうものだ」

「イートン校ですか？」

「きみとゲームをするつもりはない」

「わたしがここを出て二十秒後には、あなたの股下の寸法までわかります」

「そういうことなら、答えはイエス。たまたま同窓だった」

「オックスフォードですか？」

「一応は」ふたたびカップを手に取って、「カレッジはちがう。向こうはセント・アンズだ」

「多くのひとはセント・アンズでもすごいと思っています」

「だから、われわれは〝多くのひと〟に重要な決定権を持たせないようにしている」

「民主主義のプロセスを重んじる国にあって、興味深いご意見をお持ちだと思います」

「ナイーブなふりはしないほうがいい。きみには似あわない」

「では、話を元に戻しましょう。あなたは誰にもなんの相談もなく昔の友人を雇い、所轄の部局を攻撃させた。それは利害の衝突になりませんか」

「ならない。相談なんかしたら、計画はものの見事に骨抜きにされてしまう。保安局にお偉方がやってきたとき、きみたちは事前にかならず非公開の会議を開いているはずだ。今回も何かを嗅ぎつけたら、すぐに臨戦態勢に入っていただろう」

この論理に異を唱えるつもりはない。

「きみが言ったように、たしかに保安局はわたしが所轄する部局だ。その業務遂行能力をチェックするのはわたしの仕事だ。義務でさえある」

「ごく小さな規則違反があっただけで――」

「ごく小さな規則違反かどうかはわからないが、だとしても言いわけにはならない。リージェンツ・パークに無許可で立ち入ったのは、誰の目にも、セキュリティ上の深刻な欠陥と映るはずだ」

「立ち入ったのは局員です。あなたが雇ったような部外者ではありません」

「それでも、無許可で立ち入ったという問題は依然として残る。しかも、その侵入者はとんだ出来損ないときている。聞いたところでは、祖父の威光がなかったら、とうに馘《くび》になっていたとのことじゃないか。通勤時にキングス・クロス駅を大混乱に陥らせるなんて。少なくとも、それは越権行為だ。交通インフラをずたずたにするのは、もっぱら市長の仕事だ」

この台詞《せりふ》はまえにも使われたことがあるにちがいない。おそらくは多くの聴衆がいるところで。でなかったら、これから使われるにちがいない。やはり多くの聴衆がいるところで。

ターニーは言った。「無許可で立ち入ったというのは、ちょっとちがうと思います。入館はダイアナ・タヴァナーが許可しています」

「入館を許可されたあと、行方をくらませた。細かいことはどうでもいい。その男は機密情報にアクセスしようとして捕まったんだ。刑務所送りになるのは間違いない。最低でも十年はぶちこまれる」

「それでは、あなたの愉快な仲間たちはどうでしょう。局員の身柄を拘束したんですよ。拉致も料金に含まれているんですか」

ジャドは蜂を追い払うように手を振った。「契約解除の証書をつくって、サインをしてもらうつもりだ」

「自信満々ですね」

口もとに微笑が浮かんだ。

さらさらの髪をなびかせた鉄砲玉……だが、忘れてはならない。ピーター・ジャドの人なつっこさはナイロン以上に薄っぺらい。カメラの前でも、聴衆の前でも、どのようなあらたまった席でも、プロはだしの手並みで〝気さくなひと〟カードを切る。一ダースのナイフとフォークの前に正装してすわっているときでも、イーストエンドの安売り店で大勢の客にまじって品物を選んでいるようなざっくばらんさを装っている。だが、その装いのすぐ下には、メッキを焦がすほどの鬱屈した怒りがある。過去を隠蔽しなければならなくなった理由もそこにあるにちがいない。このような裏表のある者が、どこにもケチのつけどころのない人生を送ってきたとは思えない。

だが、いまここで優位な立場にいるのはジャドのほうであり、そのことは双方ともよくわかっている。

ターニーは言った。「では、リヴァー・カートライトはワームウッド・スクラブズに送りましょう。民営の刑務所なら、トリプルのジントニックを飲むことも許されています。シルヴェスター・モンティスはもっと儲かる仕事を請けおったほうがいいと思います」

「辛辣さもきみには似あわない」

「わたしに引責辞任を求めておられるということでしょうか」

ジャドはてのひらを広げてみせた。安心していいというような仕草だが、広げたのは片手だけだ。「とんでもない」

「では、何をお望みなんでしょう」

ほかの多くの政治家とちがって、ジャドは意味がわからないふりをして時間を無駄にするようなことはしない。「そうだな、なんと言えばいいか。相互理解というか、同盟というか」

「わたしは大臣にお仕えしているんです。普段から一心同体でありたいと思っています。わたしたちは相互に理解しあっていますし、同盟に関して言うなら、わたしたちが同じ側に立っていることに疑問の余地はありません」

「もちろん、われわれは同じ側に立っている。だが、だからといって、タッグを組む相手を選んではいけないということにならない。きみは公務員で、わたしは政治家だ。きみはできることなら定年まで保安局の長でありつづけたいと思っている。でも、わたしは一年以上この地位にとどまりたいとは思っていない。わたしが任期中に職を辞すとしたら、それは十番地の官邸に移るということを意味している。そうならないときは、政治生命を断たれるときだ」

「そうなる可能性は否定できないということですね」

「現首相が権力の座にしがみつこうとすれば。そのときは、わたしを檻のなかに追いやって、異議申し立てを阻もうとするはずだ。異議を申し立てたら、それは……」

「背信と見なされる？」

「礼を失することになる」

「それでは党内の支持を得ることができません」

ジャドは目をしばたたいて同意を示した。

「現首相を取り巻く環境に変化がないかぎり」

ジャドはまた目をしばたたいた。

部屋は涼しかった。どこかから作り物の風の音が聞こえてくる。床に敷きつめた氷の上を滑っているような音だ。だが、その下には暖かい空気の層が間違いなくある。ジャドが保安局に痛棒を食らわせたいと思っていることは、ずっとまえからわかっていた。それはみずからの裁量権の行使であると同時に、三十年前に採用を拒否されたことへの意趣返しでもある。だが、いまはターニーの協力を必要としている。喉から手が出るほどほしがっている。策を弄する才能は、つねに大きな利益を生む。両者を闘わせて漁夫の利を得るのではない。両者のまんなかの位置を確保して、手の届くところに来た獲物を総獲りするのだ。

ターニーは言った。「事情はよくわかりました」

「わかってくれると思っていたよ」

「とにかく、カートライトが盗もうとしていたファイルは……無作為に選ばれたものではないということですね」

「訓練のために、いちばん適切と思えるものを選んだ」

「なるほど。そのファイルをなんのために使おうとしたのか、ようやくわかりかけてきました。もちろん、カートライトが成功していればの話ですが」

「そのような可能性は最初からなかった。リージェンツ・パークの警備態勢が現状よりもずっとお粗末なものでないかぎり」ジャドはとつぜん立ちあがり、空《から》になったカップをトレイに置いて、ターニーに背中を向けた。「そもそも、古いファイルの中身を見るためだけなら、わざわざあんなことをする必要はなかった。それはわたしが所轄する部局に保管されているものだからね」

「そこは常時制限区域になっています」

ジャドはまたターニーのほうを向き、手をさしだして、彼女のカップを受けとった。

「もちろんわかっている。わたしは国家の安全にかかわるすべての情報に目が届くようにしておきたいだけだ。当然ながら、そのなかには各省庁を統括する人物が信頼に足るかどうかという情報も含まれる」

「その情報を使えば、信頼に足りない人物を排除することもできます」

「そうとも。不適任だとわかっているのに、何もしないで手をこまねいているのは職務怠慢というものだ」

ジャドは空のカップと受け皿をテーブルに戻し、それから自分の椅子に戻って、愉快そうに微笑んだ。

ターニーは言った。「この半世紀のあいだに、保安局は何度そのような要請を受けたとお思いです？」

ジャドは考えるふりをした。「政権交代のたびに少なくとも一度はあっただろうね。でも、先走りは控えよう。大事なのは、われわれは同じチームに属しているってことだ」

「わかりました」

たぶんジャドの言うとおりなのだろう、とターニーは思った。先々の協力関係を口先で請けあうのは簡単なことだ。いまここで起きた最悪のことが、リージェンツ・パークに戻って傷口を嘗めることを許されたことだとしたら、この日は勝利と見なしていいだろう。だが、いったんコーナーに追いつめられて、ダウンする寸前までいかされたからには、このあとジャドがさらにもう一歩踏みこみ、その力を見せつけてくるのは火を見るよりあきらかだ。勝利とは、敗者が夜寝るまえに腸《はらわた》を煮えくりかえらせながら勝者の顔を思い浮かべるようになること、という言葉を以前どこかで聞いたことがある。そのときはピンとこなかったが、それがジャドの信条であるとしたら、理解するのはそんなにむずかしいことではない。

このような状況下で多少なりとも慰めがあるとすれば、その正しさは今夜にも立証されるだろうということだ。

ジャドはテーブルから小さな金属の器具を取った。シガーカッターか何かだろう。それを上の空でいじりはじめる。老獪な政治家にしては、拍子抜けするくらいわかりやすい振るまいだ。

「ところで、〈泥沼の家〉のことだが……面白い名前だ。たしかバービカン地区にある古ぼけた建物だったね」

ターニーはうなずいた。

「きみはそこに役立たずどもを送りこんでいる」

「解雇するのが最善の策とは思いませんので」

「それはどうだろう。解雇することに問題があるとは思えないが」

ジャドが訴訟問題に悩まされたことはこれまで一度もない。雇用問題でも、子供の認知問題でも。

「カートライトはそこに配属されているんだね」

答えを知っている者に返事をしても仕方がない。

プライベートな時間を楽しんでいるかのような間のあと、ジャドはため息をつき、小さな金属製の器具をテーブルへ戻した。

「それがうつけ者どもを再教育するためのものなら、その目的が達成されていないのは明白だ。すぐに閉鎖したまえ」

「〈泥沼の家〉をですか？」

「そうだ。閉鎖するんだ。今日」

ジャクソン・ラムは虫の知らせというものを信じない。胃に何か違和感を覚えたとしたら、胃になんらかの負担をかけたからであり、そのライフスタイルからすれば珍しいことでもなんでもなく、もっと深刻な反応を引き起こすためなら腹に除草剤を注ぎこまなければならないだろう。とはいうものの、この日がこれからどうなるかはあまり考えたいことではない。リヴァー・カートライトがリージェンツ・パークで捕まったのは、〈泥沼の家〉きっての切れ者にしては、あまりにもお粗末すぎる。別れのキスをしろというレディ・ダイの言葉は、額面どおりに受けとるしかない。リヴァー・カートライトのいない将来に心が痛むことはない。それより、キャサリン・スタンディッシュはいったいどこへ行ったのか。もちろん、それは自分のせいではない。朝のお茶を淹れてくれる者を怒らせるようなことをした覚えはない。

いったいどこへ行ったのか……虫の知らせの有無はともかくとして、事実は積み重なりつつある。ある日どこかでリヴァーが派手な失態をやらかす確率は五十パーセント。キャサリン・スタンディッシュが無断欠勤する確率はもっと低い。そのふたつの出来事が同時に起きるのは、そのあいだになんらかの関連があるからで、賭けろと言われたら、誰だって因果関係アリに賭けるだろう。リヴァー・カートライトはキャサリン・スタンディッシュの失踪に関してなんらかの情報を得て、リージェンツ・パークに突進し、そこで煉瓦の壁に激突した。

そろそろ年の功と知恵を備えた者の出番だ。

ラムは屁をひり、しかるのちにキャサリンの椅子にすわった。

この部屋にはあまり来たことがない。〈泥沼の家〉のほかの部屋にはしばしば気まぐれに入りこみ、ときには深夜にあちこち突っつきまわすが、キャサリンの部屋は例外だ。どうしても見つけられたくないものを隠していたとしたら、いろいろなものを片っ端からブッ壊さなければならない。酒の力を借りて気が大きくなったときでも、そこまでのことはできない。

べつに驚くべきことではないが、机の上は整理整頓が行き届いていた。中央部の手前には、報告書の分厚い束がある。本来なら、この日の朝の出勤時にラムの机の上に置いておかれるべきものだ。それは読まれることもなく、ゴミのようにぞんざいに扱われ、いまごろは、あちこちにこぼれた飲み物のあとが承認印がわりになり、コピーされ、重要書類用のファイルに入れられ、リージェンツ・パークに送られている。もちろん、そんなものがそこでいかばかりの関心を持たれるわけでもないが、それでもキャサリンは手を抜かない。すなわち、もはや酒にも男にも溺れていないということだ。

ラムはその報告書の束を手に取って、そこに含まれている情報量をはかるように重さをチェックすると、「何ごとにも優先順位というものがある」とつぶやいて、ゴミ箱に捨てた。それから立ちあがって、狭い室内を歩きまわりはじめた。

空中には花の香りが漂っている。というより、つい最近まで漂っていたにちがいない。それがどこから来ているかはすぐにわかった。窓枠に紐で吊るされたモスリンの布袋だ。親指と人さし指でつまんで、そっと引っぱったが、それでも力が強すぎたらしく、紐が切れて、布袋は床に落ちた。かまわず巡回を続け、ふたつのファイル・キャビネットの前を通りすぎる。コートスタンドにはリネンのトートバッグがかかっていて、その横に傘が立てかけられている。そこはラムの部屋のディズニー・ヴァージョンであり、狭さは居心地のよさを生み、整理整頓は秩序を生んでいる。正直なところ、息苦しい。キャサリンは昨夕までここにいた。なのに、この部屋はすでに記念館の相を呈しつつある。二十四時間後には、蜘蛛の巣だらけになるのではないかという気さえする。

手がかりはどこにあるのか。

この部屋を引っくりかえしても無駄だ。ここに手がかりがないことはわかっている。キャサリンは昨夜〈泥沼の家〉を出たあと二度電話をかけてきている。ということは、何かあったのは外に出たあとということになる。それでも、念のために机まわりを調べてみると、自宅の予備の鍵がなくなっていることに気づいた。一瞬おやっと思ったが、すぐに合点がいった。ルイーザ・ガイがキャサリンの自宅を見にいったことを思いだしたからだ。結局、多少なりとも興味をひかれたものはひとつだけだった。引出しの底に、手を触れたら崩れそうになるくらい古いティッシュペーパーに包まれたものがあった。壜のかたちをしている。包みを開くと、スコッチのマカランだった。開封はされていない。ひとしきりそれを見つめたあと、包みなおして、引出しに戻す。

顔をあげると、ルイーザ・ガイがドアの枠によりかかって立っていた。

「なんだ？」

「探しものですか」

「そうだったら、もう見つかってるはずだ」

ラムは椅子の背にもたれかかった。椅子は不快感を表明するように軋り音を立てた。

ルイーザは言った。「どこかで飲んだくれてるってことはないでしょうか」

「ない」

「間違いありませんか」

返事をするかわりに、ラムは上着のポケットを探り、煙草を取りだした。目を閉じて、火をつけ、大きく一吸いする。

「リヴァーはリージェンツ・パークで何をしたんです」

「ファイルを盗もうとした。それで、拘束されたらしい。なんなら、やつの机を片づけはじめていいぞ」

「あまりにも展開が急すぎます。まずキャサリンが行方をくらまし、それから二十四時間もたたないうちに、もうひとりがいなくなった。週末には全員がいなくなるでしょう」

「全員？」

「〈泥沼の家〉のメンバー全員です」

ラムは鼻で笑った。

「わたしたちはチームじゃないんですか」

「誰だって、とばっちりを食うことはある」

「そう言いながら、あなたはここで手がかりを探している。リヴァーはどんなファイルを盗もうとしていたんです」

「質問が間違っている。正しくは、カートライトはなんのために盗もうとしていたのか、だ」

「だとしたら、答えは人質の身柄を取り戻すためです。リヴァーを呼びだしたのは、キャサリンを拉致した者にちがいありません」

「ホーは彼女の携帯電話を追跡できたのか」

「いいえ。電源を切るか、切られるかしたようです」

ラムは舌打ちをした。

「これからどうします」

「そうだな。昼メシの時間はとっくに過ぎている。誰もまだテイクアウトのカレーを買ってきてくれていない」

「それは大問題です。でも、問題はそれだけじゃありません。あなたの部下はいまひじょうに危険な状態にあるんです。それをどうするおつもりです」

「カートライトは危険な状態にない。ちょっと絞られるだけだ。その身柄はすぐに警察に引き渡される。身の安全は保障されている」

「でも、刑務所送りです」

「そういうことになる。馬鹿なやつだ。向こう見ずな大冒険は《フェイマス・ファイブ》の四人と犬一匹にまかせておけばいい。ＭＩ５のやることじゃない」ラムは言いながら、キャサリンの机の上に煙草の灰を落とした。「いまになって思い知ってもあとの祭りだ」

「では、キャサリンは？」

「さっきとばっちりの話をしなかったか」

「つまり、誰が〈泥沼の家〉をどんなふうにしようと、あなたの知ったことじゃないってことですか」

ラムは椅子の背にもたれかかって、両手を横に垂らした。椅子は危険信号を発するように軋り音を立てている。「わしに何を期待しているんだ。誰が何をしようとしているかもわかっていないのに」

「もしわかれば？」

「ああ。そのときはそのときだ」

「そうだ。閉鎖するんだ。今日」

「本気ですか」

「もちろん本気だ。〈泥沼の家〉の建物は国のものなんだな」

「はい」

「さらに好都合だ。市場は回復しつつある。高値で売れるだろう。その金で暗号解読用の指輪でも買えばいい」

「そこにいる〈遅い馬〉たちは？」

「安楽死だ」

「ふざけないでください」

「わかっている。きみの反応を見てみたかっただけだよ。いいや、馘《くび》にするだけでいい。あそこにいるのは能無しばかりだ。でなければ、とうの昔に出ていっていただろう。全員解雇して、おっぽりだそう」

「あそこにはジャクソン・ラムが――」

「知っている。あかるみに出したくないことに通じているそうだな。どこに誰の死体が埋まっているかとか。でも、こういう仕事をしていると、死体のひとつやふたつには誰だって出くわすものだ。そんなことで騒ぎ立てたら、公職守秘法違反になる。カートライトといっしょにワームウッド・スクラブズ刑務所にぶちこめばいい。カートライトの身柄は即座に警察に引き渡したまえ。祖父の恩恵は通用しない」

かく言うピーター・ジャド自身も祖父に学費を出してもらっている。だが、その気持ちはよくわかる。ジャドにとって〈泥沼の家〉はなんの価値もない。ターニー以上に関心は薄い。そもそもターニー自身どれほどの関心も持ちあわせていない。〈泥沼の家〉がしばしばダイアナ・タヴァナーの頭痛の種になっているのでなければ、なんのためらいもなく自分で閉鎖していただろう。ラムは保安局のレジェンドだが、すでに博物館はかつてのレジェンドたちで満杯になっている。ラベルを貼られ、フックにかけられると、その神通力はいくらもたたないうちに消滅する。〈遅い馬〉たちのことは話題になることもないだろう。お茶の時間にはすでに過去のものとなり、夕食の時間には記憶から完全に消えているだろう。だが、ピーター・ジャドの命令によって〈泥沼の家〉を閉鎖するとなると、その意味はまったくちがったものになる。そこまで好き勝手なことをさせたら、示しがつかなくなる。

が、相手に取りこまれるのは、相手の弱点を探るための最良の方法でもある。

ターニーは言った。「了解しました」

ドノヴァンは振りかえって、ヴァンの後ろのドアをあけ、奥のほうから何かを取りだした。それを見たとき、モンティスは心臓がとまるかと思った。サイレンサー付きの長銃身の拳銃のように見えたからだ。だが、それは水筒で、ドノヴァンは蓋をあけて、そのなかに入っていたものを喉に流しこんだ。

モンティスは首を振った。あまりにも暑く、あまりにも気持ちが高ぶりすぎている。太陽が照りつける屋外からガソリンの臭いがする駐車場へ入るのは、二種類の集中砲火を浴びるようなものだ。外では陽光の張り手を食らい、いまは異臭に後頭部をどやされている。これはかねがね思っていることだが、ロンドンは単一の街ではない。一方には、快適なタクシーのなかから見る、富と豊かさがあふれ、人々が上品に話をしている閑静な街があり、もう一方には、混雑し、汚く、粗野で、少しでも油断したら悪党どもに身ぐるみ剝がれ、骨までしゃぶりつくされてしまう街がある。このような格差を憂うべきこととは思っていない。格差があるから、セキュリティの仕事が成立するのだ。だが、自分がどちらの側に身を置いていたいかというと、それはまた別の問題になる。

先刻トレイナーに与えた指示を思いだすと、ズボンの内側で何かがこわばるのがわかった。

「女のことだが、きみたちはそこで……」

「楽しいひとときを過ごすことができたか、ですか」ドノヴァンは言いながら、水筒の蓋を閉めた。口調は平板だが、そこには非難めいたものがたしかにあった。

モンティスは顎を引いて頭をそらした。ドノヴァンは階級の違いを屁とも思っていない。

金は金、敬意は敬意、ということだろう。あくまでビジネスと割りきっている。

「冗談だよ。いまもあの家にいるのか」

「ええ」

「それでいい。ジャドと会って、話をしなきゃならない。それがすむまで、気を抜くことはできない」モンティスはそこで言葉を切って、周囲を見まわし、それから続けた。「シャツを着替えるのは、ゲームオーバーの笛が鳴ってからだ」

見えるところに人影はなく、聞こえてくる車の音は下の階のもので、だんだん遠ざかっていく。往来からは、巣箱の蜜蜂の羽音のような普段どおりの音が聞こえてくるだけだ。

ドノヴァンは言った。「ジャドを信用していないってことですね」

「どうしてそう思うんだ」

ヴァンの後ろのドアは開いたままになっている。ドノヴァンはそこのフロアに足を置き、ブーツの紐を結びなおした。「まともな男じゃないからです」

「なんだって」

「あなたの友人のピーター・ジャドのことです。卑劣なゲス野郎です」

「と同時に政府高官でもある。言葉に気を――」

「どこで会うことになっているんです」

「わたしの言葉を遮ったな」

ドノヴァンがブーツを地面に戻したとき、モンティスは思った。この男のほうが大きく、頑健で、要するに……強そうだ。

思わず一歩後ろへさがる。「誰がきみに給料を払っているかを忘れないほうがいいぞ、ドノヴァン」

「わかっています」

「あのような履歴で仕事にありつけただけでもラッキーなんだ」

「ご冗談を。あんな履歴だから、あんたはおれを雇った。箔をつけるために。おもちゃの軍隊ではなく、本物の軍隊らしく見せるために。ちがいますか、スライ」

「いまわたしのことをなんと呼んだ」

「喜んでもらえるんじゃないかと思ったんですが……スライって呼ばれるのは、みんなに好かれているからだと思ってるんでしょ」ドノヴァンは身を乗りだし、それから突き放すような口調で言った。「でも、実際はちがう。みんながそう呼ぶのは、あんたを好きだからじゃない」

「トレイナーに電話しろ。いますぐに。女を解放して、オフィスに戻るよう伝えるんだ。これがきみに対する最後の職務命令だ。きみを解雇する」

モンティスは怒りを抑えられなかった。自分の声が震えているのが自分でもわかった。こうなったからには、泣いて頼んでも……

ドノヴァンは笑った。「解雇？　いいや、それより〝除隊〟のほうがいい。あんたは腐っても指揮官だ。〝除隊〟という言葉のほうがぴったりくる」

「わたしが拾ってやらなかったら、きみはいまでも失業手当の窓口で列をつくっているはずだ。そこは閲兵場じゃない。元兵士といっしょに施しを受けようとしているだけだ」

ドノヴァンは下を向いて首を振った。だが、顔をあげたときには笑っていたので、一瞬モンティスは時間が巻き戻ったのではないかと思った。もしかしたら、ドノヴァンはさっき自分で言ったジョークにまだご満悦なのかもしれない。だが、もちろん実際はそうでなかった。自分のジョークではなく、モンティスが言ったことを笑っていたのだ。

「施し？　神に誓って言うが、おれはそのために敵と戦ってきたんじゃない」

「もういい。トレイナーに電話しろ。それからヴァンのキーを渡せ」

「どこでジャドと会うことになっているんだ」

「話すことはもうない」

「いいや、ある」

キーのことは忘れて、モンティスは振り向き立ち去ろうとしたが、そうはならず、次の瞬間、世界がヨーヨーのように引き戻され、小便臭い階段に抜けるドアのほうへ向かうかわりに、ヴァンの車体に身体を叩きつけられて、息ができなくなり、気がついたときには足が宙に浮いていた。ドノヴァンの手に上着の襟をつかまれている。耳にドノヴァンの声が突き刺さる。

「もう一度訊く。どこで会うことになっているんだ」

とつぜん何か緩んだ感覚がして、それが何度か続いたあと、足が地面につき、膀胱の中身がその方向にこぼれ落ちていった。ドノヴァンが軽蔑の色もあらわに顔を歪めたので、何よりもその表情を変えさせるために、モンティスは声を絞りだした。

「アナ・リヴィア・プルーラベルというレストランだ」

「それはどこにある」

「パーク・レーンだ。雰囲気も味も……」それは記憶だったかもしれないし、想像だったかもしれない。が、いずれにせよ途中で消えてしまった。味はどうだったのか？　とつぜんスグリ・ソースをかけた子羊の肉の味が、自分の小便の臭いを掻き消してしまいそうなくらいリアルに口のなかに満ちてきた。

いま自分は駐車場に立って、ヴァンの車体にもたれかかっている。これまで自分が指揮をとってきた計画は、ここで完全に他人のものになった。ヒーロー像は時代によって変わる。今朝がたはそんなことを考えていた。そのときは、自分は自分なりのヒーローのひとりで、まわりには他人のために命を捨てた愚か者たちを称揚する文字があふれていた。たしかに愚か者ではある。だが、少なくとも、彼らは選択権を持っていた。

「時間は？」

「三十分後だ」

ズボンは濡れていて冷たい。なんの脈絡もなく、自分がアナ・リヴィア・プルーラベルにいくシーンが頭に浮かぶ。そこでジャドはなんと言うだろう。いや、ジャドは何も言わない。少なくとも、自分には何も言わない。自分はこの駐車場から出ていけないから。

首にはドノヴァンの手がかかっている。

「あんたにしてもらいたいことは何もない。ただ単にヴァンの荷室におとなしく横たわっていればいいだけだ。心配することは何もない」

「ヴァンに乗るつもりはない」

自分の声がどこか遠いところから聞こえてくるような気がする。廊下の向こう側からとか、キッチンの奥からとか。あるいは、子供のころ、悪さをしたときによく隠れていた食料貯蔵室からとか。

「あんたが何をしたいかはどうでもいい。手足を縛らせてもらうが、怪我をさせるつもりはない。あの女より手荒い扱いはしない」

女のことなどもうどうでもいい。頭にあるのは、手錠をかけられ、猿ぐつわをかまされ、ヴァンの暗がりのなかに閉じこめられ……

「これはいったいどういうことなんだ」

「あんたには関係ない」

ドノヴァンに身体を引っぱられて、片方だけ開いている後ろのドアの前へ連れていかれる。車のなかには、男の体臭と、ガソリンと、サービスエリアで食べたものの臭いがこもっている。こんなところに閉じこめられるのかと思っただけで、ぞっとする。

「吐きそうだ」

モンティスは身体をふたつに折った。そして、ドノヴァンが小声で毒づきながら手の力を抜いた瞬間、身体をくねらせて上着から抜けでた。

「ふざけやがって！」ドノヴァンは言って、あとを追いはじめた。

昼食時に一杯ひっかけるという風習は、そんなに遠い過去のものではない。ピーター・ジャドが熟知する文化的風土では、浮浪者のように昼間から酒を飲んでも、誰にもはばかることはない。だが、政治的風土においては話は別で、ウェストミンスターでは二〇〇〇年をもって許されざることになってしまった。若いころにはあたりまえだったものが、世間の非難を浴び、さすがに党則として明文化されるようなことはなかったにせよ、少なくとも踏み越えてはならない一線がこのとき引かれることになったのだ。国会議員というものは机の上に置かれた水飲み鳥と同じで、いったん首を振りはじめると、誰かにとめられるまで首を振りつづける。いや、この場合は、誰かに首を振らされるまで、振ろうとしない。その結果、昼間から酔っぱらっている者は議会にいないという評価が定まり、〝新しい責任《ニュー・レスポンシビリティ》〟（この言葉の著作権は新聞記者）を標榜する者としてのみずからのステータスが確立されたいま、ジャドは以前のとおり飲みたいときに酒を飲んでいる。それが議会に長くいる者の特権というものだ。

小物たちには真似できない。ジャドは四分の一インチのシャブリをまわして香りを嗅ぐと、ウェイトレスにうなずきかけて、グラスに注がせた。アナ・リヴィア・プルーラベルでは従業員の人選に細心の注意を払っている。いまここにいるウェイトレスは赤毛で、黒いリボンで髪をまとめている。酒を注いだときに、首に巻いていた同じ色のループタイがテーブルに垂れた。ブラジャーが透けて見えないのは、肌色のものをつけているからだろう。このような観察はジャドにはお手のもので、女性を見ればベッドに連れこめるかどうか考えずにいられないのは、マイクを見れば受けねらいのワン・フレーズを口にせずにいられないのと同じだ。ウェイトレスはもちろん相手が誰かわかっている。にっこり微笑み、ボトルをワインクーラーに戻して、立ち去った。チップをはずみ、電話番号を教えてもらおう。家庭円満のためには自重すべきだが、ウェイトレスは勘定のうちに入らない。腕時計に目をやる。遅い。

もちろんスライも小物《ピグミー》だ。

「公的な場ではそういう言葉を使わないほうがいいと思います。トラブルの元です」と、補佐官に注意されたことがある。

ジャドはそれを一笑に付した。トラブルは毎度のことであり、自分は瘴気のなかから愛すべき悪党として立ちあらわれるのを習いとしている。大多数の一般大衆にとって、自分はつねに〝面白い男〟だ。政治に多少の酒臭い息を吹きこんで、どんな害があるというのか。自分を嫌っている者たちは、どんなことがあっても自分を好きにならない。だが、食うか食われるかのバトルになったとき、負けることはないという自信はある。だから、彼らのせいで眠れなくなる夜はない。片や一般市民――それは大西洋の巨大クラゲのようなもので、膨大な数の無関心の塊になって脈打ち、波のまにまに漂っていて、目的や野心や原罪と呼べるものを持たない有機体とされているが、それでも頭脳らしきものがあると信じられており、リーダーを選び、みずからの将来に対する発言権を持っている。

だが、そういったことは決して口にすべきことではない。そんなことを考えながら、ジャドはグラスをあげた。愛すべき悪党のイメージには、そろそろおやすみのキスをする時間だ。

それにしても、スライ・モンティスはまだ来ない。ふざけた野郎だ。なぜこんなことで時間をとられなければならないのか。内務大臣を待たせるなどもってのほかだ。モンティスに少しでも政治感覚というものがあれば、信用度は少なくともいま以上のものになるはずだが、結局はいつも二流どまりで、二流どころのつねとして、会話にリハーサルずみの嫌味を織りまぜるのを習いとしている。イングリッド・ターニーは〝親しい友人〟と言ったが、冗談ではない。そのような間柄になるためなら、モンティスは睾丸のひとつくらい喜んでさしだすだろう。だが、少なくとも今日は役に立ってくれた。タイガー・チームはイングリッド・ターニーの牙を抜くための武器になる。それでも、〝親しい友人〟が危険ではないという保証は何もない。友人なら障害にならないと誰が言えよう。そのとき、ワインのグラスは空《から》になっていたが、先ほどのウェイトレスの姿はどこにも見あたらない。ジャドはため息をおしころして、自分でワインを注いだ。

通りで何かあったらしく、車は急ブレーキをかけ、通行人は急ぎ足で歩いている。この界隈では珍しいことだ。ワインを飲みながら、一時間ほどまえにイングリッド・ターニーを意のままに操ったことを思いだすと、ほくそ笑まずにはいられない。あの馬鹿げた〈泥沼の家〉自体は取るに足りないものだが、どんな場合でも、勝利することが重要なのだ。今朝のリージェンツ・パークへの侵入事件を問題視して騒ぎ立てたら、保安局の長としてのターニーの時代は即座に終焉のときを迎える。ターニーに〈泥沼の家〉の閉鎖を迫るということは、服従を強要するということでもある。さらに、所属政党の党是が強者の権力を持続強化させることだとしたら、弱者に無駄なスペースを使わせてはいけないということになる。その最たる例が〈泥沼の家〉だ……が、それにしても、外では何か起きているのか。それに、店のスタッフはどこに消えたのか。

窓の近くにいる客は何が起こっているのか見るために首をのばしている。いまいる席からは何も見えないので、ジャドは立ちあがった。ナプキンが床に落ちる。遠くのほうで、サイレンが都会の喧騒を解説するように鳴り響いている。ジャドのいらだちにはいつのまにか不安が混じるようになっていた。入口のドアに向かうと、まわりの客の視線が集まるのを感じたが、何があったにせよ、あるいは何もなかったにせよ、緊急事態に備える姿を見られるのは悪いことではない。赤毛のウェイトレスは戸口に立って、外の様子をうかがっている。先ほどのプロっぽさはもうどこにもない。通りの数ヤード先に何かの塊があるが、人々がまわりを取り囲んでいるので、よく見えない。

「何があったんだ」

「事故のようです」

「事故というと？」

知らない、とのことだった。

サイレンが近づいてくる。

塊はグレーのスーツを着ている。

誰かが携帯電話で話をしている。「嘘じゃない。道路に投げ捨てられたんだ。男がヴァンの後ろのドアをあけて、ゴミ袋みたいに……」

ジャドは道路の左右に目をやったが、ヴァンは一台も見あたらない。

「ヴァンは猛スピードで逃げていき……」

パトカーがやってきた。ふたりの警官が車から飛びおり、道路に横たわっている男に駆け寄る。

「すみません。道をあけてください。通してください」

「みなさん、後ろにさがってください」

警官のひとりが倒れている男のかたわらに膝をつき、無線器に向かって早口で話しはじめる。

最初ジャドはそれがイングリッド・ターニーの仕業であり、奴僕にはならないぞという断固たる宣言だと思った。だが、すぐに思いなおした。保安局にこれほどの手際のよさがあれば、モンティスのタイガー・チームはお茶の時間までに全員チェーンで縛られ、テムズ川に沈められていただろう。

「目撃者はいませんか？　いたら、わたしの同僚に名前を言ってください。すぐに調書を——

——」

ジャドは首を振って、店内に戻った。

そして、ウェイトレスに言った。「料理を頼みたいのだが」

「お連れさまは？」

「結局、来られなくなったみたいだ」

ということは、ひとりでボトルをあけられるということだ。だが、食事が来るまでに、考えなければならないことは多い。

第二部　本物の敵

〈泥沼の家〉とセント・ジャイルズ・クリップルゲート教会は、テニスボールを投げたら届く距離にあるが、そのテニスボールを拾いにいこうとしたら、けっこうな時間がかかるにちがいない。バービカン地区は黄泉《よみ》の国の建築家がエッシャーの絵を煉瓦づくりにしたようなところで、そこを突っきる直線ルートはなく、そんなふうにした主たる理由は行きたい場所にたどりつかせないことではなく、自分がどこにいるのかわからなくさせることにあるように思われる。どの道の交差点も同じように見え、行きたいところに通じてない。そして、そのまんなかには、空港に泊まった外輪船のように十四世紀のセント・ジャイルズ教会が威容を誇っている。それはジョン・ミルトンが祈りを捧げ、シェイクスピアが夢想にふけったところで、火災や戦争や再開発の荒波を生きのびて、いまも煉瓦敷きの広場に静かにたたずみ、都会の喧騒から逃れて一息つきたいと思っている者に静謐を与え、道に迷って困り果てている者に休息の場を提供している。この日は、教会の北側の側廊で古本のチャリティ市が開かれていて、組みたて式のテーブルの上に、箱詰めされたペーパーバックが並べられ、椅子の上に、募金箱が置かれていた。ジャクソン・ラムは本を物色している者たちの前を素知らぬ顔で通りすぎ、奥のほうの会衆席に腰をおろした。その三列前では、老婦人が嘆願と懺悔の言葉を唱えていて、肩の震えから唇が動いていることがわかる。

愛書家の一群のなかからイングリッド・ターニーが姿を現わし、隣の席にすわった。

ラムは言った。「障害者の門《クリップルゲート》か。当時は障害者専用の出入口があったってことかもしれんな」

「あるいは、物乞いのための出入口だったのかもしれない」

「かもしれん。たぶん両方だろう。昔のほうがいまより進んでいたってことだ」

「あなたの噂はいろいろ聞いてるわ、ミスター・ラム。でも、待ちあわせ場所にこんなところを選ぶとは思わなかった」

「教会にはめったに来ない。たまには顔を出しておいたほうがいいと思ってな」ラムは尻を半分ベンチから浮かせたが、屁をしようとしていたとすれば考えなおしたらしく、普通にすわりなおした。「今日は忙しいんだ。部下の半分は無断外出しているし、わしは昼めしを食いそこねている。テイクアウトの料理が冷えてもかまわないほど重大な話とはいったい何なんだね」

「つい一時間ほどまえに、わたしは〈泥沼の家〉の閉鎖に同意した」

「ほう」

「あまり気にしていないようね」

「本当にそうなるなら、こんなところにすわっちゃいないだろう。わしはオフィスにいて、電話でダイアナ・タヴァナーの満足げな声を聞いているはずだ」

「わたしはあなたに直接伝えたかったの。局長特権として。いずれにせよ、あなたの部下は保安局という王冠の宝石じゃない。どちらかというと、レタス畑のナメクジに近い。リージェンツ・パークで〈泥沼の家〉閉鎖のメモ書きをまわしても、涙を流す者はひとりもいないはずよ」

ラムは言った。「ところで、教会は禁煙かな」

老婦人がちらっと後ろを振りかえった。その顔には、不信心者へのいらだちの色がありありと浮かんでいる。

「あなたたちを路上に放りだすのは簡単よ。なんの価値もないことしかしていないからじゃない。しなくてもいいことをするから。その尻拭いが大変だからよ」

ラムは意を得たようにこくりとうなずいた。

「つい最近も、あなたの部下のひとりがロシア国籍の市民を射殺したばかりよ」

「覚えている。そいつは報奨金をもらえなかったと言って、いまだに怒っている」

「〈泥沼の家〉は懲罰房だってことを忘れちゃいけないわ。そこにいる者は……〈遅い馬〉だったかしら」

「そう呼ばれている」

「そろそろ年貢の納めどきだと思われている。分相応の仕事につけってわけよ。小役人とか、小悪党とか」

「〝小〟は余計だ。みな武器の扱いに習熟している」

「あなたが甘やかしすぎているのでなければいいんだけど」

ラムは一呼吸おき、周囲を見まわした。古い石、凛《りん》とした空気、木の会衆席。すぐ前のベンチの背の棚には賛美歌集がおさめられ、その昔シェイクスピアが吸いこみ、くしゃみをして吐きだしたかもしれない埃が、窓からさしこむ色とりどりの光の帯のなかで舞っている。パン窯のような屋外と比べたら、涼しいといえるくらいだ。〈泥沼の家〉と比べたら、天国の感がある。

「甘やかしちゃいない。それは間違いない」

「懲らしめすぎぎってことは？」

ラムはターニーの顔を見つめた。

「ことさらに当たり散らし、痛めつけるのを楽しんでいると思わせるのは、かえって逆効果よ。それくらいのことはわかるでしょ。そんなふうにしたら、反発して片意地になる」

「きみはロディ・ホーに会ったことがあるか」

「さっきから話をそらしてばかりね」

「そして、きみは回り道ばかりしている。早く本論に入ってくれ。わしにはいじめなきゃならない部下がいるんだ」

「ピーター・ジャド」

「われらの新しいボスだ。神よ、憐れみを垂れたまえ。そいつがどうかしたのか」

「彼が〈泥沼の家〉を閉鎖したがっている」

ラムは首を振った。「信じられんな」

「信じてちょうだい。ついさっき説明を受けたばかりなのよ」

「きみを信じるだと？　それは別の日の話題にしよう。いいや。ピーター・ジャドがやりたがっているのは、股間の一物を振りまわすことだ。おっと。これは息抜きのための比喩と考えてくれ。そして、その先にいるのはきみだ。〈泥沼の家〉はそのあいだにたまたまあるだけだ。気がつかなかったなどとは言わないでくれよ」

ふたたび老婦人が振りかえって、ぎょろりと睨みつけた。ラムはおかえしに指を振ってみせた。

ターニーは本をあさっている者たちのほうに目をやった。さっきまでいなかった年配の男が、いまは募金箱の横にすわっている。それが教会の人間不信を示すものかどうかはわからない。もしかしたら、自身が寄付金泥棒かもしれない。

ターニーはこれまでよりもさらに小さな声で言った。「それくらいは理解しているわ。ミスター・ジャドは大きな野心を持っていて、それを実現させるためにわたしの協力を必要としている。今回の小さな粛清劇は、誰が権力を握っているかわたしに知らせるためのものよ」

「さらに大きな野心、か」

ラムはいつのまにかポケットから煙草を一本取りだしていた。いつもの小細工だ。ラムが煙草の箱を手に持っているところを見た者はほとんどいない。火をつけようとはせず、かわりに人さし指と親指ではさんで、ロザリオの祈りを唱えるようにくるくるまわしはじめた。

「政府を退陣に追いこむには、大蔵大臣を狙い撃ちにするのがいちばんだ。九〇年代には、いつもコカインと売春婦でご機嫌な夜を過ごしていた。タブロイド紙にすっぱ抜かれたら、ひとたまりもない。そのときは首相も一蓮托生だ。あのふたりはいつも〝ひとつ買ったら、ひとつは無料〟で売っていたからね」

「リークの問題点は、たいていの場合、情報源が突きとめられてしまうことよ。忠誠心を疑われるようなことをしたら、草の根の人気は急降下する。だから、クーデターを起こす気はさらさらない。ミスター・ジャドはあくまで救世主と見なされることを望んでいる。政府の屋台骨が崩れはじめたら、それを横目で見ながら、地元の有力者たちのご機嫌をとったり、慈善舞踏会を主催したりするはずよ。裏切りの気配などおくびにも出さずに」

「慈善舞踏会か。そんな糞ったれな――」

「ここは教会よ」

「やれやれ」ラムは困惑のていで煙草を見つめ、それを耳にはさんだ。「わしを呼びだしたのは伝言ゲームをするためじゃないはずだ。車のタイヤはすでにはずしてあるってことだな」

「ジャドが自分でパンクさせたのよ」

「どういう意味だね」

ターニーは身体をさらに近づけて説明しはじめた。ジャドの古い友人スライ・モンティス率いるタイガー・チームのこと、〈泥沼の家〉がリージェンツ・パークをこじあけるための梃子《てこ》として使われたこと。

「それで、スタンディッシュが拉致されたんだな」

「そう。そして、その写真がミスター・カートライトに送られてきた。危機感を煽るために、写真の人物は手錠をかけられ、猿ぐつわをかまされていた」

「無駄骨だ。ビスケット一枚で用は足りていたはずだ。いずれにせよ、それがジャドの仕組んだことだったんだな。そのどこにどんな狂いが生じたんだ」

「一時間ほどまえ、南西一区の路上に、ミスター・モンティスの死体が投げ捨てられたのよ」

「それは予想していなかったことなのか」

「保安局はそんな荒っぽい真似をしないわ、ミスター・ラム」

「南西一区ではそうだろうな。では、そいつを放りだしていったのは誰か。当ててみせよう。その男の部下だな」

「そう。さっきわたしのところにおかしな電話がかかってきたの。これからは自分がミスター・モンティスの会社の指揮をとるといった内容の。ゴールポストの位置が変わったと言ってたわ」

「虎は見かけほど飼い慣らされていなかったというわけか。狙いはなんだろう」

イングリッド・ターニーは話して聞かせた。

心に波風を立てず、静かにすわっていたら、問題はすべて解決する――キャサリン・スタンディッシュがその言葉を聞いたのは、おそらく禁酒の会でだろう。参加者の個々の発言を寄せ集めてつくった教訓だが、酔っぱらいの薄明の世界では、哲学として通用する。そして、元アル中は現アル中と同じくらい鈍臭くなりうる。それも禁酒の会で学んだことのひとつだ。心に波風を立てず、静かにすわっていること。それがいままさにしていることだが、問題が解決する兆しはない。

昼食の時間は過ぎているにちがいない。陽は高く、うだるような暑さだ。窓から入ってくる空気はロンドンとちがって甘い匂いがし、より強く夏を感じさせたが、都会育ちの身としては、そこに鬱陶しさを感じ、むしろ庭にとまっているバスがエンジンをうならせ、空中に有害な煙を吐きだしてくれたほうがいい。何よりかなわないのは、田舎の空気はあの声を思いださせるということだ。

それが聞こえたのは、この上なく快適で、設備面でもこの上なく充実したドーセット近郊の療養施設に〝避難〟していたときのことだ。そこは保安局の傷病者たちの安息の地だった。あまりにも多くのことに手を出し、あまりにも多くのものを目撃し、あまりにも多くの報いを受けた、歩く屍《しかばね》たちのなかで、酒を断とうとしてもがき苦しんでいるのはキャサリンひとりではなかった。そこには、肉体的にぼろぼろになった男たちや、精神的にずたずたに引き裂かれた女たちが何人もいた。誰もが種々の尖った角を持っていた。だが、施設そのものはほとんどの角が削られているように見えた。不意の物音はできるだけ立てないようにと言われていたが、それでもそうなることはしばしばあった。タイルの床にトレイが落ちたときには、施設全体にどよめきが広がった。火災報知器が鳴ったらどんな騒ぎになるかと思うと、パニックを起こさないように舌を嚙まなければならなかった。

そこの部屋はいまいる部屋と同じくらいの広さだった。そこの窓からはトネリコの木に囲まれた、典型的なイギリス式の庭が見えた。芝地のところどころにあいたふたつの丸い小さな穴は、そこにクロッケーのフープが埋めこまれていたことを示すものだ。クロッケーは一見のんびりとしているようだが、じつのところは虚々実々の思惑がうごめく七面倒なゲームで、保安局でやっていることに似ているといえば似ているので、健全な娯楽と認定されずに撤去されたのだった。芝生の上に残された丸い小さな穴、かろうじて見える傷跡、それは自然にふさがるかもしれないし、ふさがらないかも……思案のスパイラルはどこまでも続き、竜巻に呑まれたドロシーのようにひとを連れ去り、ロジックがどれほどの有効性も持たない明るい遠隔の地に落下させる。他方、現実の世界は色褪せたままだ。芝生やトネリコの木まで陰気で、くすみ、生命を感じさせない。灰の木《アッシュ・ツリー》とはよく言ったものだ。ほかにどんな理由があってそう呼ばれるというのか。

だが、あの無彩色の世界には新しい音が付随していた。あの声が聞こえたのは入所して一週間目のことだった。つねに視界の外にいる小さな集団が、それぞれの恐ろしい秘密を口々に語りはじめたのだ。聞こえてくるのは、切れ目のない一続きの音節にすぎず、意味は理解できない。だが、それがキャサリン自身の秘密であることは最初からわかっていた。それはみずからの錯乱状態のなかに存在し、この先に落下して壊れる運命が待っていることを必死で訴えようとしていた。そこには悲しみもなければ、勝利感もない。ただ何がこれから起きようとしているかという冷たい事実だけだ。いずれはこの施設から出て、騒音と光と鋭い角に満ちた世界に戻ることになる。そのときまず第一にするのは、酒のボトルをあけて、そこに口をつけることだ。

結局のところ、その声は自分にとってはじめての心の支えになり、本物の希望になった。治療や、リハビリや、自尊心を取り戻して自分が本来の自分になるために要求される努力に耐えるのは、将来すべてを忘れ去れる可能性が少しでもあるかぎり、さほどむずかしいことではなかった。いまでも、ほぼ毎朝、その思いとともに目を覚ましている。いつしか声は消え、多少の不安は残っているとはいえ、元の自分に戻るための努力も一応は実った。だが、その声を完全に忘れたことはない。それは布でくるみ、心の奥の納戸に保管してある。治療法としては正式なものではないが、効果はあった。これまでのところは。

思案にふけっていたので、ドアにかかっている南京錠の音がしたとき、キャサリンは小さな悲鳴をあげた。古い声が肉体をまとい、自分を連れ戻しに来たような気がしたのだ。

「変わりないかい」

声はベイリーのものだった。

キャサリンは気をとりなおして立ちあがった。「だいじょうぶよ」

ベイリーは南京錠をあけて、部屋に入ってきた。動きがぎこちないのはトレイを運んでいるからだ。トレイの上には、紙箱に入ったサンドイッチ、リンゴ、包装紙に値札がついたままのクッキー、水のミニボトル、二十五ミリリットルのピノ・グリージョ、そしてプラスティックのカップが載っている。

「腹がへってると思ってね」

ベイリーはトレイをベッドの上に置いた。

そこに目をやったまま、キャサリンは窓のほうを指さした。「庭にバスがとまってるわ」

「ああ」

「どうしてここにバスがとまってるの」

自分の耳にも、英語教材の一節を読んでいるように聞こえる。

「この家の持ち主のものだ。ツアーバスじゃないかな」

「バンドをやってるの？」昔の映画のシーンがふと頭に浮かんだ。ピノはそんなに好きなワインではないが、思ってもいなかったことだけに、それまで頭のなかにあったことは一気に掻き消されてしまった。そうそう。《太陽と遊ぼう！》。それが映画のタイトルだ。

ベイリーは笑った。「旅行会社だよ。地元の観光名所めぐりをしていた」

「観光名所？　こんなところにそんなものがあるの？」

「ああ。歴史的遺物はどこにだってある」

キャサリンはそのときふと思いついたことを訊いた。

ベイリーは答えた。「たぶん倒産したんだろう。以前は農場だった。いまは貸別荘になっている。次にはたぶんユースホステルだろうね」

「いつまでわたしをここに閉じこめておくつもりなの？」

「もうちょっとだけだ」

「結果は目に見えてるわ。あなたたちが渡りあおうとしているのは普通の人間じゃないのよ」

「ベンも中佐も普通の人間じゃない」トレイのほうに顎をしゃくって、「ワインを持ってきた。お詫びのしるしと思ってくれ」

「気づいていたわ」

「温かくなるまえに飲んだほうがいい」

ベイリーは左手の親指と人さし指で南京錠をもてあそびながら、ドアをあけた。

「ベイリー」

「えっ？」

「ほかの者は軍人だけど、あなたはちがう。そうでしょ」

返事はない。

数秒後、南京錠をかける音がしたが、キャサリンは聞いていなかった。意識はベッドの上に置かれたトレイと、そこにあるおもちゃサイズのワインボトルに集中していた。

昔の声は沈黙を守っていた。

「冗談だろ」ラムは言った。

ターニーの顔に冗談を言っているような表情はまったくなかった。「ミスター・モンティスは計画を乗っとられたのよ。一風変わった世界観を有している男に」

「イカれた野郎ということだな」

「この場合はそう言っていいかもしれない」

三列前の老婦人は祈りに没頭しているように見える。あるいは、背後のおしゃべりを黙らせるのを諦めたというだけのことかもしれない。

「グレー・ブックか」と、ラムはひとりごちた。「それにはくだらない戯言《たわごと》しか書かれていない。ちがうか」

「わたしたちは情報機関よ、ミスター・ラム。あらゆるものを記録に残している。あなたの言う、くだらない戯言も含めて」

「そして、タイガーのひとりはそれを見たがっている。そういうことだな」ラムは耳にはさんだ煙草を取り、それを睨みつけ、そして元のところに戻した。「そいつの持ち札はスタンディッシュだけだ。それでどうにかなると本気で思っているんだろうか」

「わたしたちは仲間を大切にしている。彼らの身の安全を守るのはモラルの問題よ」

「ああ。そして、そのタイガーに望みのものを渡したら、ピーター・ジャドのタマは万力にはさまれることになる」

「含蓄のある言いまわしはあなたの十八番《おはこ》ね」

「よく言われる」

そして、ターニーの十八番は冷徹さだ。つねに小さな声で話し、少し離れたところにいる者には、意味不明のささやきにしか聞こえない。言いあっているときでも、表情はほとんど変わらない。よく魔女の人形のようだと言われるが、それには同意できない。魔女はひとの心を支配する。ターニーは魔女の用具係といったほうがいい。普段は箒《ほうき》を使い勝手のいいよう並べておいてくれる。もっとも、それが自分のためにならないと判断したときには、かならずしもその限りではない。

「無法者の要求を呑むのは本意じゃないけど、現状ではそれが最善の策だと思うの。そのタイガーが求めているものにはなんの価値もない。連中がそれを手に入れ、あなたの部下が無事に解放されたら、事後処理はこちらでやる」

けれども、ラムは自分自身の糸をたぐっているところだった。それをターニーの糸と絡ませるわけにはいかない。「ああ。何もかも秘密裏にってことだな。ジャドはタイガー・チームを使って保安局に攻撃を加えさせ、結果として昔なじみの共謀者が死んで、タイガーたちの手綱が解き放たれることになってしまった。その隠蔽工作に手を貸したら、きみは共謀者になる。だが、タイガーたちを野放しにしておけば、ジャドは肥だめのより深いところに追いこまれることになる」

「素晴らしい呑みこみの良さね、ミスター・ラム。そのことを否定できる者はひとりもいないと思うわ」

「その肥だめは簡単には埋まらない。きみだけがシャベルのありかを知っている」ラムは言って、ベンチの背にもたれかかった。「話を要約しよう。おかげで、わしは昼めしにありつけずにいる。きみはわしの部下を使って、タイガーに望みのものを届けさせようとしている。記録に残らないかたちで。内務大臣をきみの思うがままのところに祭りあげるために」

「それで、あなたの部下のひとりが助かるのよ。それに、まっとうじゃない仕事は、まっとうじゃない者にしてもらうのがいちばんでしょ。こういうときに使う諺《ことわざ》がたしかあったわね。そうそう。餅は餅屋《ホース・フォー・コース》よ」

「もっともだ」ラムは薄くなりつつある頭髪を掻き、それから自分の爪を訝しげに見つめた。「〈泥沼の家〉を排水管のクリーナーとして利用する権利は、ジャドひとりにあるわけじゃない」

「オペレーションの性質を考えると、引き受けろとあなたに命令することはできないわ」

「なるほど」

「ただし協力してもらえなかったら、〈泥沼の家〉は明日までに過去の遺物になっている」

「頼む。期待させせないでくれ」

ラムは前かがみになって、首筋に指を走らせ、それを見つめ、そしてズボンで拭いた。それからターニーに視線を戻した。

「必要なものを手に入れるために、その保管場所にいる者の協力を得ることはできないってことだな」

ターニーはうなずいた。

「でも、気にすることはない。いまの保安局は昔とちがう。保管場所にいるのは、職業訓練中のティーンエイジャーか、警備員あがりのジジイくらいだ」

「どちらにしても、遊びじゃないんだから、ルールには従ってもらわなきゃならない。最優先事項は、必要なものを不必要な注目を集めずに相手に渡すことよ」

「念のために言っておくが、わしの最優先事項は部下を取り戻すことだ」

ラムはターニーの目をじっと見つめた。しばらくしてターニーは下を向き、バッグの留め金をいじりはじめた。

ラムは付け加えた。「そして、カートライトをタクシーに乗せることだ」

「バスにしてちょうだい」それがターニーの最後の言葉だった。

ターニーは教会から出ていったが、ラムは祭壇のほうを向いたまま席にすわっていた。手にはまた煙草が現われていたが、あちこち移動させたのに、折れもしていなければ曲がりもしていない。それを指のあいだでまわしはじめる。ターニーに言ったことは本当で、教会にはあまり縁がないが、鉄のカーテンの向こうにいたとき、一度火をつけたことはある。火は降ってくる雪を溶かしながら、ソヴィエトの暗い空に立ちのぼっていき、舌には煙の苦い味が残った。記憶とはどれくらいの期間頭にとどまっているものなのだろう。あのときの記憶に関しては、これまで生きてきた時間の半分以上とどまっていて、思いだしたら何分ものあいだ消えることはない。異変を知った兵士がすぐに発砲し、銃声があがった。バン！ だが、それはペーパーバックをあさっていた老人が手を滑らせて、本が床に落ちた音だった。

携帯電話が鳴り、三列前の老婦人がむっとした顔で振りかえった。

「すまない。セックス・フレンドからの電話だ」

煙草をくわえて、教会を出ようとしたときも、携帯電話は震動を続けていた。

そのころ〈泥沼の家〉には、はしゃいでいる者がいた。標準規格のCD‐ROMは厚さ一・二ミリ、直径百二十ミリで、材質はポリカーボネート。デジタル情報の記録モードで、一セクタにつき二千三百五十二バイトの容量があり、二十四バイトずつ九十八のフレームに分かれている。それを机の端から少し出して置き、はみでたところを上から強くはたくと、宙を舞って、うまくいけば二ヤード先のゴミ箱のなかに落ちる。

「これで三対〇だな」と、マーカスは言った。

「ズルしてるんじゃないの」

「いいや。おれのほうが器用なだけだ」

シャーリー・ダンダーは別のCDを机の端に置き、力まかせに叩きつけた。これまでの経験から、ゴミ箱までの軌道を考えて力の入れ具合を加減しても無駄だという結論に達したのだろう。

　CDは宙を舞い、二回転して床の上に落ちた。

「もういや！」

「何をやってるんだ」

戸口に目をやると、ローデリック・ホーがふたつに折ったピザを手に持って立っていた。

シャーリーは言った。「ウェブ・ヘッドに用はないわ」

だが、ホーは動かず、ゴミ箱のまわりに散らばったCDをじっと見ていた。「へたくそすぎる」

マーカスは思った。昨夜シャーリーにつけられた頬のあざから人生の教訓をいくらも学んでいないようだ。

「マジで言ってるの？」と、シャーリー。

「そんなもの、わけはないさ」

「五ポンド賭けると言っても？」

「シャーリー」と、マーカスは制した。

「あなたはどうなの？　あなたも賭ける？」

「それなら、ホーにハンディを与えないと」

「ホーには人生がすでにハンディを与えている」

「おいおい、シャーリー。目の前に本人がいるんだぜ」

ホーは部屋に入ってきて、ピザをさらにふたつに折り、口いっぱいに詰めこんだ。そして、マーカスの机からCDをつまみあげ、光にかざし、目を細め、首を振って、元に戻した。

「受けねらいさ」マーカスはシャーリーに言った。「一回くらい練習させてやろうか」

「へんしゅうのひすようはない」ホーは言って、別のCDを手に取ると、怪我をしたニシキヘビのような音を立ててピザを呑みこんだ。「練習の必要はない」

「練習の必要はないんだって」と、シャーリーはマーカスに言った。「賭け金は五ポンドでいいわね」

「一ポンドにしとく」

「軟弱者。まあいい。だったら一ポンド」

ホーはマーカスの机の端にCDを置いた。

「さあ、やってみて、ピザ・ボーイ」

ホーはCDをはたいた。

CDは斜め上に跳びあがって、電球に当たり、ガラスの破片を周囲に撒きちらした。それから窓枠にぶつかり、シャーリーがのちにコーヒーカップのなかから発見することになる木片を削りとった。

まるで忘れていたことを思いだしたかのように、そのあとCDはゴミ箱のなかに落ちた。

「よっしゃあああ!」ホーは叫んで、床に膝をついた。

マーカスは大笑いしていたので、すぐには気がつかなかったが、ルイーザがいつのまにか部屋に入ってきていた。

「すまない。うるさかったかな」

「路上に死体が投げ捨てられていたのよ。昼日なかに」

「ここで？」

「セントラル・ロンドンで」

「昼でない日なかってある？」シャーリーはつぶやきながら、肩から電球の破片を払い落とした。

「もう少し正確に言うなら」と、ルイーザは言った。「ザ・マルの近くの高級レストランの前よ」

「ロンドン警視庁は色めきたつだろうな」マーカスは言った。その目は細められている——路上に投げ捨てられた死体。以前なら、自分がスタンバイを命じられていたかもしれない。

「その高級レストランで誰が食事をしていたと思う？」

「女王陛下、じゃないわよね」シャーリーは言い、それから椅子にすわりなおして、BBCのウェブサイトをクリックした。「ピーター・ジャド？　それで？」

「彼が何と言ったかわかる？」

一瞬の沈黙のあと、シャーリーは言った。「コメントは載ってないわ」

「そうなの」ルイーザは部屋の奥に進みでた。「マスコミが目と鼻の先にいるのに、ジャドが裏口からこっそり抜けだすなんてことがあると思う？」

「そんなことをしたのか」と、ホー。

「文字どおりってことじゃないけど」

マーカスが言う。「ジャドは内務大臣だ。法と秩序の番人だ。死体の遺棄現場にいるのはちょっと気まずかったんだろう」

「気まずい？　わたしたちはピーター・ジャドの話をしているのよ」

「要するに何が言いたいんだ、ルイーザ」と、ホー。

全員の視線がホーに集まる。

「どうしたんだい？　ぼくが何かおかしなことを言ったか」

シャーリーが小声で歌う。「誰かさんと誰かさんが麦畑……」

ルイーザは言った。「われらが新たな君主ジャドはマスコミを避けている。同じ日にキャサリンが行方をくらました。そして、リヴァーはリージェンツ・パークで身柄を拘束された。そこで何をしていたのかはわからない。ファイルを盗みだそうとしていたという話もあるらしいけど」

「でなかったら、市街地で自分の胸を叩いてゴリラと間違われたのかもしれない」と、シャーリー。

「なんにしても、こういったすべてのことが同じ日に起きたのよ。そこになんらかのつながりがあると思うのはわたしだけ？」

マーカスが言う。「おれたちは熱波のまっただなかにいるんだ。気温があがれば、おかしなことが頻発する。よく知られた現象だ。かならずしもつながりがある必要はない」

「わかったわ。ごめんなさい。あなたたちは取りこみ中だったわね。邪魔をするつもりはなかったのよ」

「そうカリカリするな、ルイーザ」

「とにかく、それぞれの仕事に戻りましょ。あなたは何をしていたの、ロングリッジ。七月七日のテロリストが乗っていたと同じタイプの車の持ち主のリストづくり？」

マーカスは両手をあげて降参の意を伝えた。

シャーリーが訊く。「ラムはどこにいるの」

「外よ」

「でしょうね。外のどこにいるの？」

ルイーザは首を振った。「誰かから電話がかかってきて、あわてて出ていったのよ」

「ラムが電話に出たの？　ここはアリスの鏡の国なの？」

「笑いごとじゃないでしょ。何か大変なことが起きているのよ。笑いごとにしたけりゃ、そうすればいいけど、わたしはそれが何なのか突きとめるつもりよ」

「ぼくは忙しくない」と、ホー。

「えっ？」

「このふたりはここで遊んでいたんだ。ぼくは何を大騒ぎしているのか見にきただけだ」

「チクリ野郎」と、シャーリー。

「あんたはぼくに五ポンドの借りがあるんだぜ」

「オーケー。だったら、あなたにお願いするわ」ルイーザは言った。「コンピューターを走らせて、路上の死体の身元を突きとめてちょうだい」

「了解」

ホーはズボンで手を拭きながら自分の部屋に戻っていった。

シャーリーがまた歌う。「こっそりキスした、いいじゃないか……」

「どうかしたの、あなた?」と、ルイーザ。

「べつに。なにも」

「だったら、どうしてそんなにいらだち、突っかかってくるの。まるでヤクが切れかかっているみたいよ」

「わたしがいらだっている? あなたこそ急にどうしたの? 去年は――」

「シャーリー」と、マーカスが制す。

シャーリーは意に介さない。「去年はマリファナびたりの幽霊みたいに無気力だったのに、どうしてとつぜんこんなに積極的になり、みんなに指図できるようになったの?」

「シャーリー」と、マーカスは繰りかえした。

「あなたから指図を受けるつもりはない。あなたも同様よ、パートナー」最後の一言はマーカスに向けられたものだった。

シャーリーは部屋を出て、階段をのぼっていった。そのあと、トイレのドアがぴしゃりと閉まる音が聞こえた。

しばらくしてルイーザが言った。「今日も楽しい一日になりそうね」

「さっきの話だが、ジャドが何かにかかわっているときみは本当に思ってるのかい」

「いいえ。シャーリーを怒らせたかっただけよ」

「それはそんなにむずかしいことじゃない」マーカスはゴミ箱からCDを取りだし、それからさりげなく訊いた。「だいじょうぶか」

「もちろん」

「きみはちょっと――」

「だいじょうぶだってば」

「なにも喧嘩腰にならなくたっていいだろ、ベイビー。おれはあんたの命を救ってやったんだぜ」

「お礼を言わなかったかしら、そのときに」

「たぶん言った」

「だったら、それでいいでしょ」

「ああ。どのみち、おれはあの男を撃ち殺していた」

「でしょうね」

「あのときは普通の精神状態じゃなかった」

「わかってる」

「シャーリーは少し神経過敏になっているんだ」

「あんなタチの悪い跳ねっかえりはいない」

「彼女と別れたばかりなんだ。もしかしたら彼かもしれないが」

「近況を知りたければ、フェイスブックをチェックするわ。でも、これからもひとの神経を逆なでするようなことばかり言うようなら、タダじゃすませない。それから、マーカス。わたしのことをもう一度〝ベイビー〟と呼んだら、あなたも命乞いをすることになるわよ」

ルイーザが去ったあと、シャーリーが部屋に戻ってきて言った。「なんの話をしていたの？」

「くだらない世間話さ」

「ルイーザには別の使い道がある。たとえば消火用の毛布とか。一瞬で空気を凍らせることができるから」

「さっききみはトイレに行ってたのかい」

「そうよ。五分ほど」

「もしかしたら……」

「もしかしたら何なの」

「いいや、べつに」

「何よ、あなたまで」シャーリーは床を踏み鳴らしながら自分の椅子のほうに歩いていった。

「わたしはヤク中じゃない。適量はわきまえている」

「それでも、敵に対する反応は鈍くなる」

「そう、それが問題なの」シャーリーはキーボードを力まかせに叩いて、そこから小さな悲鳴があがると、それで納得し満足したみたいだった。「悪玉のペーパークリップに襲われたら、ひとたまりもない」

「なにもそこまで斜にかまえることはないと思うけどな」

「あなたがまっすぐすぎるのよ」

「やれやれ。おれに一ポンドの借りがあることを忘れないように」マーカスは言ったが、シャーリーは聞こえないふりをした。


外の陽ざしは強烈だった。ラムは日陰に入り、そのすぐそばの水路を見やった。水は淀み、緑色で、ディナープレートほどの大きさの分厚く丸い葉が一面に浮かんでいる。ところどころに咲いているピンクと白の花は、結膜炎にかかった目のようで、どことなく反抗的に見える。近くの花壇には鳩の羽根が散らばっている。鳩が空中爆発したのでなければ、キツネに襲われたということだろう。そこまで来てラムはようやく煙草に火をつけた。教会を出るまえに携帯電話は鳴りやんでいたが、またかかってくることはわかっていた。しばらくして着信音が鳴ると、画面を見ることもなく耳もとに持っていって言った。「ダイアナ？」

「いま何をしているの、ラム」

「教会に行っていたんだよ。きみはJ・Cを人生に迎えいれたことがあるか。かの御仁は戸別訪問もしてくれるが、たまにはこっちから出向いていくのが礼儀というものだ」

「ターニーがあなたの部下のカートライトの釈放令状にサインしたらしいわ」

「本当に？」

「ニック・ダフィーから連絡があったの。建物から出ていくとき、付き添ったと言ってたわ。もちろん、本意じゃなかったと思うけど」

「ターニーが何かにサインするとは思えないが」

一瞬の間があった。

「ええ、たしかにそのとおりよ。サインはしていない」

煙草の煙が熱せられた空気のなかをもがくように上にのぼっていく。「きみの考えを聞かせてくれ、ダイアナ」

「ジャドは指揮系統の全面的な改変を計画している。どうやらナンバー・ツー級は政府の任命制にしたいと思っているようなの」

「そう思うのは当然だろうな。現在のシステムが問題なく機能しているのなら、どうしてきみがわしより上の地位にいるんだ」

「そうなったら、あなたは出世のことしか頭にない官僚の指図を受けなければならなくなる。でも、実際のところはそこまで行かない。その官僚は着任と同時に〈泥沼の家〉を閉鎖するはずよ」

「きみがいまそういう話をしているのは……」

「あなたのためよ。わかってるでしょ」

「わしが幸せな隠居生活を望んでいると思ったことはないのか」

その質問に続く沈黙の時間を、ラムは下着を尻の割れ目から引っ張りだすことに費やした。

ようやくタヴァナーは言った。「真剣に聞く気がないのなら、警告する意味はないわね」

「話に彩りを添えようとしただけだ」

「あなたがリタイアして、《釣りジャーナル》をめくっている姿を想像するのはとても——

——」

「きみの入れ知恵には感謝する。でも、そろそろ行かなきゃならない。カートライトが戻ってくるまでに、ケーキを焼いておくつもりだから」

「ジャクソン」

「なんだ」

「わたしがここ数カ月どんな仕事をしていたかわかる？　書類の整理よ。嘘じゃない。愚にもつかない戯言《たわごと》のファイルを外部の保管庫にせっせと移していた。意外に思うかもしれないけど、それがわたしの毎日の仕事だったのよ」

「意外や意外」

「笑いたいなら笑えばいいわ。でも、わたしは保安局のナンバー・ツーなのよ、ジャクソン。なのに、見習いなみの仕事をさせられていた。そして、次は〈泥沼の家〉が閉鎖されることになる。でも、それだけじゃすまない。保安局は外務省勤務を希望する者の職場体験施設になってしまう」効果をあげるために一呼吸おいて、「どちらにつくか訊かれたとき、あなたが正しい選択をすることを願ってるわ」

「きみのためか、わしのためか？」ラムは訊いて、電話を切った。

ホーが言った。「名前はシルヴェスター・モンティス。ブラック・アローという警備会社の経営者だ」

「聞いたことはないわ」と、ルイーザ。

「大手じゃないが、政府筋ともつながりを持っていて……」マーカスは言葉を切った。ほかにも覚えていることはいくつかある。

ルイーザが言葉を継いだ。「そして、いまは冷たくなっている。誰にやられたのかしら」

ホーが言う。「それが問題なんだ。履歴書には書かれていない」

マーカスとシャーリーが部屋で衝突した十分後、一同は自然にホーの部屋に集まり、わかったことを聞こうとしていた。ときにはこんなこともある。それはかならずしもいい兆候とはいえない。

「誰がやったにせよ」と、ルイーザは言った。「それを隠しだてするつもりはなかった。ロンドンの街のまんなかに、ヴァンの後ろから死体を投げ捨てたんだから。ギャングの手口よ」

「ヴァンは遠くまで行かなかった。三つ先の通りに乗り捨てられていた」と、ホー。

「監視カメラは？」

「ロンドンの街のまんなかに？　もしかしたらあるかもしれない」

「からかわないで。ないわけがないでしょ。記録映像は入手できたの？」

「まだだ」

「ピーター・ジャド」と、マーカスが言った。

「それがどうかしたの」

「モンティスの会社が政府の仕事を請けおうことができたのは、政界に有力な友人がいたからだ。少なくとも噂ではそうなっている」

「その友人がピーター・ジャドだったってこと？」

「だとしたら、ひじょうに興味深い。ジャドは死体遺棄の現場のすぐ近くにいた」

このとき、ホーの上唇は大きく歪んでいた。ネットの海をさまよっているときはだいたいいつもこんな表情で、それがすべてではないにせよ、彼の不人気の原因のひとつとなっている。

いくつかキーを叩いたあと、ホーは言った。「ふたりは同じ学校に通っていた」

「誰でも入れる地元の中学校ってわけじゃもちろんなさそうね」と、シャーリー。

「エスタブリッシュメントに神の祝福を」と、マーカス。「でも、それがキャサリンの失踪とどう関係するんだ」

「それはまだわからない」ルイーザの声には、張りつめたものがある。念のために少し距離をとっておいたほうがいい、とマーカスは思った。女のストレスはまわりの者にどんなとばっちりを食わせるかわからない。「ブラック・アローについてもっと調べてみなきゃ」

「つまり、ぼくにやれというわけか」と、ホー。

ルイーザは言った。「チーム《team》に〝自分《I》〟は含まれていない」

「いやな女《cunt》には〝あなた《U》〟が含まれている」と、シャーリー。

ホーは痣《あざ》のできた頬を一本の指で撫でた。

マーカスは涼しい風が吹きこむのを期待して窓をあけた。風はホーの部屋にこもっている汗の臭いと瘴気を吹き飛ばしてくれる。だが、入ってきたのは熱風と騒音で、窓はあけた途端すぐに閉めなければならなかった。換気扇を使えるようにしてくれと、キャサリンに頼んでおかなければならない。だが、そのキャサリンはここにいない。ふと窓の外に目をやったとき、通りの少し先の賭け屋《ブックメーカー》からひとりの男が現われ、そのすぐそばのゴミ箱の前で足をとめ、そこに何かを捨てた。というか、捨てようとした。紙きれの束だ。それはゴミ箱のへりに当たり、側溝に落ちた。この日はついていなかったということだろう。そういう日は誰にでもある。いまのマーカスにとっては、幸運な午後が一日ありさえすればいい。その望みがかなえられたら、何もかも忘れることができる。カードも、競争馬も、いまいましいルーレット・マシーンも。

「いま何か言った?」

「換気扇を修理する必要があるって」

ホーがブラック・アローについてわかったことを読みあげはじめた。起業したのは二十年前で、特筆に値する業績をあげたわけではないが、この五年間、自由市場で大過なくやってこられたことは称賛に値する。現在は二百人余の〝隊員〟を擁しており、政府の下請けの仕事をいくつか受注している。それ以外には、中規模のスーパーマーケット・チェーンに警備員を派遣していて、店内の監視だけでなく、売上金や社員の給料の輸送業務も請けおっている。

ルイーザは訊いた。「従業員の記録はある？」

「どうして？」と、シャーリー。

「情報収集のためよ。なぜ情報収集が必要なのかを説明している時間は――」

「そんなことないでしょ。時間ならいくらでも――」

マーカスが言った。「ドアの音がした。ラムが戻ってきたんだ」

それで、四人はそこで油を売っているようなふりをした。忙しそうにしているのは不善をなしている証拠と見なされることは、これまでの苦い経験からよくわかっている。

だが、しばらくして現われたのは、ラムではなく、リヴァーだった。

テムズ川の水位は低く見えた。昔は凍結することもあったらしく、橋の下では氷祭りが催され、川岸の歴史的建造物を見ながらスケートを楽しむことができたという。だが、川が干上がったという話を聞いたことはない。その日が来たら、首都は臭気のせいで発狂するにちがいない。

いや、もしかしたらすでにそうなっているのかもしれない。そのめまぐるしさや往来のあわただしさには間違いなく病的なものがある。

川床にひび割れたヘドロが現われたとき、どんな秘密が明るみに出るのか想像力をたくましくせざるをえない。遮蔽物は何もない。権力者が隠蔽し闇に葬ろうとしたものがすべて白日のもとにさらされるのだ。

ショーン・ドノヴァンがいま立っているのは、エンバンクメントぞいの木の下だった。葉は枯れたように茶色がかっていて、木陰はいくらもない。エンバンクメントには防犯カメラが無数にあり、プライバシーはなきに等しい。だが、秩序のなかにも混沌はある。待ちあわせの時間より少し早めにここに来て時間をつぶしている者と、フードをかぶり、一マイルほど先に乗り捨てたヴァンから死体を投げ捨てた者が同一人物であることが判明するのは、もう少しあとになるはずだ。そのことを確認しようとしているかのように腕時計に目をやり、それから空を見あげる。太陽はプランBを実行している。情け容赦のない焦土作戦だ。

まぶしい日ざしのせいで、ベン・トレイナーが来たことには、すぐ前にやってくるまで気がつかなかった。

「ショーン」

数時間前に別れたばかりだったが、ふたりは握手を交わした。

ドノヴァンは訊いた。「女はどうしてる」

「心配することはない。のんびりくつろいでるよ」トレイナーはまわりを三百六十度見まわした。警戒しなければならないようなものは何も見あたらない。「モンティスは？　あいかわらずの仏頂面かい？」

仏頂面にもなっていない、とドノヴァンは思った。

「ベン、まずいことになった。おれのせいだ」

「まずいって、どれくらい？」

「最悪と言っていい」

トレイナーはうなずいて、ドノヴァンから目をそらし、サウス・バンクのほうを向いた。説明を聞き、何がどうなったかわかってくるにつれて、表情が暗くなっていく。しばらくしてようやくドノヴァンに視線を戻した。

「なるほど。つまり、縛られて、ヴァンに閉じこめられ、チキンのように茹でられているんじゃないってことだな。まあいい、ショーン。べつにそれは人類にとって最大の損失というわけじゃない」

「逃げよう」ドノヴァンは言った。「坊やに電話をかけて、ゲームは終わったことを伝えよう。何をどうすればいいかは言わなくてもわかっているはずだ」

「ああ。それで、そのあとは？　おれたちはここまで来てしまったんだ」

「拉致だけでも大ごとだ。殺人となると、間違いなく一線を越えている」

「いったい何をしたんだ。やつの首をへし折りでもしたのか」

「逃げだそうとしたんだ。その点は褒めてやらなきゃいけない。抵抗も何もせずに、べそをかくだけと思っていたのに」

「誰だってそう思うだろうな」

「それで、ふんづかまえて殴った。一発だけだ」

「あんたは自分の力がわかっていない」

もちろんドノヴァンはわかっていた。あるいは、わかっているつもりだった。だが、怒りを計算に入れるのを忘れていた。ここ数年つねにともにあり、ずっと水面下で渦を巻きつづけていた怒りだ。あの駐車場では、それが表面に噴きだし、手加減することができなくなっていた。あのときのパンチはこの上なく強烈なもので、それがどのような結果をもたらすかは殴った瞬間にわかった。

サイレンの音が通りすぎ、ふたりは一瞬身構えたが、それは救急車だった。誰かが熱中症で倒れたのだろう。サイレンの音が街の喧騒のなかに消えるのを待ってから、ドノヴァンは言った。「さて、どうしたものやら」

「いまからでもなんとかなる」

「かもしれない。でも、逃げることはできない」

「どっちにしても、ショーン、おれたちはこのことから永遠に逃げられないんだ」

リヴァー・カートライトは自分の身体の中身を引っぱりだされ、サラダのように掻きまぜられたあと、無造作に元に戻されたように感じていた。普通に歩こうとしているのだが、目に見えない卵を頭に載せているようで、擦れちがう者とぶつからないようにするのは容易ではない。

あのとき、ニック・ダフィーは自分がいま何をしているのかよくわかっていた。

建物の出口までいっしょに歩いていきながら、こう言った。「いつも爺さんが助けてくれると思うなよ」

処遇が一転したことにはまだ合点がいかなかった。「それはどういう意味なんだ」片方の手に携帯電話を持ち、もう一方の手に自尊心を握りしめているつもりだったが、そんなものはちょっとしたことがあればすぐに手から離れてしまうだろう。

「誰かがおまえに救いの手をさしのべたんだ。でも、ここにおまえの友人がいるとは思えない」

「あんたの評判もなかなかなものだと聞いてるよ」

「ひとつ忠告しておいてやる」ダフィーは言って、遠くからだと友人同士にも見えるような仕草で肩に手をまわし、痛点に圧を加えた。「〈泥沼の家〉に戻ることはない。あんなところにいたら、くだらない書類や意味のないレポートで、誰だって気が変になっちまう。さっさと辞めたほうがいい。ほかのところへ行ったほうがいい。たとえばマクドナルドとか。英語を話せないふりをすれば、即決で採用してもらえる。スパイとしてのキャリア？　そんなものはなんの役にも立たない。おまえの友人のスパイダー同様すでに死物さ」

「スパイダーはまだ死んでいない」

「ああ。でも、毎朝、看護師が唇の前に鏡をかざして確認している」

そのときには建物の外に出ていた。道路の反対側の公園では、乳母車を押している母親や、狂ったように走っているジョガーもいるが、ほとんどの者はささやかな日陰を見つけて、そこに身を寄せあうようにしてすわっている。のどかと言うべきか、だるいと言うべきかはわからないが、いずれにしても、やんわりとした脅し文句を並べられながら見るには奇妙な光景だった。

「祖父は八十代だ。そのうちに階段を上り下りするのもむずかしくなるだろう。関節痛とかで」

「おまえもすぐに一段飛ばしであがれなくなる」

「それでも、あんたのような男を路頭に迷わせることくらいは、靴についた泥をこそげ落とすのと同じくらい簡単にできる」リヴァーは捨てぜりふを残し、腕を大きく振りながら通りを歩いていった。それだけを見たら、その道の専門家による尋問を受けた直後とは誰も思わないだろう。だが、通りの角を曲がると、路上に駐車した車のあいだに腰をかがめ、排水路に嘔吐することになった。

そして、いまは〈泥沼の家〉にいる。

「ラムかと思ったよ」

「おあいにくさま」

ルイーザが言う。「リージェンツ・パークにいたんでしょ。どうして帰してもらえたの？」

「わからない。キャサリンはまだ見つかっていないのか」

マーカスが訊く。「どこにいるかわかってるのか」

リヴァーは携帯電話を見せた。

ルイーザはそれを手に取って、窓際に行き、光が画面に斜めに当たる位置に掲げもった。そんなふうにしても写真が変わるわけではない。キャサリンは手錠をかけられ、猿ぐつわをかまされ、ベッドにすわっている。

「だから、リージェンツ・パークに忍びこんだのね」

だが、リヴァーはホーのモニターを見ていた。「この糞ったれは誰なんだ」

ホーが言う。「おれの後ろに立つな」

「名前はシルヴェスター・モンティス」ルイーザが答えた。「どうして襲ったれなの？」

「この男がキャサリンを連れ去ったんだ。どうしてこのモニターの画面に出ているんだ」

「おれの後ろに――」

「黙れ」

マーカスが言う。「この男の死体が南西一区の路上に投げ捨てられていた」

「殺されたのか」

「殺されて、遺棄された。罪状はふたつある」

「今朝、歩道橋の上で会った。そこでリージェンツ・パークに行けと言われたんだ。ファイルがほしいとのことだった」

マーカスは歩道橋の上に人影があったことを思いだした。シャーリーといっしょにリヴァーを探しにいったときのことで、結局はアイスクリームを食べて帰ってきたのだが、いまその話をするのはまずい。というより、永遠にまずい。

ルイーザが言った。「この男が拉致犯で、殺されたとしたら、キャサリンはどうなったの？」

シャーリーは携帯電話を受けとって、写真を見つめた。

リヴァーは言った。「この襲ったれがほしがっていたのは首相の個人情報のファイルだ」

「それは手に入ったの」

「いいや」

「彼女はすわってる」

「えっ？」

「キャサリンよ。この写真では、ベッドにすわってる」

「だから？」

「普通、この種の写真では、横たわっているものよ」

リヴァーはシャーリーを見つめた。「本当に？」

「本当かどうかはわからない。ただ普通じゃないというだけ。仕組まれているみたい」

「狂言ってことかい」

シャーリーは肩をすくめた。「さあ。ただ……絶望的には見えない」

リヴァーは首を振った。

マーカスが訊く。「どういう意味だい」

シャーリーはマーカスに携帯電話を渡した。「怯えているように見えないでしょ」

「そうかな。手錠をかけられているんだぜ」と、リヴァー。

「ああ、たしかに手錠をかけられている。でも、シャーリーの言うとおりだ。怯えているようには見えない」

「まさか。キャサリンがこの一件に裏で一枚噛んでいるとでも？」

「少なくとも、車から死体を投げ捨てているところは想像できない」

ホーが言った。「頼むから、おれの机の後ろに立たないでくれ。ひっつかれるのはいやなんだ」

「やめなさい」ルイーザがぴしゃりと言い、ホーは顔をしかめた。

リヴァーはシャーリーから携帯電話をかえしてもらい、手錠をかけられているキャサリンの写真をあらためて凝視した。怯えているように見えるだろうか。判断するのはむずかしい。キャサリンはあまり感情を表に出さず、心のなかで悲鳴をあげていたとしても、外からはわからない。ひょっとすると、心のなかではつねに叫んでいるのかもしれない。だが、これまではそういったことを考えもしなかった。いまこの写真を見て、はじめて気がついたのだ。

ルイーザがホーに訊く。「防犯カメラの記録映像はまだ見つかってないの？」

「まだだ。まだ探してない」

「いま探すべきときだと思わないか」と、リヴァー。

「いつからおれの上司になったんだ」ホーはその場にいる全員に向かって言っているように声を張りあげた。

「大人になりなさい」と、シャーリー。

「同感だ」ジャクソン・ラムが言った。音を立てずに階段をあがってきていたのだ。

全員が凍りついた。

ドノヴァンとトレイナーはハンガーフォード橋を渡っていた。川は緩やかに流れている。

サウス・バンクのビル群の眺めは、陽が落ちると息を呑むほど美しく見えるが、この時間には嵩高な印象を与えるだけだ。鉄道橋では、列車が一時停止し、そこに日光が降りそそいで、乗客は少しずつ茹であがりつつある。ふたりはそれを冷ややかに見つめていた。ふたりとももっとホットな現場を何度も経験している。

「それで死体はどこにあるんだ」トレイナーが訊いた。「モンティスの死体だ。車のなかに置いてきたのか」

「いや、アナ・リヴィア・プルーラベルというレストランの前に放り投げてきた。あそこでメシを食ったことはあるか。うまいらしいぞ」

一瞬の間があり、それからトレイナーは言った。「与太を言ってる場合か」

「車のなかに置いてきたら、やつらはこの一件をなかったことにしてしまう。モンティスは行方をくらましたか、寝室で心臓麻痺を起こしたかのどっちかになる。死体が路上で見つかったら、簡単には隠蔽できない。ゲームはこれからも続く」

「連中と接触したのか」

「ああ。イングリッド・ターニーと」ドノヴァンは足をとめ、空を見あげた。「それにしてもひどい天気だな。暑すぎる。普通じゃない」

「でも、この状況には似つかわしい。そう思わないか」

「たしかに」

ふたりはまた歩きだした。

「で、なんと言ってたんだ」トレイナーは訊いた。

「〈泥沼の家〉にいるスタンディッシュの仲間を使うつもりらしい。つまり、公式の記録には残らないいってことだ。〈泥沼の家〉というのは、大ドジを踏んだ出来損ないばかりを集めたところだ」

「そりゃ心強い」

「何もむずかしいことを頼もうとしているわけじゃない。目的地に連れていってもらうだけだ。必要なものが手に入ったら、おれたちはそれを持って消えればいい」

「暗くなってからってことだな」

ドノヴァンはうなずいた。

「あとは待ちってことだな」

「ドンパチやっているほうがあんたの性にはあってるんだろうが」

「もちろん」

ふたりは煉瓦の壁の後ろで銃弾をよけていたときのことを思いだしながら、テムズ川を渡りきるまで笑いつづけた。

ラムはコートスタンドのほうを向いて、上着を放り投げたが、そこに引っかかりはしなかった。「どこかにかけておいてくれ」と、誰にともなく頼むと、空いた椅子を机の下から引っぱりだした。そして、そこに腰をかけると、机の上に積みあげられたソフトウエアのパッケージと脂がこびりついたピザの箱を払いのけて、床に落とした。「これですっきりした。さて。おまえたちにはそれぞれの仕事があったはずだが」

ホーが言った。「自分たちの部屋に戻れと言ったんですが――」

「わかった。それ以上は何も言うな」ラムは腹の上で手を組んだ。なんとなく満足げな顔をしているのは、自分が外から持ちこんだ煙草と汗の臭いが部屋中に広がりはじめたからかもしれない。「ところで、おまえたちはいま何を見ていたんだ」

ルイーザが答えた。「キャサリンを拉致した男が見つかったんです」

「シルヴェスター・モンティス。ピーター・ジャドの昔なじみで、いまは鋪道の障害物だ」ラムは一同の困惑ぶりを見て、いつものあざけりの表情を浮かべた。「どうしたんだ。わしを驚かせようと思っていたのか」

「今回のことにはジャドが関係しているように思われます」

「ほう。少しは頭も使えるようだな。夜の営みがすぎて脳が溶けだしはじめているんじゃないかと思っていたんだが」

ホーがルイーザに目を向ける。

シャーリーは笑いを嚙みころしている。

「おまえはどうだ、カートライト。楽しくやれているか」

「いいえ、今日は……今日はいつもとちがっていました」

「そりゃそうだろう。リージェンツ・パークをうろついていたそうじゃないか。おまえが所属しているのは秘密情報部であって、少年探偵団《シークレット・セブン》じゃない。まだわからないのか」

「モンティスがこういうものを送ってきたんです」

リヴァーは携帯電話をさしだした。ラムの目に何かがよぎり、そして消えた。唇が歪む。

「これが怯えているように見えるか」

「わたしも同じことを言いました」と、シャーリー。

「ああ。それに、本気で女を縛るとしたら、手錠など使わん」ラムはリヴァーに携帯電話を投げかえした。「連中はタイガー・チームといって、ジャドに雇われている。おまえはその手のなかでもてあそばれていたんだ」

マーカスが言った。「だったら、モンティスを殺したのは誰なんです」

「それがタイガー・チームの面白いところだ。そのなかに本物の虎がまぎれこんでいた」

「としたら、誰を試していたんでしょう」リヴァーは訊いた。「ぼくたちでしょうか。リージェンツ・パークでしょうか」

ラムは一分近くになると思うくらい長くリヴァーを見つめ、それからいきなり笑いはじめた。ラムはいつだってラムだ。馬鹿笑いは全身運動であり、巨体が揺れ、首が後ろにのけぞる。まるで邪悪なピエロだ。シャツのボタンがはじけ飛び、毛むくじゃらの腹がうねる。

「まいった、まいった。悪いが、あまりにおかしすぎる。〝ぼくたちでしょうか。リージェンツ・パークでしょうか〟？　次は〝殺しのライセンスをもらえませんか〟だろうな」上着の袖で目をこすり、それからようやく普通の顔に戻った。「ジャドが〈泥沼の家〉の能力や信頼度を知りたがっていると、おまえは本気で思っているのか。まさか。ジャドはそんなものになんの価値も見いだしていない。一刻も早く閉鎖したがっているんだ。ちなみに、〝そんなもの〟には、おまえたちコメディアン一同も含まれている」

「でも、どうやらジャドの計画は裏目に出たようです」と、マーカスが言った。

「一筋の光明だ」ラムは同意した。「モンティスはすぐに肥やしになるが、おまえたちは運よく生きのびられることになった。それはなぜか。虎が飼い主を食ってしまい、すべてが仕切りなおしになったからだ。そこではおまえたちも一役になうことになる。〈泥沼の家〉は動きだす。おまえたち四人の出番が来るってことだ」

「五人です」と、ホー。

「おや、おまえもいたのか。悪いが、紅茶をいれてきてくれんか。喉をうるおしたい」

ホーは何かの冗談と思ったらしくくすっと笑った。

だが、ほかに笑う者はいない。

ホーはしぶしぶ立ちあがり、キッチンに向かった。

「出番と言いますと？」マーカスが訊く。

ラムは言った。「局のファイルのなかに、愚にもつかない戯言《たわごと》ばかりを集めたものがあるという話を聞いたことはあるか」

「グレー・ブックですね」リヴァーが言った。

「おまえなら知ってると思ったよ。寝床で爺さんに聞かせてもらったんだな。よかろう。続けろ」

「それは陰謀論に関するファイルです。九・一一、ロンドン同時爆破事件、パンナム機爆破事件、大量破壊兵器――パラノイアの宝箱といってもいい」

「トンデモ系のネタを忘れるな」と、ラム。

「ええ。たとえば、政府は爬虫類に支配されているとか、ロイヤル・ファミリーは宇宙人だとか、UFOは定期的に地球に来ているとか、ソ連は崩壊していなくて一九八九年以降も世界を牛耳っているとか」

「それは公式の記録なのかい。冗談じゃなくて」とマーカス。

「世に出まわっている話を拾い集めただけのものだよ。先の世界大戦時にわかったことだが、通信技術の進歩により、情報だけでなくデマの伝達速度も飛躍的に早くなった。チャーチルが暗殺されて替え玉が使われているという噂が流れたときもそうだ。噂はウイルスのように急速に兵士のあいだに広まり、士気に悪い影響を与えた」

「要するにガセネタってことね」と、ルイーザ。

「そう、戯言だ。でも、それは市井《しせい》の人々が自分たちで生みだしたものだ。ネットの世界では、朝食時にどこかの変人が突拍子もない妄想に駆られたら、お茶の時間には世界中の変人がそれをフォローしている。とにかく、保安局がそのとき学んだのは、人々がどこまでのことを信じるかがわかれば、そこによからぬたくらみを隠すのはむずかしくないってことだ。そこでグレー・ブックが編まれた」

「ということは、そこには真実もいくつかまじってるってこと？」シャーリーが訊いた。

「下手なダーツも数を射てば当たるってことね」と、ルイーザ。思ったことをそのまま口にしたのだろう。

「そう。数年前には、西側の諜報機関が一般人のメールを覗き見しているなんて言っても、笑いものにしかならなかった」

「つまり、そのなかには真実もまじってるってこと？」シャーリーは繰りかえした。

リヴァーは肩をすくめた。「まったくのでたらめだったとしても、そんな話を信じる可能性がある者を知るのは有用だ。自爆ベルトを着けて、地元のショッピング・センターにふっと現われるかもしれないからね。だから、そういったものが見つかると、保安局はそれを監視し、記録し、保管する」

「わたしたちも同じような仕事をしているけど、もしかしたら多少の意味があるのかもしれないってことね」

「ほとんどが外注に出されている。ネットをあさって、トンデモ話を見つけだすのを何よりの楽しみにしている者はいくらでもいる。保安局はそういった者たちと契約を結んでいる。訓練ずみのフンコロガシを飼うようなものだ」

「セキュリティ上の問題はないのかな」と、マーカス。

「保安局の仕事だということは知らされていないんだろう」

「でも、本人たちはそう思ってるはずだ」

「トンデモ系のオタクが何を言ったとしても真に受ける者はいないさ」ラムが言った。「オタクと言えば……」

ホーが手にマグカップを持って、戸口に立っていた。「えっ？」

「なんでもない」ラムはマグカップを受けとって、机の上に残っていたソフトウエアのパッケージをコースターがわりにした。

ホーは文句を言いたそうにしていたが、結局は黙って自分の椅子に戻った。

「よかろう。これでわかったはずだ。要するに、いかれ頭の妄想を集めたものだ。十代の童貞や中年のバージンの夜の友といってもいい。冷戦に勝てることができてよかったよ。そう思わないか」

「それがわたしたちとどんなふうに関係しているんです」ルイーザが訊いた。

「それをほしがっている者がいるんだ。それがタイガー・チームと呼ばれている連中だ」ラムは脇の下を掻き、それからその手を尻の下に滑りこませた。「やつらはグレー・ブックをほしがっている。おまえたちはその手伝いをすることになっている」

「どうしてわれわれなんですか」リヴァーが訊いた。

「やつらが大馬鹿であることは先刻承知の上だ。ほかに誰に頼ると思う」

「そのファイルはどこに保管されているんです」マーカスが訊いた。

「いい質問だ」ラムは椅子から尻を数インチ浮かせて、そこで動きをとめた。一同は身構えた。だが、ラムは首を振って、ふたたび椅子に尻をおろした。「出そうで出ない。まあいい。

どこに保管されているかだったな。見つけてこい」

「それはホーにまかせたほうがいいんじゃないでしょうか」

「ずいぶん調子がいいじゃないか。今朝は役立たずの薄バカと呼んでいたくせに」それからホーのほうを向いて、「ロングリッジの言葉だ。わしが言ったんじゃないぞ」

　ホーはありがたそうにうなずいた。

「わしなら〝薄ノロ〟と言う。おまえは役立たずの薄ノロだ」ラムは言い、ふたたびマーカスのほうを向いた。「まだいたのか」それから、シャーリーを指さして、「きみもいっしょに行け。いちおうは同僚なんだから」次に指をリヴァーへ向けて、「それから、おまえは――」

「やっぱりホーにまかせたほうがいいと思うんですが」と、リヴァー。

「またホーか。願いごとをかなえたいなら、サンタクロースの小屋へ行け」

「正確に言うと、小屋じゃなくて、洞窟です」

「これは失礼。それから、おまえたちふたり」それはリヴァーとルイーザのことだ。「ふたりでタイガー・チームを率いていた者を見つけてこい。それがわれわれの対戦相手だ。わかったな」

　なんの前触れもなく、特大の屁が放たれた。

「よかった。詰まり感がずっとあったんだ。よし行け。全員、五時ちょうどに答えを持ってここに戻ってこい」

空気に新成分が混入したので、一同はこれ幸いとばかりに外に出ようとしたが、ラムはルイーザを呼び戻した。「去年きみはネットの仕事をしていたな。便所《レストルーム》の監視だ」

「チャットルームです」

「どっちでもいい。ミスターXが誰かわかったら、ネット上のどこかに足跡を残していないか調べるんだ。バナナの房のように、つるむ相手をほしがっているかもしれん。そいつはトンデモ系の情報のファイルをほしがっている。その理由を知っておいても損はしない」

「あの……ごぞんじだと思いますが、誰であろうと、ネットに本名をさらすようなことはしません」

「それが何か問題なのか」

「それって、型式も色も登録番号も知らないで車を探すようなものです」

「チャレンジしなければ、進歩はない」

ルイーザは黙っていた。

ラムは肩をすくめた。「わしのところにはときどき人事部からメールが来る。役立たずは即刻解雇しなきゃならない」

「リージェンツ・パークはこの件にどの程度かかわっているんでしょう」

「それで何が変わると言うんだ」

「それがダイアナ・タヴァナーのはかりごとだとすれば、それに巻きこまれるたびに誰かが傷つきます」

「わしの判断を疑っているんじゃないだろうな」

「単なる意見です」

「よく言われるように、意見はケツの穴と同じだ。誰でもひとつは持ってるが、誰もが他人のケツの穴はろくなもんじゃないと思っている」黄色い歯をむきだして、「きみのも例外じゃない」

ルイーザが立ち去ると、ラムはむっつり顔でスクリーンを睨みつけているホーのほうを向いた。「気分転換にまともな仕事をしてみないか」

「え、ええ」

「いい子だ」

ラムはしてもらいたいことをホーに伝えた。


暑さ。暑さとボトル。

この暑さにはかなわない。

ボトルのことも気になる。

空腹だが、キャサリンは食べることができなかった。食べると、トレイの一体感を損なうことになるからだ。サンドイッチやリンゴやクッキーを食べたり、水を飲んだりすれば、次はワインに気持ちが向かう。だから、何にも手をつけず、ワインが全体に溶けこむようにするのがいちばんだ。目立たなくなれば、脅威は中和される。危険な存在にはならない。

さっきは浴槽に湯を張った。いったいこれはどういう種類の拉致なのか。バス・トイレ付きの部屋に監禁して、酒を振るまうなんて。だが、湯を張る作業は、思いだしたくない映像をよみがえらせた。チャールズ・パートナーの死体を見つけたのがバスルームだったのだ。〝こめかみへの一撃〟というのは、その言葉の響きほどすっきりしたものではない。中身が飛び散った頭はとても見られたものではなかった。結局、そのまま湯を抜いて、スリップ一枚で寝室に戻ったのだが、そこで待ちかまえていたのが、手榴弾のように見えるピノのボトルだった。

パートナーにはよく〝マネペニー〟と呼ばれた。それとはなしの愛情表現だ。パートナーが自殺したのは酒を断ってしばらくしてからのことだが、それ以来ずっと素面《しらふ》で通している。それなのに、なぜいまさら酒に心を乱されるのか。

――素面の日が無駄になることはない。

常日頃からの思い。それは就寝前のマントラであり、一日の締めくくりとなる美しい旋律だ。素面の日々は無駄ではないというのは、その日やったことが満足のいくものであったとしても、なかったとしても、就眠前には達成感をもって一日を振りかえることができるということだ。一日が過ぎるたびに、素面の日数が新たに加算される。回復期のアル中患者はよく記録をつけるが、その必要はない。数える価値があるのは、その日一日だけだ。現在――それが自分のいま住んでいるところなのだ。

そこまで考えたときふと思ったのだが、このマントラには別の解釈もある。素面の日が無駄になることはないとしたら、それを帳消しにすることは誰にもできない。ある日、禁酒の誓いを破ってしまったとしても、素面の日の合計は変わらない。ただ単に増えないだけだ。それは銀行預金のようなもので、たとえ金を預けられない日や月があったとしても、残高が減るわけではない。

浴室に戻り、水で顔を洗う。リンゴを食べ、水を飲むというのはどうか。それでもまだサンドイッチやクッキーは残っているので、ワインは目立たない。あるいは、ワインを水に混ぜて飲むという手もある。そうしたら、味はほとんどわからないだろう。薬を水で喉に流しこむようなものだ。なくなれば、考えなくてすむ。

それにしても、クッキーを持ってくる拉致犯がどこにいるというのか。馬鹿げている。鏡はなかった。鏡があれば、自分で自分をおとしめることになる。自分の目を覗きこんで、自分が何をしていると思っているのかと問いかけることになる。

実際のところ、この段階は卒業している。アル中でこの段階を真に乗り越えられる者がいないことはわかっていたが、自分自身の頭のなかでは、自分は卒業したと手前勝手に決めつけ、信じている。それは〈泥沼の家〉の面々がキャリアを取り戻せる可能性があるといまだに信じているのとよく似ている。信じるというのは実際に信じているかどうかというより、むしろ希望を棚あげできるかどうかということなのだ。だが、あえて申し開きをするなら、自分で設定したテストにも、他人に設定されたテストにも、これまですべて合格してきている。たとえば、夜オフィスで働いていたとき、ジャクソン・ラムから何度か酒をすすめられたが、それに応じたことは一度もない。もし応じていたら、ラムはどんな反応を示していただろう。きっとグラスを取りあげたはずだ。だが、そう思うのは、そうしてほしいと思っているからにすぎないかもしれない。ラムは他人の生存本能の限界を試すのを楽しんでいるだけかもしれない。彼自身の生存本能が長年にわたって厳しい試練にさらされつづけてきたからだ。具体的にそれがどのようなものだったかは聞いていない。あるときふと思ったのは、ベルリンの壁が崩壊したとき、ラムは新たな壁をつくって、以来その後ろに住んでいるのではないかということだった。そのように自分のまわりに壁を築いてしまった者の内面を推しはかるのは容易ではない。その推量はあっているかもしれないし、間違っているかもしれない。さらに言うなら、ラムが酒をすすめたのは転落への道を歩ませようとしているからだという可能性もある。重要なのは、まだそうなってはいないということだ。

それに、これは充分にありうることだが、いつかラムが酒を切らして、大騒ぎする日が来るかもしれない。そのときには、机の引出しにしまってあるボトルを取りだそう。そのときまでに、ラムがそれを見つけて、飲んでしまっているかもしれないが、そうなったときはそうなったときで、それもある種の勝利と言える。だが、当然ながら、勝利をめざすには、ゲームに参加していることを認めなければならない。

寝室に戻ると、ワインボトルはやはりそこにあり、手つかずのトレイの上で暑さに揺らめいていた。

アナ・リヴィア・プルーラベルのメニューのひとつに、キャビアがある。その味を堪能するのを諦め、空いたベンチを丸く巻いたスタンダード紙で掃いていたとき、ピーター・ジャドはチョウザメの卵がどのように採取されるかについて書かれた記事を思いだした。チョウザメは体長四フィートの大魚だが、卵巣をできるだけ傷めないようにするため、それよりずっと小さい水槽に入れられ、手で殴り殺される。魚の大きさを考えたら、その作業は荒っぽく、場合によっては暴力的に見える。筋骨隆々のいかつい大男が袖をまくりあげて、魚を殴り殺している映像を頭から振り払うのは容易ではない。金持ちの食卓には惨忍さが渦を巻いている。

それはショッキングな記事だったが、ジャドはほとんど驚きもしなかった。美食家を満足させるための味が残虐行為によって得られるというのは、昨日や今日に始まったことではない。どのような文明においても、それは贅沢の測定基準になっている。富が苦しみを産みださないとしたら、そこにはなんの意味もなくなる。富は現実の厳しさを和らげてくれるという通説は笑止の沙汰でしかない。富はそういった現実をつくりだし、その状況を維持しようとする。キッチンはそのためにある。刑務所や工場や公共交通機関も同様だ。

富は権力を意味し、権力はその歩みのなかでおぞましい暴力をふるう。それは何かをなしとげるための代償であり、ピーター・ジャドが旧友の死を嘆き悲しむことに時間を費やさない理由のひとつでもある。ツイッターを主たる情報源のひとつとする新聞が、話を聞きつけて色めきたち、コメントを求めてくるのは間違いない。内務大臣の昔なじみがこのような公然たる違法行為の犠牲者になることのアイロニーは誰にも否定できない。けれども、ジャドにとって、怒りや痛恨の念をもっともらしく表明するのは簡単なことで（言語道断の蛮行であり、加害者が司直の手に委ねられることを切に望んでいる、云々）、今後の展開を恐れることもなければ、友人の死によって眠れなくなることもない。ひとは死ぬ。死は避けられない。いまいちばんの問題は、モンティスがボールを落としたことが自分のゲーム・プランにどのような影響を与えるかということなのだ。

ベンチがこれ以上はきれいになりようがないと思えるくらいきれいになると、ジャドはようやく腰をおろした。そこは木々に囲まれた小さな広場《スクエア》だが、形はどこからどう見ても正方形《スクエア》ではなく、あきらかに長方形だ。地図には出ていないが、プレード通りの近くで、パディントンからは遠くない。両脇にはホテルが立ち並んでいる。利用者は低予算の外国人観光客や地方在住のビジネスマンで、午後の早い時間に周囲に人影はほとんどない。一回かぎりの待ちあわせ場所としては打ってつけで、ジャドは待っているあいだにスタンダード紙をめくりはじめた。いつものようにそこには自分の名前が出ていた。それはグッド・ニュースだ。三流新聞に無視された日は自分のキャリアが終わった日なのだ。何が書かれているかは重要ではない。写真が載っていれば、それでいい。

小道を踏み鳴らすヒールの音が一分ほど聞こえたあと、待ちあわせの相手が現われた。

ジャドはふたたび新聞を丸め、それでベンチのあいたところを叩いた。「かけたまえ。記事はダーティだが、ベンチはそれほどでもない」

「だいじょうぶです。立っています」

「ほう。本当に？　それはけっこうなことだ」その口調はペントハウスから舗道におりてきていた。「でも、わたしがすわれと言ったら、きみはすわったほうがいい」

ダイアナ・タヴァナーはすわった。

ショーン・パトリック・ドノヴァン。

それがリヴァーの見つけだした名前だ。つい最近ブラック・アローに雇われた男で、〝戦略およびオペレーションの担当主任〟という軍隊と同じような肩書きを持っている。おそらく国防義勇兵や元看守や警官あがりの集団なのだろう。それにしても痛い。ニック・ダフィーのパンチは漫画チックな威力を有していて、痛みは徐々に外へ広がっていき、その部分の組織が脆《もろ》くなり、責めさいなまれているような気がする。マウスをつかんだ手に思わず力がこもったが、いまは復讐のことを考えている場合ではない。ショーン・パトリック・ドノヴァンに集中しなければならない。

その名前を見つけだすのに手間はかからなかった。今年の二月に、スライ・モンティスが業界紙に書き記していたのだ――〝ひじょうに優秀な人材であり、軍隊で尋常ならざる経験を重ね……〟。簡単なネット検索によって、その〝尋常ならざる経験〟のなかには軍事刑務所への収監と不名誉除隊が含まれていることもわかったが、業界紙にはその点についての言及はいっさいなかった。写真も出ていた。ドノヴァンともうひとりの被雇用者ベンジャミン・トレイナー。それぞれビールの大ジョッキを持ち、新しいボスのシャンパングラスを囲んでいる。ふたりの顔に微笑みはないが、モンティスの顔にはそれを補って余りあるご満悦の表情がある。〝おれさまのダンシング・ベアを見てくれ〟というわけだ。まあいい。その会心の笑みを口もとに浮かべることはもう永遠にできない。

元軍人、高い階級、刑務所暮らし。それは多くのチェック項目を満たしている。はっきりと決まったわけではないが、少なくとも取っかかりにはなる。身体にまた痛みが走り、それが消えるまで、顔をしかめ、そのあと、すぐ近くにいる〈遅い馬〉たちにメールを送り、自分が見つけだしたことを伝えた。

それからしばらくして、マーカス・ロングリッジは口のなかで昼食がどうのこうのと言い、チキンバゲットがどうのこうのというシャーリー・ダンダーの返事を聞いていないふりをして、オフィスから抜けだした。裏庭はいつも以上にいやな臭いがし、通りは焼けつくような暑さだ。駅のそばの賭け屋《ブックメーカー》に入ると、仕事をしているふりをして入念に下調べをしておいたトウスター競馬場の三時二十分のレースに賭け、待っているあいだ、安ピカのルーレット・マシーンをきっと睨みつけていた。それは生命を宿しているように見えた。悪魔の目、笑みを浮かべた口……そのせいでレースを見ることを忘れていて、顔をあげたときには結果が出ていた。それはスーパーモデルにいきなり殴られたような、傷みに近い至福の瞬間だった。いきなり百六十ポンドの金が懐に転がりこんできたのだ。元手はわずか二十ポンド。金を受けとり、賭け屋から出ていくときに、ルーレット・マシーンを小馬鹿にするように軽く叩いた。

そのまままっすぐ〈泥沼の家〉に戻ることもできたし、そうすべきだったが、このときは賭けに勝ったことによって気持ちがあまりにも高ぶりすぎていた。いままでこのときが来るのを待っていたのだ。好都合なことに、路上にはレンタル自転車が並んでいる。地下鉄を使うよりずっと早い。マーカスは急に分厚くなった財布からデビットカードを取りだして、ラックから自転車をはずした。待っていろよ、リージェンツ・パーク。

一房の髪を耳の後ろにまわし、肌に風を送るためにブラウスを引っぱったとき、昨夜の歓迎されざる記憶が脳裏をよぎった。最悪と言っていい独身男の部屋。一カ月以上洗っていないシーツ、シンクにたまった皿、執拗で激しいセックス、三時間の夢のない睡眠。ラムのあざけりが頭のなかで響くのを防ぐために、ルイーザ・ガイは一度大きく上体を揺すった。

〝少しは頭も使えるようだな。夜の営みがすぎて脳が溶けだしはじめているんじゃないかと思っていたんだが〟

　もちろん頭も使える。だが、実際のところ、ラムに与えられる仕事に、頭は必要ない。必要なのは盲信と図太さだけだ。

　ローデリック・ホーはグーグルやヤフーやビングといった主だった検索エンジンを信用していない。それではインターネットのコンテンツの〇・五パーセントも検索できないらしい。そんなものを使うくらいなら、完全菜食主義者用のヴィーガン・ピザを食べたほうがまだいいと言っている。一方のルイーザは、闇サイトについて教えを請うくらいなら、自分でホーのためにヴィーガン・ピザを焼いてやったほうがいいと思っているので、始末が悪い。でも、ほかにどうすればいいというのか。もしリヴァーの推測が正しかったとしたら、標的はショーン・パトリック・ドノヴァンということになる。それで、骨董もののマシーンの速度を少しでもあげるため、ほかのプログラムをすべて終了させてから、ルイーザは仕事にとりかかった。

　陰謀論は基本的に被害妄想の産物だが、それは理由のないことではない。彼らは実際に見張られている。逆さにしたバケツの上に立って、突拍子もないことを善良な市民に向かって吹きまくっているからだ。昨年、ルイーザはテロ攻撃を暗示する掲示板を数カ月にわたって監視していた。遭遇したほかのすべての投稿者が秘密捜査官なのではないかという疑いはあったものの、そこでのやりとりは、政府が天気をコントロールしているとか、歳入関税局の相談窓口に電話をした者はみな思考実験の対象になるとかいった戯言《たわごと》ばかりで、そういったことを声高に主張する者は例外なく、自分たちが監視されていて、すべてのネットへの書きこみやチャットは記録され、いずれどこかで使用するために保管されていると信じているみたいだった。それはもちろん的《まと》はずれな思いこみであり、監視されているという点では、ほかの者と同じ緩い網に捕らえられているにすぎない。実際のところ、ルイーザはひとりのテロリストを捕まえたこともなかったし、ひとつの爆弾事件を阻止できたこともなかった。九・一一についても多くの異説があるが、そこに建築工学のエンジニアが関与していたという説は、そういった者たちがそこにいなかったことによって逆に目立っている。歳入関税局の相談窓口の一件はもしかしたら事実かもしれないが、その種の詐欺的行為は世間ではよくあることだ。

そして、被害妄想と言えば、ラムはどうして職場外のことを知っていたのか。

まあいい。それも世間ではよくあることだ。糞食らえ。

押さえておかなければならない点は、パラノイアは匿名を隠れ蓑にしているということだ。掲示板をチェックしていた数カ月のあいだ、実際にある名前に少しでも似ているものには一度も出くわさなかった。だが、ドノヴァンの名前は毎日三度ずつ種々のサイトに登場していた。もしスペースレンジャー69とかいうハンドルネームが使われていたら、結局何もわかっていなかっただろう。

このとき、ラムの声が聞こえ、ルイーザは我にかえった。

「何かわかったか」

信じられない。いつからそこにいたのか。

驚きを抑えて、ルイーザは言った。「勘弁してください。まだ五分もたっていないんです
よ」

「やれやれ」ラムはなかに入ってきて、訝しげに鼻を動かした。「この部屋はどうしてチー
ズのにおいがするんだ」

「しません。ホーはいま何をしているんです」

「どうしてそんなことを訊くんだ」

「この仕事はホーにまかせたほうがいいと思うからです」

「残念ながら、ホーはいま別の仕事にかかりきりになっている」ラムは窓辺に歩み寄って、
通りすぎるバスを見つめ、それからそこの敷居に尻をのせた。

「午後中ずっとわたしを見ているつもりですか」

「そんなに長い時間かかるのか」

「わたしたちが探しているのが本当にドノヴァンかどうかさえまだわかっていないんです
よ」

「ああ。でも、無視するわけにはいかん。それがキャサリンを拉致した男なのに、無視した
ということになれば、われわれは馬鹿にしか見えないだろう」

「ホーには何をさせているんです」

「給料以上のことだ」

「それで思いだしました」ルイーザは机の上からレシートを取った。「今朝のタクシー代です」

ラムは立ちあがった。「支払いはちょっと待ってもらわなきゃならない。きみたちが要求する経費にクレームがついているんだ」

「この一件は見かけどおりのものなんでしょうか。それとも、わたしたちのあずかりしらない何かが裏にあるんでしょうか」

「いつだって裏があると考えたほうがいい。そのほうが無難だ」

ラムが部屋から出ていきかけたとき、ルイーザは言った。「キャサリン」

「どうかしたのか」

「いいえ、何も。あなたは彼女のことをキャサリンと呼びました。スタンディッシュじゃなく。それだけのことです」

「やれやれ」

ルイーザは無理無体に仰せつけられた仕事に戻った。

五分後に、それは無理無体でなかったことがわかった。

〝身体を使って何かしろ〟と、マーカスは言った。〝ここで頭角をあらわしたいとか、まわりの者に一目置かれたいと思っているのなら、行動するんだ〟

そうしている。いまは身体を使っている。

〝モニターの前にすわり、コンピューターに向かってシコシコやっているだけじゃ、誰にも見向きもされない〟

まあいい。たしかにいま自分はモニターの前にすわって、コンピューターに向きあっている。だが、それは必要だからやっていることなのだ。

ローデリック・ホーは一呼吸おいて、レッドブルの残りを飲みほすと、空き缶を放り投げ、狙いどおりにゴミ箱のなかに入れた。それで再確認できた――おれはスーパースターだ。〝コンピューターに向かってシコシコやっている〟と、マーカスは言った。それが誰にでもできることであるかのように。

ブラック・アロー名義で登録されている不動産は三件あった。そのひとつはナイツブリッジのフラットで、あきらかにシルヴェスター・モンティスの個人使用のためのものだが、もうなんの使い道もない。モンティスが次におさまるべきところは冷蔵庫サイズのスペースだ。ほかの二物件はより広くて、より機能的だった。グーグル・アースによると、どちらも工業団地内にあり、ひとつはスウィンドンの郊外、もうひとつはイースト・ロンドンのストラットフォードで、映像が撮られた日、前者には七台のヴァン、後者には三台のヴァンの車影が認められた。色はすべて黒で、なんの飾り気もなく、車体には会社のロゴ（黄色い輪っかのなかに黒い矢印）が記されている。その後ろにあるプレハブ小屋は車ほど頑丈そうには見えない。モンティスは大臣とも昵懇《じっこん》にしているとのことだが、商売のほうは順風満帆とは言えないようだ。ホーは画像をプリントアウトし、それをトレイに置くと、次にモンティスの私生活を調べはじめた。

銀行預金口座、債務の詳細、ショッピングカート、メールボックス、ポルノ・ドメイン、保険金の支払い……すべてのものがファイアウォールの後ろに隠されていたが、いずれも簡単に見ることができた。パスワードは見つけられるために存在し、個人の秘密は、クロスワードを解くための基本的なアルゴリズムによって、昼食のピザの残りを電子レンジで温めるのに要する時間で暴くことができる。プライバシーの保護プログラムはほとんどなんの役にも立たず、金をどこに保管しているかに始まって、それを何に使っているかに至るまで、何もかもが丸見えになる。シルヴェスター・モンティスの私生活は開かれた一冊の本のようなものだ。妻と子供たち、ビジネス、休暇、愛人。それぞれにどれだけの費用がかかっていたかは、クレジットカードの明細を見れば一目でわかる。

〝コンピューターに向かってシコシコやっている〟。たしかにそのとおりだ。それは簡単なことではない。そして自分はそれをこともなげにやってのけている。

そのとき、ふと〝夜の営み〟云々というラムの言葉を思いだした。あんまりな言い方ではないか。ルイーザはいまひとりだ。ボーイフレンドができたら、そのことをみんなにひけらかさずにはいられない。それはインターネットからだけではなく、女たちが地下鉄やバスやバーや通りで話しているのを聞いて学んだことでもある。自分自身が誰かとそのような話をしたわけではないが、立ち聞きならいくらでもできる。事実は事実だ。ボーイフレンドができたら、女はそのことを黙っていられない。間違いない。ラムはとんでもない思いちがいをしている。でも、いまはそんなことを考えている場合ではない。あとで家に帰ってから、ゆっくり考えればいい。

いまは重要な情報にアクセスしつつあるところなのだ。

ブラック・アローの業務用の銀行口座のひとつに、一時貸し物件に関連するものがあった。二カ月前にまとまった金額の支払いがあり、翌月の同じ日に前回の半分の金額の支払いがあった。保証金プラス賃料ということだろう。警備会社が不動産を一時的に借り受ける理由はいくらでも考えられる。だが、そこはどうなのか。これもやはりグーグル・アースを見てわかったことだが、それはノース・ハイウィカムの田舎にある三階建ての建物で、近くに納屋のようなものが点在している。裏庭の中央には、二階建てのロンドン・バスのようなものがとまっている。

ホーはそれもプリントアウトし、このときはトレイのなかにあったものを取りだした。

リージェンツ・パークからそう遠くないところに、最近リニューアルした室内プールがあり、その正面には、広告板サイズの大きな写真がずらりと並んでいる——水しぶきをあげて遊んでいる子供たち、ゴーグルをつけているのでビートニック詩人のように見える老人、優しいまなざしで子供を見守っている母親。健全すぎるほど健全だ。裏手にまわると、関係者以外立ち入り禁止と記された防火扉がある。マーカスは保安局の身分証明書を取りだして、最上部の金属の鋲にかざした。すると、少しの間のあと、ブーンという低い音がし、それからカチッという音がして、ドアが開いた。

マーカスはなかに入った。厳密に言うと、そこに立ちいることはほかの〈遅い馬〉たちと同様に許されていないのだが、〈泥沼の家〉送りになるまえ何度もドアを蹴破り、悪党に拳銃を突きつけてきたという実績ゆえに、ここの受付係には顔がきく。このときは複雑な握手と、歯をむきだしにした笑みで迎えられ、マーカスが入館記録簿にいつもの殴り書きでかろうじてジャクソン・ラムと読めるサインをするのを黙って見ていた。

射撃練習場はシャワールームやジムや更衣室の下の地下七階にある。下へおりていくと、気持ちが高ぶってきた。ポケットは金で膨らんでいるし、自転車をこいできたせいで全身がほてっている。シャツは汗で湿っているが、気分は悪くない。筋肉は滑らかに動いてくれる。階段を二段飛ばしで下におりていくにつれて、世間と切り離されているという感覚が増していく。世間で過ごす時間は長い。たまにはそこから出て、できれば実弾をぶっぱなしたい。

射撃練習場に入ると、かつての同僚と親しげに握手をし、昔の武勇伝を語りあい、職員専用の冷蔵庫からミネラルウォーターのボトルをちょうだいし、一気に飲みほし、それからペーパータオルで汗まみれの上体を拭いた。シューティング・グラスをかけ、耳あてをつけて、ヘクラー&コッホを手に取ると、三十ヤード先に設置された悪人の上半身のターゲットに十発の銃弾を撃ちこんだ。

これでいい。すっきりした。

これでふたたび自分をコントロールできるようになった。

ピーター・ジャドは言った。「ここまでのなりゆきからすると、わたしはきみの上司の急所を握ることができそうだ。ただ、わたしも彼女に急所を握られることになる。どうしてこんなはめになってしまったのか説明してもらえるかね」

「わたしはあなたが知っている以上のことを何も知りません」タヴァナーは答えた。「ジョーン・ドノヴァンについても同様です。お話しできることは何もありません。ドノヴァンは暴走したんです」

そう答えるしかなかった。ジャドから聞いた話だと、モンティスは頭部を一発強打されただけで、おそらくは地面に倒れるまえに絶命していた。そうでなかったとしても、ロンドンの南西一区でヴァンから放り投げられたときに死んでいたのは間違いない。どちらにせよ、〝暴走〟というのは、ジャドが先ほど遭遇した出来事のもっとも簡潔な要約になる。

「やったのはドノヴァンだという確信はあるのかね」

「いいえ。でも、そうでなかったら、すでに名乗りでていたでしょう。ボスが殺されたことは当然知っているはずですから」

ジャドはうなずき、唇をすぼめた。「モンティスはヒーローをほしがっていた。ドノヴァンが雇ってくれと言ってきたときには、小躍りして喜んだにちがいない」新聞でベンチを叩きながら、「タイガー・チームの話を持ちかけたとき、きみはわたしがモンティスを使うことを知っていた。ちがうか」

「わたしがその話をしたのは、あなたが民間の警備会社と個人的なつながりを持っていたからです。そう申しあげたはずです」

「そのことは覚えている。そのときから、きみはドノヴァンを知っていたのかね」

タヴァナーは首を振った。

「弱ったな。質問に答えるときには、言葉を使ってもらわないと、それが嘘かどうかわからない」

タヴァナーは目を見つめて答えた。「今回のことを思いついたときには、ショーン・ドノヴァンのことは何も知りませんでした」

ジャドは黙って見つめかえした。女を口説くとき以外、ジャドが女と長い時間を費やすのは珍しい。こういった状況下では、〝長い〟は一分以上を意味する。だが、いま何を優先しなければならないかはわかっている。そして、いまはただ単に避けられないものを先のばしにしているにすぎず、たとえことのなりゆきでタヴァナーとベッドをともにするようになったとしても、それは罰ゲームのようなものでしかない。サインの読みまちがいでないかぎり、向こうも同じように思っているはずだ。

しばらくしてようやくジャドは口を開いた。「ターニーの話だと、連絡をとってきた男──われわれの推測だとドノヴァンは、グレー・ブックをほしがっているらしい。そのなかに脅威となる情報は含まれていないだろうか」

「国家の安全にとって？」

「わたしにとってだ」

「知るかぎりでは、含まれていません。含まれていると考える理由があるんでしょうか」

「わたしがワンルームのアパート住まいのデジタル戦士の妄想のなかに登場しないとしたら、わたしはまともな仕事をしていないということになる。泥が飛び散れば、その一部は誰かにかかるものだ。その男はグレー・ブックを手に入れて何をするつもりでいるのだろう」

「わかりません」

「きみは情報部の人間だ。推理を働かせろ」

「考えられるのは、何かの思惑があり、それを裏づけることができるものを見つけだそうとしているのではないかということくらいです」

「でも、それが何かはわからないというわけだね」

「軍関係の何かかもしれません。でも、それがどれだけの重要性を持つものなのかはわかりません。すべてが絵空事です。もしかしたら、映画のシナリオのネタを探しているのかもしれません」

「気のきいた軽口は楽しめる。だが、自分が所轄する部局の長によって脅迫まがいのことをされているときは、その限りじゃない」

ダイアナ・タヴァナーは返事をすべきでないことを知っていた。

ジャドは一思案し、それから言った。「ターニーはドノヴァンの身柄を拘束しないと言っている。わたしの将来のために。と同時に、わたしを手玉にとれるようになるために。結局のところ、わたしの計画は完全に裏目に出て、ひとりの男が死に、もうひとりの男が保安局の秘密をごっそり手に入れることになるだけだ。役に立つかどうかという点では、トイレットペーパー以下だとしても、そんなことはなんの言いわけにもならん。どっちにしても、マスコミは黙っちゃいない。だから、わたしにできるのは、ターニーの尻に敷かれ、それを楽しんでいるふりをするだけということになる」丸めた新聞でまたベンチを叩き、近くにいた二羽の鳩が怯えて飛び去った。「一方で、今回の一件の絵図を描いたのがきみだということをターニーが知ったら、きみはゆっくりと切り刻まれて蜘蛛の餌にされてしまう。つまり、わたしはターニーに首根っこをつかまれ、きみはわたしに首根っこをつかまれるってことだ。そういう意味で、われわれの利害関係は一致している。そのことを忘れないようにしてもらいたい」

「ご心配なく」

なんの前触れもなく、ジャドは新聞を持っていないほうの手をのばして、タヴァナーの右の胸をつかみ、強く握りしめた。「きみが考えているゲームに続きがないとしたら、わたしはひどくがっかりさせられるだろうね」

ジャドが予想していたのは、怯え、さもなくば少なくとも警戒心だった。予想しなかったのは、タヴァナーの手が股間にのび、同じような強さで握りしめたことだった。

「本当に？」タヴァナーは言った。「本当にがっかりさせられませんか」

戻ってきつつあった鳩が、ジャドの呵々大笑の声に怯えて、ふたたび飛び去った。

チキンバゲット。それくらいはお安いご用のはずだ。

けれどもマーカスは四十五分前に出ていったきりで、昼食はオフィスの白昼夢に変わりつつある。もっとも、このところまともな食事をとったことなど、覚えているかぎり一度もない。この数週間、夕食は冷蔵庫にあるものをあさって、立って食べている。飲み物は問題ない。飲み物を切らしたことは、覚えているかぎり一度もない。だが、食べ物はランチがメインで、それは近場で調達したサンドイッチかテイクアウトの料理を意味している。あと数分のうちにマーカスが何かを持って帰ってこなかったら、空腹のために気を失っているかもしれない。

たしかにさっきは外でアイスクリームを食べた。けれども、そんなものは勘定に入らない。

糞いまいましい。本当なら、これはマーカスがしているはずのことなのだ。自分はそれを見ているだけでよかったのだ。

グレー・ブックがどこにあるか見つけだせ、とラムは肉づきのいい手を振りまわしながら、厄介ごとを追い払うように言った。

お門違いもいいところだ。

シャーリーは机の引出しを引っかきまわし、クレジットカードの控えやDJナイトのビラの吹きだまりのなかから、パスワードを走り書きした使用ずみの封筒を見つけだした。保安局のイントラネットの初期画面を呼びだし、青地の中央の紋章をクリックして、IDナンバーとパスワード（inyourFACE――どんなもんじゃい）を入力すると、各人のｅメールと内線番号が記されたスタッフ・リストまで行きつくことができた。

ここまでは順調だ。

データベースを管理している〈クイーン〉には、賭けてみる価値がある。〈クイーン〉たちはなんでも知っている。知らなくてもいいことまで知っている。本当のところはわからないが、暇な時間に他人の個人情報を盗み見ているということがあっても少しもおかしくない。だが、公職守秘法に署名したことの意味は、みなよくわきまえていて、シャーリーが以前同じ建物内で働いていたとき良好な関係を持っていた者（頬骨が張り、眉は強い光があたれば見えなくなるくらい細い女）も、情報の保管場所といった簡単なことさえ教えてくれなかった。

「それはわたしの――」

「担当外のことだから？　ええ、わかってるわ」

「わたしの好意の及ぶところじゃないのよ。ところで、そっちは何かと大変みたいね。〈泥沼の家〉には不平不満が渦を巻いてるって話を聞いているけど」

自分のパスワードの意味を思いだしながら、シャーリーは接続を切った。

それから、冷蔵庫に何か食べるものがあるかもしれないと思ってキッチンに行ったが、そこにリヴァーがいたので、盗みが実行に移されることはなかった。リヴァーはまだ痛みをこらえかねているようだったが、〈犬〉の取調べを受けたのだから、それは当然のことだろう。

それが愉快な経験であるはずはない。

シャーリーは好奇心を抑えられなかった。「あなたはリージェンツ・パークのどこまで行ったの？」

「保管庫の階まで」リヴァーは水を飲みながら答えた。身体に水が漏れるところがないかどうかをチェックしているのか。

「そこに車椅子のお年寄りがいたでしょ。なんという名前だったかしら」

「モリー・ドーラン」

会ったことはないが、その名前には聞き覚えがある。小声でささやかれる保安局の伝説的人物のひとりであり、想像するだけでわくわくするような過去の持ち主のひとりだ。

シャーリーは空腹をかかえながら、またコンピューターに戻った。耳に小悪魔のささやきが聞こえてくる。バッグのなかには平たくたたんで紙切れのように見せかけたコカインの包みが入っている。空腹感を忘れるためにこれほど効果的なものはない。頭も冴えるし、感覚も鋭くなる。

いいや、駄目だ。これまで出勤時にとろんとした目をしていたことは何度かある。だが、お茶の時間にぶっ飛ぶつもりはない。机の上からグラスを取り、汚れていないほうの側から水を味わいながら飲んだ。とりあえずはこれでいい。これでよしとしなければならない。

シャーリーはスタッフ・リストからモリー・ドーランの内線番号を見つけだして、そこに電話をかけた。

キッチンから自分の部屋に戻る途中、リヴァーは開けっぱなしになったドアの前で立ちどまり、その向こうで、コンピューターの画面を凝視しているルイーザに目をやった。顔をあわせる機会は少なく、会っても、その存在感が伝わってくることすらいくらもないのだが、ミンの死以降の外見の変わりようには目をみはらずにはいられなかった。髪型も変わっていたし、服装も変わっていた。まるで過去の自分を順々に消していっているかのようだ。もう少し親しい間柄だったら、そのことを話題にしていたかもしれない。でも、ここは〈泥沼の家〉だ。

ふたたび歩きだそうとしたとき、ルイーザは画面を見つめたまま言った。「ラムが言ったことは本当なの？」

「たいていは嘘だ。どのことだい」

「あなたがウェブを病院に見舞ったことよ」

「見舞ったと言っていいかどうか。ウェブがそれを見舞いと見なすかどうかはわからない」

「とにかく、病院へ行ったんでしょ」

「ああ」

「どうして？」

リヴァーは答えなかった。

「ウェブのせいで、あなたは〈泥沼の家〉送りになったのよ。さらに言うなら、ウェブは去年の騒動の元凶なのよ。そのせいで、ミンは死んだ。なのに、あなたは花を持っていったの?」

最後はうわずった声になっていた。

「わかってる。わかってないと思ってるのかい。ウェブは卑劣なろくでなしだ。その点に疑問の余地はない。ぼくがそこに行くのはウェブが死んだかどうかたしかめるためじゃないかと思うことが、ときどきある」

「それはあとでつけた理屈よ。理由じゃない」

早々に退散したほうがいい、とリヴァーは思った。いますぐ安全な自分の部屋に戻って、椅子にすわり、アスピリンを服《の》み、このあとどんな厄介な仕事を仰せつけられてもいいよう英気を養ったほうがいい。でも、駄目だ。そんなことはできない。ルイーズが自分を見ることを拒んでいるかぎり。元々気むずかしい性格なのだ。なめたことをされたら黙ってはいない。つまり、適当にお茶を濁すわけにはいかないということだ。

「ああ。たしかにそうだ。それは理由じゃない」

「だったら、どうしてなの」

「話をしにいったんだ。現状について」〝現状〟というのは〈泥沼の家〉の仕事のことであり、そのことはおたがいによくわかっていた。「それがどのようなものであるかについて。来る日も来る日も……要するに、過去と現在のちがいについて」そこで言葉を切ったが、ルイーザが何も言わなかったので、リヴァーは続けた。「聞こえていたかどうかはわからない。

でも、聞こえていたとすれば、ぼくが言ったことの意味は理解できていたはずだ。それがよくないことだと思うかい。ウェブは窓の外を見ることさえできないんだ」

ルイーザはようやくリヴァーのほうを向き、たっぷり十五秒の沈黙の時間をつくった。

「とにかく、ウェブを元気づけようとしたわけじゃない。むしろ、その逆だ」

それが百パーセントの事実かどうかはわからないが、それに近いものであるのは間違いない。

少し間を置いて、ルイーザは言った。「鎮痛剤を持ってる？」

「アスピリンがある。ほしいのかい」

ルイーザは首を振って、引出しから小さな包みを取りだし、それを放り投げた。「試してごらんなさい。アスピリンよりよく効くから」

リヴァーは包みをキャッチした。「ありがとう」

ルイーザはふたたびモニターのほうを向いた。

リヴァーは自分の部屋に戻った。

マーカスはレンタル自転車を温水プールの駐輪所に置いたまま、地下鉄に乗った。列車は寒さや湿気や乾燥、あるいは熱気のせいでしばしば起きる信号機の故障のためにファリンドンどまりになったが、それでも高揚した気分が失せることはなかった。スミスフィールドを通って、イタリアン・デリに入り、そこでチキンバゲットを買ってから、〈泥沼の家〉に戻る途中、自宅に電話をかけ、妻のキャシーに残業で遅くなると告げた。

「残業なんて珍しいわね」

キャシーは〈泥沼の家〉のことを知らない。異動のことは知っていたが、具体的なことは何も知らない。何も話していないからだ。どうしても話すことはできない。

「ああ。何時になるかわかっていればいいんだが、仕事が仕事だからね」

「気をつけて」

「わかってる。子供たちにおやすみのキスをと言っておいてくれ」

何もかもうまくいっている。世界より自分のほうがだんぜん優位に立っているような気がする。今朝のブルースは別の者のサウンドトラックのようだ。

オフィスで机に向かい、隣の席でシャーリーがキーボードに向かってぶつくさ言っているのを聞きながら、ときおり夢うつつになり、突撃部隊にいたときの栄光を追体験していることがある。シャーリーに言わせると、〝ドアを片っ端から蹴破っている〟ということになるが、それでは言葉足りずで、ドアの向こうに何があるのかわかっているときはめったにないという事実が抜け落ちている。そこには拳銃を構えている者がいるときもあるし、ベストにプラスティック爆薬を巻きつけている者がいるときもある。おとぎ話だと、ふたつのドアのうちひとつを選べと言われたとき、そのどちらかの後ろにはたいてい虎がいるものだ。だから、どちらのドアも蹴破らなければならない。考えただけでも、筋肉がぴんと張り、チキンバゲットを握っている手に力がこもる……あっと思ったときには、もう遅かった。せっかく買ってきたものが、見るも無残な状態になってしまった。だが、シャーリーは空腹をかかえている。運がよければ、気がつかないかもしれない。

そんなことを考えながらぼんやり歩いていると、気がついたときには、〈泥沼の家〉の裏の路地ではなく、また賭け屋《ブックメーカー》に向かっていて、なかに入ると、ルーレット・マシーンがやはり悪魔的な微笑を浮かべて、さあ来い、もう一歩前へ踏みだせ、ドアを蹴破れとささやきかけていた。

ジーンズのポケットにはまだ財布の重みを感じることができる。その新しい厚さは自信につながっている。自分はすでに一線を踏み越えたのだ。

よかろう、この糞野郎。どこからでもかかってこい。

モリー・ドーランは言った。「いったいどういう風の吹きまわしなの？　今日はこれで二人目よ」

「ええ。カートライトはあなたと話したと言っていました」

「あの若者はどうしてるの？〈泥沼の家〉に戻ったの？」

「ええ。歩き方が少しぎこちないけど、問題はありません」

「意外だったわ。電話をかけてくるのはあのひとだとばかり思っていたのに。今朝の騒動の説明をするために」

シャーリーはすでに退屈しはじめていた。「カートライトは気が変わりやすいんです。とにかく、わたしが電話した理由は——」

「単なるご機嫌うかがいじゃないってことね」

馬鹿馬鹿しい。誰がなんのためにそんなことをしなきゃいけないのか。

が、どうやらモリー・ドーランはお茶目な人間のようだった。「冗談よ。〈泥沼の家〉の住人ふたりと話ができることなどめったにないから、うきうきした気分になっちゃったの。続けてちょうだい」

「あるファイルについて知りたいことがあるんです」

「あら。わたしたちはまた前回と同じ桑の木のまわりをまわらなきゃいけないの？　本当なら、ジャクソン自身が電話をかけてきて、何をしようとしているかを説明すべきでしょ」

「ええ。でも、今回はちがいます。ジャクソン・ラムと直接関係のあることじゃありません。これは一般的な質問です。情報の保管場所を知りたいだけなんです」

「いいこと。わたしは若いひとたちに対して、質問があるならいつでも訊きにきなさいと常々言ってるわ。でも、そう言うのは、誰もそんなことはしないとわかっているからよ。どうしてデータベース担当の〈クイーン〉に問いあわせないの？」

「あそこはあまり協力的じゃありませんでした。これは単純な質問です。わたしはグレー・ブックがどこにあるかを知りたいだけなんです」

「グレー・ブック？」

「愚にもつかない戯言《たわごと》ばかりを集めた書類です」

「それくらいは知ってるわ。問題はどうしてあなたがわたしに訊かなきゃならないのかってことよ」

「あなた自身が情報を覗き見しているからです。だから、あなたに訊こうと思ったのです」

長い間《ま》があった。

「ジャクソンの下に長くいると、ろくなことはないわね。ジャクソンと同じように、公式のルートは使いたくないってこと？」

ある意味では、たしかにそうかもしれない。

「でも、まずはeメールの受信トレイをチェックしてみたら」

それで電話は切れ、モリー・ドーランの声は回線切断後の沈黙にとってかわられた。

シャーリーの胸には、何かに嚙みついたような感覚が残った。自分の足を嚙み切ったみたいだった。

結局は何も得られなかった。だが、念のためということで受信トレイはチェックしておいたほうがいい。もしかしたら何か手がかりが見つかるかもしれない。だが、その受信トレイを見てみると、そこに入っていたのは、人事部によって配信された局員全員を対象とする最新のニュースレターだけだった。項目は〝異動〟（〈遅い馬〉は関係ない）とか、〝健康と安全〟とか、〝昇給と退職〟とか。そんなものを読んだことは一度もなく、読んでいる者を見たことも一度もない。

それは〝その他〟の項目のところにあった——〝情報の保管場所の問題はようやく解消さ

れ……〟

マーカスがそこにいたら、手をあげて、ハイタッチをしていただろう。あるいは、少なくとも、チキンバゲットを食べるのをやめていただろう。我ながらたいしたものだ。どんなもんじゃい。いつのまにかナチュラル・ハイ状態になっていて、この数週間のいやなことはすべてどこかに吹っ飛んでしまったと思ったが、次の瞬間には自制心が働き、単純にいまを楽しむだけにとどめ、よくないことの埋めあわせにはならないと思うようになった。家に帰っても、この気持ちを共有できる者は誰もいない。いまはハイタッチやフィスト・バンプをする相手さえいないのだ。心のスイッチは一瞬のうちに切りかわる。シャーリーは椅子にすわりなおして、もう一度ニュースレターを読み、自分の運のよさを再確認し、達成感をとらえなおそうとしたが、それはすでにあとかたもなく消えていた。その種の高揚感を偽造することはできない。

幸いなことに、気分をよくしてくれるものはほかにある。

ダイアナ・タヴァナーは広場のゲートへ向かい、その前で一秒か二秒立ちどまってから歩き去った。ジャドは彼女の尻が揺れるのを楽しみながら見ていた。女性をリスペクトしなければならないという気持ちはさらさらなく、いまは性欲で頭がいっぱいになっている。だから、しばらくのあいだすわったままでいなければならなかった。いまもっとも気をつけなければならないのは、この状態を俄かジャーナリストのカメラに撮られることだ。念のために新聞紙を開いて、膝の上に置き、喫緊の問題に気持ちを集中しなければならない。デイム・イングリッド・ターニー。タヴァナーとは正反対の容姿だが、にもかかわらず、ターニーにも急所を握られている。このままの状態を続けさせるわけにはいかない。ダウニング街十番地にチクられたら一巻の終わりで、辞任するだけではすまなくなる。不忠というのは、発覚したら、生きのびることのできない政治的な大罪だ。発覚しなければ、言うまでもなく、キャリアをさらにアップさせることができる。と同時に、公的な生活はより危険な綱渡りになる。だから、面白いのだ。

国会議員として登院した最初の週に、党の長老からこんなふうに言われたことがある。〝政治家に求められているのは、地雷原を横切ることじゃない。微笑みながら、そこを横切ることだ〟

そう。つまりそういうことなのだ。庶民受けするポーズがとれない者は票に値しない。もちろん、それは大きな声で言うべきことではなく、〝庶民〟などという言葉は決して使ってはならない。その点はつねに心しておかねばならない。

考えているうちに気が静まり、立ちあがることができるようになった。

ジャドはゲートのほうへ向かいながら、セバスチャンに電話をかけた。セバスチャン――通称セブ。執事であり、懐刀であり、アーサー・ケストラーの言う〝機械のなかの幽霊〟である。何年にもわたって汚れたボトルを洗いつづけてきたが、それはリサイクルのためではなく、夜のうちにゴミ処理場にこっそり埋めるためだ。そういった手が使えるケースはかぎられているが、それでもそのおかげでこれまで何度も地雷原を安全に横切ることができたのだ。この次そのような仕事を依頼するのがいつになるかはわからないが、少なくともズボンをおろしたところをまた誰かに覗き見られるつもりはない。

そのフレーズが引き金になったにちがいない。セブが電話に出るのを待っているあいだに、股ぐらにのびた手の感触と、アボカドを選んでいるかのような冷ややかな口調をふと思いだした。〝本当にがっかりさせられませんか〟。笑わせてくれるじゃないか。これほど愉快な気持ちになれたのは、BBCラジオの《デザート・アイランド・ディスク》のベストアルバム八枚に《ザ・クラッシュ》を選んだとき以来だ。もっとも、《トロット・イン・ジ・アイル・オブ・ドッグス》には、のちに聞いていて腹が立つくらいうんざりさせられた。ことほどさように万人に受けいれられるのは容易なことではない。

チャーチルは肘かけ椅子にすわり、ティーカップを手に持ったままよく居眠りをした。そして、ティーカップが床に落ちた音で目を覚ますと、だからそれを手に持っていたのだと言ったらしい。ジャクソン・ラムの場合も似たようなものだが、ちがうのは手に持っているのがティーカップではなく、ショットグラスだということと、それが床に落ちても目を覚まさないということだ。キャサリンの話だと、朝オフィスを覗くと、ときおり場所を間違えたイカのように両足をひろげて椅子にすわっていて、室内には一週間前の花びんの水のような臭いがこもっていることがあるという。

も、そうだった。

マーカス以外の〈遅い馬〉全員が指定された時間にラムの部屋のドアの前に集まったとき

ドアは少し開いている。リヴァーはそのドアを指で軽く押し、居眠りしているラムの巨体が見えるところまで開いた。机の上に置かれた一枚の紙が、ラムの呼吸にあわせて揺れている。

シャーリーが言った。「起こしたほうがいいかも」

ルイーザは思った。シャーリーは不自然なくらい高ぶっていて、声もやたらと大きい。先ほどラムに発破をかけられたので、気合いが入っているのかもしれない。

「マーカスはどこにいるの?」

シャーリーは肩をすくめた。「サンドイッチを買いにいったわ。バゲット・サンドイッチよ」

ルイーザはリヴァーと視線を交わした。

ホーが言う。「ラムは五時と言ったんだ。入らなかったら、雷を落とされる」

「お先にどうぞ」と、リヴァー。

そのとき、下からドアが開いて閉まる音が聞こえたので、みなキャサリンだと思ったが、それはマーカスだった。身体に傷を負っているかのような足取りで階段をあがってきて、最上階まで来ると、近衛兵のようにドアの前に蝟集《いしゅう》している一同を見つめた。

「何があったんだい」

「遅刻だぞ。ミーティングは五時からだ」と、ホーが言った。

「みんな遅れている。こんなふうに集まっているのがそのミーティングでないとしたら」

「いままでどこに行っていたの？」と、シャーリー。

「外だ」

「そのあいだ、わたしはひとりで調べものをしていたのよ。そのとき、わたしがどんな気持ちだったかわかる？」

「仕事をしていたのなら、わかる。それよりこれを」マーカスは形のはっきりしない紙袋をさしだした。

シャーリーはそれを受けとって、訝しげに見つめた。「これって、かつてバゲットだったもの？」

「いるのか、いらないのか」

「いる」

シャーリーは紙袋からひしゃげた中身を引っぱりだし、セロファンの包みをはがした。それはもはやバゲットの形をしておらず、横からでも食べることができそうだ。

リヴァーはマーカスに訊いた。「だいじょうぶかい」

「どうして？」

「なんていうか……少しムシャクシャ《ピーブズ》感があるみたいだから」

「ピーブズ？　いったいここはどこなんだい。ホグワーツ？」

「イライラ感でもいい」

「だいじょうぶ。なんの問題もない」

「おいしい、おいしい」と、シャーリーは言った。あるいは、言ったように思えたが、バゲットが口いっぱいに詰まっているので、はっきりしたことはわからない。

「だったらいい」リヴァーはマーカスに言った。「あんたも今夜のゲームに参加したいんだろ」

「信じてくれ、カートライト。拳銃をぶっぱなす機会を与えられるなら、かならず参加する」

「それは心強い」

「撃ち殺す相手は誰でもいい」

「パプリカが入ってるみたい」と、シャーリー。

「何を馬鹿なこと言ってんの」ルイーザは言った。「拳銃なんてお呼びじゃない。わたしたちが仰せつかるのはエスコートの仕事よ」

「キャサリンを拉致した者たちのための案内役だ」と、リヴァー。

「そう。キャサリンが無事であるとわかるまで、誰も撃っちゃいけない」

「ツナにしようかと思ったけど、結果的にはこのほうがよかったかも。やっぱチキンがいちばん」

「とにかく入ろう」と、ホー。

「それがいい」リヴァーは言って、半開きになったドアの向こうにホーの身体を力いっぱい押した。

ホーはカーペットに大の字になって倒れた。

ラムは目をあけずに言った。「十分の遅刻だ」

「五分です」と、ホー。

ラムは棚の上の時計を指さした。

「それは進んでいます」

「それはいつも進んでいる。ローカル・タイムだといちいち断わりを入れなきゃいけないのか」ラムは目を開き、それからうなるような声で言った。「入れ」

一同はなかに入った。ホーはリヴァーを睨みつけながら立ちあがった。

「やれやれ」ラムは手で顔を拭い、フランシス・ベーコンの〝叫ぶ法王〟のような表情になった。「目を覚ましたら、すべて悪夢だったという日が来ることを祈ってるよ」

「わたしにはその経験がある」シャーリーは口のなかで言った。

「何を食べているんだ」

「……チキンバゲット」

「くれ」

シャーリーはチキンバゲットの残りを見つめ、それからラムが臆面もなくさしだした手に目をやり、次にマーカスのほうをむいて助けを求めた。が、期待したほうが間違いだった。

「そんなにむくれるな」ラムは言った。「少しくらい食わなくても死にはせん」

「そのような言い方が許されていると思ってるんですか」シャーリーは腹立たしげに言い、しぶしぶバゲットをさしだした。

「よくわからん。マニュアルを読んどらんのでな」受けとったものをしげしげと見つめて、「バスに轢かれたみたいだな。まあいい。新しいのはいくらでも買える」それから、バゲットを一かじりし、一気に半分のサイズにした。「みな、宿題はやってきたか」

全員が声を揃えてイエスと答えた。

「よろしい。まずはカートライトから。ショーン・ドノヴァンについてわかったことは？」

リヴァーは答えた。「ショーン・ドノヴァン。職業軍人、戦闘経験者。陸軍士官学校卒。北アイルランド駐在。国防省勤務。その後、国連軍の一員としてバルカンへ。NATO軍の一員としてコソボへ。任務終了時には中佐。その時点では、さらに高いところまで行く人物と目されていた」

「高いって、ハイってことね」シャーリーはくすくす笑いながら言った。

ラムは口のなかのものを噛むのをやめ、人間を一睨みで殺せるバシリスクばりの視線をシャーリーに投げた。

リヴァーは続けた。「国防省内での評価はひじょうに高かった。所属した各種の特別委員会のなかには、リージェンツ・パークがかかわっていたテロ対策関係のものも含まれている。二〇〇八年には国連の諮問機関へ出向。その年の新聞の人物紹介欄では、〝戦士でもあり、外交官でもある、非の打ちどころがない新しいタイプの軍人〟と評されている」ラムはセロファンの包みを丸めて、肩ごしに放り投げた。「非の打ちどころがないというのは何よりだ。他人のこととは思えない」

「でも、アル中だという噂があったようです」

「そこだ。それが真のプリンスたる所以《ゆえん》だ」

「だからどうだと言うんです」と、マーカス。「ゲイであっても、武器の密輸人であっても、ナチの服装倒錯者であっても、何もおかしくない」

「どうしたんだ、いったい。五ポンド札を落として、ボタンを拾ったのか」

「ボタン？」

「深い意味はない。表現の素朴さを許してくれ。ウッドストック世代なもんでな」

リヴァーはふたたび話しはじめた。「でも、そのキャリアは一晩で吹っ飛んだ。国連での任務終了後しばらくして、士官候補生に講演をするためサマセットの軍事基地を訪ねたときのことだ。たぶん、講演のあと、そこの食堂で懇親会か何かがあったんだろう。そこから車で帰る途中、事故を起こし、車は大破、助手席に乗っていたアリソン・ダン大尉が死亡。軍事法廷で裁かれて、五年間の服役のあと、不名誉除隊。それが一年ほどまえのことです」

「なるほど。かならずしも非の打ちどころがないわけではなかったわけだな」ラムは言って、太い一本の指をあげた。「まず第一に、彼はリージェンツ・パークにつながりを持っていた」二本目の太い指をあげて、「そして、アル中だった。それで？」

誰も答えない。

「やれやれ。全部わしが言わなきゃならないのか。スタンディッシュが選ばれたのは、たまたまじゃない。ドノヴァンという男はまえからスタンディッシュを知っていたんだ」それからリヴァーを指さして、「そのあと、ブラック・アローの一員となるに至った経緯は？」

「スパイダーマン事件を覚えておいでですか」

「どこかの馬鹿がコミックのヒーローの格好をして高いところから落っこちたというやつか」

　それはこの冬に〈泥沼の家〉からそんなに遠くないところで起きた事件で、数日にわたって紙面を賑わせたが、最後までコメディ扱いだった。ひとつは被害者が死ななかったからで、もうひとつは被害者がスパイダーマンの格好をしていたからである。

「落ちたんじゃなく、突き落とされたんです」リヴァーは言った。「元々はデモンストレーションでした。父権擁護団体の〝ファーザーズ・フォー・ジャスティス〟がやっていたような。その男は妻と離婚したあと、子供に会うことを拒まれていたんです」

「それは悲しむべきことなのか、それとも喜ぶべきことなのか」

　リヴァーは無視した。「名前はポール・ローウェル。以前はミドルセックス管区の警部補。近いところでは、シルヴェスター・モンティスが経営するブラック・アローの副主任。突き落とした者が誰かはわからない。彼らは〝父親に正当な扱いを《フェア・ディール・フォー・ファーザーズ》〟のウェブサイトの掲示板を通じて連絡をとりあっていた。その男はバットマンの格好をしてやってきたらしいが、いまだに捕まっていない」

「さてさて。それは誰だと思う？」

「ドノヴァン」シャーリーが答えた。

「答えを聞きたかったわけじゃない。わしが答えを知らずに質問をすると思ってるのか」ラムが話しおえたという確信が得られてから、リヴァーは言った。「同じ週にモンティスはジョーン・ドノヴァンを雇っています」

「ポストの空きをつくるには、これほどいい方法はない。でも、おまえたちは間違ってもそんなことを考えるなよ」

「突き落とそうにも、身体が窓を通らない」と、ルイーザは口のなかで言った。ラムは不精ひげが生えた顎をてのひらでこすった。「とにかく、やったのはドノヴァンだ。それで、彼はグレー・ブックの何を知りたがっているのか。どうだ」ルイーザを指さして、

「答えられるか」

「陰謀論者が情報を交換するための掲示板は無数にあります。闇サイトとは別のもので、誰でも簡単に見ることができます。もちろんパスワードは必要ですが」

「パスワードを入手するのは簡単だ」

「ええ、簡単です」

ルイーザはいくつかのサイトの具体例をあげたが、誰もなんの関心も示さず、ただシャーリーだけが何度も熱心にうなずいていた。

「一年ほどまえドノヴァンが刑務所から出たあたりのころから、掲示板に〝ビッグショーンD〟というハンドルネームがしばしば出てくるようになりました」

「それが決め手になったというのか」

「ええ。それと軍歴です。ネットおたくが自分を大きく見せようとするのは珍しいことじゃありません。でも、そこに記された軍歴はドノヴァンのものとぴったり一致していました。バルカンとか国連とか」

ルイーザが話を継いだ。ビッグショーンDの主張は、一人っ子のDNAとデイリー・メール紙の読者と悪性の病原菌を結合させたらできるような資質を持つ者たちによるオンライン・コミュニティのものと重なっている。ひとりよがりで、闇雲な怒りに満ち、いたるところに有毒物質を撒き散らす有機体で、その特質としては、誇大妄想や、他者の意見をエスタブリッシュメントに媚びへつらっているとして完全否定する姿勢や、ある事柄を説明するためには必要以上に多くを仮定するべきでないという〝オッカムの剃刀〟の原理を端《はな》から無視する傾向などがあげられる。

「それで、その男の興味の対象は?」

「天候です」

「はあ?」

「天候についてです。イギリスの天候は政府によってコントロールされていると考えているのです」

一瞬の沈黙があった。

それからラムが言った。「冗談じゃない。武器の携帯を認められていた男なんだぞ」

「掲示板に記されていたのは〝積雲プロジェクト〟についてです。それは五〇年代に政府が主導し、軍の支援を受けた、要するに、雲の種をまいて、人工的に雨を降らせるためのプロジェクトです」

ラムは目を細めて窓のほうを向いた。ブラインドは陽を遮る役割を半分しか果たしていない。「ああ。首尾は上々だったらしいな」

「一九五二年にデヴォン州のリンマウスで大洪水が起き、三十五人が死亡するという激甚災害がありました。それが〝積雲プロジェクト〟のせいだと考える者がいて、ビッグジョーンDもそのひとりです。人工降雨の実験結果が限度を超えて、手に負えないものになってしまったというわけです」

「一九五二年といえば、遠い昔の話だ」と、マーカスが言った。

「でも、その理論はいまでも生きている。アメリカには、軍が資金を提供しているHAARPと呼ばれる組織があり、天候をコントロールするシステムの開発に取り組んでいると言われています。洪水やハリケーンや津波なども、研究対象に入っています。ネットおたくたちの言い分によれば、近年の激しい気候変動は過剰消費の副産物ではなく、人為的に天候を変えようとする試みの結果にほかなりません。その目的は言うまでもなく軍事転用です」

「それってつまり……」シャーリーは言いかけたが、途中でやめた。

ラムが言った。「それに関連することがグレー・ブックに載っているってことだな」

「ええ。それはルーニー・チューンズのジュークボックスであり、陰謀論者のための百貨店です。リンマウスの大洪水についての議会の特別委員会の調査結果は、いまだに機密扱いになっています。そういったものがグレー・ブックに載っているとすれば、ドノヴァンがそれに興味を示したとしてもおかしくはないと思うのですが、どうでしょう」

「自信なげだな。それがドノヴァンだという確信はないってことか」

ルイーザは肩をすくめた。「時間的には一致しています。さっき言ったように、ビッグションDが掲示板に投稿しはじめるのは、ドノヴァンが刑務所から出た直後のことです。軍の刑務所でネットが利用できるとは思えません」

「ああ。軍事刑務所の規則はわけても厳しい」ラムは言って、椅子の背にもたれかかった。それは暴れ馬に乗るに等しい冒険だが、椅子のスプリングはなんとか持ちこたえたみたいだった。天井を睨みながら続ける。「よかろう。そのゴールデン・ボーイはキャリアを失い、五年の懲役刑を受け、Xファイル的妄想にとりつかれるようになった。そして、われわれはその男の妄想に手を貸すことを求められている。ほかに何か？」

「何かっていうと何かしら？」と、シャーリー。

「勘弁してくれ」

マーカスが言う。「グレー・ブックはどこにあるのか」

「そうそう。それをどうやって見つけだしたかわかる？　eメールに出ていたのよ。人事部が配信した保安局の事務連絡のなかに。求人とか昇級とか年金の問いあわせとかの案内にまじって——」

「誰か、割ってはいって撃ち殺してくれ」と、ラム。

マーカスはシャーリーの肩に手をかけた。「どこにあるんだ、グレー・ブックは」

「さあ、それはわからない。でも、今回新たに使われるようになった保管場所は、eメールの文言をそのまま引用するなら〝非重要情報〟用のものらしい。とすれば、それはそこにある可能性が高い。ちがう？」

「〝そこ〟がどこか、もう少し範囲を狭めてくれないか」

「ヘイズの西。たしかまだロンドン市内だと思うけど」

「不動産業者かそうでないかによってちがう」と、ラムは言った。「が、そんなことはどうでもいい。たしかにそれはそこにあるのだろう」それくらいのことは最初からわかっている。ダイアナ・タヴァナーは大量のくだらないファイルを外部の保管庫に移したと言っていた。

「やれやれ。片やネジが緩んだ元軍人。片や関節炎にかかったカメより動きののろい出来損ないの一群。どんな結果になるのやら」

「必要とあらば撃ち殺すこともできます」と、マーカス。

「撃ち殺してどうする。今回、何より大事なのは、ドノヴァンを逃がすことなんだ。外へ出て、サンダンス・キッドきどりでいたときに、そのことを忘れてしまったのか」

「えっ」

「何が〝えっ〟だ」

「射撃の訓練をしていただけです。腕がなまらないように」

「おまえの腕をあてにしている者など誰もいない。この次、わしの名前を使うときには、おまえがわしのかわりに健康診断を受けるときだ。それまでは、わしがしろと言ったことだけをしていればいい。たとえそれがモニターの前にすわっていることであったとしても」

「やるべきことはやっています。シャーリーはグレー・ブックの保管場所を突きとめました」

「だが、言うことは間の抜けたことばかりだ」それからシャーリーのほうを向いて、「わしはいまここでかろうじてコーヒーの味がするものを飲んでいた。それはおまえの気分を高ぶらせているものとはちがうようだな」

シャーリーはぼそっと言う。「厳密に言うと、勤務時間は過ぎています」

「たしかにそうかもしれん。でも、厳密に言うと、おまえたちはいま現在仕事をしていることになっていない」

シャーリーとマーカスは困惑のていで視線を交わした。

「困ったもんだ。基本会話辞典《フレーズブック》がなければ、おまえたちを解雇することもできないのか」

リヴァーとルイーザとローデリック・ホーは無意識のうちに身を寄せあった。

マーカスはその三人に目をやり、それからラムを睨みつけた。「そんなことはできません」

「たったいまそうした」

「不当解雇です」

「おまえは業務命令に従わなかった。リージェンツ・パークの施設でわしの名前をかたったということもある。そして、ダンダーの目玉は鼻から吸いこんだもののせいでいまもくるくるまわっている。それを不当解雇だと言うのか」

「あなたはわれわれを必要としています。わたしを必要としています。われわれなしに、どうやってキャサリンを取り戻すことが――」

ラムの手からコーヒーカップが離れ、マーカスの肩の上を通って、部屋の壁にあたり、ジャクソン・ポロックの絵のように破片をまわりに撒き散らした。マーカスの言葉はカップが割れる音と同時に窓ガラスの共鳴音に飲みこまれた。

騒音が消えたとき、ラムが発した声はいつも以上に威嚇的だった。

「おまえは無断で持ち場を離れ、ダンダーはラリっている。それが何を意味しているのかわからんのか。おまえたちが以前どれだけ優秀な局員だったのかは知らん。でも、いまは単なる惚け者だ。わしの部下の身の安全にかかわることに、おまえたちをかかわらせる危険をおかすわけにはいかない。だから言っているんだ。いますぐ机の整理をして、ここから出ていけ。書類は明日までにつくっておく」

石のように冷たいラムの目をマーカスは長いこと見つめていた。コーヒーが漆喰のひびのあいだを流れ落ち、壁の地図に新しい海岸線をつくっていく。シャーリーは何か思いついたように鼻を鳴らし、犬の鳴き声のような音を立てたが、結局のところ言うべき言葉は見つからなかったみたいだった。マーカスは口を開き、ふたたび閉じ、それから後ろを向いた。

そして、立ち去りぎわにリヴァーとルイーザに言った。「あんたたちも気をつけたほうがいいぞ」

その言葉はもちろんホーにも向けられていた。

「やってられないわ」シャーリーは言って、マーカスのあとから姿を消した。

リヴァーは背筋に不快感を感じた。銃弾が身体のすぐそばを通ったような、いやな感覚だ。

階下の部屋のドアが閉まり、調度のひとつが床に倒れる音が聞こえた。

ラムがどこからともなく煙草を取りだし、一同のほうに向けて振った。「残ったのはふたりだ。言っておくが、それは何もおまえたちを頼りにしているってことじゃない。交代要員はいくらでもいる」

「残ったのは三人です」と、ホー。

「まだここにいたのか」

ルイーザは言った。「必要なことだったんでしょうか。ドノヴァンはプロです。非暴力主義を標榜している人物じゃないことはわかっています。わたしたちは――」

ラムは先ほどシャーリーに向けたのと同じバシリスクの視線でルイーザをたじろがせた。

「マーカスは役に立ちます」リヴァーは言った。「言いたいのはそれだけです」

マッチに火がつき、ラムの顔が揺れる。

足音が階段をおりていき、裏口のドアがきしりながら開く音が聞こえた。ドアが閉まる音は聞こえなかった。しばらくして、生暖かい風が建物の最上階まであがってきて、ネコのように一同の足首にまとわりついた。煙草の煙が部屋を深夜のジャズピアノが似あうブルーグレーに染めはじめる。ブラインドごしに斜めにさしこんでいる光は、空中に渦を巻く塵や埃を照らしだしている。そんなものを吸いこんでいることがわかって、リヴァーは一刻も早く退散しなければと思った。

「いいでしょう。とりあえず残った者だけでやっていくしかありません。それで、われわれはこれから何をすればいいんでしょう。ドノヴァンが連絡してくるのを待つだけでいいんですか」

「そんなに長く待つ必要はないはずだ」ラムは言った。

ラムはどうやら自分の全知全能ぶりをひけらかすために魂を売ったらしく、ちょうどそのときリヴァーの携帯電話が鳴った。

ディスプレイには、〝キャサリン〟と表示されていた。

だが、実際はドノヴァンからだった。

ふたたび菫色の時刻になったが、暑気はまだおさまっていない。車から降りたとき、リヴァーは腹筋に違和感を覚え、中腰のまま、ジーンズのポケットに手を突っこみ、ルイーザからもらった鎮痛剤を取りだした。まだ四錠残っている。それを包装シートから押しだし、水なしで呑みこんだが、最後の一錠が喉に詰まって、すっきりしない時間が一分ほど続いた。

ルイーザは運転席のドアを閉めた。「尾《つ》けられていたかもしれない」

「本当に？」

「ずっと三台あとにいたのよ。それから、しばらくして消えた。でも、間違いない」

リヴァーはうなずいたが、ルイーザの言葉を間に受けたわけではない。話を聞いたかぎりではプロのしわざっぽいが、本当にそうだったとしたら、ルイーザに気づかれるとは思えない。もっとも、そんなことをここで口にする危険をおかすわけにはいかない。股間の痛みもまだ完全にはとれていないのだ。

「それならもっと早く言ってくれたらよかったのに」

「そうね。でも、そのときは確信があったわけじゃなかったから」ルイーザは言って、挑むような視線を投げた。「でも、いまは確信がある」

「だったら、そうなんだろう」リヴァーは言った。だが、たとえ尾行されていたとしても、相手が誰であったとしても、いまはもう視界の外に消えている。

ふたりがいまいるのは、ラムなら〝どんでもないド田舎〟と呼んだにちがいないところで、ロンドンから西へ向かう列車に乗り、空港の駐車場やガスタンクやセメント工場や大型倉庫などを抜けたところにある。車をとめた空き地のまわりには、元々は白かったにちがいない三棟のオフィスビルがある。ロンドンの標準からすると低層(六階建て)で、おたがいにてんでばらばらな角度で建っていて、建物と建物のあいだに車が走れるくらいの隙間ができている。この三棟のうち、三階部分の空中通路でつながっているふたつは、廃屋になっていて、窓ガラスは割れ、いたるところに色褪せた落書きがあり、丸っこい文字で〝有毒〟とか〝突然変異体〟とか〝掃きだめ〟といった呪詛の言葉が連綿と書き連ねられている。一階には壁がなく、数ヤードおきに太くて丸い柱が並んでいるが、どうやらそこでホームレスが寝泊まりしたり、十代の若者がどんちゃん騒ぎをしたりしていたらしく、柱の一部には黒い焦げあとがあり、床にはガラス瓶や種々雑多なゴミが散らばっている。そこからトイレの臭いが漂ってくる。コンクリートは穴ぼこだらけで、ひび割れたところから雑草が生えていて、靴底ごしに熱が伝わってくる。列車がすぐ近くを高速で通りすぎ、地面が小刻みに揺れる。

もうひとつの建物は改装中のようだが、工事がどのくらい進んでいるのかはわからない。ペンキは塗り立てではないが、落書きの被害にはあっておらず、窓にはきれいなガラスがはまっている。にもかかわらず、そこには剣呑な雰囲気が漂っていて、まわりの悪友のせいで将来が危ぶまれているような印象を与えている。

いびつな正方形の四辺目は、閉鎖された工場によって占められている。おそらく塗料、でなかったらビニール製品をつくっていたのだろう。片側のはずれには細長いずんぐりした塔があり、ほかの三つの建物の屋上と同じくらいの高さの漆喰塗りの煙突がそびえている。その反対側には波形のトタン屋根と合成樹脂板の古い増築部分があり、雨樋から有刺鉄線が不格好なイバラの冠のようにぶらさがっている。ところどころにシェパードの絵が描かれていて、侵入者は嚙まれるかもっとひどい目にあうぞと警告しているが、そこの壁に大きな穴があいているところを見ると、あまり効果はないということなのだろう。

そのすぐ近くには、三台の冷蔵庫とマットレスの山があり、その横には、長さ十フィートの金網のフェンスが積みあげられ、エンド・ポールをチェーンでつながれた上で、鉄の輪っかで地面に固定されている。さらにその横には、オレンジ色の大きな廃棄物用コンテナが、巨人が投げ捨てたおもちゃのトラックのように横向きに置かれている。

車のエンジンからカチカチという音が聞こえてくる。まるでこれから起きる禍事へのカウントダウンのようだ。

「この場所はまえに映画で見たことがあるような気がする」と、リヴァーは言った。「ゾンビ映画だ」

「タイトルは《ウェスト・オブ・イーリング》ね。ドキュメンタリーだったかも」

リヴァーの携帯電話が鳴った。ラムからだった。

「なんでおまえの携帯電話がオンになっているんだ」

「バイブモードですよ」リヴァーは嘘をついた。「いま到着したところです。まわりにはなんの動きもありません。しんと静まりかえっています」

「ああ。おまえの携帯電話が鳴り響くまではな」

リヴァーは答えず、しばらくのあいだラムのかすれた息の音を聞いていた。

ラムは言った。「軍人あがりのドノヴァンともうひとりの……」

「トレイナーです」

「そう、トレイナーだ。やつらに必要なものを渡したら、すぐに帰ってこい。あとを追ったりするんじゃないぞ。わざと逃がすんだ」

「キャサリンはどうなるんですか」

「余計なことを気にするな。いいか。今回の一件の裏で糸を引いているのはイングリッド・ターニーなんだ。一件落着と思ったら、すぐに糸を切る」

「落ちてくる操り人形にも気をつけなきゃなりません」

「聞いたような口をきくな。おまえたちはデスクワークしかできないただの落ちこぼれだ。バットマンとロビンのコンビじゃない」

「それくらいは言われなくてもわかっています」

ラムは電話を切った。

ルイーザが訊いた。「なんて言ってたの？」

「余計なことはするなって」リヴァーは携帯電話をポケットに戻した。「今回は《フェイマス・ファイブ》を持ちだしはしなかったけど」

パディントン発の別の列車が、昔ながらの侘びしい音色の警笛を鳴らしながら通りすぎていく。捨てられた冷蔵庫のそばで何かを突ついていたカラスが、頭をあげて不機嫌そうに一鳴きし、それからまた食事に戻った。

「車が尾けていたのは間違いないわ。形も色もわからなかったけど」ルイーザは言った。

「わかった」

それ以上のことを言うまえに、リヴァーは近いほうのオフィスビルの柱の後ろからふたつの人影が出てくるのに気づいた。

〈泥沼の家〉は静かだった。ローデリック・ホー以外の者はみな出払っている。普段ならなんとも思わなかっただろう。むしろ、できるだけ誰とも顔をあわせないように気をつけているくらいだ。もちろん、キッチンでルイーザと鉢あわせするのはいい。さっきは、立ち去るまえに何か言いたそうな目で見ていた。つまらない仕事をするために外に出るより、オフィスに残っていたいと言いたかったのかもしれない。Xファイルを盗もうとしている二人組の軍人あがりの手伝いなんて願いさげだ。ホーはそのときの目つきを真似て、〝いっしょだね、ベイビー〟といった感じで、片方の眉をちょっとあげたが、ルイーザはすでにドアの外に出ていた。すぐにあの表情をつくれるよう練習をしておかなければならない。もう少し早かったら、気づいてくれていたのだ。

ホーはコンピューターの電源を切り、自分の王国に目で別れの挨拶をした。マーカスとシャーリーはお払い箱になった。もうここには戻ってこない。ふたりの部屋を調べたら、何かいいものが見つかるかもしれない。マーカスは洒落たシルクのスカーフを持っている。この暑さだと、たぶん身につけてはいないだろう。フックにかけたままかもしれない。そう思って、ドアをあけたとき、計画はとつぜん変更を余儀なくされることになった。

「どこへ行くつもりなんだ」

「ええっと……家へ」

ラムはホーの胸のまんなかに手を押しつけて、そのまま歩きつづけた。ホーはよたよたと後ずさりし、腿の後ろが机の端に当たるところまで行った。そこでラムは手をおろすと、窓辺へ歩み寄って、ホーに背中を向けた。

外の通りは活気を失いつつある。車の往来は相変わらず激しいが、どことはなしに疲労の色を感じさせる。家路をたどる企業戦士にもはや朝の野心はない。道路の向こう側で、ひとりの女が歯科技工所から出てきた。なかに入ってみると、そこは義歯をつくっているところというより、大規模な実験室のように見えるにちがいない。女は不愉快な記憶を振り払うように首を振って、地下鉄の駅のほうへ歩きだした。

「ハイウィカム」と、ラムは言った。

それはシルヴェスター・モンティスが借りた家があるところだ。

「ええ。問題の家はその村から少し行ったところにあります。カーナビを使えば簡単に見つかるはずです」

「個人的にはホーナビのほうがいい」

「えっ？」

「おまえがナビをするんだ。ややこしい機械を使うつもりはない」

「あの……お茶でもどうです？」

「車はどこにあるんだ」

　マーカスは窓ガラスに色がついた黒いSUVを運転していた。都会での軍事作戦にもってこいの車だが、通常は多忙をきわめるママたちが子供たちを送迎したり、スーパーマーケットに行ったりするのに使われている。それはシャーリーが以前指摘したことだが、いまここで話題にすべきことではない。ラムに対する罵りの言葉も尽きている。としたら、怒りの矛先がシャーリーに向かうのは当然のなりゆきだろう。

「まだ素面《ストレート》に戻っていないのか」

「異性愛《ストレート》？　またその話なの？」

「冗談を言ってるんじゃない。きみはさっきまでラリってただろ。まだ素面に戻っていないのか」

シャーリーは嘘をつこうと思ったが、すぐに考えを変えた。「ごく少量よ。空腹感が消えもしなかったわ」

「ふざけるな、ダンダー」

「なにもそんなに怒ることはないでしょ。効いてたのは三十分だけよ。それ以上じゃない」

「さっきの話を忘れたのか」

「もちろん忘れちゃいない。わたしは真面目に働いていたのよ。あなたが憂さばらしに出かけているあいだ中ずっと」

まわりではひどい交通渋滞がはじまっていた。前方の故障車のせいで、道路は一車線通行になっている。それで機嫌が好転するわけはない。

「じゃ、おれのせいだと言うのか」

「いいこと。自分の責任はとる。でも、あなたの責任までとるつもりはない」

マーカスは口のなかでぶつくさ言い、それから声に出して悪態をつくと、両手をハンドルに叩きつけた。「くそっ！　いまおれがどんな窮地に立たされているかわかっているのか」

「わたしと同じようなものでしょ。仕事を失い、人生がめちゃめちゃになり、みたいな」

「おれには家族がいるんだ。知ってるだろ。つまり養わなきゃならない者がいて、払わなきゃならないローンがあるってことだ。だから仕事を失うわけにはいかないんだ」

「それはわかるけど、後悔先に立たずよ」

「女のくせに、生意気な口をきくんじゃない。気に食わないなら、車から降りて歩け」

「もう一度〝女のくせに〟って言ったら、あなたは歩けないようになるわよ」

ふたりはおたがいに腸《はらわた》を煮えくりかえらせながら口を閉ざした。SUVは故障車の横をゆっくりと通りすぎ、そのとき車の窓ごしに若い女の困惑顔が見えた。

先に口を開いたのはシャーリーだった。「どっちにしても歩いたほうが早かったかもしれないわね」

「ああ。ひどく急いでいるようだからな。仕事もなく、家で待っている者もいないのに」

「アップデートをありがとう。でも、自分の人生がろくでもないものだってことくらい、言われなくてもよくわかってるわ」

「そのうちにいいこともあるさ。もしかしたら、ソファーの後ろにメタンフェタミンが落ちているかもしれない。小銭くらいなら誰だって拾う」

「やめてちょうだい。わたしは一週間分の給料をスロット・マシーンですったりしない」

「おれはスロット・マシーン派じゃない」

「わたしはメタンフェタミン派じゃない」

マーカスは急ハンドルを切って道路の端の駐車区画に入り、シャーリーは頭をヘッドレストにぶつけた。

「ふざけないで！」

「ふざけてなんかいない！」

沈黙が垂れこめ、そのあいだにふたりの怒りはかたちを変えはじめた。通りの車は目に見えそうな熱気を突いて走り、ダッシュボードの時計は一秒ごとに障害を乗り越えているかのようにゆっくり動いている。

まずマーカスが折れた。「まあいい。おれたちはふたりともしくじったってことだ」

シャーリーは何か言い足したそうだったが、最後の瞬間に言葉をのみこんだ。「そうかもね」

「ラムは考えなおすと思うかい」

「あのときは本気で怒っていたわ」

「わかってる」

「カンカンだった」

「わかってる。それでどうする」

「ブラック・アローに欠員があるみたいだけど」

「素晴らしい」

また沈黙が垂れこめた。このときは先ほどのような気詰まり感はなかった。

シャーリーはシートベルトを引き、それを自分の胸にぴしゃりと当てた。マーカスはハンドルに手をかけ、指で調子っぱずれなリズムをとりはじめた。

しばらくしてから言った。「今日は残業だとキャシーは思っている」

「だから?」

「今夜は家に帰ってこないと思っている」

シャーリーはまたシートベルトをぴしゃりと自分の胸に当て、それから言った。「わたしを口説こうとしているのなら、顔の皮を剝がれると思ったほうがいいわよ」

「まさか。そんなつもりはさらさらない。でも、いいかい。おれは仕事を失っただけだ。ロボトミー手術を受けさせられたわけじゃない」

「わかってる。でも、あなたじゃ、わたしには年上すぎるし、髪の毛も薄すぎる」

マーカスは腰を動かして座席にすわりなおした。「今回のオペレーションのことだが……」

「グレー・ブックね」

「もちろん」

「戯言《たわごと》だ」

シャーリーはまたシートベルトを引っぱったが、胸に当てるまえに、マーカスはそれをつかんだ。

「やめろ。それが戯言じゃなかったとしたら？」

「どういう意味？」

「ドノヴァンという男は軍から追放されたが、そのまえは優秀な人物として知られていた。ちがうか」

「カートライトの話を聞いてなかったの？　国防省勤務とか、国連の諮問機関への出向とか、リージェンツ・パークでの会合とか。一兵卒じゃなかったのはたしかよ」

「天候のことを気にしてたとも言っていた」

「誰だって気にしてるわ。天候も狂っている。洪水とか熱波とか。早くハリケーンの季節になってほしいわ」

マーカスはその言葉を無視した。「ドノヴァンは無価値なものを追い求めている。それは頭がいかれているからだと、みんな考えている。でも、そうじゃなかったとしたら？　おれたちが知らない何かを知っていたとしたら？　国防省のトップとつながっていたとすれば、数々の非合法なオペレーションに通じていたとしてもおかしくはない。ルイーザはＨＡＡＲＰについてなんと言ってたんだっけ」

「覚えてない」

「たしか天候の人為的操作がどうのこうのという話だった。実際のところドノヴァンは正常で、狂っているように見せかけているだけかもしれない。じつはグレー・ブックに何か重要なものが隠されているとしたら？　天候に関するプロジェクトが実在することを示す証拠があるとしたら？」

シャーリーは首を振って、通りの向こうを見やった。そこにあるバーで、デニムの短いズボンと革のベスト姿の若い男が、テーブルを拭いている。本当に必要があって拭いているのか、フロアショーの一部なのかはわからない。

マーカスは言った。「そこには議会の特別委員会の報告書も保管されている。ほかにも種々の公文書があるはずだ」

「それで？」

「ドノヴァンは軍を追われたんだ。わかるな。これは報復かもしれない。誰かにツケを払わすためにアサンジの真似をしようとしているのかもしれない」

シャーリーはバーテンダーから目を離した。「かもしれない。でも、ちょっと飛躍しすぎかも。それに、そういったことがわたしたちにどう関係しているというの。わたしたちは解雇されたのよ。もう忘れたの？」

「忘れちゃいない」

「だったらいいわ。相手はラムよ。まともにとりあってくれるわけがない」

「これはそんなにいい加減な話じゃない。もしドノヴァンが見かけどおりの馬鹿じゃなかったとしたら、ただ単に道案内をすればすむってことにはならないはずだ。ほしいものを手に入れたら、それでおしまいってことにはならないはずだ」

「わたしたちが利口に見えたからといって、復職できるとは思えないけど」

「たぶん。でも、ほかに何ができる。家に帰るのか。さっき言ったように、おれは帰れない」

シャーリーはしばらく自分の親指を見つめていた。まるで嚙み切ろうかどうか考えているみたいに。しばらくして、顔をあげることなく口のなかで何やらつぶやいた。

「えっ？　なんだって」

このときは聞きとれた。「仕方がない。わかった。いっしょに行くわ」

日なたから崩れかけた建物の陰に入るのは、新しいオーブンから古いオーブンに入るようなものだった。暑気は汚染され、廃屋の悪臭をはらんでいる。腐敗物、黴、ビール、小便、さらにその上から吐き気を催すような甘い臭い。動物の屍臭かもしれない。煉瓦の小片や鉛管があちこちに転がっている。それは地元のチンピラたちの抗争の名残かもしれない。ふたりの男が柱の脇に立っていた。そのたたずまいには、どこかマーカスを思わせるものがある。大きいほうの男は、肩幅が広く、短く刈りこんだ髪には白いものがまじっていて、鼻はボクサー風、年は五十代後半。その男が前に進みでた。

「リヴァー・カートライト？」

その口調にはアイルランド訛りがあるが、アイルランド訛り特有の温かさはない。

リヴァーはうなずいた。

「そっちはルイーザ・ガイだな」

ルイーザはただ男を見つめただけだった。

リヴァーは言った。「あんたはショーン・ドノヴァン。もうひとりはベン・トレイナー」

二人目の男はドノヴァンと同系の男だが、年はドノヴァンより若く、頭はほとんど禿げていて、鼻の下に短い口ひげを置いている。リヴァーの言葉にはなんの反応も示さず、どちらかというとルイーザのほうに関心があるみたいだった。

「おれたちが必要としてるものは何かわかっているな」ドノヴァンが言った。

リヴァーが答えるまえに、ルイーザが言った。「あなたたちが必要としてると言っているものが何かはわかってるわ」

「ややこしいことは言いっこなしにしよう。必要なものを取りにいくだけの単純な作業なんだ」

このとき、リヴァーはどちらも武器を持っていないことをふと思いだした。

さっきまでは、どれほどの仕事でもないと思っていた。武器を持つ必要はないし、持つべきでもないと思っていた。だが、このブラック・アローのふたりを見ると、〝必要ない〟はすぐに〝必要なくもない〟に変わった。ふたりが武装していなかったら、それは年来の習慣をとつぜんやめたことになる。

いや。このふたりをブラック・アローと呼ぶのは語弊がある。ボスを殺して解雇されない者はいない。それに類することを、ラムはほとんど毎週のように〈遅い馬〉たちに向かって言っている。

「どうやってここがわかったんだ」

ドノヴァンは無表情のままリヴァーを見つめた。「〈泥沼の家〉の場所を知ったのと同じだ。調べたんだよ、カートライト。きみはいつもなんの下調べもせずに飛びだしてくるのか」

正直な答えは〝イエス〟なので、リヴァーは返事をしなかった。

ルイーザが訊いた。「キャサリンはどこにいるの」

「グレー・ブックが手に入ったら、すぐに無傷で釈放する」

「間違いないわね」トレイナーがはじめて口を開いた。「二言はない」

「シルヴェスター・モンティスにもそう言ったんじゃないの？」

ドノヴァンが答えた。「モンティスはおれたちの雇い主だ。多少のリスクは覚悟してもらわなきゃならない。でも、キャサリンは非戦闘員だ。必要なものが手に入ったら、かならず無傷で釈放する」

「そうしたほうがいいわ」

リヴァーは言った。「それで、これからの段取りは？」

「まずはきみたちだけでなかに入り、セキュリティをチェックし、問題がないとわかれば、ドアをあけ、おれたちを通す」

「じつにシンプルね」と、ルイーザ。

「きみたちが能なしだってことはわかっている。ドアをあけるよりむずかしいことなら、ほかの者に頼む」

〈遅い馬〉の出来の悪さをあげつらわれるのは決して気分のいいものではない。「武装していない女性を拉致するのも簡単なことだ。あんたたちふたりでやったのか、それともほかに仲間がいたのか」

ドノヴァンは口もとをほころばせたが、目は笑っていなかった。「急に威勢がよくなったな。それでいい。では、そろそろドアマンと話をつけにいってもらおうか」

〝この続きはあとで〟という言葉が口から出かかったとき、まえにも同じようなことを言ったことをリヴァーは思いだした。それで、結局は何も言わずに、ルイーザのほうを向いて、うなずきかけた。ふたりは日なたに戻り、古い工場のほうに向かった。


ニック・ダフィーは別のオフィスビルの三階からなりゆきを見守っていた。バービカンから尾行をはじめたときには、気づかれたと思った。乗っていた車はありふれたシルバーのハッチバックだったが、ルイーザ・ガイは被害妄想にとりつかれたような動きを見せ、あるところでは黄信号で急ブレーキをかけてとまったり、別のところでは黄信号を猛スピードで突破したりした。だが、そういったときでも、焦りはしなかった。普段から渋滞する道路なので、そんなに急がなくても、次の混みあった交差点でターゲットはまた視界に入る。かりに見失ったとしても、通常ならバックアップ要員がいる。

だが、今回はいない。

それで、次善の策を講じることにした。行き先はわかっている。イングリッド・ターニーから聞いていたからだ。

「彼らは前科者が国家の安全にかかわる犯罪をおかすのを手伝っている」

いかにもターニーらしい、いつもの落ち着いた口調だった。核戦争の勃発を告げるときも同じかどうかはわからないが、今回のような状況下では、呼びかけの言葉は〝ディア・ボーイ〟といった、薬に砂糖をまぶしたような甘ったるいものになるのは間違いない。

「それを阻止しろということでしょうか」

「いいえ、そうじゃない」

そこはイングリッド・ターニーのオフィスで、そこから見える風景は、以前は緑だったが、そのときは大部分が茶色になっていた。水不足のため散水が禁じられているので、向かいの公園の植物が枯死しかけているのだ。こういったことはまえにもあったが、今回は元の状態に戻りそうもない。大きな転換点が近づきつつあるような気がする。この街も、この惑星も、破滅への後戻りのできない道を突き進みつつあるのかもしれない。

だが、誰にもどうしようもないことなので、ダフィーは何も見なかったことにして、ターニーの話に耳を傾けた――タイガー・チームについて。殺されたシルヴェスター・モンティスという男について。

イングリッド・ターニーはラムと話したあと、自分で少し調査をして、リヴァーと同じ結論に達していた。容疑者はショーン・パトリック・ドノヴァンという男だ。

「ロンドンのどまんなかに死体を投げ捨てたということは、なんらかのメッセージを残すためということですね」と、ダフィーは言った。

これでリヴァー・カートライトがこの日の朝やろうとしていたことの意味がわかった。結局のところ、リヴァーは無罪放免になったが、出ていくときに付き添う者は誰もいなかった。

つまり、いま何が起きているにせよ、それは公式の記録には残らないということだ。

問題は何もない。〈犬〉のリーダーとして、どっちの方向に尾を振るべきかはよくわかっている。ターニーが橋の下で何かをしたいのなら、橋の下に駆けつけるしかない。

「無意味なファイルばかりよ」と、ターニーは言った。「馬鹿げたことしか書かれていない。軍と刑務所暮らしが長かったせいで、ドノヴァンは被害妄想になってしまったのかもしれない。キャリアが大きく損なわれるのは、いつだって悲しく、つらいことだから」

「だからといって、見逃すわけにはいかないと思いますが」

「あなたもわたしくらいの年になったら、ディア・ボーイ、誰だって決して逃げおおせることはできないとわかるはずよ。でも、この件に関しては、逃げおおせたように見えてもい い」

〝見えても〟という言葉が一瞬ふたりのあいだに漂い、それから煙のように渦を巻きながら消えた。

「そこであなたに頼みたいことがあるの。ドノヴァンを尾行して、隠れ家を突きとめ、そこでしかるべき一手を講じてもらいたいの。突拍子もない被害妄想のせいで、さらに深刻な事態を招くようなことがないように」

「わかりました」

「引きうけてくれると思ってたわ。できれば、あなたひとりでやってもらいたいんだけど」

「バックアップなしで、ということでしょうか。了解です、デイム・イングリッド。おまかせください」

どんな場合にでもバックアップなしで動くのは、保安局の服務規程に違反することになり、それはイングリッド・ターニーに大きな貸しをつくることを意味している。先だってのダイアナ・タヴァナーとのごたごたのことを考えると、より高い地位にある者を味方にするのが上策であるのは間違いない。

それに、これは本分でもある。秩序を乱したエージェントを締めあげることと、国家の潜在的な敵を抹殺することは、まったく別の話なのだ。

リヴァー・カートライトとルイーザ・ガイが廃墟になった工場の側面のドアからなかに入ると、ダフィーは双眼鏡を下におろし、眉の汗を拭った。まだ陽は落ちていないが、下の空き地には長い影ができている。このあとここでどんなことが起きるとしても、それを見逃す恐れはまったくない。

何も見逃さないという点に関しては自信がある。

「車はどこにあるんだ」ラムは訊いた。

「どうしてです」

「ワックスと艶出しの必要があるかもしれないと思ったから？　馬鹿馬鹿しい。質問に答えろ」

ホーは窓ごしに近くの団地の方角を指さした。そこにある駐車スペースは、地元住民用のもので、許可証の名義はそこに住んでいる実在の人物のものになっていた。その人物は九十三歳で、家にこもりきりなので、見つかることはまずない。もしかしたら、もう死んでいるかもしれない。いずれにせよ、自家用車を仕事のために貸しださなければならない理由はない。そういったことを定めた法律もあるはずだ。

だが、たとえ法律があったとしても、ラムには適用されない。

「よろしい。待ってるあいだにクソをしている」

「待ってるあいだに？」

「車をもってこいと言っているんだ。寝ぼけているのか。就労時間中の居眠りは解雇相当の違反行為だぞ」

その目の輝きは、ラムが部下の解雇に異様な愉悦を覚えていることを示している。結論は最初から決まっており、ホーの抵抗は必然の前に無力だった。

「ハイウィカムへ行くんですか」

「おまえの勤務評定には、物わかりが悪いと書かれるだろうな」

そう言ったのがラムでなかったら、その物悲しげな首の振り方はもっと説得力があったにちがいない。

「ぼくに運転しろと言うのですか」

「できれば言いたくない。でも、ほかに誰もいない」

「あのふたりを解雇しなければ……」ホーの声はラムのにこやかな顔を見て次第に小さくなった。

「続けろ。わしはどんな批判でも受けいれられることを誇りにしている」

「自分じゃ力不足だと思うので……」

「わしもそう思う。だから、おまえはそれが間違っていることを証明する必要があるんだ」

ラムはホーの机からレッドブルの缶をつかんで、残量を調べるように振ったが、空《から》だったので、ため息をついて缶を置いた。「ひとつ訊きたいことがある。もしおまえが拉致されたら、スタンディッシュはおまえを助けてくれると思うか」

ホーはいつもの習慣を破って、このときは思案をめぐらした。キャサリン・スタンディッシュだけは自分のことをロディと呼んでくれる。コンピューターの技能をほめてくれることもある。その見返りに何かをしてくれと頼んでくるわけでもない。昼食時に、ピザばかり食べてないでと言って、タッパウエアに入った手作りのサラダを持ってきてくれたことも一度あった。どういう意味かわからず、むかっとしたが、しばらくしてありがたく思えてきたので、誰にも見つからないようこっそりサラダを捨てたことを覚えている。自分とルイーザのことを知ったら、〈遅い馬〉のほかの者がなんと言おうと、彼女はきっと祝福してくれるにちがいない。

そういったことを考えあわせて、ホーは答えた。「そう思います」

「そうなることを祈っていろ。おまえがいなくなっても、ここのほかの者が気づきもしないことは、わしが請けあってもいい。さあ、車をもってこい。急げ、急げ《チョップ・チョップ》」

ホーが階段を半分おりたところで、ラムが声をかけた。「おい、わしが〝チョップ・チョップ〟と言ったからといって、わしが人種問題に無神経だと思うなよ」

「わかっています」

「吊り目族《チンキー》は本当に気むずかしいからな」

ハイウィカムまでは長いドライブになりそうだ。


リージェンツ・パークの外部の文書保管庫についての詳細は、見方さえわかれば、保安局のイントラネット上に記されていて、通常の局員はいつでも自由に閲覧することができるが、ジャクソン・ラム以外の〈遅い馬〉はログインするためのパスワードを与えられておらず、その点についてはルイーザもリヴァーも善処を求めることができる立場になかったので、ホーがコードを読み解き、それによって得られた情報から、その保管庫がなかば放置された工業団地の地下にあることを突きとめたのだった。それは一九三〇年代に防空壕としてつくられたもので、その二十年後、大がかりな拡張工事が行なわれ、おそらくは核戦争によって文明を根絶やしにしないための方策の一環として、百二十人の市の職員のための居住スペースにつくりかえられた。その結果、この地下街は最初の工事開始地点から一マイル以上西にのび、連結通路が地下鉄を避けるために上下左右に迂回しながら掘削されることになった。そこにいれば、たとえ外界が核の冬で震えていても、補助金交付のための資産調査や固定資産税の査定といった日常業務を通常どおり行なえるというわけだ。

少なくとも当初の予定ではそうだったが、七〇年代の終わりに使用目的が変更になり、施設は保安局の管理下に置かれることになった。ハルマゲドンの脅威はまだ消えたわけではなかったが、それでも大きな騒ぎにならなかったのは、そのころには市の職員はいくらでも取りかえがきくと見なされるようになっていたからだろう。その後、市の職員の雇用者数の自然減、有利な早期退職制度、そして彼らの悪名高き注意力の持続時間の短さなどがあわさって、施設の存在は急速に神話化していった。それは地中深くにあり、壁も厚かったので、地上で工業団地の建設作業が行なわれているあいだも、とりたてて人々の注意を引くことはなかった。そして、その工業団地がイギリスをサービス産業の国に変えた経済的奇跡の犠牲になったあとも、施設は存続しつづけ、いまでは核戦争の脅威ではなく、伝染病の蔓延や激甚災害や選挙民の怒りの暴発といったものに対応するためのものとなっている。

ジェイムズ・ボンド風の舞台装置を思い浮かべずにはいられない。

それで、工場のなかに足を踏み入れたとき、リヴァーは言った。「銀色のトラックスーツを着たクルーがいると思うかい」

「それって、若い娘で、ブロンドなんでしょ」

「そう。でも、赤毛もいる」

「それから、秘密の鉄道が走っている」

「カウントダウン用の表示板や大きな赤いボタンがついたコントロールパネルもある」

ルイーザの口が小さく動き、さらに何か付け加えようとしたみたいだったが、次の瞬間、まるで大きな赤いボタンが押されたかのように、その唇は固く引き結ばれていた。「わかってると思うけど、ここはただの物置きよ」

「忘れたわけじゃない」

「スタッフも最低限に抑えられている」

「ああ、それも読んだ」そんなにむずかしく考えることはないという言葉が喉まで出かかったが、ジェイムズ・ボンドのジョークでミンとよく笑いあっていたのかもしれないと思い、言うのをやめた。「南西の角だったね。どっちだろう」

ルイーザはすでに指さしていた。手にはコンパス・アプリを起動させた携帯電話を持っている。

「入口のドアに油がさされていることを祈ってるよ」

実際にはマンホールで、蓋の取っ手には泥がこびりついていた。

「これはひどい」リヴァーはまわりを見まわして、泥を剝ぎとるための棒を探した。

「メインの入口から入ったほうがよかったかもしれないわね」

メインの入口はこの施設の最南端にあり、ヴィクトリア時代の下水システムにもつながっていて、ちょっとした観光名所になっている。見学時間はもう終わっているが、まだ誰かいるかもしれないし、めざすところはこの真下だが、メインの入口からだとずいぶん時間がかかる。本当に秘密の鉄道が走っているなら別だが。

「ここまで来たんだ。仕方がない」

長さ一フィートくらいの金属板を見つけて、マンホールの蓋をあけると、すでに臭っていた空気にさらにいくつかの異臭が加わった。

「ひどすぎる」

「ぴかぴかに光り輝いていると思っていたの？　秘密の入口なのよ」

マンホールの蓋を横に押しのけると、それが床をこする音が背骨の付け根に響いた。「先に行くかい」

「いいえ、あとにする」

ルイーザは懐中電灯を取りだして、光を穴のほうに向けた。それを頼りに、リヴァーは闇のなかにおりていった。

イングリッド・ターニーはその日の午後の〝歯止め会議〟の議事録に署名をしていた。各項目の末尾に記されたイニシャルは芸術品といってよく、文章化されることによってどこか格言めいた印象を与えるようになった種々の意見に次々にお墨付きを与えていくので、会議の参加者は席を立ったとき、みな自分の意見が受けいれられ、秘密のベールに覆われた世界の薄汚れた場所に窓が開き、以降は明るい光がさしつづけると思うようになる。だが、ときがたつにつれて、実際のところ窓は閉じたままで、そこにはカーテンが引かれていることが少しずつわかってくる。このような事態に後日ターニーが気をとめたとしても、かつて自分と異なる意見があったことに驚くふりをして、それが意図的なものではなかったことを議事録に残すだけだ。

角を立てないようにする能力は、保安局の仕事の必要条件としてしばしば引きあいに出される。だが、それ以上に重要なのは、他人の考えを真逆の方向にねじまげる能力だ。そういう意味で、ピーター・ジャドは危険人物なのだ。会議を自在に操る才覚にかけては、ターニーに勝るとも劣らない。今回、先走りしすぎて、たたらを踏んだのは、幸運というしかない。

そこまで考えたとき、幸運は普段の自分が頼る要素でないことに思い至った。

ペンにキャップをはめると、ターニーはグラスに手をのばし、水を飲みながら思案をめぐらした。目下のところは自分のほうが優位に立っている。ジャドはタイガー・チームを使って、保安局の局長という立場の不安定さを見せつけようとしたが、結果的には傲慢さが失態を招くという格好の例になってしまった。これまで神聖不可侵な存在であったピーター・ジャドにとっても、それは政治生命にかかわる大問題なのだ。いまはその後始末に追われていて、ドノヴァンがグレー・ブックを手に入れたら、ニック・ダフィーはそのあとを尾けていく段取りになっている。ドノヴァンに愚者の宝物を奪わせるのはいい。それはジャドの棺桶のもうひとつの釘になる。〝あなたの軽はずみな行動がもたらした結果がこれよ〟。だが、それをそのまま放置しておくのは、無政府状態に許可を与えるに等しい。そこでダフィーの出番だ。ドノヴァンは軍人にふさわしい死に方をし、ファイルは地下の保管庫に戻される。〈遅い馬〉という間抜けな名前を持つ者たちは退屈な日常に復帰し、自分自身も進路変更を余儀なくされることはない。保安局という船の舵を握る大臣の手は、この先ずっと自分の指示どおりに動くことになる。ジャドの野望に待ったをかける必要はかならずしもない。意のままに操れる内務大臣が、自分の地位を磐石なものにできるとすれば、意のままに操れる首相は、自分を至福の状態に導いてくれるはずだ。全体としては、何も言うことはない。

ただ、いまでも部屋のなかには、運のよさが車輪の潤滑油だったのだという声が小さく響いている。もしドノヴァンが想定外の行動に出なかったら、すべてがジャドの思惑どおりに運んだにちがいない。

ふと気がつくと、無意識のうちにペンのキャップを取ったりはめたりしていた。二流の人間が自信のなさを示す仕草だ。イングリッド・ターニーはペンを机の上に叩きつけるように置いた。出かける時間だ。


マーカスは一方通行の裏道を逆走して方向転換し、いまはコンピューター・ゲームのように市街地に車を猛スピードで駆り、西へ向かっていた。起こりうる最悪のことはゲームオーバーだ。反対車線に入りこんだことも二度ばかりあり、そのたびにシャーリーは息をとめて、ドアハンドルにかけた手をモンキーレンチを使わないと緩められないくらい強く握りしめなければならなかった。

口から出てきた声は自分でも情けないくらい甲高かった。「なにもそんなに急がなくてもいいんじゃないの」

「早く着けば、早く終わる」

シャーリーは車が歩行者をはねないことを祈っていた。そして、それ以上に、自分自身がフロントガラスを突き破らないことを祈っていた。

祈りながら、マーカスのほうを向いて考えた。ふたりとも勤務先を解雇されてしまったいま、この男はまだ同僚と呼べるのだろうか。それとも、もう完全な赤の他人なのか。自分の人生のなかで徐々に数を増しつつある、何か面倒なことがあるとすぐに離れていく者のひとりなのか。でも、マーカスはまだ離れていっていない。一時間前には一触即発の状態にあったが、いまもまだここにいて、自分といっしょに市街地を駆けぬけて、ドンキホーテの風車かもしれないものに突進していきつつある。

そんなふうに考えていたことをマーカスに読まれたみたいだった。

「突撃部隊にいたころ、こんなジョークがあった。ドアがドアでなくなるのはどんなときか」

「……少し開いているとき？」

「マッチ棒でも、数が集まれば、そう簡単には折れない」

「たしかに」

「何かまずいことが起きそうなら、それが起きるまえに、その場に駆けつけたほうがいい。そうでないと、後手にまわることになる。危険が迫っているときには、後手にまわるのはなんとしても避けなきゃならない」

マーカスがマッチョなモードに入っていることにシャーリーは気づいたが、珍しく機転をきかせて、このときは茶々を入れないことにした。

信号が黄から赤に変わった二秒後に、車は交差点に突っこんでいき、通りに怒りのクラクションが鳴り響いた。

「だから、飛ばす必要があるんだ」

「厄介ごとが起きるまえに着けるように？」

「そうだ」

「そうしたら、復職できるかもしれないから？」

「かもしれない」

「それに、リヴァーとルイーザの身が心配だから」

「ああ。それもある」

「それでも、減速したほうがいいと思うけど」

「どうして」

「いま追い抜いたのはパトカーだから」

情報は遅きに失した。パトカーはルーフ・ライトを点滅させ、まわりの者の注意を喚起するために、とりわけマーカスとシャーリーの注意を喚起するために、おなじみの二音による旋律を掻き鳴らしはじめた。

車はローデリック・ホーの自慢のひとつだ。ほかの〈遅い馬〉たちのなかには、たとえばリヴァー・カートライトのように、車を持っていない者すらいる。エレクトリック・ブルーとクリーム色のツートンのフォード・キアで、ゴシック風のレタリングで健康被害警告が記されているような音楽を聴くためにハイパワーのオーディオ・システムを装備している。シートもクリーム色で、パイピングの色はエレクトリック・ブルー。道行くひとに想像力をたくましくさせるよう、フロントガラスにまで濃いスモークフィルムを貼っている。ネット上では、人気DJのロディ・ハントになりすまして、わが愛車は女を引きつける磁石のようなものだとうそぶき、いつもピカピカに磨きあげ、新車の匂いのスプレーを定期的に吹きかけている。それなのに、その車がなかなか磁石の役割を果たさないのは、中古車だからだろう。前オーナーが運を使い果たしてしまったからだろう。

それでも、乗り心地は最高だ。あらゆる点でほかのどんな車にも負けないだろう。そんなことを考えながら、ホーは歩道わきに車をとめた。ラムはスチロール樹脂のコーヒーカップを手に持って待っていた。

そして首を振った。「まいったな」

ホーは車の窓をさげた。「何がです？」

「訊かなきゃならないくらいなら、聞いてもわからないだろう。誰かに後ろの席にすわられたら、あまり気分のいいものじゃないことはわかっている。召使いのように感じるからな。ちがうか」

「ええ」

「だろうな」ラムは後部座席に巨体を滑りこませて、いつも以上に多くのコーヒーをあちこちにこぼした。「どうしてこの車はチーズの匂いがするんだ」

ようやく日が暮れてかけてきて、いくつかの街灯は点灯しているが、設定時間がちがうのか壊れているのか、消えたままのものも多い。勤め先から家路をたどる者たちは、バービカン・センターやオールド・ストリートのバーに繰りだす者たちにとってかわられている。ホーがちらっとバックミラーを見たとき、ラムは両手をポケットに入れて、何かを探していた。ポケットから手を出したとき、片方には煙草があり、もう一方にはライターがあった。それで火をつけていた。

「気にするな。電子たばこだ」

「電子たばこ？　いいえ、ちがいます」ホーは言った。

「ちがう？」ラムは怪訝そうに煙草の火を見つめた。「くそっ。　だまされた」

ホーは抗議を続けたが、途中でやめた。ラムがフロントガラスに貼られた駐車許可証に目をとめたからだ。

「車庫飛ばしだ」ラムは言った。

「個人情報を盗まれないようにするためです」

ラムの笑いは咳で二度途切れた。その口からは、焚き火に水をかけたような煙が噴きでている。「個人情報？　まさか。おまえの個人情報を見たがる者がどこにいる」

ホーは顔をしかめた。

その後ろで、ラムはシートにもたれかかり、目を閉じ、唇から何かの音を漏らした。いびきの始まりか、含み笑いの終わりかわからないが、そのあとはおおむね静かになった。ホーはカーナビを頼りに車を駆り、市街地を抜け、キャサリンが拘束されている場所、あるいは拘束以上のことをされていないことを祈っている場所に向かった。

「ダイアナ」と、ターニーは言った。

「ちょうど帰ろうとしていたところなんです」

「いいのよ、気にしなくて。無理に遅くまでいる必要はない」

「いまはもう――」

「データ移動のための送り状の処理がすんでいるかどうか確認したいの」

〝データ移動〟はただの移動ではない。結果的には、ある場所から別の場所にファイルを移すだけだが、その仕事を請けおっているのは一般の運送業者ではない。

ダイアナのあとについてオフィスに入ると、春の陽光を思わせる涼しげな青色の明かりが自動的に点灯した。襟首の毛の生え際にちくりと刺すような痛みを感じたのは、静電気のせいにちがいない。まるで壊れたコンセントから電気が漏れだしたようだ。頭のほかの部分はなんともないのに、そこの毛だけに奇妙な感覚が走るようになったのは、十代のときだった。なぜかはよくわからない。医学的な根拠は何もないが、もしかしたら、非の打ちどころのない快適な環境への嫌悪感から来るものかもしれない。

ダイアナ・タヴァナーは立ったまま、腰をかがめてコンピューターのスクリーンを覗きこみ、少し顔をしかめて、フォルダー名が画面上を流れていくのをじっと見つめていたが、探していたものは見つからなかった。「ここにあるはずなんですが」

「いいのよ、急がなくても」

これはずっとまえに学んだことだが、急ぐ必要がないと言うのは、部下を焦らせる最良の方法だ。

待っているあいだ、ターニーはオフィスのガラスの仕切りごしに指令センターで働いている者たちを見つめていた。ここでいう〝キッズ〟とは年齢や経験とは関係のない言葉だ。みな忠誠心から保安局で働くようになったのだが、忠誠心という感情は驚くほど移ろいやすい。それはまず女王陛下と国家のために尽くしたいという願望から始まり、のちに局のトップへの信義を尽くすというさらなる高みに達するが、場合によっては、直属の上司を喜ばせるためなら何でもするという下卑たへつらいに変わることもある。ここでの〝直属の上司〟とはダイアナ・タヴァナーだ。今日のとつぜんの運命の変化に幸運以上のものがかかわっているとすれば、それがなんであれ、このオペレーション課に原因があるのはたぶん間違いない。もちろん、ダイアナ自身が不正行為に手を染めているということも考えられるが、部下に汚れ仕事をさせているということになったとしても、それは処分の対象になる。問題は何もない。正当な処分は誰も傷つけない。少なくとも、傷つく者以外は誰も傷つかない。

誰もがフライングをしている。そこに幸運以上のものがかかわっているとしたら、それはなぜかを知る必要がある。どういう結末が待ち受けているのかを知る必要がある。

「ありました」

ぶっきらぼうな言い方は、一刻も早く立ち去りたがっているということのあらわれにちがいない。ターニーは少し間を置き、一思案してから言った。「よかった。悪いけど印刷してもらえないかしら。モニターより紙のほうが見やすいから。あなたもそうでしょ。おたがいに年だから」

ダイアナはその言葉に従ったが、あまり愉快そうではなかった。二秒後、机の後ろの棚のプリンターが起動し、ダイアナは出てきた用紙をさしだした。

それをちらっと見て、ターニーは言った。「けっこうな金額ね」

「ええ。でも、その問題は解決ずみです。財務省は満足している。今朝、あなたはそうおっしゃいませんでしたか」

「あの席にはみんながいたので、当たりさわりのないように言ったのよ。わたしたちはおたがいに助けあわなきゃね」

「もちろんです」

デイム・イングリッドは送り状のプリントアウトを折りたたんで、またガラスの向こうへちらっと目をやり、それから言った。「ショーン・ドノヴァンという名前に聞き覚えは？」

「知っていないといけない名前でしょうか」

「単純な質問よ、ダイアナ」

「調べることはできると思いますが――」

「個人的に、という意味よ。あなたは個人的にショーン・ドノヴァンという人物のことを知ってるのかどうか」

「うろ覚えですが、聞いたことがあるような気が……」ダイアナは思案顔になり、それからすぐに得心の表情になった。「何年前かに合同情報会議の席にいなかったでしょうか。国防省の代表として」

「それ以後、接触したことは？」

「そのときも、接触というほどのものはありませんでした。わたしが知っているのは、内乱の鎮圧のために現場で戦った経験のある制服組のひとりということだけです」

「なるほど」

「どうしてそんなことをお訊きになるのです。ほかにわたしが知っておかなければならないことがあるということでしょうか」ガラスの向こう側にいる者たちのほうに手をやって、「あるいは、何かわたしたちがやっておかなければならないことがあるということでしょうか」

ターニーは解釈するのがむずかしい目で長いことダイアナを見つめていた。何かを思いだそうとしているのに、相手のせいで思いだせないといったような感じで、それは口の重い部下から情報を引きだすためのテクニックのひとつだが、このときのダイアナの表情にはごくわずかな不安の色があるだけで、何かを話しそうな気配はどこにもなかった。

しばらくしてターニーは首を振った。「いいのよ。ちょっとした拍子にその名前が出てきただけだから」送り状を振って、「だいじょうぶ。あなたが言うように、問題は解決ずみよ。小さなコストで大きな効果ってわけね」

「指示書どおりにしただけです」

「移動した情報のなかには、ヴァージル・レベルのものも含まれているのね」

「ええ、ヴァージル・レベルのものも含まれています。それも指示書どおりです。何か問題でも？　ずいぶん神経質になっているような感じがしますが」

「神経質に？　そんなことはないわ。時間をとらせてごめんなさい、ダイアナ。楽しい夜を過ごしてちょうだい」

廊下は静かだった。ターニーは自分のヒールが立てる音に違和感を覚えた。その音が歩調とあっていないような気がしてならない。

自分のオフィスに戻ると、ターニーは机の後ろではなく、部屋の片隅にある肘かけ椅子に腰をおろした。その横には、低いコーヒーテーブルがある。そこは一日を有益に過ごしたことへのささやかな褒美としてジントニックを飲むときに腰をかける場所であり、たまさか公けの場に姿を現わす際に、気のきいた言葉やジョークを考える場所でもある。さらには、自分の机まわりがあまりにも無防備に思え、どこかに避難したいときにすわる場所でもある。

部下たちのあいだには、勘違いされていることがいくつかある。たとえば、現在の機密のランク名が《サンダーバード》の登場人物からとられていることを知らないと思われているということとか。もちろん、そういったつまらないことで過小評価されるのは、べつにどうということもない。部下の大部分から実務型の指導者と思われているということについても、何も気にすることはない。問題はダイアナに渡した指示書だ。そこにはヴァージル・レベルの情報の移動のことは何も書かれていなかったはずだ。それは二番目の機密レベルだが、実際はそこが完璧な隠し場所になる。スコット・レベルには、〝外套と短剣《クローク・アンド・ダガー》〟すなわち局の秘密工作に関する重要な情報が収められている。一方のヴァージル・レベルに割り振られるのは、主として、予算案件に偏執的なこだわりを持つ変人以外は誰も興味を示さないようなクズ情報ばかりだ。たとえば、ソフトウエアのアップグレードにいくらかかったかとか、局員用の食堂の助成金の額とか、カーペットの取りかえ費用とか。それゆえ、局の文書のなかに本当に隠したいものがあるとすれば、その隠し場所はヴァージル・レベルということになる。

鋭い観察者なら気づいたかもしれないが、イングリッド・ターニーは単に有能な実務者というだけではなく、どす黒い秘密の持ち主でもある。

しばらくして、ターニーはバッグから携帯電話を取りだした。

最初の呼びだし音で、ニック・ダフィーが電話に出た。

「計画変更よ」ターニーは言った。

リヴァーが飛びおりたのはせいぜい一フィートだったが、コンクリートの床に着地したときの衝動は、ニック・ダフィーへの貸しの大きさをまざまざと思いださせた。だが、そのことについてはあとで考えればいい。

とにかくいまはルイーザに声をかけなければならない。「こっちはだいじょうぶだ」ルイーザのほうは軽やかに着地し、すばやく懐中電灯の光で周囲を照らしだした。壁には、青と赤のケーブルが床から天井に向かってのびている。床のまんなかには、コンクリート・ブロックの上に水平に設置されたハンドルがある。

「意味がわからない」リヴァーはつぶやいた。

「たぶん下水道を開け閉めするためのものよ」

「そうじゃなくて、きみが持ってるものだ」

「懐中電灯よ」

「それは見ればわかる。どうしてブタの形をしているんだ」

「べつに深い意味はないけど」

「だったらいい」

「たまたま車のなかに入ってただけよ。こんなところに来るとわかっていたら、別のを持ってきてたわ」

「わかった。あそこを照らしてくれないか」

壁にヒューズ・ボックスのような扉がついた箱が設置されている。

ルイーザが懐中電灯の光をそこに当て、リヴァーは扉のつまみを引っぱった。最初はぴくりともしなかったが、なんとか動かすことができ、扉が開くと、そこには意外なことに昔ながらのダイヤル式の電話があった。

「きみか、ぼくか？」

「あなたよ」

リヴァーは手をのばしたが、受話器を取るまえに、電話が鳴りだした。

まだ電子書籍などなかったころに聞いた話だが、アルプスに本を持っていくハイカーは、少しでも荷物を軽くするために、読み終わったページを次々に破り捨てていったらしい。そこから学ぶべきことは多い。過ぎたことをどんどん捨てていけば、重荷を背負う必要はない。そうすれば、未来は過去に汚されず、いつまでも清らかなままでいられる。本人はつねにトップページにいつづけることができる。振り向かなくていいのなら、過去の失敗にさいなまれることもない。

部屋が暑くて、キャサリンの頭はぼうっとしていたが、そんなに不快ではない。俗に言う〝ほろ酔い気分〟に似ている。これくらいなら可愛いものだ。本当の酔っぱらいは一日中飲みつづける。しかもそれが一日だけなら、酔っぱらったうちには入らない。

トレイの上にはまだワインボトルがある。それがそんなに目立たないのは、サンドイッチもリンゴもクッキーも水も残っているからだ。そのいずれもが、心のなかでは、もう存在していないに等しい。窓ごしに見える空の色から判断すると、通りで〝キャサリン？〟という過去からの声が聞こえたときから丸一日たったことがわかる。いつでもどんなことでも、ほんの少し手順がちがっていれば、それを避けることができる。ショーン・ドノヴァンの姿を認めた瞬間、すぐさま踵をかえして〈泥沼の家〉に戻っていれば、こんなことにはならなかった。チャールズ・パートナーなら、今回のようなことがあれば、一言伝えるだけで、すぐに保安局の車輪を動かしてくれていただろう。それがトップと近しい者のメリットだ。信頼関係があれば、一言で用は足りる。

だが、チャールズ・パートナーはもうこの世にいない。浴槽に頭の中身をぶちまけて死んだ。いまの上司はジャクソン・ラムで、信頼関係はないし、たとえあったとしても、そう簡単には動いてくれないだろう。

心のなかでは、もう水もクッキーもリンゴもサンドイッチも存在していない。そんなものは歯牙にもかけていない。この部屋の支配権をかけて戦っている敵はワインボトルだ。それがどういうわけか、いまはトレイの上にではなく、ホラー映画の不気味な人形のようにみずから距離を縮め、自分の手のなかにある。

まあいい。それが戦いであるとすれば、敵との力関係を明確にするためにも、ボトルを掌中におさめているのは悪いことではない。このボトルは自分自身の過去への鍵を握っている。蓋をあけて、中身を飲みほせば、これまで破り捨てようとしていたすべてのページを残らず読みなおさなければならなくなる。もちろん、そのときには、ボトルは単なる空瓶になり、その存在理由を失う。それが共依存の関係というものだ。相手は死を余儀なくされる。チャールズ・パートナーのように。

キャサリンはベッドの上で背中をのばし、壁にもたれかかった。ボトルの感触は心地よく、その形は手になじみ、キャップはひねられることを待っている。

ジャクソン・ラムのオフィスでは、日が暮れてから、もっと大きなボトルを何度も見させられた。それもつらい試練だった。だが、いまここには自分ひとりしかおらず、そして誘惑に負けそうになっている。しかも負けるという思いは徐々に薄れ、いまではほっとした気分になりつつある。意に反して、過去の自分が戻ってきはじめている。

でも、それはさほど重大な誤りではないのではないか。

キャサリンは首を傾けて、耳をすました。そうやって待っていたら、耳もとで答えがささやかれるかもしれない。だが、実際には何も起こらない。聞こえてきたのは、遠くのほうで車のギアが切りかわる音だけだった。部屋は暗くなりつつある。だが、夜になれば、部屋が暗くなるのは当然のことだ。読みとるべきものは何もない。この瞬間も本のページと同じように破り捨てられるだけだ。

キャサリンはなかば無意識にボトルのキャップをひねり、シールを破った。

その声には電気的な処理が施されていて、ゴミバケツを叩いた音のような響きがあった。

「IDカードの提示を」

リヴァーは言った。「カメラはどこにあるんだ」

「探さなくていい。こちらからは見えている」

後ろで、ルイーザが眉を吊りあげた。

リヴァーはIDカードを取りだし、目の高さに掲げた。受話器を耳に押しあてているが、なんだか幽霊と話しているような気分だった。

先ほどと同じ機械的で単調な声が、IDカードの番号を読みあげた。

「わかった。信じるよ。たしかにカメラはあるようだ」

「きみのIDカードには生体認証機能がついていない」

「ああ。まだ新しいのに切りかわっていないんだ」

永遠に切りかわらないだろう。

「よかろう。次は女の番だ」

リヴァーが受話器を持ったまま脇に身体をよけると、ルイーザが電話の上の佢
に向かってIDカードを掲げた。

受話器の向こうからまた番号を読みあげる声が聞こえた。それから、「ルイーザ・ガイ。髪の色がちがっている」

「髪の色がちがうと言ってる」リヴァーはルイーザに伝えた。

「べつに不思議なことじゃないでしょ」

電話の相手が言った。「〈泥沼の家〉はどこにある？」

「これはクイズなのか」

「〈泥沼の家〉はどこにある？」

「アルダーズゲート通りだ」

「リージェンツ・パークから来たんじゃないのか」

「ちがう。アルダーズゲート通りから来たんだ。先月ここに移されたファイルを調べる必要があってね」

沈黙。

「どのファイルのことかわかるだろ」

「きみたちのことは聞いていない」

「いや、聞いているはずだ。近いうちに来るって」

また沈黙。

「その近いうちというのが今だ」

「許可はとってあるのか」

「口頭で」

「許可証がなければ、なかに入れるわけにはいかない」

ルイーザは受話器に身体を近づけて話を聞いていた。「わたしたちのIDカードを見たでしょ。リージェンツ・パークではモニターの映像をチェックしているはずよ」

「それにしても〈泥沼の家〉とは……そんな名前は聞いたこともない」

「そりゃそうよ。あなたは外部の人間なんだから」

リヴァーはルイーザを肘で突つき、それから言った。「〈泥沼の家〉はごく限られた者にしか知られていない。誰に聞かれているかわからない電話でこれ以上のことを話すわけにはいかない」

「これは普通の電話回線じゃない」

「そ、そうか。まあいい。とにかく、あんたはここの内規を知っているはずだ」

「ああ。講習を受けた」

「講習ね」ルイーザがつぶやいた。

「われわれのIDカードが偽物なら、すでに警報が鳴り響いてるはずだ。でも、どこからもそんな音は聞こえない。ということは、われわれをなかに入れてもいいということだ。ちがうか」

ルイーザがふたたび受話器に口を近づけた。「これはとても重要なミッションなの。スコット・レベルよ。わかる？」

「スコット・レベル？」

リヴァーは言った。「ここでは言えない。なかに入れてくれたら、すべて説明する」

ひとしきり間があったが、電気的に処理された呼吸音が聞こえてきたので、完全な沈黙というわけではなかった。それからカチッという音がして、回線が切断された。

次にきしむような大きな音が聞こえ、後ろのコンクリート・ブロックの上のハンドルが、見えないところで解錠され、数インチ上にあがった。

ラムは高速道路の両側に広がる荒地を浮かぬげな顔で見つめていた。ありがたいことに夕闇にまぎれつつあるが、それでも目に見える草むらの広がりは許容範囲を超えている。民家は、たまに四、五軒かたまっているところもあるが、たいていは一軒だけぽつりと建っていて、まわりには何もない。

「覚悟していたほうがいい」ラムは言った。「こんな未開の地にわしを引きずりだして、万が一にも無駄足に終わったら、今年のボーナスはないものと思え」

この未開の地には、六車線の道路が走っていて、交通量もそこそこにある。

ホーは言った。「ボーナスをもらえるんですか」

「いいや。聞いてなかったのか」車内の空気は毒の一歩手前の状態まで来ていたが、ラムはかまわず次の煙草に火をつけようとしていた。「見てみろ。このあたりに住んでる連中はタクシーを見たこともないはずだ」

話しているうちにさらに気が滅入ってきたらしく、煙草に火をつけずにはいられなくなったみたいだった。

「子供がかわいそうだ」と、ラムは続けた。〝子供〟と〝かわいそう〟をひとつのセンテンスのなかで使ったことはこれまで一度もない。「ここには文明と呼べるものは何もない。キーなしで車のエンジンをかける方法を学ばないかぎり、ここから抜けだすことは一生できない」

「イグニッションをショートさせるくらいわけはありません。ぼくにだってできます」

「それは意外だな。ロングリッジなら、若いころその種の犯罪に手を染めていたとしてもおかしくないんだが。決めつけるつもりはないが、あいつは……」少し間を置いて、「わかるな」

「黒人だからですか」

「イーストエンド出身だからだ。おまえたち移民は人種差別的な言辞に敏感すぎる」

「べつにそんな――」

「ところで、おまえはどこでそんな技を覚えたんだ。おまえにできるのは手首の運動だけだと思っていたんだが」ラムはキーボードを叩いているとも乳をしぼっているともつかないジェスチャーをして、ホーに流し目をくれた。「ちがうのか」

「インターネットは情報の宝庫です。おかげで多くのことを学ぶことができました」

「ポルノの宝庫でもある。そのおかげでカサノヴァきどりでいられるわけだ。おまえの愛《いと》しの誰かさんはなんと言ってる？」

ホーはナビに目をやった。「次の次の出口です」

「よろしい。これからどうするか計画は練ってあるんだろうな」ラムはシートにもたれかかり、A・A・ミルンの《ヒヤガエル館のヒキガエル》化した。「わしは何も知らんぞ」

ホーはにやっと笑ったが、バックミラーでラムの顔をちらっと見た瞬間、笑みは消えた。

ルイーザにとっては意外なことではなかったが、ゴミバケツを叩いたような声の主は箒《ほうき》のような身体つきの男だった。すらりとまっすぐのびた胴体、悲惨な事故のあと移植されたもののように見える肘や手や膝。半袖の白いシャツをいちばん上のボタンまでとめて着て、茶色いコーデュロイのズボンをはいている。薄くなった淡い赤毛の髪。それを補うように口ひげをたくわえている。いつからそうしているのかはわからないが、やめたほうがいいと言うのを思いとどまるのは容易でない。いまは見た目などどうでもいいが、それでもニンジン色のまばらな口ひげは自虐行為にしか見えない。

名前はダグラス。エア・ロック式のハッチの蓋をあけて、金属の梯子《はしご》をおり、エアコンのきいたこの部屋に入ったときに、そう名乗ったのだ。

頭上のハッチの蓋が閉まり、内側からの操作で自動的に鍵がかかると、ルイーザは訊いた。

「それはファースト・ネーム？　それともラスト・ネーム？」

「ファースト・ネームだ」

「なるほど」

「ラスト・ネームを教えるつもりはない」

「だったら、それでいいわ」

「用心するにこしたことはないんでね」

それはもっともなのだが、船はまさにダグラスの心配している方向に舵を切っていると教えてやるのは、かならずしも親切な行為ではあるまい。

部屋は広くて、明るく、目に見えるところは艶のある金属板にほぼ全面的に覆われている。壁の一面はコンソールになっていて、その前にある回転椅子はまだ少し揺れている。つい先ほどまでダグラスがすわっていたということだろう。モニターは監視カメラとつながっているようで、そのひとつにはルイーザとリヴァーが通ってきたところが映しだされている。ほかのモニターには、荒れた外部の様子がさまざまな角度からとらえられている。空は十分前よりだいぶ暗い。施設内の映像もある。ドア、通路、倉庫のような部屋。そこにある大きな棚には、各種のコンテナが詰めこまれ、何マイル分ものファイルボックスや厚紙のフォルダーが並んでいる。グレー・ブックは間違いなくそのなかにある。だが、どのように分類されているかはわからない。ファイルをひとつひとつ順番に調べていったのでは、クリスマスまでかかっても、たぶん見つからないだろう。

だが、少なくともルイーザは焦っていなかった。飛行機の翼のように手を広げると、ブラウスのなかに冷たい風が通り、肌を撫でるのがわかった。

ダグラスは彼女を見つめていた。「髪の色がまったくちがう」

「わざと変えたのよ」

「変装のため？」

「まあそんなところね」

リヴァーが言った。「ここには何人のスタッフがいるんだい」

ダグラスの目に尊大さが宿った。口ひげと同じくらい似あっていない。「それは機密扱いだ」

「機密扱いか。なるほど」少し間を置いて、「あんたのＩＤカードを見せてくれないか」

「えっ。なんだって？」

「保安局のＩＤカードだ。セキュリティ・ランクを確認したい」

「そんなものは持っていない」

「ほう」

「おれは局員じゃない。わかってるはずだ」

「ああ。だが、そうなると、機密情報の扱いはややこしいことになる。ぼくのセキュリティ・ランクはあんたより上だ。あんたはＩＤカードを持ってさえいない」

「資格審査は受けている」

「そりゃそうよね」ルイーザは言い、リヴァーが口をはさむまえに続けた。「ここの管理人なんだから。ここには多くの大事なものがある。厳しい審査に通らなきゃ、雇ってもらえない」また風をなかに通すためにブラウスを引っぱって、「でも、わたしたちだって厳しい試練を経てきているのよ。だからこそ、いろいろな厄介ごとに対処できる。もちろん、そのなかには派手な大立ちまわりも含まれている。どういう意味かわかるわね、ダグラス」

ダグラスは咳払いをした。「ああ、たぶん」

リヴァーは冷風にアレルギー反応を起こしたみたいに人さし指と親指で自分の鼻を強くつまんだ。

「わかってもらえてよかったわ、ダグラス」ルイーザはブラウスから手を離し、髪に指を走らせた。「つまり、わたしたちは同じ側にいるってことよね」

「まあ、そういうことになるかな」

「嬉しいわ。ここにはあなたのほかに何人いるの？」

「ええっと……いま？　それとも普段は、ってこと？」

「いまよ」

「いまは誰もいない」

「じゃ、普段は？」リヴァーが訊いた。

「ええっと……普段も誰もいない」

「なるほど」

「ただし、週に一度、見まわりがある。上司がここに来て、異状がないかチェックするんだ」ダグラスは口ひげの伸び具合をたしかめるように口の上に指を当てた。「それ以外はおれたちだけだ」

「おれたち？」

「おれとマックス」ダグラスはうっすらと顔を赤らめた。「マックスというのはコンピューターの名前だ」

「コンピューターに名前をつけてるの？」

「音声認識装置つきだ」

ルイーザのキーホルダーにも音声認識装置がついているが、それで同好会をつくるつもりはない。

ダグラスは無意識のうちにルイーザの真似をし、シャツの襟を引っぱって冷風をなかに入れた。「それで、あんたたちは何を探してるんだ。さっき上にいた二人組と同じものか」

「二人組って？」リヴァーが訊いた。

「上の建物のあいだをうろついていた」

「ひとりは五十代、白髪まじりで、筋骨隆々。もうひとりはスキンヘッド。ちがうかい」

「ああ、そいつらだ。ここにはよく浮浪者がやってくる。あのふたりはあきらかにそういった連中とちがっていた」

「だいじょうぶ。そのふたりはなんの問題もない」

「ときには映画の撮影班が来ることもある。車を吹っ飛ばすのにもってこいの場所だから」

「ほう」

「愉快じゃないか。外で映画の撮影をしているあいだ、おれはここでそれを見ている。でも、連中はおれがここにいることを知らない。なんだかまるで……」ダグラスは左右の指を組みあわせて、地下と地上の現実と非現実の世界が絡まっている状態をあらわした。「とにかく刺激的だ」

「たしかに」

「ガキどもはここにカーセックスをしにくる。しょっちゅうだ」

「あなたはどれくらいここにいるの？」

「三年」

勤務時間を尋ねかけたが、そんなことを知りたいわけではない。時間がたつにつれ、ダグラスは三年間ひとりでずっとここにいるのではないかという思いが強くなっていく。

リヴァーはモニターに映しだされた殺風景な映像を見ていた。しばらくしてから、倉庫のような部屋にあるコンテナとファイルボックスを指さして言った。「あれは先月運びこまれたものだな」

ダグラスは渋々ルイーザからモニターへ視線を移した。「ああ。二日がかりだったよ」

「いい気晴らしになったでしょ。ここでは……」

ルイーザが言おうとしたのは〝ここでは何も起きないから〟だったが、ダグラスは同意しなかった。

「そんなことはない。毎日、充分に刺激的だよ。ぼくがここにいることを誰も知らないんだから」

ここでの役割の秘密性が会話に影響しているかのように、最後の言葉はささやき声になっていた。

「でも、さっき電話が鳴ったときは、ぞっとしたね。とうとう来たかと思って」

「とうとう来たって、何が？」

「ここは元々避難所だった。だから、何かあったと思ったんだ」

放射能爆弾か毒ガスか何かだろう。住民が地下に逃げこまなければならないような事態ということだが、ここに入れるのは秘密の施設への立ち入り許可証を持つ一部の者だけだ。

「だけど、ちがった」

「がっかりした？」

「まあね。でも、仕方がない」

リヴァーが訊いた。「で、どこにあるんだ」

「あの荷物かい？　通路の向こうだ」ダグラスは部屋の奥にあるスイング・ドアを指さした。

「元の場所に戻さなきゃならないってことかい」

「そんなところだ」

「わかった。好きにしてくれ」

「それからもうひとつ」と、ルイーザ。「さっきふたりの男を見たと言ったでしょ。外をうろついてたっていう。彼らも来るわ」

「仲間なのか」

「ああ」リヴァーが答えた。

「わかった。IDカードの提示があれば、すぐにハッチをあける」

「そのことなんだけど、ここからのことは記録にとどめたくないの」

ダグラスはふたりを交互に見つめ、説明を待った。

「心配しなくていい、ダグラス」リヴァーは言った。「ぼくたちは〈泥沼の家〉から来てるんだ」


日は長くなったが、いつかは夜が来る。影は廃屋のあいだの穴ぼこだらけの薄汚いコンクリートの上に長くのびている。近くを走る列車は光の箱のようになり、その輪郭はまわりが暗くなるにつれてより鮮明になっていく。〈泥沼の家〉のふたりのあとを追っていた男たちが、廃墟となった工場へ入っていったのは、五分前のことだ。ニック・ダフィーの手のなかで、携帯電話はいま小さな爆弾になっている。導火線に火をつけたのは、イングリッド・ターニーからかかってきた〝計画変更〟の電話で、タイマーが動きだしたのは、そのあとダフィーが電話をかけたときからだ。

電話をかけた相手は、信頼できるふたりの部下。いずれも、現実の世界がどんなふうに動いているのかを知り、余計なことは何も訊かずに秘密裏に任務を執行する必要がときとしてあることを心得ている。

それから、ブラック・アローの幹部としてホームページに名前が出ていた男。割引価格で人材派遣を依頼するのはそんなにむずかしいことではなかった。

さらには、ガールフレンド。この日の夜の予定はキャンセルだ。それくらいのことは我慢しなければならない。〈犬〉の仕事が簡単なものだと思っている者はいない。

ダフィーは三階の窓から下を見ながら、これから起きることを頭に思い描いた。今回のようなオペレーションに完璧な計画など望むべくもなく、どこかで狂いが生じる可能性はつねにあるが、イングリッド・ターニーからは絶対に失敗するなという命令が出ている。最悪のシナリオはショーン・ドノヴァンを取り逃がすことだ。どんなことがあっても、そのような失態は許されない。

そのために、大がかりな動員をかけたのだ。

ブラック・アローの面々がどこまで有能かはわからないが、少なくとも頭数を揃えることはできる。連中には、名誉や復讐といった、それなりの動機もある。会社の幹部には、今夜の標的はシルヴェスター・モンティスの殺害に関与した者だと伝えてある。〝これは弔い合戦です〟。机の上で指揮をとる将官はそういった言いまわしを好む。戦場に兵を送りこみたくてうずうずしているのだ。ホルスターをつけてOK牧場に向かおうとしている保安官のような口調で、〝やりましょう〟という返事がかえってきた。それでも、ブラック・アローは素人集団で、群衆の暴徒化を阻止する程度の能力しか持っていない。それでも、警棒、催涙ガス、テーザー銃、それに閃光弾のひとつやふたつぐらいは常備しているはずだし、ほかにも種々の軍装品を取り揃えているにちがいない。一方、自分が選んだ部下は、みなその道のプロだ。全員で踏みこめば、任務を遂行するのはむずかしいことではない。

ダフィーはふたたび双眼鏡を覗きこみ、進入経路と身を隠すための廃棄物用コンテナや山積みにされた金網のフェンスの位置を確認した。施設の敷地は広いが、それも計算ずみだ。一マイルほど南にメインの入口があり、ブラック・アローはそこに向かっている。

腕時計に目をやり、そろそろ着くころだと思ったちょうどそのとき、胸ポケットのなかで携帯電話が振動した。

「アリスはいますか」

「いいや。番号ちがいだよ」ダフィーは答えた。

もしそれがベティなら〝問題あり〟、アリスなら〝問題なし〟で、一同が予定どおりメインの入口に到着したということになる。ブラック・アローから十五人、そして〈犬〉のふたり。オペレーションの主要部分は〈犬〉たちが担い、ブラック・アローは警備員を受け持つ。任務分担の塩梅《あんばい》としては、これくらいがちょうどいい。保安局では、さして重要でない業務はたいてい外部委託というかたちをとっていて、警備員も例外ではない。駄馬には駄馬をというわけだ。

そのあとは、配水管の洗浄役として、ゴミを排出口のほうへ押し流す仕事にかかることになる。だが、ドノヴァン以下の誰が工場内のハッチから外の空き地に出てきても、そこから先に歩を進めることはできない。片はすぐにつく。死体が人目に触れることは永遠にないだろう。死体は誰もそう簡単に近づくことができないところに打ち捨てられる。

そう思ったとき、リヴァー・カートライトとルイーザ・ガイのことがふと頭に浮かんだ。リヴァーは単なる厄介者であり、今回のことは身から出た錆ということになる。だが、ルイーザのことを考えると心が痛む。ボーイフレンドがブラックフライアーズの近くの路上で車に轢かれて死んでから、まだいくらもたっていない。そのことに関しては、忸怩《じくじ》たる思いを禁じえない。それは罪の意識のせいかもしれないし、いやな記憶にいらだっているせいかもしれない。が、いずれにせよ、今夜やるべきことをやってしまえば、すべて水に流せる。ルイーザに恨みはない。ただ、ルイーザはもっと幸運をつかむ努力をすべきだったのだ。

「〈泥沼の家〉のメンバーもですか」と、ダフィーはイングリッド・ターニーに訊いた。

この件に関しては、曖昧《あいまい》さを残しておきたくなかったのだ。

「全員よ」イングリッド・ターニーは答え、それからはっきりと付け加えた。「もちろん〈泥沼の家〉のメンバーもそのなかに含まれている」

ということだ。

ダフィーは携帯電話を胸ポケットにしまい、日が翳り、影が長くのびた地上の見張りを続けた。

ダッシュボードの時計によると、十四分が経過していた。マーカスはまだ路上で警官と言いあっている。聞きわけよく罰金を払ったほうが早いが、そうしたら自分の過失を認めたことになる。ドアを蹴破ることに慣れている男にとっては受けいれがたいことにちがいない。キレたら、何をするかわからない男なのだ。十四分という時間がさらに長引くようなら、怒りが爆発する可能性は高い。

シャーリーはサバーバンの助手席からその様子を見ながら思った。本当なら自分も外に出ていくべきだろう。たとえこちらに分がないときでも。むしろ、そういったときは特に、警官をやりこめるのは自分のもっとも得意とするところのひとつだ。けれども、警官は勘が鋭い。ドラッグの検査を受けさせられたくはない。少なくともあと数時間は。できれば二週間は。ここはマーカスにまかせておいたほうがいい。最悪の事態になったとしても、丸腰の相手を片手で殺す方法を十五通りは知っている。両手なら、その数はもっと増える。

当然ながら、そういったスキルも〈泥沼の家〉ではなんの役にも立たない。そして、その〈泥沼の家〉もいまでは過去の話になってしまった。実感がじわじわと湧きあがってくる。明日は、目を覚まして、今日はどんな一日になるのだろうと考え、どんな一日にもならないと気づき、うめき声をあげるにちがいない。〈遅い馬〉より情けない状態になってしまったのだ。予定も展望も何もない元〈遅い馬〉。

もしマーカスが警官をぶっ飛ばしたら、保安局の後ろ盾がなくなったことの意味をただちに思い知るはめになる。

通りは賑わっている。そこにいる者はみな仕事を持っているにちがいない。歩行者は歩調を緩め、他人の不幸に口もとを緩めながら通りすぎていく。マーカスはさっきからずっと腕組みをしている。シャーリーはハンドルに突っ伏したくなった。もしマーカスがブチギレて逮捕されたら、どこにも行けなくなる。どこにも行けなくなるということは……いや、最後まで言う必要はない。

状況は予断を許さない。リヴァーとルイーザが身の危険にさらされているかもしれないのだ。早く行かないと、間にあわなくなる。いまは一刻の猶予もない。たとえ犠牲者が出たとしても、現場で悪党どもを取りおさえることができたら、それはそれで納得がいく。血はすべてラムの手につく。このオペレーションはラムのものであり、失敗はラムの責任なのだ。ラムの火の床から自分たちが不死鳥のように飛び立てるとしたら、これほど嬉しいことはない。ヨハネ福音書のラザロのようによみがえり、国家的な危機を救った英雄としてリージェンツ・パークに凱旋するのだ。そうなったときにまずやることは、ラムにポストカードを送ることだ。〝お先に失礼〟と書いて。これは笑える。

だが、そうなるためには、マーカスに自制してもらわなければならない。

そんなことを考えながらスマートフォンを取りだし、保安局のサイトを呼びだすと、ほっとしたことに、パスワードはまだ無効化されていなかった。いかにもラムらしい。キャサリン・スタンディッシュがそばにいなければ、どんな命令でも出しっぱなしで、そこから先のことは何も考えていない。でも、今回は勿怪《もっけ》の幸いということになる。シャーリーがいま探しているのは〝イギリス国民の個人情報記録〟だ。それは保安局が市民を保護するためのものであると同時に、市民を大きな脅威にさらすものでもある。新入の局員は早い段階でその皮肉に目をつむることを暗に求められる。スノーデンはひとつの世代にひとりいるだけでも多すぎる。

気持ちを集中させ、血管のなかで泡立っているものは忘れなければならない。だいじょうぶ。あんなものは嗜好品にすぎない。ラムがニコチンを杖がわりにしているのとはわけがちがう。そう自分に言い聞かせながら、ショーン・ドノヴァンのファイルを見つけだし、目を通したが、そこにはリヴァー・カートライトから聞いたことしか記されていなかった。軍歴、国防省勤務、国連の諮問機関への出向。そして、悪夢と化した夜。士官候補生を対象にした講演会から自宅に戻る途中の事故。運転していたジープは溝に突っこみ、同乗していたアリソン・ダン大尉が死亡した。ドノヴァンは無事で、幸運だったと思われたが、本人は死んだほうがよかったと何度も思ったにちがいない。国際的な晴れ舞台から奈落の底に転落してしまったのだから。シャーリーがもし同じような立場に追いこまれたら、自殺を考えたにちがいない。あるいは、刑期が終わるまでモルヒネの点滴を受けつづけなければならないくらいの傷をみずからに負わせたにちがいない。ファイルには参照とハイパーリンクがついていたので、ドノヴァンの交友関係をたどるのは容易だった。

リヴァーはそこまでしなかったにちがいない。もし見ていたら、ドノヴァンの経歴を説明したときに、そのことについて言及していたはずだ。

マーカスはまだ警官と言いあっている。警官はテーザー銃を使おうかどうか迷っているにちがいない。この調子だと一週間以上かかるかもしれない。シャーリーはふたりからスマートフォンに視線を戻すと、もうこれ以上は待てないという判断を下した。

そして、クラクションを鳴らした。


ナビの指示に従って、次の出口で高速道路をおりたとき、周囲は一気に暗さと静けさが深まり、車の行き交う音は蚊の羽音のようになった。しばらくいったところで、環状交差点に出ると、ローデリック・ホーはそこから細い道に入った。穴ぼこだらけの路肩の一部は崩れ、まわりの木は釣り人のように枝葉を垂らしている。樹林は地球の肺であり、木があるのは基本的には悪いことではない。公園だったら気にはならなかっただろう。だが、ここにある木は暗がりのなかに大きく聳え立ち、解き放たれた狂犬のように凶暴に見え、その影は許可なしにそこを通ってはならないと告げているように思える。心理学的には〝自意識への脅威〟といったものだろう。とにかく不気味で、恐ろしい。そんなことを考えながら、ふたたびナビをチェックすると、目的地まであと半マイルもないことがわかった。

「スピードを落とせ」と、ラムが言った。

「すでに落としています」

「もっと落とせ」

ホーは道路わきの待避所に車をとめた。

「エンジンを切れ」

静寂が訪れた。それは都会の騒音に慣れている者が感じる静寂であり、そこには車のエンジンが冷える音のほかにも、いろいろな自然のざわめきが混じっている。窓をあけると、生温かい湿った空気が入りこんできた。

半マイルという距離がどれくらいのものかはよくわからないが、めざしている農家はまだ見えない。道路の片側には、街路樹が立ち並んでいて、反対側には森が広がっている。そこの木は何重にも重なっていて、奥へ行けば行くほど闇は濃くなっている。ホーはバックミラーにちらっと目をやった。ラムの顔は無表情で、どこか虚ろな目をしている。これからどうすればいいのか訊きたかったが、思いとどまり、道路前方に目をやると、すぐ先はカーブになっていた。木しか見えない。

〝身体を使って何かしろ〟と、マーカス・ロングリッジは言っていた。

いまは身体を使っている。けれども、何をしているかはわからない。もしキャサリン・スタンディッシュがこの先のどこかの家に監禁されているとすれば、そこまでどれだけ離れているとしても、いまここで車を降りなければならないということだ。あまり気乗りはしない。

ラムは前かがみになって、足もとの何かを探っていた。しばらくして身体を起こしたとき、その手に握られていたのはスチロール樹脂のカップだった。さっきまで灰皿がわりに使っていたもので、ということは、そこに煙草の灰や吸殻が入っているということだが、ホーが見ている前で、ラムはその中身を床に捨てた。

「小銭はあるか」

「小銭？」

「そうだ。小銭ならなんでもかまわん」

ホーは財布から数枚のコインを取りだした。

ラムはそれをカップのなかに入れて振り、コインの音に耳を傾け、それからドアをあけた。

「二十分たって戻らなかったら、何かしろ」

「何かといいますと？」

「知るか。グーグルで〝次のクールな一手〟を検索しろ」

「あなたは何をするつもりです」

「まだ決めていない。スタンディッシュを取り戻すための何かだ。おまえとのあいだに衝立てがないとどうなるか忘れていたよ。困ったもんだ」

「銃を持っているんですか」

「いいや」

「もし相手が持っていたとしたら？」

「おまえがわしのことを心配してくれるとは思わなかったよ。感激だ。でも、心配するな」

「でも、もし……」

ラムは車から降りた。「もし何だ。もし相手がおまえを追いかけてきたら？　銃を持って？」

「ええ」

「心配するな。撃たれて、丸太のように倒れたらいいだけだ。練習する必要はない」

ラムは道路を歩いていき、夕闇に溶けこんだ。まるで闇に所有されているかのように。まるでそれが国家の闇であるかのように。ラムは影に属している。それはホーが考えたことではなく、キャサリン・スタンディッシュが言っていたことだ。闇の産物。そう思うと、身震いがした。

ホーは時計を見て、二十分後というのは何時なのかを確認した。そして道路に視線を戻したとき、ラムの姿はすでに見えなくなっていた。

〝何かしろ〟

それが何なのかはまだわからない。

わからなければならなくなるまえに、ラムが戻って来てくれることを祈るしかない。

ダグラスは言った。「ずるいじゃないか」

リヴァーはなかば同意した。ときにはずるく立ちまわらなければならないこともある。〈遅い馬〉でもそれくらいのことはわかっている。ダグラスは協力を拒んでいたし、こっちとしても手荒な真似はしたくなかった。だが、ハッチの蓋をあける方法はすぐにわかった。コンソールのスイッチにはそれぞれラベルが貼られ、そのひとつに〝ハッチ〟と記されていたのだ。ダグラスは苦々しげにモニターに目をやり、ドノヴァンとトレイナーが工場の下の小部屋に入り、そこから金属の梯子をおりてくると、いまいましげに舌打ちをした。

そして、言った。「全部、報告してやるからな」

「わたしの胸をまさぐったことも？」ルイーザは言った。

「そんな……そんなことはしていない」

リヴァーが言った。「あわてるな。冷静になれ、ダグラス。あんたは仕事を失うようなへまもおかしていない」

ドノヴァンとトレイナーは下までおりてくると、慣れた感じで周囲を見まわした。

「ここにいるのはこの男だけか」と、トレイナーが訊く。

「そうよ」と、ルイーザが答える。

「お行儀よくしているか」

「ええ」

「どこかにすわらせて、何にも触らせないでくれ」

「どこかにすわっていてくれだって」ルイーザは復唱した。

ダグラスはまた舌打ちをした。「聞こえたよ」

「探し物はあっちだ」リヴァーは言って、先ほどダグラスから教えられたスイング・ドアを指さした。それにはガラスの丸窓がついていたが、その先には暗がりしか見えない。

トレイナーが言った。「ありがとう。あとはイゴールといっしょに椅子にすわって待っていればいい」

「イゴール？」と、ダグラス。

「フランケンシュタインの助手だよ」リヴァーが答える。「いいや、すわって待っているつもりはない」

「だいじょうぶ。誰も置いてきぼりにはしないから」と、ルイーザ。

リヴァーはその言葉を無視した。「こういう取り決めだったはずだ。グレー・ブックを手に入れたら、すぐにここを出る。あんたたちがここに来たことは誰にも何も……」

「これ以上しゃべりつづけたら撃ってもいいか」と、トレイナーがドノヴァンに訊く。

リヴァーはいかにもリヴァーらしく一歩前に進みでて、その動きを予測して身構えていたトレイナーと胸がぶつかるような距離まで近づいた。

ルイーザは笑った。「ふたりとも縛りつけておいたほうがいいんじゃないの。ダグラスから巻尺か何かを借りて」

「もういい。やめろ。あんたもだ」と、ドノヴァンはルイーザに向かって言い、それからトレイナーのほうを向いた。「ここで待っていろ。必要なとき以外は誰も撃つな」

トレイナーはうなずくと、片手をベルトにかけて、シャツの裾を脇に寄せ、拳銃のグリップを見せた。

リヴァーはわざとらしく目を大きく見開いた。

ドノヴァンが言う。「一度しか言わん。おとなしくしていないと、トレイナーに膝を撃たれるぞ」

ドノヴァンはつかつかと歩いていき、スイング・ドアをあけて、その向こうの通路へ消えた。

「マーカス」

「馬鹿なお巡りだ。信号は黄色だった。時間の余裕は充分にあったんだ」

「マーカス」

「身のほど知らずが。もう少しでおれは……」

「マーカス」

「なんだ」

この質問は返事を必要とするものではない。話の途中だということを伝えるためのものだ。けれども、そのあとシャーリーの顔の表情を見て、マーカスはあらためて言った。「なんだ？」このときは文字どおりの質問だった。

「相手はふたりだったわね。ドノヴァンとトレイナー」

「そうだ。同時にブラック・アローに入社した」マーカスは車を発進させ、苦々しげにバックミラーを覗きこんだ。先ほどの警官は歩道わきに立って、じっと見つめている。別の違反事項がないかどうかチェックしているのかもしれない。ウィンカーの出し忘れとか、ミラーの不確認とか、国家への反逆行為とか。

「ふたりは軍隊時代の同僚よ。ドノヴァンが刑務所から出たとき、トレイナーは名誉除隊している」

「それで？　ふたりは友人であり、戦友でもある。ふたりの関係が服役によって損なわれることはなかったということだろう」

「そうみたいね。でも、アリソン・ダンは？　ドノヴァンが起こした自動車事故で亡くなった女性よ」

「それがどうしたんだ」

「アリソン・ダンはトレイナーの婚約者だったのよ」

窓から黄色い明かりが夕暮れの空にこぼれている。あと一時間もすれば標識がわりになるが、いまは弱さをあらわす記号のようにしか見えない。家は石造りで、片側に煉瓦の建て増し部分がある。玄関にはあとから思いついたように付け足された小さな木のポーチがあるが、強風にあおられたり、悪いオオカミに火をつけられたりしたら、ひとたまりもないにちがいない。前庭には一台のバスがとまっている。ロンドンでは珍しくもなんともないが、ここでは大きな違和感がある。屋根はなく、二階席は雨よけのためにキャンバス地の布で覆われているが、このところの晴天続きの猛暑日を考えると、用心深さと楽観主義の表明のための小道具のような印象を受ける。

もしこの農家がいまも使われているのなら、犬に吠えられていたはずだが、聞こえてくるのは虫の鳴き声だけだ。

ラムはもう一度その家に目をやった。そこに屋根裏部屋や地下室があるとすれば、人質が閉じこめられているのはそのどちらかにちがいない。自分だったら地下室を選んでいただろう。けれども今回の一件は、グレー・ブックが絡んでいるせいか、どこか現実味に欠けた奇妙なところがあり、キャサリン・スタンディッシュはキッチンにいて、見張りの者にお茶を淹れているのではないかと思えさえする。もしそうだとしたら、そのほうが〈泥沼の家〉にいるより幸せかもしれない。

だが、彼女は自分の部下だ。その部下が身の危険にさらされているとしたら、放っておくわけにはいかない。

スチロール樹脂のカップを振ると、コインが銀鈴のような音を立てた。もし敵の要塞を襲撃するのなら、飛び道具があるにこしたことはない。〈泥沼の家〉には、違法に所持している拳銃がある。それをここに持ってきていれば少しは心強かっただろうが、軍人と撃ちあいをしていたら、命がいくつあっても足りない。過去には一度だけ……頭のなかに古い記憶がよみがえる。燃えあがる教会。雪のなかでの銃撃戦。だが、いまはそんなことを考えている場合ではない。

玄関には呼び鈴がついていたが、ラムはドアノッカーを力いっぱい叩いた。振動はドアの蝶番《ちょうつがい》から建物全体に伝わり、ネズミの一家が板や梁の上を走りまわっているような音がした。バン、バン、バン、バン、バン。死者を呼び起こすまではいかないにせよ、死体にむらがる蛆《うじ》の気にはさわったはずだ。

なんの前触れもなくドアが開き、ラムの手からノッカーが引きはがされた。

「なんの用だ」男が怒鳴った。想像していたより若い。がっしりした身体つきで、スキンヘッド。白い半袖のシャツから突きでた腕には、黒と青の刺青がのたくっている。その表情には怒りと警戒心が相なかばしている。よかろう。こいつが観客だ。ラムはいきなり歌いはじめた。

「クリスマスおめでとう。クリスマスおめでとう。そしてハッピー・ニュー・イヤー」

最高の音楽的演出とは言えないかもしれないが、少なくともメロディーは悪くない。

ラムは手に持っていたカップを振った。

「恵まれない子供たちのための募金です。まだ早いのはわかっているが、年末は混みあうので」

男は言った。「ふざけるな」

キャサリン・スタンディッシュは愛しげに空き壜を見つめていた。

これまで空き壜をそんなに注意して見たことはない。中身の詰まった壜には熱い視線を向けたが、空き壜は無への旅の証でしかなかった。夢ひとつ見ない底なしの眠りに落ちたときもあれば、前後不覚のまま酩酊の迷宮に入りこんだときもあったが、いずれにしても気がついたときには、時間はいつのまにか過ぎていた。そんなとき、自分がどこで何をしたのかを知るための手がかりをつかむことはできたが、酩酊の迷路を逆向きにたどることはできなかった。空き壜はなんのメッセージも残していなかった。試しにそれをくるくるまわしてみても、指し示すところはいつも同じだった。先ほどまでいた暗闇と、置き去りにしてきた時間のあるところだ。

でも、いま自分が手に持っているこの空き壜には、限りない美しさがあるように思えた。どこかの工場で量産されたものであり、職人が丹精こめてつくりあげたものでないことはわかっているが、それでも、形といい、固さといい、重さといい、これまで空《から》にした壜は無数にあるが、これほど親しみの持てるものに出会ったことは一度もない。親しみ深さ——そう、それが探していた言葉だ。今日の午後ベイリーがトレイを運んできたときから、それはずっと敵であり、庭先で見つけた蛇のように追い払わなければならないものだと思っていた。自分と同じ側にいるとはまったく思っていなかった。自分がそれを空にしたがっていたように、壜のほうも空になることを願っていたのだ。総じてガラス製品というものは、その奥底に願望が秘められているような気がする。ガラスはつねになんらかの形をとる必要がある。溶かしたら、息を吹きこめば、どんな形にでもなるし、固まったら、何かに打ちつければ、粉々に砕ける。

いずれにせよ、この壜が秘めていた願望はかなえてやった。中身はすでに過去のものだ。少しまえに、クリスマスの喧騒を思わせる音が聞こえた。それは歌だったような気がする。もしかしたら、あのころの症状が戻ってくる前兆かもしれないと思ったが、たぶんそうではない。屋根裏部屋に一日閉じこめられたくらいで、何年もかけて抜けだした奈落に逆戻りするとは思えない。ついさっき流しにワインをあけたばかりなのだ。そのような勝利にふさわしいのは凱旋パレードであり、惨めな遁走ではない。

それで、空き壜に水を入れ、キャップを強く閉めた。ほどよく手に馴染むし、重さもちょうどいい。ベイリーは若くて、逞しいが、ボトルを武器にしたのはこれがはじめてではない。不意をつけば、この程度のものでも、戦いを始めるまえに終わらせることができる。

この次ベイリーが部屋に入ってきたときは、これまでのせっかくの厚遇にもかかわらず、無への旅がどんなものかを思い知らされることになるだろう。

西へ向かって市街地を抜け郊外へ向かう車の列のあいだで、マーカスは徐行運転を余儀なくされていた。また渋滞が起きていたからだ。少し先へ行くと、路上に油の跡があり、ガードレールに風船が結びつけられているだけだということがわかるはずだが、それまでのあいだは、ほかの者と同じように車を道路わきに寄せて悪態をつくしかなく、そのおかげで、シャーリーが見つけだしたことの意味について議論する時間ができたのは不幸中の幸いだった。

マーカスは言った。「かならずしも意味があることとはかぎらない」

「そうかしら」

「ふたりの付きあいは長い。軍隊時代の同僚だ。ともに戦場を駆けまわった仲がそう簡単に壊れるとは思えない」

「でも、ドノヴァンはトレイナーの妻となる女性を死なせたのよ、マーカス。車を壊されたりするのとはわけがちがう」

「車にこだわる男もいる。とにかく、あれは事故だったんだ。トレイナーは寛大な心の持ち主なんだろう」

「アフガニスタンに行ってたんでしょ。そこで寛大な心を養う訓練を受けていたとは思わないわ」シャーリーは言いながら、スマートフォンで保安局の記録をチェックしつづけていた。「アリソン・ダンは国連の諮問機関の会議にドノヴァンと同席している」

「そもそも兵士どうしの結婚が認められているのかどうかもわからない」

「記録の一部は抹消されている」

「なんだって」

「抹消されていると言ったのよ。しっかりしてちょうだい」

「それはわかっている。そっちこそしっかりしてくれ。抹消されているのは記録のどの部分なんだ」

「国連の会議から帰国した直後に、アリソンは報告書を提出している。それを上層部が揉み消したのよ」

「なるほど」

「なるほど？　わかりやすい相槌ね。何が〝なるほど〟なの？」

「前後関係から考えると、政治的な圧力がかかったということになる。それが〝なるほど〟の意味だ。政治的な圧力ほどタチの悪い圧力はない」

ここに来て、車の列がふたたび流れはじめた。

「それで、どうするつもり？　Uターンして家に帰る？」

「いいや。一刻も早くルイーザとカートライトに追いつかなきゃならない」

「どうしてそう思うの」シャーリーはスマートフォンの画面から顔をあげて尋ねた。

「前方に黒いヴァンが見えるだろ」

たしかに見える。

「車の側面に〝ブラック・アロー〟と書かれている。どうやらおれたちと同じところへ向かっているようだ」

「消えうせろ！」と、男は言った。

たった一言だが、それで用は足りると思ったのだろう。後ろにさがって、ぴしゃりとドアを閉めようとしたが、ラムはその気になれば機敏に動くことができる。ドアが閉まりきるまえに、戸口の隙間に、はきつぶされた傷だらけの革靴をはさんでいた。

「三ペンス貨一枚でもいい。善意のおこころざしを」

「足をどけろ、おっさん」

「悪いが、ダンスは別料金になる」

ラムはドアを押し、男があとずさりすると、するりと家のなかに入って、足でドアを閉めた。と同時に、男の顔に向けてスチロール樹脂のカップを放り投げた。狙いどおり、男は反射的にそれを手で受けとめ、腹がガラ空きになった。肉弾戦は望むところではないが、やるからには手早く片をつけなければならない。握りこぶしを鐘を鳴らすように横から鳩尾《みぞおち》に叩きこみ、男が身体をふたつに折ると、頭を左右からはさみこむように両耳に平手打ちを食わせた。男の頭のなかでは、爆発音が響いたにちがいない。つづいて前に突きでた顔に膝蹴りを見舞うと、家を間違えた可能性があることを考慮に入れて、いくらか手心を加えることにし、男の耳を両手で押さえたまま、その身体をゆっくりと床におろし、つぶれた顔から流れでる血をよけるために素早く後ろにさがった。

「昔とった杵柄《きねづか》だ」と、ラムはつぶやいたが、相手に聞こえたかどうかはわからない。男の身体を転がすと、腰に拳銃がさしこまれているのがわかった。これで家を間違えた可能性を気にする必要はなくなった。たとえ間違っていたとしても、少なくとも今回の暴力沙汰については言いわけがきく。クリスマスの募金をお願いにきたのに、拳銃を持って出てくるような輩《やから》が罰を受けるのは当然のことだ。ラムは弾倉をはずして、ポケットにしまい、拳銃を奥の部屋の戸口に投げ捨てた。ここにはキャサリン・スタンディッシュのほかに誰もいない。でなければ、すでに撃ち殺されている。

大きな咳払いをして、痰壺を探しているみたいに周囲を見まわし、それから唾を呑みこんだ。〈遅い馬〉たちによく言って聞かせていることだが、礼儀正しさに金はかからない。玄関の間の左側には階段があり、拳銃を放り投げた戸口の向こうには、いくつかのドアがあるが、どちらにせよ上にあがらないわけにはいかないとしたら、面倒なほうを先にすませたほうがいい。階段に足をかけたところで立ちどまって、煙草に火をつけたとき、鼻がひくひく動いた。どうしてここでチーズの匂いがするのだろう。

いや、そんなことはどうでもいい。ラムはくわえ煙草で階段をあがりはじめた。

リヴァーは訊いた。「それで、あんたたちは何に興味を持っているんだい」

冷ややかな視線がかえってきただけで、トレイナーは返事をしなかった。

リヴァーは床にすわって、壁にもたれかかっていた。その姿勢だと腹の筋肉の痛みが少しはやわらぐが、だからといって近い将来、ニック・ダフィーに好意を持てるようになるとは思えない。ダグラスは一ヤードほど離れたところにすわっている。リヴァーとルイーザをなかに入れることを拒んでいたときの世界に無理やり自分を送りこもうとしているようにも見えるし、悔し涙があふれそうになるのを抑えているようにも見える。ルイーザはというと、以前なら気がつかなかったかもしれないが、いまは沈黙の空間に引きこもっていることがわかる。それは、そこにいまはいなければいけないが、神経を集中させていなくてもいいときなら、いつでも迷いこめるところだ。それは、彼女が〈泥沼の家〉送りになったばかりのころ長い時間を過ごしたところでもある。ミンが死んでからは、またそこに戻ろうとしているように見える。以前住んでいた家を再訪するようなものだ。最初は記憶にあるところより狭苦しく思えるかもしれないが、二日か三日もすれば、そこを離れたことなど一度もなかったような気になるにちがいない。

頭の上には、監視カメラのモニターの列があり、首都の西端の荒蕪地の地下に一マイルにわたって延々と続く無人の通路と部屋の様子を映しだしている。トレイナーはずっとモニターを見つづけている。ドノヴァンの作業の進捗具合をチェックしているのだろう。

リヴァーはあらためて訊いた。「UFO？　エイリアンに会ったと言う者の多くが、それが未確認飛行物体《UFO》だと言ってはばからないのはどうかと思うが、まあ、そんなことはどうでもいい。とにかく、それがあんたたちの興味の対象なのかい。でなかったら、レディ・ダイ？　彼女が爬虫類の命令を受けて保安局を動かしていると思っているのかい」

このときは冷ややかな視線がかえってくることもなかった。トレイナーはまばたきもせず、叩きつぶす価値もない虫けらを見るような目を向けただけだった。

「馬鹿馬鹿しいにも程《ほど》がある」リヴァーは続けた。「それが事実だとしたら、そんな話が保安局の外に漏れるわけがないじゃないか」

　トレイナーは言った。「聞いたところによると、保安局がフライドポテトにはビネガーをつけるべしと決めたとしても、あんたたちに知らされることはないそうだな」

　やっと反応を引きだすことができたと思って、ほくそ笑んだとき、トレイナーの表情が変わった。その目はモニターに釘づけになっている。同じときに、ルイーザは沈黙の場所から戻ってきていた。やはりモニターを凝視している。

「あの連中は何者なの？」

　ダグラスはすわったままだったが、あとの三人は立ちあがって、モニターのひとつを見つめていた。そこには、先ほどまで無人だったが、いまは黒ずくめの男たちがあふれる通路が映っている。全員マスクをかぶり、ユーティリティ・ベルトを腰に巻いて、足早に歩いているが、この時点でリヴァーがわかっているのは彼らがどこへ向かっているかということだけだった。

　幹線道路から離れるにつれて、道幅は狭くなるばかりだった。最初は並木道だったが、しばらくして両側にテラスハウスが立ち並ぶようになり、それから鉄道の線路に近づくと、寂れた貨物の集積場や倉庫や空き地が目にとまるようになった。交通量は少なくなるばかりで、それだけ余分に距離をとらなければならない。しばらく行ったところで、ブラック・アローのヴァンは明かりのついていない建物と建物のあいだに消えたが、マーカスはそのまま車を直進させた。

シャーリーは身体をねじって、ヴァンが入っていったところに目をこらした。「工業団地のようね。例の施設があるところにちがいないわ」

マーカスは一うなりして、次の角を曲がり、〝常時使用しています〟と記されたガレージの前に車をとめた。「ここで待っていてくれ」

「どこへ行くの？」

「トランクだ。必要なものを取ってくる」

マーカスは外に出て、車の後ろにまわりこんだ。シャーリーはついていこうとしたが、考えなおして、すわったままポケットをあさった。もしかしたら、いいものが見つかるかもしれない。もうないと思っていたコカインの包みがあったというのは虫がよすぎるとしても、ここ数日は同じジーンズをはいているので、夜にとっておこうと思って忘れていたハシシが入っていることぐらいはある。が、何もなかった。合法ドラッグの錠剤がジャケットの裏地の布のほつれからなかに入りこんでいる可能性もゼロではないと思って、縫い目にそって指を這わせたが、やはり何もない。チェッ。でも、まあいい。ないなら、ないでかまわない。そう自分に言い聞かせつつ、マーカスがアスピリンでもなんでもいいから何か持っていないかと思って、グローブ・コンパートメントをあさったが、なかに入っていたのは、古いポロのミント・キャンディとむきだしのCD数枚だけだった。

でも、だいじょうぶ。ドラッグで気持ちを奮いたたせる必要はない。アドレナリンで用は足りる。そのくらいのことはマーカスに言われるまでもないし、自分に言い聞かせるまでもない。それで、いらだちを抑えようとしてCDを見ていたら、《アーケイド・ファイア》の去年のハイド・パーク公演の海賊版があることがわかった。マーカスのものにしてはクールすぎる。おそらく子供たちのものだろう。としたら、借りるのはそんなに簡単なことではない。でも、これは海賊版のCDだ。その子が著作権を有していないとしたら、所有権の所在はかならずしも明白ではない。そんなことを考えているうちに、いらだちはいつのまにか薄れていた。CDをジャケットのポケットに滑りこませたとき、窓にマーカスの姿がぬっと現われたので、跳びあがりそうになった。

「びっくりさせないでよ」

「何か問題でも?」

「べつに……ん?」シャーリーは顔をあげて、マーカスを見つめた。「なんなの、それは? マジ?」

〝それ〟というのは黒い野球帽のことで、マーカスが突撃部隊にいたときに使っていたものだ。当時はそこに小型マイクがついていたが、いまはついていない。それを眉が隠れるくらい深くかぶり、鍔《つば》を上向きに反らせている。

「以前よく使っていたんだ」

「ハゲに光が反射するのを防ぐために？」シャーリーはジャケットを後ろのシートに放り投げて、車から降りた。

「ジャケットを着ていったほうがいい」

「このクソ暑いのに？」

「白いTシャツ姿で行く気か？　そんな格好じゃ――」

「わかった。わかった」シャーリーはジャケットを取って、身につけた。「親子で通用する年だからといって、父親みたいなことを言わないで」

「おれはそんな年じゃ――いや、そんなことはどうだっていい。気持ちの準備はできたか」

「相手はオモチャの兵隊なんでしょ」

「どんなときでも敵を見くびっちゃいけない。人数がわからないときは、なおさらだ」

「大型のヴァンだったしね。でも、どうしてここに来たのかしら」

「ドノヴァンの部下だから。あるいは、今日の午後ドノヴァンがモンティスを殺すまで、部下だったから。前者なら、モンティスのことは意に介さず、ドノヴァンがやろうとしていることに手を貸すためにやってきた。後者なら……」

「後者なら、ボスを殺《や》ったのはドノヴァンだということを知って、リベンジのためにここに来た」

「ああ。そんなところだろう。きみは武器を持っているか」

「いいえ。あなたは？」

「いいや。拳銃だけだ」

「それを武器というのよ」

「小さな拳銃だ」

「予備はある？」

「おれはきみの乳母か？　予備はない。この車はファミリーカーだ。動く兵器庫じゃない。ジャケットのボタンをとめろ。Ｔシャツが見えてるぞ」

シャーリーはボタンをとめ、ふたりは角を曲がった。

ブラック・アローの一行はどこにいるのだろうと思いながら、腕時計に目をやったとき、眼下にヴァンが見え、ニック・ダフィーはため息をついた。山積みにされた金網のフェンスの近くで、無意味にブレーキをきしらせてとまると、一同はいっせいに車から降りはじめた。ヴェトナム戦争の映画を見て、ヴェトコンが潜んでいる葦《あし》の茂みにヘリコプターで降り立つところをまねているのかもしれない。素人もいいところだ。

が、もとより彼らに多くのものを期待してはいない。頭数を揃えて、ここにいるだけでいいのだ。

その数を一ダースまで数えたところで、ダフィーは双眼鏡をおろした。一同は西部劇ごっこのノリで、自分たちのヴァンや廃棄物用コンテナやフェンスの山の後ろに身を潜めて、周囲の様子をうかがっている。少しずつ輝きはじめた星々の下には、〈泥沼の家〉のメンバーの車もある。今回の秘密任務の対象者のなかには、リヴァー・カートライトとルイーザ・ガイも含まれている。ふたりを盤の上から取り除くのは、ある意味、万人のためだ。そう思いつつも、それはこの種の仕事をこなす際に必要とされる心の持ちようにすぎないこともよくわかっていた。自分は公益のために働いているのだという意識は、実際そうだとしても、つねに頭の片隅にとどめておかなければならない。

〝全員よ〟とイングリッド・ターニーは言った。〝もちろん〈泥沼の家〉のメンバーもそのなかに含まれている〟

ダフィーはふたたび黒ずくめの兵士きどりに双眼鏡を向けた。何人かがヴァンの後ろから荷物を取りだしている。ふたつのサーチライトとその簡易設置台だ。ほかの者たちは、物陰を伝いながら、突入の準備を整えている。楽しんでいるように見えるが、それは実際の戦闘を経験したことがないからだろう。ダフィーが感傷家だったら、昔は自分もそうだったと思ったかもしれないが、実際はそうではないし、そうだったこともないので、余計なことは何も考えずに、腰をかがめて、足もとに置いてあった大きなバッグから黒いシルクの目出し帽を取りだした。黒いのは夜だからであり、素材がシルクであるのはこの時間でもオーブンの火が消えたばかりのパン屋のように暑いから。そして、目だし帽をつけるのは顔を見せないためだ。任務がすべて終了したら、ブラック・アローは遺体袋を持ってここに立っていることになる。人相はわからないほうがいい。

ダフィーは拳銃と弾薬を点検してから、自分の役割を果たしにいった。

階段をあがりきったところで、南京錠のかかったドアを見て、ラムは思った。よろしい。ここがそうであるのは間違いない。同様に、南京錠の鍵がさっきの若造のポケットのなかにあるのも間違いない。一階に戻って鍵を取ってくるのは二分もかからないだろう。だが、こんなときにそんなことをする者はひとりもいないはずだ。それで、声を張りあげた。「スタンディッシュ！　ドアから離れていろ」そして、それ以上の警告はせずに、足を使った。最初の蹴りで、木の破片が飛び、南京錠のかかっている金属の留め金が戸枠からもぎとれそうになった。二度目の蹴りで、目的は達せられた。ドアが部屋の内側に向けて勢いよく開き、壁に当たって跳ねかえり、ふたたび閉じる。その一瞬のあいだに、キャサリン・スタンディッシュの姿がちらっと見えた。奥のドアの前で、手に何かを持って立っている。ラムが壊れたドアを押して、部屋のなかに入ったときにも、キャサリンはそこにいた。だが、手にはもう何も持っていない。

ラムは室内を見まわし、それからふたたびキャサリンに視線を戻した。「拉致されたと思っていたが、遊びにきていたのか」

「外から鍵がかかっていました」

「ウサギ小屋でも、もっとましな鍵を使っている」ラムは前に進みでて、奥のドアからバスルームを覗きこんだ。「バス、トイレつきか。ＶＩＰ扱いだな」

「かもしれません。言っておきますが、この部屋は禁煙です」

「受動攻撃性。それがきみの悪い癖だ」そう言いながらも、ラムは煙草をトイレに投げ捨てた。その煙草は便座に当たって、タンクの後ろに落ちたが、たぶん火事になるようなことはないだろう。

キャサリンは訊いた。「ベイリーはどうしているんです」

「ここで見張り番をしていた実習生タイプの若造のことか。だったら、いまは眠っている。それもきみの昔の恋人なのか」

「どんなふうに眠っているんです」

「死んでるかという意味なら、死んではいない」そのときにはトレイを見つけていて、ラムはそこへ直行した。「わしのことを悪党扱いするな。保安局の局員が拉致されて、放っておくわけにはいかなかったんだ。もちろん、それはきみが重要人物だということじゃない」

一思案ののち、ラムはクッキーをポケットに突っこみ、サンドイッチの包みをあけた。リンゴには一瞥をくれただけだった。

「ここに誰を連れてきたんです」

「誰も連れてきていない」

「ひとりで来たんですか」キャサリンは驚きを隠しきれなかった。

「正確に言うと、ホーが車を運転してきた」ラムはサンドイッチにかぶりつき、顔をしかめた。「なんだ、こりゃ。いつから置きっぱなしになっていたんだ」

「ドノヴァンは何を要求したんです」

「きみと引きかえに？」口をもぐもぐさせ、呑みこみ、それからまたかぶりつき、口のなかをいっぱいにして、ラムは話を続けた。「トンデモ系の情報のファイルがほしいと言っている」

キャサリンの顔に困惑の色が浮かび、それからさらに大きな困惑の色が浮かんだ。「グレー・ブックのことですか」

「ああ。わしも同じ反応を示した。どういう意味かさっぱりわからない。でも、その昔きみと情を通じていたとすれば、それなりに説明は可能だ」また口をもぐもぐさせて、「もっともその場合は、相手が完全に狂っているということが前提になる」

「そろそろ行きませんか」

「まだクッキーを食っとらん」ラムは言い、それからサンドイッチの匂いを嗅いだ。「これはチーズ入りなのか」

「まったくもう……後ろを向いてください」

言われたとおりにすると、何かがズボンの尻から引き剝がされた。ラムが振りかえったとき、キャサリンの手には平たい円盤状のものがあった。モッツァレラ・チーズのように見える。

「ホーの部屋で椅子にすわるときには、注意したほうがいいと思います。クリーニング代だって馬鹿にならないから」

「誰がクリーニングに出すと言ってるんだ」

キャサリンは先に部屋を出て、階段の手前で立ちどまり、後ろを振りかえった。ラムは気にとめなかった。そこは普通の部屋で、べつに何も起きていない。退屈に耐えなければならなかっただけだ。

階段をおりたところで、床の上に倒れているベイリーの姿が目に入った。就眠前に顔面を金床《かなとこ》に打ちつける習慣が人々のあいだで普通にあるとしたら、眠っているように見えたかもしれない。

「ベイリーはまだ子供です、ジャクソン」

「拳銃を持っていたんだ。ベイリーというのがこの男の名前なのか」

「いいえ。カメラを持っていたからそう呼んでいるだけです」

ラムは少し考えたが、すぐに諦めた。「まあいい。とにかく目を覚まさせよう。ドノヴァンが本当にほしがっているものが何なのかを聞きだす必要がある」

「ということは、ドノヴァンが狂っているとは思ってないってことですね」

「いいや。おそらく狂っている。でも、だからといって、隠された目的がないとは言えん」

「わたしを助けにきてくださったことに礼を言います」

「助けにこないと思っていたのか」

「いいえ、そんなことはありません。でも、こんなに簡単に片がつくとは思っていませんでした」

ちょうどそのとき、ローデリック・ホーがバスに乗って玄関に突進してきた。

「ブラック・アローだ」と、トレイナーは言った。

まるで映画を見ているみたいだった。ひとりが数ヤード前進し、そこで身をかがめる。別のひとりがそれを追い越し、数ヤード進んで、安全を確認する。ほとんどの者が警棒を持っている。拳銃のようなものを持っている者もいる。だが、拳銃にしては奇妙な形をしている。テーザー銃だ。リヴァーは身体の奥深くから記憶と痛覚がよみがえるのを感じた。一発食らったことがあるのだ。

ルイーザは訊いた。「あなたたちの仲間ってこと?」

「だったらいいんだが」トレイナーは言って、ダグラスのほうを向いた。「連中はどこにいる? 場所を教えろ」

ダグラスは床にすわったまま、むっつり顔で肩をすくめた。

「やっかいな野郎だ」トレイナーは襟をつかんで、ダグラスを立たせ、モニターに顔を向けさせた。「あれだ。場所は?」

唇が先に動き、それから声が出た。「C通路だ」

「よくわかった。そのC通路はどこにあるんだ」

「B通路の手前だ」

「そこから保管庫までの距離は?」

「E通路を抜けたら保管庫になる」

「わかった」トレイナーはベルトから拳銃を抜いて、弾倉をチェックした。「予定変更だ。おれは向こうに行かなきゃならない」ドノヴァンが姿を消した通路のほうを指さして、「おれたちがここに戻ってくるときまでに、おまえたちは姿を消していろ」

「まだ仲間をかえしてもらってないわ」ルイーザは言った。

「この先事態がどんなふうに展開しようと、九時には解放することになっている。危害は加えていない。おれたちは獣じゃない」

「それはまだなんとも言えないわね」

リヴァーはモニターから目を離さなかった。この施設は急速にブラック・アローの支配下に置かれつつある。「連中を撃つつもりなのか」

「指揮官の援護をするんだ」

「相手は素人《しろうと》集団だ。持っているのは棒きれと石ころだけだ」

「なかには軍隊経験のある者もいる。全員が非武装であるわけでもない。民間の警備会社で働いた経験はあるか」

「まだない。この先はどうかわからないけど」ルイーザはつぶやいた。

「警備会社には、違法に銃を隠し持っている者が大勢いる。請けあってもいい」

「あんたたちの本当の目的は何なんだ」

だが、トレイナーはもういなかった。スイング・ドアを通り抜けて、通路を全速力で走っている。

リヴァーはダグラスのほうを向いた。「どこかに武器を保管している場所はないか」

「あるわけないだろ、そんなもの」

訊いてみただけだ、とリヴァーは心のなかで言いながら、ふたたびモニターに目をやった。銃を持っているかどうかは別にして、画面には大勢の男が映っている。ふたりの元兵士に対するには充分すぎる数だ。

おそらく。

ダグラスはすでに頭上のハッチの蓋をあけるレバーを倒していた。

リヴァーは言った。「外に出たら、すぐに上司に電話をかけてくれ。侵入者がいるので警報を鳴らすようにと、彼に伝えるんだ」

「〝彼女〟だよ」と、ダグラスは言った。

「えっ？」

「上司は女だ」

「わかった。どっちだっていい」リヴァーは言い、それからルイーザのほうを向いた。「きみはどうする。いっしょに出ていくか」

「あなたは？」

「もうしばらくここにいる。何が起きるのか見きわめたい」

「そうね。わたしもそうするわ」

ダグラスはすでに梯子をあがりはじめていた。その姿がハッチの向こうに消えると、リヴァーはレバーをあげて蓋を閉めた。

モニターのひとつは、上の小部屋にあがっていくダグラスの姿を映しだしている。

別のモニターのひとつでは、ブラック・アローの面々が手信号を送ったり、指さしたりしながら、通路の先のドアに近づきつつある。

その様子を見ながら、ルイーザは言った。「わたしたち、どちらの側につけばいいのかしら」

「撃ちあいが始まればすぐにわかる。こちらに銃口を向けていないほうだ」

ふたりはスイング・ドアを抜けて、通路の奥へ向かった。

それは細長く、天井の高い部屋で、ベン・トレイナーが入った側には、コンテナが天井近くまで積みあげられていた。そのなかにはケージに収納され、施錠されているものもある。部屋のまんなかあたりまで行くと、コンテナの山のかわりに、棚が並んでいる。棚と棚のあいだは二フィート弱で、中央の通路は、部屋の反対側にあるスイング・ドアへ続いている。戸口の両脇には、大きな金属製のファイル・キャビネットが置かれているだけで、まわりには何もない。ショーン・ドノヴァンは棚の前に立ち、そこに詰めこまれたファイルボックスをひとつずつ引っぱりだして、最初のページをちらっと見ては、行儀の悪い図書館利用者のように床に落としている。トレイナーがそこへ行ったときには、通路は散らかり放題で、ドノヴァンの狙いはただ単に混乱を引き起こすことであり、整然と体系化された過去を無秩序な個々ばらばらの出来事に変えることであるかのように思えた。

ドノヴァンは手をとめずに訊いた。「どうしたんだ」

「われわれを訪ねてきた者がいる」

「誰のことだ」

トレイナーはドノヴァンの脇を通りすぎて、E通路につながるスイング・ドアの前まで走っていくと、腰のベルトをはずし、それをドアの取っ手に通して強く引っぱり、バックルをとめた。そして、ファイル・キャビネットのほうを向いたとき、ドノヴァンがやってきた。

「誰のことなんだ」

「モンティスに雇われていた者たちだ」

ドノヴァンは一思案したあと、首を振った。「みな軽量級だ、ベン」

「ひとりひとりの能力は関係ない。問題は頭数だ。手を貸してくれ」

ふたりはファイル・キャビネットを横に倒し、ドアの前に移動させた。

「長くは持ちこたえられないだろうな」

「さあ、どうだろう。普通にドアをあけることすら簡単にはできないような連中だ」ドノヴァンは言いながら、先ほどまでいた棚のほうへすでに向かいはじめていた。

スイング・ドアの丸窓は、大半がファイル・キャビネットの後ろに隠れていたが、一部はその上に出ていたので、トレイナーはそこから通路の様子をうかがった。「すぐそこまで来ている。撤退したほうがいいんじゃないか」

「そうはいかない。必要なものを手に入れるまで撤退するつもりはない」

「周囲を見まわしてみろ、ジョーン。ここの広さは教会なみだ。一週間かけても、見つけだすことはできない」

ドノヴァンの姿は棚の向こうに隠れているが、首を振っていることは見なくてもわかった。

「ファイル番号から絞りこめる。ヴァージル・レベルのV、ターニーの頭文字。日付、それから四桁の数字。必要なのは過去六年から八年のあいだのものだ。だから、見るのはその部分だけでいい。すでに半分は見おわっている」

「でも、これがすべて仕組まれたことだったとしたら？」

「何が言いたいんだ、ベン。タヴァナーからのアプローチがあったのは、おれが刑務所を出て、明日はないもののように飲んだくれていたときのことだ。べつに抗議活動とかをしていたわけじゃない」

「あの女は信用できない」

「タヴァナーはスパイだ。よほどの馬鹿でなきゃ信用しない。当然ながら、向こうには向こうの思惑がある。タヴァナーはターニーの破滅を願っている。おれたちと同じように。アリソンのためだ、ベン。忘れたのか」

「忘れるわけがない」

「それで、どのくらい時間を稼げそうだ？」

「わかった。仕方がない。必要なだけ稼いでやるよ」

トレイナーは拳銃を持ってドアの前に戻り、丸窓の向こうの様子をうかがった。どうやら突入の準備は整ったようだ。このような状況はまえにも何度か経験したことがある。いまもそのときと同じように、敵は息遣いが聞こえそうなくらいの距離にいる。遮蔽物は煉瓦や漆喰壁ほどの厚さもない。

だが、ちがうところもある。敵の戦闘能力だ。

念のために拳銃をチェックし、そして待った。突入してきたら、目にものを見せてやる。だが、油断はできない。彼らの全員が素人ではないということを忘れてはならない。ブラック・アローには、戦闘員としてイラクやアフガニスタンに赴いた者が何人かいる。いまドアの向こうにそういった者がいるとしたら、そこに向けて発砲するようなことはできればしたくない。でも、兵士とはそういうものだ。つねに敵を選べるとはかぎらない。それに、自分はもう旗の下で動いてはいない。いま自分が何より大事にしているのは一枚の写真――アリソン・ダン大尉の写真だ。指先にキスをし、その指を胸ポケットに軽く当てる。ドノヴァンがファイルボックスを調べている音が聞こえてくる。棚から引っぱりだしては、すばやく中身を確認し、そして床に落としている。だが、いまはそんな音に耳を傾けている場合ではない。封鎖されたドアの後ろの動きに神経を集中させなければならない。警戒を怠るな。責務を果たせ。気を引きしめろ。

工場の外に出ると、ダグラスは立ちどまって、迷路から抜けだしたネズミのように目をしばたたき、列車が警笛を鳴らしながらやってくると、動かなければ危険な目にあうことはないと思っているかのように身をこわばらせた。その効果はあったように思えた。列車は走り去り、小さな光の列と音になって郊外へ向かっている。すでに星が輝きはじめている空を見あげて、苦々しげに首を振ると、ポケットのなかから携帯電話を取りだし、連絡先をスクロールして電話番号を探しはじめたが、見つけるまえに、地面にへばりつかされていた。どこからどう見ても反則のタックルだが、実際にそれを見たのは下からだけだった。顔をコンクリートに押しつけられて、叫ぶことも悲鳴をあげることもできない。肺から空気が抜け、闇のなかに拡散していく。命令口調の鋭い声が聞こえたが、何を言っているかはわからない。外国語だからではなく、あまりにも異常な状況のせいだ。中年のカップルがここで車の後ろに身体を押しつけて、よろしくやっているのを見ていたときの記憶がふいによみがえる。そのとき自分は見えないところにいたので、案じることは何もなかった。それは笑い話であり、自分は笑って見ていればよかった。だが、いまは自分が笑われる立場にいる。そう思ったとき、立ちあがらされ、首に腕をまわされた。他人とこれほど接近したのは、二〇〇七年に地元のプールで人命救助の講習を受けたとき以来だ。

「上出来だ。この男はわたしが連れていく」

〝この男〟というのは自分のことで、話しているのは自分を突き飛ばした男ではなく、いまやってきたばかりの別の男だ。

肺にふたたび空気が戻ってきつつある。屋外の空気は熱い。肺のなかに入ろうとしている空気はさらに熱く感じられる。

吐いたかもしれない。

「歩けるか」

実際は歩けそうもなかったが、とりあえずうなずく。

男は黒っぽい服を着て、シルクと思える黒い目出し帽をかぶっているが、先ほど自分を突き飛ばした男のような軍装品は身につけていない。

「じゃ、行こう」

なんとか歩くことはできた。同じことだが、言葉をかえれば、倒れこむことなく引きずられていった。少し行ったところで、黒いヴァンが闇のなかからとつぜん姿を現わした。周囲は暗く、ものの形はぼんやりとしか判別できない。深く息を吸う。そして吐く。このとき気がついたことだが、呼吸をするコツは、呼吸をしようと思わないことだ。それはほかのことを考えていてもできる数少ない動作のひとつだが、問題はいまほかに考えられることはひとつしかないという点にある。ヴァンの後ろまで引きずられていくと、そこからなかに押しこまれ、ドアが鈍い音を立てて閉まる。まわりが真っ暗になる。そこには自分と目出し帽の男しかいない。何かが動いて、バッテリー式の小型ランタンの明かりがつく。それは大型のヴァンで、窓はなく、両サイドにベンチシートが並んでいる。いかにも軍隊仕様といった感じだ。舌にまだゲロの味が残っている。顔をコンクリートに押しつけられたときに、歯が折れた可能性もある。

いずれにしても、たいした問題ではない。いまこの男といっしょにここにいることに比べれば。

男は言った。「だいじょうぶか」

ダグラスはうなずき、咳こみ、ふたたびうなずいた。

「すまなかったな」

不安が霧から靄に変わったように薄らいでいく。

「みな殺気だっているのではね。悪く思わないでくれ。きみはなかに入れるべきでない者をなかに入れた。どうしてそんなことをしたのか、わけを聞かせてくれ」

「それは……それはできない。守秘義務がある」

「それはそうだろう。でも、いまはそんなことをとやかく言っている場合じゃない」男は目出し帽を脱いで、顔を出した。「わたしの名前はニック・ダフィー。ニックと呼んでくれ。リージェンツ・パークから来た。施設内に侵入者がいることはわかっている。でも、いいか。保安局の施設に何者かが許可なしに立ち入るのは、今回がはじめてじゃない。きみが何をしたのかとか、何をしなかったのかとかを気にする必要はない。正規の手順を守るべきかどうかってことも関係ない。これは異常事態なんだ。大事なのはそれをどうやって正常に戻すかだ。そこでひとつ教えてくれ。侵入者は何人いるんだ」

「四人」

「わかった。思っていたとおりだ。それから、きみの同僚だが、ここには何人いるんだ」

「自分ひとりだけだよ。本当にリージェンツ・パークから来たのなら、それくらいのことは知っているはずだが」

「今日は通常の手続きを踏んでいないんだ。それが何を意味するかはわかると思う。ここの出入口のことを教えてくれ。ハッチ式になっているのか」

ダグラスは説明した。

「外から開閉することはできないってことだな」

「ああ。セキュリティは万全だ」

「なるほど。よくわかった。それも思っていたとおりだ。ありがとう」

ダグラスはうなずいた。そのとき、呼吸が正常に戻っていることに気づき、ほっとしたが、次の瞬間には、それはどうでもいいことになっていた。その身体がヴァンの床にぶつかる音は銃声より大きかった。

ダフィーは満足していた。使用したスイス製のサイレンサーの性能には、これまで百パーセントの信頼を置いていたわけではなかったが、結果的にはなんの問題もなかった。死体はとりあえずベンチシートの下に押しこんでおけばいい。パネルにへばりついた頭の血を拭きとることは、石鹼水の入ったバケツと五分ほどの時間があればできるが、いまはそれだけの時間もない。

まずはひとり。あと四人。

忙しい夜になりそうだ。

ダフィーはまた目出し帽をかぶって、ランタンの明かりを消し、暗がりのなかに足を踏みだした。

いまいるパブはグレート・ポートランド通りから少し奥に入ったところにあり、まえに一度だけ来たことがある。部下のひとりだったダイエッター・ヘスの葬儀の夜のことだ。みな口ではきれいごとを並べていたが、実際のところは、二重スパイのほとんどがそうであるように、誰かが十ポンド札を放り投げたら、それが落ちたところにかならずいるような、食えない男だった。とはいえ、それがそもそも人間の性《さが》というものだ。スパイはモンキー・パズル・ツリーの枝のような複雑な影を投げる。スパイの口から出たものであれば、たとえそれが昨日の天気の話であったとしても、聞いている者はとんだ被害をこうむりかねない。

ジョニーウォーカーのブラックラベルは特別なときに飲む酒で、ダイアナ・タヴァナーはそれを口に含みながら、今回の一件がどれほど特別であるのかを考えていた。

コインが床に落ちる音をイングリッド・ターニーが聞いたのは間違いない。だが、そのコインが床にはずんだところを素早くキャッチしたかどうかはわからない。もしかりにキャッチしていたら、自分のキャリアは週末までもたないだろう。心のなかで策を練り、面白半分に陰謀をくわだてて、はしゃいでいるうちはいい。保安局では珍しいことでもなんでもない。

だが、それを実行に移したとなると、その時点で戦争開始になる。ターニーのような敵に打ち勝つためには、スタートの号砲が鳴るまえにすべてを終わらせてしまわねばならない。

だが、これほどのチャンスをどうして諦めることができただろう。

ちびちび飲んでいるうちに、無性に煙草が喫いたくなってきて困った。酒を飲むと、いつもそうなるのだ。いまこの瞬間、ショーン・ドノヴァンはロンドンのはずれの地面の下で、イングリッド・ターニーを権力の座から引きずりおろすばかりか、裁判にかけ刑務所送りにすることまでできる証拠を探している。それがそこにあるのは間違いない。ターニーの考えることは容易に想像がつく。その頭脳は委員会や会議で本領を発揮する。要するに、役人と同じ考え方をするということだ。もちろんそれは大きな強みではあるが、周辺に役人しかいないところでは、逆に弱みになる。書類を書類の山に隠すというのは、役人ならではの発想だ。まわりにはいつも書類がある。いつも書類の山に囲まれている。役人にとって、それは利点であり、同時に、つまずきの石になりうるものでもある。収支は一致しなければならない。さらには、第三者機関の承認を得る必要もある。旅程表、請求書、権利放棄証、契約書、保証書。外部に仕事を発注するときには、あとでケチをつけられることのないようかならず文書に起こしておく必要があり、それを内部で処理する場合には、残業手当の申請書にサインすることを求められる。そういった書類はすべて三部ずつ作成され、コピーをとってファイルされ、将来自分がかかわったことすら覚えていない行為を説明するよう求められたときのために保管されることになる。保安局を動かしているのは、どの役所もそうであるように、書類なのだ。それをとめるための確実な方法も、役人を説き伏せることができる確実な手立てでも、まだ誰も思いついていない。役人というのはどこまでも自分たちのやり方に固執するものであり、廊下にいる犀《さい》なみの柔軟性しか持ちあわせていない。

だから、証拠は間違いなくあそこにある。最近、局内の保管庫から移された大量の文書といっしょに。もちろん自分自身の手でそれを探りだす機会はこの数年のあいだに何度もあったが、そうしなかったのは、いまドノヴァンが身をさらしているリスクをみずから負わなければならなくなるからだ。たとえ証拠を手に入れることができ、それをリークしたとしても、まともに取りあってもらえるとは思いにくい。かりに特別委員会が設置されたとしても、調査の対象となるのは、リークしたほうで、リークされたほうではない。最近の内部告発の例を見ても、そのことははっきりしている。インターネット世代の英雄たちのように、どこかの国の大使館の一室にこもったり、外国の街で細々と露命をつないだりするつもりはない。

一方、部外者の手によって証拠が外部に持ちだされたら、信じられないといった顔をして、保安局のトップの違法行為が白日のもとにさらされるのを高みから見物し、おろおろするしか能のない内務大臣を補佐し、事態が沈静化するまでの組織の束ね役を謹んで引きうけることができる。本気でイングリッド・ターニーと一戦交えるつもりなら、正攻法はありえない。だからショーン・ドノヴァンを使ったのだ。あの男なら信用できる。彼はスパイではなく、軍人であり、忠誠心についての考え方もちがう。保安局から受けた仕打ちに対する復讐心も持っている。

もちろん、その責任がタヴァナー自身にあるということがわかったら、話はまたちがったものになるだろう。

グラスを空にすると、タヴァナーは次善の策に思案をめぐらしたが、そんなものがないことはすぐにわかった。いまできることは酒のおかわりをすることくらいだ。

酒はすぐに持ってこられた。バーテンダーが男だったからだろう。いずれはそういう特別扱いを受けることはできなくなる。そのときが来たらどんな気がするだろう。だが、そんなことを考えても意味はない。それは死について考えるようなものだ。バーテンダーが酒を注いでいるとき、ちらっとまわりを見まわすと、近くの鏡に自分の姿が映っていることに気づいた。褐色の髪に白いものが一筋まじっている。一瞬ぞっとしたが、実際は光の加減でそう見えただけだった。ほっと胸を撫でおろしたが、これはいまの状況に対する遠まわしな警告かもしれない。時は委細かまわず進んでいく。好機を逸してはならない。臆病風に吹かれて身を縮こまらせているより、思いきって火のなかに身を投じたほうがいい。

そんなことを考えていたので、払うべき注意を払っていなかった。店の隅の席に、ひとりの男がいた。それは見てくれのいい、きどった感じさえする男で、広い額から黒い髪を後ろへ撫でつけている。新聞を広げて見ているようだが、実際にその茶色い目が見ているのはダイアナ・タヴァナーだった。

「言ったじゃないですか。イグニッションをショートさせるくらいわけないって」

「バスのことは何も言ってなかった」

ホーの突入によって、ポーチは焚きつけと化し、ドアのあったところには大きな穴があいていた。ぶつかったときのスピードを考えると、古き良きロンドン・バスの頑丈さには及第点をつけられるが、この家の持ち主にとってはただ単に迷惑なだけだ。玄関の間には、石やガラスや木の破片が散らばっていて、戸枠の破片がベイリーの背中の上に落ちている。バスがもっと奥まで突っこんでいたら、虫のようにつぶされていたにちがいない。

「まずいことになったんじゃないかと思ったんです」

「まずいことになっていたら、どうだというんだ。バスを突っこませたら、解決していたのか」

「努力は認めてあげなきゃ」キャサリンは言った。「ありがとう、ロディ。いい思いつきだったわ。悪いけど、お水を一杯持ってきてもらえないかしら」

「喉は渇いとらん」

「あなたのためじゃありません。おあいにくさま。たぶん奥にキッチンがあると思うわ」

「キッチンまでぶっ壊そうと思うなよ」と、ラム。

ホーが仏頂面で歩きだしたとき、ディナープレート大の漆喰が天井から落ちてきて、その頭に当たった。

ラムは天井を見あげて言った。「よくやった」

キャサリンは腰をかがめて、ベイリーの身体から戸枠の破片を払いのけた。「これ以上ホーをからかうのはやめてください。バスを突っこませたのが自分だったら、延々と自慢話をしていたはずです。ちがいますか。ほかの者たちはどうしているんです」

「カートライトとガイは、きみのお友だちのドノヴァンのお先棒をかつぎにいった」

「お先棒?」

「グレー・ブックはヘイズの近くの保管施設にある。そこに入るにはどうしても局員の手助けがいる」話しながら、ラムはポケットをあさって、そこからクッキーを取りだすと、その半分を口のなかに入れた。「でなかったら、自分たちだけでヘイズへ行くのがいやなんだろう」

「やる気がないので、けじめをつけた」

「マーカスとシャーリーは?」

「どういう意味です?」

ラムは苦々しげにため息をついた。「あのオフィスで人材管理《マン・マネージメント》のなんたるかを理解しているのは、わしだけなのか」クッキーの残り半分を口に放りこんで、「言っとくが、〝マン〟にはシャーリー・ダンダーも含まれている」

「彼女は体格がいいだけです。それより、けじめというのは――」

「馘《くび》にしたんだ」

キャサリンはしばらく黙って考えていた。猪突猛進型という点では、マーカスとシャーリーはたしかにリヴァー以上だ。「うまい手かもしれません」

「ああ。しかも今回は失敗したときのことは考えなくていい。ふたりともすでに馘《くび》になってるんだから」

「それでも指示を出すという選択肢はあったはずです」

「あいつらが一度でも指示に従ったことがあるか」

ホーが水の入ったグラスを持ってキッチンから戻ってきた。その目がラムからキャサリンへ、それからまたラムのほうへ動く。

「それは水だ」ラムが言った。「ちょっとは頭を使え」

ホーはグラスをキャサリンに渡した。

「ありがとう」

キャサリンは床に膝をつくと、気を失ったままでいるベイリーの頭を起こして、片方の手で口を開き、そこにグラスの水を流しこんだ。

「ずいぶん手荒いな。溺れ死にさせようとしているのか」

「わたしは顔面をつぶすようなことはしません」

「わしの膝には、歯が一本突き刺さってるかもしれん」

「まだ子供なのに」

「だったら、大人にまじって遊ばないほうがいい」ラムは腰をかがめて、ベイリーのポケットを探りはじめた。そして、財布を見つけると、その場にしゃがみこんで、中身をたしかめた。小銭と二枚の十ポンド札、それにクレジットカードと運転免許証。

紙幣は肉づきのいい手のなかに消えた。

「何をするんです」

「ガソリン代だ」ラムは言って、運転免許証に目をやった。「なるほどなるほど。この男の名前はクレイグ・ダンだ」

「意識が戻ったようです」ホーが言った。

閉じたまぶたがひくひく動いている。キャサリンはてのひらで軽く頰を叩いた。

「それは応急処置なのか。わしには子犬をあやしているようにしか見えんが」

「少しは役に立つことをしたらどうです。救急車を呼ぶとか」

「役に立つことは充分にしたつもりだ」ラムは言い、それからホーのほうを向いた。「どうかしたのか」

「ガソリン代を払ったのはぼくです」

「だったら、経費の請求書を出せ。申請の仕方はルイーザが知っている」

そのとき、クレイグ・ダンが小さなうめき声をあげて、目を開いた。

一見したところ、まわりに人影はなかった。ブラック・アローのヴァンのそばに、ルイーザのものとおぼしき車がとまっている。あとは廃棄物用コンテナや、石材の山や、金網のフェンスがあるだけで、さっきここにやってきたはずの一団の姿はもうどこにもない。

「どこに行ったのかしら」

「ひとを探すな。動きを探せ」

それは子供向けのパズルのようなものだ。木の絵をじっと見つめていると、いつかそこにリスが隠れていることがわかるようになる。

ふたりは夜陰にまぎれ、リスではなく木になって、小さな声で話していた。シャーリーは白いTシャツが見えないようジャケットのボタンをいちばん上までとめている。マーカスは野球帽を目深にかぶっている。そこは四辺を四つの建物に囲まれた空き地の入口で、車の無断進入を遮るためのポールは上にあがっている。駐車場の係員用の木造の詰め所は空っぽで、小便の臭いがする。いちばん遠いところにある建物の向こうに光が見える。鉄道用の信号機だ。だが、目の前の空き地に光るものは何もない。空は濃紺に染まっている。

そのとき、空き地の奥のほうで何かが動いた。建物の一階の柱のあいだだ。ふたりの黒ずくめの男がいる。

「ふたり見つけた」シャーリーは言った。

「おれは七人だ」

「自慢している場合か」

「隠れ方が下手すぎるんだ。こんな場所で、こんなに隠れるものがあるのに。おれなら透明人間になれる」

「わたしには見えてるけど」シャーリーはつぶやき、それから言った。「あれは何かしら。撮影用の照明器具？」

それはふたつあった。高さ数メートルの架台の上にサーチライトが取りつけられている。ひとつはブラック・アローのヴァンのそば、もうひとつはそこから数メートル離れたところにあり、どちらも工場の出入口を睨んでいる。どちらも点灯していない。大きなスプリング式のアームランプのようで、箒《ほうき》の柄で軽く突ついただけで倒れそうに見える。

「そうだ。そんなものがここにあるってことは——なるほど」

「ここは処刑場ってわけね」

「そのようだな」

「リヴァーたちはあそこから追いたてられる。出てきたら、ライトをオン。そして、バン、バン、バン」

「しっ、静かに！」

ヴァンの後ろからもうひとりの男が姿を現わした。目出し帽をかぶっているので、顔は見えないが、元々遠く離れているので、結果的には同じことだ。素早く周囲を見まわし、それから右側の建物のほうに走っていく。

「八人目」

「ただ単に数えているだけ？　それとも何か思うことがあるの」

「こういう状況のとき、おれはいつもこう考える——ネルソン・マンデラだったらどうするか」

「マジ？」

「もっとも警戒厳重な刑務所に、二十七年間も閉じこめられていたんだ。自分の身は自分で守らなきゃならなかったってことだ」

「たしかに常人じゃないけど……そんなことはどうだっていいでしょ。それで、ネルソン・マンデラならどうしたって言うの？」

「ライトがつくまえに、台ごと破壊する。きみにまかせていいか」

もちろんいい。そう答えようとしたとき、マーカスの後ろに警棒を持った男が現われた。シャーリーの目に浮かんだ警戒の色のおかげで、マーカスは一瞬早く動くことができ、警棒は側頭部のかわりに首に当たった。それでも、ひとたまりもなかった。身体が壁にぶつかり、跳ねかえり、大きな音を立てて地面に倒れる。シャーリーは何もできなかった。マーカスの頭にまだ野球帽がのっているのを見る時間はあった。男の顎に蹴りを入れるために前に進みでる時間もあった。だが、もうひとりの男に足を払われ、前につんのめるのを防ぐ時間はなかった。転がらなきゃ。そう思った瞬間、口のなかが砂だらけになり、男の脚が頭を割りにきた。


通路を走りながら、ルイーザは胸の鼓動を感じていた。心拍を意識したことは長いことない。

二歩先で、リヴァーが速度をほとんど落とすことなくスイング・ドアに突っこんでいく。ドアが壁にぶつかり、戻ってくる。ルイーザはそれを両腕ではねかえした。この様子を昔の教官が見たら、七種類の引きつけを起こすにちがいない。まるで小学生の駆けっこだ。とてもオペレーション実行中のスパイとは思えない。もっとも、ふたりがスパイかどうかという点でも、これがオペレーションかどうかという点でも、議論の余地はないわけではないのだが。

いまの気分をひとことで言えば〝やっちゃいられない〟だ。だが、そういった感情は珍しいものではない。去年はミンといっしょにオペレーションと言えなくもないものに取り組んだ。要人警護に毛が生えた程度のものだったが、それでもリージェンツ・パークを追いだされて以来、あのときほど生きているという実感を得られたことはなかった。結果的には、他人のゲームに付きあわされていただけだったが、その結果ミンは死んだ。以来やっていることといえば、昼はなんの役にも立たない単純労働、夜は見知らぬ男との一夜かぎりの情事。数が多いので、最近では別の種類の男がいることを忘れてしまいそうになっている。

そして、いまはこれだ。

またドア。いま自分はどの通路にいるのか。たぶんFかEだろう。でも、そんなことはもうどうでもよかった。次に入ったのが、さっきモニターで見た部屋だったのだ。そこには、設置されたばかりのように見える棚が並び、コンテナが収納されたケージがあった。鉄格子の後ろに閉じこめておかなければ、情報が暴れだすと考えているわけではあるまいが、実際のところ、そのなかにはそのような属性を備えたものも含まれているにちがいない。棚と棚とのあいだの通路のはずれに、ベン・トレイナーの姿が見えた。スイング・ドアの前に横倒

しにされたキャビネットの上に乗って、丸窓の上端ごしにその向こうの様子をうかがってい
る。拳銃は身体の横に垂れているが、ふたりが近づくと、素早く振りかえり、銃口を向けた。

リヴァーとルイーザは左右に飛びのき、ケージのなかのコンテナの山の後ろに隠れた。

トレイナーは拳銃をおろした。「ここで何をしてるんだ」

リヴァーは両手を肩の高さまであげて出ていった。「こっちも同じ質問をしようと思って
いたところだ。ドノヴァンはどこにいる？」

そのとき何かが床に落ちる音がしたので、それが答えがわりになった。

トレイナーは言った。「ここから出ていけと言ったはずだ」

「あんたたちはグレー・ブックを探していたんじゃなかったのか」

リヴァーが手をおろしたとき、ルイーザがその隣にやってきた。「どうなの？　突入して
きそうな感じ？」

一瞬の間のあと、トレイナーは答えた。「この先数ヤードのところに部屋がある。みんな
そこにいる。次の手を考えているんだろう」

要するに総攻撃ということだ。総攻撃を受けるか、降伏するか。降伏はありえない。「連
中は銃を持ってるの？」

「たぶん、ひとりかふたりは。まだ一度も発砲していないが」

また何かが落ちる音がした。

リヴァーは言った。「ひとつひとつ見ていくんじゃ、時間がいくらあっても足りない」

「余計なお世話だ」

「連中に銃は必要ない。ドアの蝶番《ちょうつがい》が錆びつくのを待ってればいいだけだ」

ルイーザはトレイナーのほうに歩いていき、ドノヴァンがいる通路で立ちどまった。そこで目にした光景には奇妙な違和感があった。まるでロッキーが図書館でアルバイトをしているようだ。その手にはファイルボックスが握られている。だが、ルイーザが声をかけるまえに、それを床に落として、次のファイルボックスに手をのばした。

「ネットの掲示板を見たわ」

「ビッグショーンDだな」ドノヴァンは手をとめずに言った。

「ビッグショーンDはことのほか天気に興味があるみたいね。天気を兵器化しようとたくらんでいる者がいると考えている」

「ほう」

「誰がそんなことをたくらんでいるのかは定かじゃないみたいだけど」

「エイリアンに連れ去られたときに追跡が可能になるよう、国民の頭にチップを埋めこんでいるのと同じ連中さ」ちらっとルイーザを見て、「やつらはどんな恐ろしいことでも平気でする。嘘じゃない」

ドノヴァンはファイルボックスの列の最後まで来ていた。その先には、厚紙のフォルダーが並んでいる。厚さはさまざまで、リボンで結ばれているものもあれば、クリップでとめられているだけのものもある。どれもカバーには赤いスタンプでファイル番号がおされている。

ドノヴァンはそれをチェックしてから、リボンやクリップをはずし、最初の一枚をちらっと見ると、すでにファイルボックスで埋めつくされている床に落としていった。

そうしながら、日常会話をしているような口調で続けた。「きみも認めざるをえないはずだ。それはかならずしも荒唐無稽な話じゃない。いまはまだ実現していなくても、天気をコントロールしようとしている者がいるのは間違いない」

「でも、本当はそんなこと、どうでもいいんでしょ。この保管庫に入るために、でっちあげた作り話なんでしょ」

「何を言っているのやら。きみが思っている陰謀オタクのイメージとちがうってことか。おれたちはどんな外見をしていると聞かされてるんだ」

「体格からしてちがう」ドノヴァンとトレイナーの両方が見える位置に立っていたリヴァーが口をはさんだ。「あんたたちの本当の狙いがなんであろうと、それを渡すわけにはいかない」

「それで？」

「連中が動きだしたぞ」トレイナーが言った。

「何人いるんだ」リヴァーは訊いた。

「六人。いや、もっとかもしれない。ここからだとよく見えないんだ」

ドノヴァンは動こうとしなかった。「きみたちは逃げろ。拳銃を持ってる者がいるかもしれない。構え方もたぶん知っているはずだ」

「キャサリン・スタンディッシュを拉致し、写真を送ってきたのはあんただな」

「拉致したのはおれだ。でも、きみに写真を送ったのはモンティスだ」ドノヴァンは言って、棚からまたフォルダーを引きだした。「そして、そのモンティスはもうあんたたちの手の届くところにはいない」

一瞥。わずかに肩をすくめる仕草。床に落ちるフォルダー。

「古くからの知りあいなのね」と、ルイーザ。「キャサリンが本部にいたころからの」

ドノヴァンはすでに別のフォルダーを開いていた。最初のページを見て、やはり床に落とそうとしたが、やめて、今度は目をこらして見つめた。

「わたしが知りたいのは、あなたがどうやって〈泥沼の家〉を知ったかってことよ」

ガラスが割れる音がして、ルイーザは振りかえった。フォルダーが取り去られてできた棚の隙間から、トレイナーがいま自分で割ったばかりの丸窓のほうに拳銃を構えて、通路の向こうに二発の銃弾を発射するのが見えた。それに対する返礼のように、大きな爆発音がして、部屋にまぶしい光が満ち、そして消えたときには、視界がぼやけていた。キャビネットは大きなきしり音を立てて床の上を滑り、トレイナーはそこから床に放りだされている。スイング・ドアは内側に開き、左側の扉は壁からもぎとられている。棚がいちばん手前のものからドミノのように順々に倒れていく。ドノヴァンは床にしゃがみこんだ。ドノヴァンに腕を引っぱられて、ルイーザも身を伏せた。ファイルやフォルダーが棚から滑り落ち、頭の上に降ってくる。さっきまで通路だったところがいまはトンネルになり、棚のドミノ倒しはコンテナの山にぶつかるまで続いた。リヴァーの姿はどこにも見あたらない。二秒ほど、ルイーザは何も考えられなかった。耳には音が満ち、目には光があふれている。とそのとき、とつぜん生存本能が目覚めたにちがいない。ファイルやフォルダーを掻きわけながら、四つんばいになって中央通路まで行くと、スイング・ドアのあった場所にぽっかりあいた穴から黒ずくめの男たちが次々に入ってくるのが見えた。急いで立ちあがったとき、何者かに身体をつかまれた。黒い毛糸の目出し帽をかぶっているので、顔は見えない。喉もとに空手チョップを見舞うと、男は滑稽なくらい激しくむせながら二歩あとずさりした。そこに同じような格好をした別の男が現われた。ルイーザは素早く床に倒れこんだ。警棒が振りおろされる。だが、どこにも当たらない。そのまえに、ファイルボックスが男の顔に当たったからだ。男はよろめき、そして倒れた。このときはリヴァーの拳が顔面を直撃していた。

ルイーザは立ちあがった。部屋はうっすら霞んでいる。煙も混じっているが、ほとんどは埃だ。ブラック・アローの男たちの大半は、ドアを破ったあと何をしていいかわからないみたいだったが、そうでない者もいた。そのうちのふたりはトレイナーを組み敷き、うつぶせにして、結束バンドで手足を縛っている。ドノヴァンがルイーザの後ろにやってきて、スイング・ドアが爆破されたときに見ていたフォルダーを拾いあげ、シャツの内側にしまいこみ、それから身体を起こした。

リヴァーが叫んだ。「だいじょうぶか」

そう叫んだとルイーザは思ったが、耳鳴りはまだおさまっていない。

「そろそろ退散しよう」リヴァーはまた叫んだ。と、次の瞬間には、身体が硬直し、目の光が消えていた。

そして、倒れた。ルイーザは思った。その倒れ方からして、リヴァーは死んだにちがいない。

シャーリーは横に転がったので、頭を割りにきた足は耳のそばをかすめただけで、そのとき、足を男の脚に引っかけることができた。男の身体が地面に倒れたとき、視界の隅で最初の男がマーカスの腹に向けて警棒を振りおろしているのが見えた。だが、そこまでは何ヤードもの距離があり、この状況では時間帯《タイム・ゾーン》をひとつ越えるに等しい。それに、敵はこっちにもいる。そこへ行って、両手で肘を押さえつける。その男とは身体の大きさもちがうし、備えもちがう。こっちはジーンズにTシャツとジャケット姿で、フル装備のユーティリティ・ベルトも着けていないし、警棒も持っていない。だが、少なくとも頭の固さには自信がある。鼻柱に頭突きを食わせると、骨が砕ける期待どおりの音がした。男は悲鳴をあげ、持っていた警棒はコンクリートの上を転がっていった。シャーリーは身体を起こして、さっきと同じところへ二発の強烈なパンチを見舞った。三発目を繰りださなかったのは、最初の男の警棒を避けるために横に倒れこまなければならなかったからだ。舌をのばせば届くほど顔の近くを、警棒が風切り音を立てて通りすぎる。シャーリーは床の上で身体を二回転させると、すぐに立ちあがり、陸上選手がスタートの号砲を待つときのような姿勢をとった。その前で、男は誘いかけるように警棒でてのひらをゆっくり叩いている。もうひとりの男は鼻から血を噴きだしながら、大声でうめいている。マーカスはうつぶせに倒れたままで、すぐには動きそうもない。さらに数人の男がこっちに向かってきているようで、腰の装備品が揺れる音と、重たい靴の音が聞こえてくる。男はまだ警棒でてのひらを叩いている。〝どうしたんだ。かかってこないのか〟

かかっていってもいい。五秒で片はつく。朝までかかっても自分の尻の穴から警棒を抜けないようにしてやってもいい。

だが、相手はひとりではない。近づいてくる音がさらに大きくなるまえに、左右に一度ずつ動くふりをしてフェイントをかけ、それからくるりと後ろを向いて走りだす。

マーカス、ごめん。

シャーリーは陰に呑みこまれ、闇のなかに消えた。

それゆえ、マーカスが身体を抱きかかえられ、黒いヴァンに運びこまれていくのを見ることはなかった。

イングリッド・ターニーはフロアランプの光の下にすわっていた。誰かがそばで見ていたら、いかにも落ち着いているように見えただろう。後光のように光り輝くブロンドのウィッグのせいで、荘厳さすら感じたかもしれない。しかし、もっと近づいて目をこらしたら、その落ち着きが岩に対して感じるものと同じであり、そこには、自分を形づくる力への不信感と、何があっても持ちこたえてみせるという強い意思が包含されていることがわかるはずだ。実際は見ている者などいなかったが、ターニーはまるで誰かに息を吹きかけられたかのように頬を拭い、それから頭に手をやって、ウィッグがずれていないかどうかたしかめた。今日の一連の出来事のあとでは、何本かの髪が抜けて肩に落ちているのを見つけても驚きはしなかっただろう。もっとも、地毛はもう何年もまえになくなってしまっていたのだが。この日は本当に驚きの連続だった。いったんは打ちのめされかけ、それからとつぜんの形勢逆転。ピーター・ジャドの謀《たばか》りはそれほど意外なものではなかった。腹のうちは読めていた。表向きは道化師だが、誰も見ていないところでは肉食恐竜《ベロキラプトル》になる男だ。だから、内務大臣に就任してからは、その攻撃に対する備えを怠ることはなかった。もちろん、ダイアナ・タヴァナーの策士ぶりも同じように意外ではなかった。驚いたのは、その計画が何年もまえに立てられたものであったことだ。

三十分ほど調べて、そこまでわかった。ターニーがオペレーションの現場に少しでも関心を持っていたら、ショーン・ドノヴァンの名前を聞いただけで即座にピンと来たはずだ。ドノヴァンは武勲赫々たる職業軍人であり、非戦闘任務として、国連の会合に出席し、反政府活動や反乱の鎮圧作戦について助言をしていたこともある。それに同行していたのがアリソン・ダン大尉で、彼女はドノヴァンの部下ベンジャミン・トレイナー中尉の婚約者でもあった。そういった三人の関係にひびが入るというシナリオを書くのはどれほどの想像力を必要とするものでもなかっただろうが、実際に起きたのは痴情のもつれではなく、機密情報の漏洩問題だった。マンハッタンのミッドタウンにあるバーで、アリソンはひとりの男に声をかけられた。それは冷戦時代に旧ソ連の一部だった国の外交官で、人物が人物なだけに、アリソンは用心のため酒をひかえた。だが、相手のほうはそういう分別を持ちあわせていなかった。でなければ、酔ったふりをして、わざと口を滑らしたのかもしれないし、高邁な動機にもとづくものだったという可能性もなくはない。どちらにしても、その外交官から得た情報は放置されるべきものではないと思われたので、アリソンは帰国後ただちに報告書を書き、内務大臣宛てに〝親展〟のスタンプを押して提出した。

それが間違いの元だった。

イングリッド・ターニーは口を固く引き結び、自分では気づいてないが、落胆した魚のような顔になった。ダイアナ・タヴァナーはドノヴァンとトレイナーを籠絡するために、アリソンの死とその結果としてのドノヴァンの服役の原因がターニーにあることを告げ、アリソンがニューヨークで聞いた話を裏づけるヴァージル・レベルの文書を手に入れるための細かい指示を与えたにちがいない。それがあれば、保安局の局長のキャリアを終わらせるのは造作もない。

グレー・ブックとは恐れいった。あんな作り話にだまされるなんて。だが、それは贈り物の包み紙にくるまれてさしだされた。ピーター・ジャドが雇ったタイガー・チームのふたりが本当にいかれた陰謀論者なら、なんの脅威にもならない。願ったり叶ったりだ。そう思って、なんのためらいもなく話に乗ってしまった。ため息が漏れる。どうして自分はひとをこれほど簡単に信用してしまうのか。それが昔からの自分の弱みであり、大きな性格的欠点だ。全員の抹殺という最後の賭けが失敗に終われば、破綻は免れない。

部屋に夜の闇が迫り、ランプに照らされた一画をより明るく際立たせている。いまは待つしかない。そう思いながらも、目的をかなえようとするダイアナ・タヴァナーの執念には、称賛の念を抑えることができなかった。

わけても舌を巻くのは、そのすべてを一枚の書類も残さずにやってのけたことだ。

小さい戦場は良い戦場だ、とニック・ダフィーは思った。シティ勤務のスノッブたちが地下鉄の車内で読む孫子の書にそのような一節があるとは思えないが、いまの気分を言いあらわすにはぴったりの言葉だ。そこからは、フェンスや廃棄物用コンテナや粗大ゴミの山がランドマークのように見える。そこでこれから起きようとしていることは、終了まで一分もかからないはずだ。サーチライトの照射によって、工場の前の空き地は戦いの舞台になり、戦端が開かれたら、舞台に立つ者はみな一巻の終わりになる。舞台の上で、それは〝死〟と呼ばれる。その呼び方はほかのどの場所でも変わらない。

ダフィーは鉄道線路にいちばん近い建物の陰に身を潜め、柱にもたれかかって立っていた。地下の施設内で何が起きているか正確なところはわからないが、今回の作戦が失敗することは絶対にないという確信があるので、気持ちは落ち着いていた。その自信はさっきの赤毛の若者を射殺したことから来ている。普通なら、その逆で、後ろめたさを感じ、先行きに不安を感じていただろうが、そうはならなかった。すべてがうまくいく。殺してしまったいまとなっては、殺さないという選択肢は考えられない。考えられないことは、する必要がない。

ブラック・アローのひとりがまわりに注意を払うことなくやってきて、おどおどした口調で言った。「ひとり捕えました」

一瞬、何か見逃したのだろうかと、ダフィーは思った。「上にあがってきたのか」

「いいえ。地上の阻止線に引っかかったんです」

〝阻止線〟か。おもちゃの兵隊は軍事用語が大好きだ。

「黒人の大きな男です。ほかにもうひとりいました」

ダフィーは頭のなかで〈泥沼の家〉の面々を思い浮かべた。黒人の大きな男というのはマーカス・ロングリッジで、もうひとりというのはシャーリー・ダンダーかローデリック・ホーだろう。賭けるとしたらシャーリー・ダンダーだ。ローデリック・ホーは机がないと何もできない。

「もうひとりのほうは逃げられたんですが……」

「やれやれ。あとを追ったのか」

「わかっているかぎりでは、まだ第一ブロックにいます」ダフィーが第一ブロックの位置を覚えていないかもしれないと思ったらしく、男は後ろのほうを指さした。「それから――」

「ほかにもあるのか。なんだ」

「捕えた男はヴァンの後ろに入れておきました。最初に捕えた男を収容したヴァンです」

「それでいい」

「その最初の男なんですが……」

「どうした」

「死んでいます」

「だから？」

「ええっと、つまり……」おもちゃの兵隊が少年兵になる。もうすぐ下唇がわなわなと震えだすだろう。「死者が出るなんて話は聞いていませんでした」

ダフィーは首を振った。男はその顔を見ることができなかったが、たぶん見ないほうがよかった。そこにあった表情は、不安をやわらげてくれるようなものではなかった。身体を前に突きだすと、手袋をはめた手を男の喉にまわして、一片の曖昧さも残さないように言った。

「だったら、どうするつもりだったんだ。名札をつけて、社会に戻すのか」その声はそれまでよりも一オクターブ低くなっていた。現実の過酷さを思い知らせるときには、これがいちばん効果的な声の高さだ。

「でも、相手は――」

「気にするな。この六カ月間きみたちのお粗末なオペレーションを率いていた男が、国家の敵であることがわかったんだ。それにどう対処すべきか、方法はふたつ。ひとつは、ここで延々と議論を続けること。その場合、きみはあとで保安局の厳しい取調べを受け、職を失うことになる。それ以降も保安局にしつこく付きまとわれ、残りの人生は風が吹けばきしみ音を立てるくらい脆《もろ》いものになるはずだ。もうひとつは、命令に従い、素早く静かに動き、あとになんの問題も残さないようにすること。もし自分にそれだけの器量がないと思うのなら、そう言えばいい。でも、そのまえによく考えろ。答えの一部にならない者は、問題の一部になる。どういうことかわかるな」

男はうなずいた。

「聞こえなかったぞ」

「わかりました」

「それでいい。仲間と見なそう。さっき捕えた男のことだが、手錠はかけただろうな」

「ええ」

「よろしい。あとのことはまかせろ。きみは持ち場に戻れ。誰かが工場から出てきたら、ライトをつけるから、身柄を確保しろ。わかったな」

このときは返事を待たなかった。男を廃墟の悪臭のなかに残して、ニック・ダフィーはヴァンのほうへ歩いていった。

自分がやったことは正当に評価されていないというのが、ローデリック・ホーの思いだった。ラムには〝何か考えろ〟と言われ、マーカスには〝何かしろ〟と言われた。バスで玄関に突っこんだのは、どこからどう見ても〝何か〟だ。そんなことをする必要はなかったということがわかったのは、あとからであって、それを責められるのはお門違いというものだ。

ホーの頭にあったのは、まったくちがう筋書きだった。バスの運転席から飛びだし、ラムに銃口を突きつけている悪党から拳銃を奪い、流れるような身のこなしで素早いワンツーパンチを繰りだして、悪党を叩きのめす。

そして、ルイーザにこう言う。〝本当にラムがそんなことを言ったのかい。身体が自然に反応しただけだよ、ベイビー〟

〝いいこと、ロディ。誰かに英雄扱いされたら、素直に受けいれればいいのよ。ところで、ポケットに入っているのはそのとき奪いとった拳銃なの？〟

「おい。衝撃で耳がおかしくなったのか」

それはラムの声で、ホーは現実に引きもどされた。

「ダン。アリソン・ダン。ドノヴァンが殺した女の名前だ」

ホーは言った。「え、ええっと。ぼくの記憶では……」

「よせ。おまえの記憶なんて、誰もあてにしてない。おまえに求められているのはタイピングのスキルだけだ。ふたりのあいだにどんな関係があるのか調べろ」

ホーはすぐには携帯電話を手に取らず、みずからの過去を一瞬のうちに振りかえった。頭に浮かぶのは《グランド・セフト・オート》のゲーム以外ほとんど何もない。真新しいホルスター式のケースから携帯電話を取りだして、保安局のイントラネットのパスワードを入力する。タイピングのスキル。タイピングのスキル。それ以外にどれだけのことをしなければならないか、ラムには何もわかっていない。

〝アリソン・ダン。死亡。軍隊〟。ダウン・スクロールして遺族を探す。

「いいか」ラムはバスが突っこんでめちゃくちゃになった玄関を見ながら言った。「はじめて会ったとき、わしはおまえのことを役立たずだと思った」

携帯電話を操作しながら、ホーは口もとがほころびるのを抑えられなかった。一を聞いて十を知るとはこのことだ。「それで、いつ考えが変わったんですか」

「いつ変わったって、何が？」

キャサリンがクレイグ・ダンを閉じこめている部屋から出てきた。「携帯電話を持ってるのなら、救急車を呼んでちょうだい」

「いいや、呼ばなくていい」ラムが言った。「ラジエーターにチェーンでつないでおいたら、〈犬〉が回収してくれる。わざわざ救急外来へ連れていかなくても、しなきゃならないことは山ほどあるんだ」

「彼は一般市民です。わたしたちの権限は及ばないということです」

ホーは携帯電話から顔をあげた。キャサリンがラムを睨みつけている。睨まれているのが自分でなくてよかった。そう思いながら、心のなかでは、ルイーザに話しかけていた。〝向かうところ敵なしのスーパーウーマンだ。そう思わないかい、ベイビー〟。ふたたび携帯電話に目を戻すと、アリソン・ダンの遺族は母親と弟のクレイグのふたりで、婚約者がいたこともわかった。名前はベンジャミン・トレイナー。

トレイナー……

「面白いことがわかりました」ホーはラムに言った。

シャーリーは階段を見つけ、ひとつの蝶番《ちょうつがい》でかろうじて支えられている非常口のドアを抜けて、二階へ駆けあがった。小便と雑草の臭いがする。使われていない建物に自然が入りこみ、はびこるようになるまで、それほど時間はかからない。街の心臓部でなく、盲腸あるいは膀胱のようなところでも、それは同じだ。階段をあがりきったところでつまずきかけたが、なんとかもちこたえて、二階に出ると、廊下を走りながら、ガラスのない窓ごしに空き地に目をやった。外はすっかり暗くなり、大きなひとつの影になっているが、ものの形はおぼろげにわかる。ブラック・アローのヴァンがとまっている。マーカスはそこに連れていかれたにちがいない。そうであってほしい。身柄を拘束されるだけならいい。それ以外の可能性は考えたくない。

自分自身、連中の少なくともひとりに追いかけられているのだ。

廊下の突きあたりで右に曲がる。そこにも窓があり、有刺鉄線がついた防風壁の向こうに線路が見える。壁ぎわにショベルカーがとまっていて、アームが脚立のような角度に折り曲げられている。ショベルカーの色はかならず赤か黄色と決まっている。これは黄色だ。

少し行ったところにドアが開いているところがあった。そこに飛びこむと、床にしゃがみこんで、待つ。警備会社の社員は、知性にも身体能力にも優れ、どこの誰とも知れぬ者を追って暗がりのなかへ突っこんでいくような愚はおかさないだけの分別を持ちあわせていることを求められている。だが、実際に採用されるのは、パブの駐車場で酔いどれをぶちのめしてジェイソン・ステイサムになったような気でいる愚かな一人よがりがほとんどだ。やってきた男は《きかんしゃトーマス》のように荒い息をつき、ユーティリティ・ベルトの装備品が太腿に当たる音を対位法の旋律のように響かせていて、シャーリーが腰のあたりに体当たりを食わせると、短い悲鳴をあげて、ガラスのない窓の外にすっ飛んでいった。そこは二階なので、下までそれほど距離はないが、スパナを詰めた袋が地面に叩きつけられたような音がした。マーカスが見たというブラック・アローの人数は思いだせないが、とにかくこれでひとりは片づいた。

また階段から足音が聞こえてきたので、ふたたび部屋に身を隠したとき、顔に奇妙な感覚があることに気づいた。頬に手を触れてみると、筋肉が弛緩している。やっぱりそうだ。笑っている。

ドラッグなしでぶっ飛べるなんて最高。そんなことを考えながら、シャーリーは暗がりのなかで次のブラック・アローの動きを待った。

リヴァーは死んでいない。

死んでいるかもしれないが、死んでいないと思おう。

リヴァーは死んでいない。

そんなことを考えながら、ルイーザはリヴァーを撃った目出し帽の男と向かいあっていた。マスクをかぶっていても、にやにや笑っているのがわかるときがある。腹を殴ると見せかけて（あとで考えたら、そんなフェイントは必要なかったのだが）、顔からにやにや笑いを消し去り、この日すでに効果のほどが実証されている喉もとへのパンチを繰りだした。男がよろけながら後ろにさがると、仰向けに倒れているリヴァーの身体を跳び越え、爆破されたスイング・ドアのほうへ向かって大きく二歩進んだ。

〝跳び前転！〟

どこかから声が聞こえたような気がした。やはり恐ろしく長かった日に、ダッチワイフのような顔をした訓練教官から発せられたものだ。身長五フィート足らず、カールしたブロンドの髪、ルビーのように真っ赤な唇、決して閉じることのない口。だが、怒鳴ることはできた。〝跳び前転！〟。教官を満足させる跳びや前転ができない者は、そのあと十五分間スクワットをやらされた。その教官は、なかなか満足しないという点でも、ダッチワイフなみだった。

そんなふうにして身についた技は、そう簡単に忘れられるものではない。

それで、跳び前転をして、起きあがったときには、トレイナーが落とした拳銃を手に持っていた。それでまずリヴァーを倒した男を撃ち、次にトレイナーを組み敷いていたふたりを撃った。残りの者はすでに散り散りばらばらになり、爆破されたドアの向こうや崩れた棚の後ろに身を隠していた。

そのどちらかから二発の銃弾が撃ちこまれたが、ルイーザはすでにそこにおらず、リヴァーの身体を物陰に引っぱっていったあとだった。

「いったいなんだったんだろう」と、リヴァーが寝ぼけたような口調で言った。

やっぱり死んでいない。

「テーザー銃よ」

「またか……」

「射撃の腕はいいようだな」という声が聞こえ、ルイーザは腕の良さをもう少しで証明するところだった。

ドノヴァンだ。

「ベンはどこにいる？」

ルイーザは拳銃で指し示した。トレイナーは十ヤードほど離れたところにいた。手足を縛られて床に倒れている。その近くにふたりの男が転がっている。ひとりは身体をひきつらせ、ひとりはまったく動いていない。

「生きているのか」

「たぶん」

「相手の数は？」

「モニターには大勢映ってたわ。十二人から十五人くらい。そのうち三人は片づけた」

リヴァーが口のなかで何か言った。おそらく〝糞ったれ〟だろう。

ドノヴァンも拳銃を持っていた。「おれはそいつらといっしょに仕事をしていた。海に出るまで突っ走るのをやめないやつや、クリスマスが来るのを楽しみに待っているだけのやつしかいない」

また銃声がして、銃弾が木のコンテナに当たり、その側面から破片がまわりに飛び散った。ルイーザは素早く立ちあがって、銃弾が飛んできた方向に二発撃ちかえし、それからまた元のところに戻った。

まるで何事もなかったかのように、ドノヴァンはリヴァーを指さして訊いた。「この男はだいじょうぶなのか」

「テーザー銃で撃たれたのよ。まえにも撃たれてるから、慣れてるはず」

「撃ったやつは？　殺したのか」

ルイーザは答えなかった。

「おれのルール・ブックでは、それが正解だ」

「わたしたちは同じチームじゃないわ」

「そうかもしれん。でも、おれとしては、連中を友人にするつもりはない。そうするくらいなら、きみを敵にしたほうがまだいい」

その言葉に気分を害したのか、また銃弾が飛んできた。ルイーザは身をこわばらせたが、銃弾は大きくそれた。

リヴァーは上体を起こした。いまにも吐きそうな顔をしている。「こんちくしょう」

「頭をあげちゃ駄目よ」ルイーザは言い、それからドノヴァンがシャツの内側にしまいこんだフォルダーに顎をしゃくった。

「それが何かは知らないけど、あなたの手に渡ることを望んでいない者がいるってことね」

「そうだ。それが誰かは知らないが、そいつがここに送りこんだのは正規の戦闘部隊じゃない。民間の傭兵だ。どうしてだと思う」

「とにかく、ここを出たら、それはこっちに渡してもらうわ」

「そのことはあとで話しあおう。いまはおれの援護をしてくれ。ベンを助けなきゃならない」

返事を待たずに、ドノヴァンは走りはじめた。

ダイアナ・タヴァナーは思った。朝までこのパブにいたい。そのころには、すべて終わっている。ドノヴァンとトレイナーがイングリッド・ターニーを葬り去るための証拠をつかむか、そのふたりがヘイズの地下に葬り去られるかのどちらかになっている。後者の場合には、自分もただではすまない。ターニーにユーモアのセンスがないのがせめてもの幸いだ。もしあれば、〈泥沼の家〉送りになるにちがいない。

だったら背中をナイフで刺されたほうがまだいい。それは比喩ではない。

皮肉なことに、そもそものきっかけとなったのは、保安局のために講じられた一策だった。それはイングリッド・ターニーが局の指揮をとるようになってすぐのことで、そのポストはタヴァナーが喉から手が出るほどほしがっていたものだったが、まだ時期尚早であることは明白だった。当時のターニーは上げ潮に乗っていたので、そんなときに舟を揺するのは愚の骨頂であり、とても分別のある行動とはいえない。それで、舟の底に穴があくかもしれないという報告書が内務大臣の机の上に置かれたとき、タヴァナーは一計を案じた。

ときの内務大臣は古株の情報部員の物笑いの種になっていた男で、節操に乏しく、優柔不断で、マスコミに叩かれることを恐れ、責任問題が発生しそうなところには決して近づかないようにしていた。それはターニーがナンバー・ツーの権能の弱体化をはかる計画に着手するまえのことで、当時タヴァナーは内務大臣と毎週のように会って話をしていた。〝きみとできるだけ多くのことを分かちあいたい〟とのことで、その言葉づかいからして下心があることは見え見えだったが、その日にかぎっては、受けとった報告書に動揺の色を隠せず、タヴァナーの胸もとには嘗めるような一瞥をくれるにとどまった。そのときに〝これをなんとかできないだろうか〟と言われた。つまり、全権を委任するということだ。

すべてを水面下でぬかりなく行なわなければならなかった。記録も指揮系統も必要ない。スパイ・ストリートから普通の市民生活に戻るまえに一稼ぎしたいと思っている突撃部隊の隊員を二人か三人雇うだけでいい。ターゲットが軍人の場合は、交通事故死がいちばんだ。飲み物に薬物を入れ、ハンドルを細工することで、目的はいとも簡単に達成された。水平思考なるものにより、薬物はアリソン・ダンの飲み物に入れなかった。それで、何も知らない者の目には、アリソン・ダンの死の責任はショーン・ドノヴァンにあるように映った。だが、当のドノヴァンにとっては到底納得のいくものではなく、異議を唱えたが、飲酒という事実のまえで反論は容易ではなく、軍法会議の結果、かつての輝かしいキャリアは闇のなかのタイヤのスリップ痕同様のものになった。

タヴァナーはパブから出た。スーツ姿の男がそのあとに続いたことには気づいていなかった。外は、陽が沈んでも、いくらも涼しくならず、鋪道は熱で溶けそうになっていて、空気は淀み、あちこちに熱気のポケットをつくっている。想像力をたくましくしなくても、気象に異変が生じていることはわかる。細部が頭に浮かんだのは、この新しいオペレーションをどうやって説明しようかと考えていたときのことだった。

アリソン・ダンの一件のあと何年ものあいだ、タヴァナーは鳴かず飛ばずで、ドノヴァンほどではないが、そのキャリアが行きづまっているのはたしかだった。ふと気がついたら、しがない中間管理職のひとりでしかなくなっていた。その間、イングリッド・ターニーが主導する保安局の抜本的改革は着々と進められた。予算会議。組織イメージの刷新。各部署の権限の縮小と縦割り構造の採用。それによって、超過勤務、資格、他人の屍《しかばね》を越えて進む不退転の決意といった従来の出世の必要条件はなべて無意味なものになった。してみれば、タヴァナーが別の昇進の方策を考えたのは当然のことかもしれない。策をめぐらすことにかけては自信を持っている。それは記録に何も残さずに進められなければならない。必要なのは、恨みと実行能力を持っている人間だ。

ドノヴァンが陰謀の犠牲者だったと信じさせるのはたやすく、その陰謀の裏にいたのがイングリッド・ターニーだったと思わせるのはもっとたやすかった。それで、復讐の機会をドノヴァンに与え、ドノヴァンは軍隊時代の同僚でありアリソン・ダンの婚約者である男を仲間に引きいれた。

タヴァナーは通りの角まで来ると、レンタル自転車の列の横で煙草に火をつけ、携帯電話をチェックした。連絡はどこからも入っていない。それで、気が変わるまえにピーター・ジャドに電話をかけた。タイガー・チームを使ったらどうかという話をもちかけたとき、裏はないとタヴァナーは確約した。なのに、この日の午後、ジャドは何か隠しているのではないかという不信の念をあらわにした。ジャドを友人にするのは危険だが、世のなかには選択の余地がほとんどない場合もある。真の敵になるのは恋人たちだけだ。それ以外の者の関係はつねに変化する。

二度目の呼びだし音で、返事があった。「ダイアナ」

「すみません。どうしても打ちあけておかねばならないことがありまして」

「このまえは正直に話してくれなかったということなのか」道路のように平板な口調だった。

「ショックだよ、ダイアナ。本当にショックだ」

「タイガーのことです。オペレーションについて、いくつかわかっていることがあります」

携帯電話で具体的なことは言えない。「今朝のことは本来の任務とは関係ありません」

ピーター・ジャドの心のなかでは、あるいはカメラがまわっていないところでは、感情はいくらのスペースも占めていない。「ジャムを塗らないとスコーンはうまくない。よかろう、ダイアナ。どこか静かなところで話そう。セブにタクシーを呼ばせるよ」

「セブ？　誰です、それは？」と訊いたが、電話はすでに切れていて、気がついたときには、すぐ横に、黒い髪を広い額から後ろに撫でつけたスーツ姿の男が立っていた。

「タクシーですか、ミズ・タヴァナー。ついてますね。空車が来ました」男は手をあげてタクシーをとめ、もう一方の手をダイアナの肘に軽くあてがった。

ツキは続かないことをシャーリーは学んでいた。

二番目の敵は手ごわかった。

二分前にめざましい成果をあげたタックルを再度試み、ブラック・アローの面々を次々に窓の外に突き飛ばし、折れた矢《アロー》が地面に積み重なるさまを頭に思い描いていたが、そうはならず、二番目の男はシャーリーの身体をつかんだまま床に倒れこんだ。そのときジャケットのポケットのなかで、何かがパリンと割れる音がした。一瞬、男に後ろから抱かれているようなかたちになり、夜の熱気のなかで、その体臭にむせかえりそうになる。男は手に警棒を持っている。太く、短く、醜い。たぶん市販されているものではないだろう。だが、身体を密着させているので、警棒を振りまわすことはできず、男は腕を首にまわして絞めつけようとした。シャーリーがその腕に嚙みつくと、大きなうめき声があがり、手を振りほどくことはできたが、立ちあがったときに、脚をつかまれ、また床に手をついて倒れてしまった。いったん脚の力を抜き、それから渾身の力をこめて蹴る。どこかに当たったのは間違いない。できれば顔面であってほしいが、それらしい音はしなかった。だが、その結果、脚を自由に動かせるようになったので、這って二ヤードほど進むと、そこで立ちあがって、男のほうを向いた。てのひらには砂とガラス片がこびりついている。それをズボンで払い落とす。だが、目は前にいる男から離れない。

身体は自分より大きいが、それはこの男にかぎったことではない。問題は、男が警棒を窓の外に投げ捨て、刃に細い溝が切られたナイフを手に持っていたことだ。

にやりと笑い、黒い目出し帽の下で異様に白く見える歯がむきだしになる。「生きたまま皮を剝いでやるぜ、ベイビー」

言いかえす必要はない、とシャーリーは自分に言い聞かせた。

「どてっ腹に風穴をあけてやる」

床の上に散ばったものを踏みしだきながら、シャーリーは通路を後ずさりした。

「子豚のようにキーキー言わせてやる」

男が突進してくると、素早く身をかわし、前腕でナイフを払いのけ、男の顔面にてのひらを叩きつけたが、バランスを崩していたせいで、思ったとおりの力をこめることができない。

男は後ろにさがり、シャーリーも同じように後ろにさがった。

「クイックステップで踊ってるつもりか」

どこかで聞いたような台詞《せりふ》だ。映画好きなのだろう。それはそれでいい。口を開くたびに、息があがっていくのがわかる。

「どうした。怖気づいたのか」

まさか。怒りを抑えているだけだ。抑えられないことはわかっているが。

「ハード・コースとソフト・コースのどっちがいい？」

面白い。ハード・コースでいこう。

シャーリーは胸にパンチを繰りだしたが、スピードが足らなかった。男は身体をそらしてパンチをかわすと、後ろからシャーリーの腕をつかんで引き寄せ、ナイフの刃先を顎に突きつけた。

「これで計算どおりのポジションにおさまったわけだ」

「おたがいさまよ」

シャーリーはつかまれていない左腕をあげて、半分に割れたCDの先端を男の目に突き刺した。男が悲鳴をあげて腕を放すと、シャーリーは身体を半回転させて、最初に狙ったところに蹴りを入れた。男はよろけながらあとずさりし、太腿を窓の下枠に引っかけ、その向こうに悲鳴をあげながら落ちていった。

シャーリーは両手の二本指で#マークをつくった。ハッシュタグ——身のほど知らず。

男はナイフを持ったまま地面に落ちていったが、シャーリーのジャケットのポケットには、さっき倒れたときに割れたアーケイド・ファイアのCDの残り半分が入っていた。また役に立つかもしれない。

窓の下に目をやったとき、ブラック・アローのヴァンのほうに人影が向かっていくのが見えた。

シャーリーは階段のほうに駆けはじめた。

ドノヴァンはスイング・ドアが吹き飛ばされた戸口に向けて三発撃って、トレイナーが横たわっているところまで走っていくと、そのかたわらに膝をつき、両足を縛っていたプラスティックの結束バンドを切った。ルイーザは立ちあがって、二発撃ったが、銃弾は壊れた戸枠から木片を削りとっただけだった。

〝わたしは三分前にひとを殺した。ふたり。もしかしたら三人かもしれない〟

当事者ではなく、第三者が考えていることのような気がする。だが、だからこそ冷静な判断を下すことができるのだ。

戸口から人影が現われたので、一発撃ったが、当たらない。

ドノヴァンはトレイナーの手首の結束バンドを切っている。

リヴァーが言った。「このままじゃやられる」

「耳寄りな情報をありがとう」ルイーザはふたたび立ちあがって、二発撃った。これで、二発、三発、二発、二発、二発と全部で十一発撃ったことになる。拳銃の全装弾数は十五発。トレイナーが二発撃ったのは見ている。ほかでも撃っていたとすれば、弾倉はそろそろ空《から》になる。

「どういたしまして」

そして、リヴァーは棚の後ろから飛びだし、また視界から消え（よく消える男だ）、ドノヴァンのところへ走っていった。そのとき、戸口にまた人影があらわれ、また一発撃つと、すぐに姿を隠した。ルイーザが一発撃ちかえす。リヴァーはドノヴァンの名前を呼んだ。ドノヴァンは前かがみになって、床に拳銃を滑らせ、それからトレイナーを立ちあがらせる。リヴァーが拳銃を拾って、倒れたキャビネットの背後に滑りこんだとき、壁の後ろからまた人影が現われ、このときは三発撃った。ドノヴァンとトレイナーが床に崩れ落ちる。リヴァーは立ちあがって、狙いを定め、発砲した。その後ろから、ルイーザも同じように発砲する。男は吊り糸が切れたようにもんどりうって後ろに倒れた。

火薬と血の臭いがする。空中には砂ぼこりが舞っている。

警棒がリヴァーの頭の横のキャビネットに当たったが、それは投げつけられたもので、振りおろされたものではない。積み重ねられた木箱の後ろに人影が消える。リヴァーは拳銃を構えたが、撃ちはしなかった。その男が拳銃を持っていれば、発砲していたはずだ。

ルイーザが隣にやってきた。「少なくともひとりはこっち側にいるってことね。あっち側に何人いるかはわからない」

〝あっち側〟というのは吹き飛ばされたスイング・ドアの向こうの通路のことだ。

リヴァーが言った。「あそこから入ってくれれば、格好の標的になる」

「弾丸《たま》の数が足りないわ」

「連中はそのことを知らない」

リヴァーは床に転がっていたフォルダーを手に取り、戸口のほうに放り投げた。フォルダーは狙ったとおり戸口の向こうに落ちた。

「ナイスショット。で、何がしたかったの？」

「弾丸がないのは向こうも同じみたいだ。援護してくれ」

ルイーザは立ちあがって、キャビネットの上に腕を置き、戸口に銃口を向けたが、もう人影は現われなかった。リヴァーは腰をかがめて、ドノヴァンとトレイナーに駆け寄った。ふたりは床の上に折り重なるように倒れていて、ドノヴァンの身体を起こすと、その顔は血まみれになっていることがわかった。

だが、その血はベンジャミン・トレイナーのものだった。後頭部を吹き飛ばされている。

ドノヴァンも撃たれていたが、善玉は肩のかすり傷と相場が決まっていて、このときもそうだった。それでも目は焦点を結んでおらず、立ちあがらせるのは一苦労だった。なかば引きずり、なかば抱えて、倒れたキャビネットの後ろまで行くと、荒い息をつきながら、その身体を床におろした。

「やつらは援軍を待つことにしたようだ。でなければ、どうしていいのかわからないのだろう」

「あるいは、行ってしまったのかもしれない」ルイーザは言って、ドノヴァンのシャツのボタンをはずしはじめた。傷の具合をチェックするためだろう、とリヴァーは思った。

ドノヴァンは目を見開き、撃たれていないほうの手でルイーザの手首を握った。「やめろ」

ルイーザは拳銃を床の上に置いて、手を振りほどいた。「あなたの友人は死んだわ。敵は何人いるかもわからない。あなたの計画は失敗に終わったってことよ」

「ベンが死んだ？」

「残念だけど」

ドノヴァンは目を閉じ、ルイーザは次のボタンをはずし、シャツの内側からフォルダーを引っぱりだした。なんの変哲もない普通の厚紙のフォルダーで、上端の角にドノヴァンかトレイナーの血がこびりついている。

それをリヴァーに渡して、ルイーザは言った。「安全な場所に保管しておかなきゃ」

「元の棚に戻すんじゃないってことだね」リヴァーは言いながら、ファイルを自分のシャツの内側に入れ、血のついていないほうの角をジーンズに突っこんだ。

「そうね。あとで役に立つかもしれない。このためにわたしたちは殺されかけてるわけだし」そして、ドノヴァンのシャツを横に引っぱり、傷口を見た。「たいしたことはないわ」

「そりゃよかった」ドノヴァンは嚙みしめた歯のあいだから言った。「もう一方のほうはどうだ」

おっと。

ドノヴァンは太腿も撃たれていた。こちらのほうは善玉の傷ではなく、骨がズボンを突き破っている。

リヴァーがキャビネットの後ろから戸口の向こうの様子をうかがいながら言った。「動きがあるようだ」

「まずいわね」

「どうすればいいんだろう」

「気を悪くしないんでもらいたいんだけど、マーカスがいたらとつい思っちゃうわ」

「気にすることはない。こっちはシャーリーがいたらって考えてた」

破壊された戸口の向こうから丸いものが飛んできて、キャビネットに当たり跳ねかえった。

そして、すべてが真っ白になった。


マーカス・ロングリッジは両手首と両足首をプラスティックの拘束バンドで縛られて、ブラック・アローのヴァンの後部に横向きに寝かされていた。車内にいるのが自分ひとりだけでないことも、それが誰であるのか、あるいは誰であったのかもわかっているにちがいない。頭には銃弾による終止符がついている。マーカスの人生にもうすぐ同じような終止符が打たれることになる。

奇妙なのは、野球帽がまだ頭の上にのっていることだ。ニック・ダフィーは目出し帽をかぶったままだった。それがルールであり、そういったルールのおかげでいままで生きのびてこられたのだ。だが、自分が誰であるかマーカスには見抜かれているにちがいない。以前、マーカスがそのキャリアを棒に振るまえに、会いにいって、〈犬〉の仕事に興味はないかと持ちかけたことがあるからだ。マーカスのような男は使える。身柄を確保しなければならない者のなかには、身柄を確保されないための高度な訓練を受けている者もいる。だから、それ以上の訓練を受けた人間が必要になる。そんなわけで声をかけたのだ。

それに対して、マーカスはこう答えた。「おれのケツはベーコンのような匂いがするのか」

報告書ではちがう言葉を使わなければならなかったが、おおよその意味は〝グーグル翻訳〟を使わなくても理解できた。

いまダフィーは訊いている。「その帽子は頭にマジックテープで貼りつけられているのか」

マーカスはここまででこぼこの地面を何百メートルも引きずられている。そのまえには、いやというほどぶん殴られたにちがいない。トレーナーの袖は引きちぎられ、右の頰は目もあてられないような悲惨な状態になっている。普通なら、帽子も脱げているはずだ。ダフィーは腰をかがめて、その帽子を頭から剝ぎとった。マジックテープではなくて、茶色いガムテープで帽子を頭に貼りつけ、さらにそこに拳銃を貼りつけている。マーカスにとっては小さすぎて気恥ずかしくなるような、女性用の小さなリボルバーだ。

「帽子のなかに拳銃を隠していたのか」

「気がつかなかっただろ」

「ああ。でも、おまえはもう終わりだ」

「糞食らえさ。やるならやれよ」

「わかった」

「ゲス野郎」

「ありがとう。おかげでやりやすくなった」

ときにあることだが、高速道路はがらがらで、往来の騒音は空電音と大差なく、たまに車のヘッドライトが彗星のように向かってくるだけだ。ホーは運転席に、キャサリンは助手席に、ラムは後部座席にすわっている。クレイグ・ダンは農家に置き去りになっていたが、キャサリンの強い要請により、救急車は呼んである。ラムは煙草をもてあそんでいる。上の空でフィルターの先を頬にこすりつけたり、薄くなりつつあるもじゃもじゃの髪のなかに突っこんだり。煙草に火をつけたら高速道路の路肩に突き落とす、とキャサリンから言い渡されていたからだ。

「この車には八〇年代のパブみたいな臭いがすでに染みついている」

「そのころはパブで煙草を喫えたんですか」と、ホーが尋ねる。

ラムはしょげた象のように大きなため息をついた。

「これは復讐劇だと思います」キャサリンは続けた。「そうにちがいありません。アリソン・ダンの死は事故じゃなかったんです」

「話が飛躍しすぎだ」と、ラム。

「いいでしょう。彼らが徒党を組んでいた理由を考えてみてください。彼女の弟、彼女の婚約者、そして彼女の死に責任があるとされている男」

「バンドを結成したのか？」

「陰謀がらみであるのは間違いありません」と、ホー。「アリソン・ダンの身に起こったことの裏にはなんらかの陰謀があるにちがいないと連中は考えている。だからグレー・ブックを探しているんです」

ラムが口を開くまえに、キャサリンは言った。「彼らはグレー・ブックを探してるんじゃない。それは単なる口実です。グレー・ブックが保管されている場所に入りこむための」

「たしかか？」

「ショーン・ドノヴァンについてはいろいろ言うことはあると思いますが、決していかれた陰謀論者じゃない。何を探しているにせよ、それはグレー・ブックのなかにはない。彼らはアリソン・ダンが謀殺されたことを示す証拠を探しているんです。つまり保安局による謀殺の証拠ってことです」

「見つかったらお慰み。保安局による謀殺なら、そのような指令が記録に残っているわけがない。どんな書類好きでも、人殺しの領収書までは請求しない」

「だったら、どういうことなんでしょう」

ラムは顔をしかめて、窓の外に目をやった。二分ほどしてふたたび口を開いたとき、その声は平板だが、揺らぎはなかった。「ターニーは叩きあげじゃない。言うならば文民だ。操れるのは会議であって、現場の人間じゃない。アリソン・ダンが死んだのは六年前だ。当時のターニーが裏のルートの存在を知っていたとは思えない。軍の人間を殺害させるといったことができるわけはない。たとえ相手が大尉であったとしても」

「ということは、彼らのターゲットはターニーじゃないってことでしょうか」

「そう考えているとしたら、裏でそんなふうに仕向けている者がいるってことだ。そもそも連中はどうやって〈泥沼の家〉を知ったと思う？」

「まさか……」

「そのとおり。そのまさかだ」

「どういうことでしょう」ホーが尋ねる。

「おまえの給料じゃ、知る必要はない。次のサービスエリアで車をとめろ」

「ガソリンはまだあります」

「気にしてるのは車の燃料じゃない」ラムは言って、火のついていない煙草を口にくわえた。

「わしのだ」

耳には轟音が鳴り響いている。目には影絵が映っている。すべてのものがほかのすべてのものにシルエットをつくっている。

閃光弾がキャビネットに当たって跳ねかえらず、まっすぐ飛んできていたら、その程度のことではすまなかっただろう。

リヴァーは目をつむって、手をのばし、ルイーザを探した。

「ん？　それは手なの？」

「だいじょうぶか」

「たぶん。あなたは？」

リヴァーはうなずき、そして答えた。「たぶん」

閃光弾は一斉攻撃の前ぶれだ。だが、それが狙いどおりの位置に着弾しなかった場合には、またちがった話になる。

「重要な注意喚起であるのは間違いない」リヴァーは口のなかでつぶやいた。

「えっ？」

「ここから出なきゃならない」リヴァーは言って、ドノヴァンのほうを向いた。「歩けるか？」

ドノヴァンは首を振った。顔には脂汗の膜ができている。

「予備の弾倉を持ってるな」

「左のポケットだ」

リヴァーはそれを取りだして、拳銃に挿しこんだ。ドノヴァンが手をさしだす。

「冗談だろ」

「いいや。きみたちは行け。来た道を戻るんだ」

ルイーザは言った。「血が出てるわ。それも半端な量じゃない」

「だったら、おれはここで横になったまま、静かに血を流しつづけることにする。でも、拳銃は置いていけ。残りの連中はおれが片づける」

リヴァーとルイーザは視線を交わした。

ドノヴァンはリヴァーのシャツをつかんだ。「これだけのことをわれわれが理由もなくやったと思うか。命がかかってることは承知の上だった。実際、ベンは死んだ。そのフォルダーが日の目を見なかったら、ベンは犬死にしたことになる」

ルイーザが言う。「言ったでしょ。わたしたちは同じチームじゃないって」

「じゃ、向こうのチームなのか」

「そんな単純な話じゃないわ」

リヴァーが口をはさんだ。「ぼくたちがここに来た理由はひとつ、キャサリンを連れ戻すためだ」

「だったら、彼女にファイルを渡してくれ」ドノヴァンは言い、それから目をつむった。

リヴァーはドノヴァンの手をシャツから引きはなした。

ルイーザはキャビネットの後ろから顔を出した。ふたつの人影が忍び足で戸口を抜けようとしている。ひとりは拳銃を構えている。ルイーザはその頭の上に向けて、一発撃った。ふたつの人影はあわてて後ろにさがり、戸口の向こうに消えた。

ドノヴァンがふたたび目をあける。「キャサリンに渡してくれ。そしてそのときに、一言すまなかったと伝えてくれ」

「あと一分か二分でまたやってくるはずよ」

「彼を連れていかなきゃ」

「その必要はない」ドノヴァンはまた手をさしだしたが、リヴァーはそれを払いのけた。

「おとなしくどこかに連れていかれるつもりはない。おれを連れてどこまで行けると思っているんだ」

「本気で死にたいのか」

「本気でそのファイルに日の目を見させたいんだ」

「どう思う、ルイーザ」

「逃げようという意思がない者がいたら、三人とも逃げられない」

「ぼくが拳銃を持っていったら、彼は確実に殺される。ぼくたちと出口のあいだに誰かいたとしても、拳銃は持っていないはずだ。持っていたら、もうすでに発砲していたはずだ」

「でも、地上には間違いなく何人かいる」

「そう思うか？」

「そう思わない？」

「ああ、いるかもしれない。でも、全員が武装しているとは思わない」

「全員が武装している必要はない。ひとりで充分よ」

「きみが決めてくれ」

ルイーザはドノヴァンを見つめ、それからリヴァーに視線を戻した。「仕方がないわ。拳銃はここに置いていきましょ」

「ゲス野郎」

「ありがとう。おかげでやりやすくなった」

とそのとき、金属の塊りがヴァンのフロントガラスを叩き割った。

マーカスは背中を丸めて、縛られた両足をダフィーの胸に叩きつけた。ダフィーはヴァンの後方へ吹っ飛び、開いていたドアから地面に転がり落ちた。そのときには、拳銃はすでに暗闇のなかに消えていた。ヴァンに激突したのは、サーチライトの架台だった。ライトは大きな音を立てて割れ、ガラスの破片が周囲に飛び散った。マーカスはあおむけに横たわり、両足を上にあげたまま、縛られた両手のあいだに身体をくぐらせようとした。まるでバスのなかでヨガをやっているみたいな格好だ。ヴァンのサイドパネルには、脳みそがこびりついていて、床面のほうへゆっくり滑り落ちていきつつある。いますぐなんらかの手を打たなければならない。でないと、三秒後には、自分の脳も同じ運命をたどることになる。なんとかして態勢を立てなおし、反撃に出られるようにしなければならない。だが、実際のところは自分の身体を動かすこともできない。手は尻の後ろで縛られたままで、足はチキンの丸焼きのように上に跳ねあがっている。とそのとき、拳銃を構えた人影が、開いた後ろのドアから車のなかに飛びこんできた。

マーカスは目をしばたたいた。死を覚悟しなければならない。

「ここにいたのね」シャーリーは明るい声で言った。「あらあら。なんて格好をしてるの」

棚のドミノ倒しはコンテナの山によって中断されていた。そこへ行くには、床に落ちた箱やファイルや書類の山を越えなければならず、大きな音を立てずに進むのは容易ではない。ルイーザが細長い木材につまずいて倒れたとき、リヴァーは後ろを振りかえった。戸口の様子は倒れたキャビネットの陰に隠れて確認できなかったが、ドノヴァンはすでに立ちあがって、拳銃を構えていた。まるで橋の上で敵の進撃を食いとめたホラティウスだと思いながら、ルイーザを立ちあがらせる。その際ホラティウスがどうなったかは寡聞にして知らない。いずれにせよ英雄になったということは、命を落としたということだろう。

「だいじょうぶか」

「ええ」ルイーザは鋭く短く答えた。「走らなきゃ」

ふたりは部屋のまんなかあたりまで走っていった。そこの棚は倒れておらず、コンテナが整然と並んでいる。そのなかに何が入っているかは神のみぞ知る。さらなる書類。さらなる闇の歴史の遺構。そこの狭い通路に入れば両端から丸見えになることはわかっていたが、なんとか全速力で駆け抜け、出口にたどり着く直前に、銃声があがった。リヴァーは物陰に飛びこんだが、ルイーザは走りつづけ、最後の一歩で身体を投げだし、スイング・ドアに体当たりして、その向こう側の通路に頭と肩から飛びこんだ。背後でスイング・ドアが閉まる。身体を半回転させて上を向いたとき、ブラック・アローの男が警棒を手に立っているのが見

えた。男が警棒を振りあげる。ルイーザは拳銃を構え、男の顔に狙いをつけたが、銃弾が残っているかどうかはわからない
「手をおろしなさい」ルイーザは言った。

「おまえこそ」

「撃たないわ。あなたが警棒を捨てて立ち去るなら」

沈黙があった。勝算を見きわめるというより、彼女の言葉の真実味を見極めようとしているのだろう。結局、男は膝を震わせながら警棒を床に落として、スイング・ドアのほうへ歩いていった。そして、そのドアの取っ手を引いたとき、リヴァーが反対側から同じドアを押したので、ふたりともびっくりして、おたがいを見つめあった。と、次の瞬間には、ブラック・アローの男は戸口を抜け、散らかった保管庫のなかに消えていた。

「案の定だ。ドアの向こうには誰かいると思っていたよ」リヴァーは言った。

「あら、そうなの。だったら、そのとおりだったわけね」

「はったりがきいたみたいだな」

「はったりかもしれないし、はったりじゃないかもしれない」ルイーザは言って、空《から》かもしれないし、空でないかもしれない拳銃を両手で構え、通路を進み、ダグラスがいた部屋から地上に出るためのハッチへ向かった。

「ダフィーだった」

これがやつの独断専攻でないとしたら、おれたちは局の掃討作戦の対象になってるってことだ」

「おいおい。何通りの呼び名で言えばわかるんだい。そう、〈犬〉のニック・ダフィーだ。

「〈犬〉のニック・ダフィー?」

「そう。ニック・ダフィーだ」

「ニック・ダフィー?」


シャーリーは半分に割れたCDで結束バンドを切断した（「よくそんなものを見つけたな」、「まあね。ラッキーだったわ」）。そのあとマーカスが真っ先にしたのは、野球帽を床から拾いあげて、そこからリボルバーを取りだすことだった。拳銃を手にすると、気が大きくなり、だが、掃討作戦の可能性を考えると、気が萎えた。

シャーリーは言った。「でも、ブラック・アローは局のお抱えじゃないはずよ。訓練も受けていないし、統制もとれていない」

「いずれにせよ、ここに突っ立ってるわけにはいかない」

ふたりは腰をかがめ、廃棄物用コンテナの後ろに走りこんだが、銃弾はどこからも飛んでこなかった。

「ヴァンの上にサーチライトを倒したのはきみだな」

「ネルソン・マンデラもそうしていたはずよ」

「上出来だ」

「コーク・ヘッドにしては？」

「もちろん」

シャーリーは笑った。

「それはダフィーの拳銃かい」

「そうよ」

「やつはどっちへ行った？」

「さあ、わからない。サーチライトの破片をよけるのに気をとられていたから」

マーカスは廃棄物用コンテナの角から顔を出して、線路のほうに目をやった。

「もしこれが局のオペレーションだとしたら、相当お粗末なものってことになるわね。さっきも言ったけど、ブラック・アローの連中は臨時雇いよ。銃も持っていない」

「何人かは持っている。ダフィーも持っている。しかも、ヴァンのなかにいた若者は撃ち殺されていた」

「そうね。たしかに何人かは銃を持っている。でも、大半は散り散りになって逃げてしまった。もうひとつのサーチライトも倒したほうがいいかしら」

それは二十ヤードほど離れたところにある。

「照らしだそうとしていたのはあの建物だ」廃墟となった工場のことだ。「壁に穴があいている」

「そこが出入口ってわけね。見にいってみる？」

「おれはダフィーを捜す」

「ふた手に別れる？」

「気をつけろよ」

ふたりは拳を突きあわせて、別々の方向へ歩きはじめた。


ラムはガソリンスタンドから離れ、ＤＶＤや割高な食料品や色つきのビニールで包装されたポルノ雑誌などを売っている二十四時間営業の店の脇に入り、そこに設置されていたエア・ディスペンサーにもたれかかって、煙草に火をつけ、それから携帯電話のメッセージをチェックした。何もない。ということは、リヴァー・カートライトとルイーザ・ガイは自分たちがやろうとしていることをまだやりとげていないか、でなかったら、全面的に成功したか、全面的に失敗したかのいずれかということだ。

三番目の場合は、〈泥沼の家〉に多くの空席ができることになる。

後ろからキャサリン・スタンディッシュが姿を現わしたが、ラムは驚かなかった。

「きっとだいじょうぶですよ」

ラムは携帯電話をポケットにしまった。「誰が？」

「ショーン・ドノヴァンは怒っています。でも、わたしたちに対してじゃない」

「ああ。それで、今日すでにひとりの男を殺害している。わしがやつを怒らせそうになったら言ってくれ」煙草を地面に捨て、すぐに新しい煙草を取りだして、「やつはきみに酒を渡した。ちがうか？」

キャサリンは表情を変えずに視線をかえした。

「部屋に入ったとたん酒の匂いがしたぞ」

「ヘビースモーカーでありながら、そんなに鼻がきくとは驚きです」

「なにかと敏感なものでな」ラムは前かがみになって、キャサリンに身体を近づけると、鼻をひくひくさせ、それから後ろにさがった。「でも、いまは何も臭わんな」

「よかった。でも、あなたは臭います。最後にシャツを取りかえたのはいつです」

「そうむきになるな。これだからオールドミスは困る。更年期になると、何を言っても許されると思っている」

キャサリンはため息をついた。「いったい何が言いたいんです。とにかく、わたしがいまいちばんしたいのは、家に帰ってお風呂に入ることです」

「きみは酒を飲んだのか」

「なんという質問なんです。いま〝何も臭わん〟と言ったばかりじゃないですか。それはあなたの鋭い嗅覚がアルコールをいっさい感知できなかったという意味じゃなかったのですか」

正確さを旨とする学校の先生風の口調だった。それは警告のサインだが、ラムがそのことに気づいたかどうかはわからない。

「それはそうだが、水道の蛇口の下に頭を突っこんだ可能性もある。きみのようなアル中はずる賢いからな。それがわしの学んだことだ」

「アルコール依存症に関するあなたの知識は、独断と偏見ばかりです。とにかくいまはその話はやめてください。わたしは疲れているんです」

「でも、ショーン・ドノヴァンは昔きみの飲み仲間だったんだろ。だからボトルを置いていったんだろ。昔のよしみで」

「何が言いたいんです、ジャクソン」

「病気が再発したんじゃないかと、ちょっと心配になったものでな。オフィスに着いたとたん、裸で反吐《へど》にまみれている姿を見せられちゃたまらん。実際のところ、今朝きみがオフィスに現われなかったときに思ったのは、それだったんだよ」

「そうでしたか」ガラスを切ることができそうな声だ。

「そう。最初に探したのは、近所の公園のベンチだ」

「それはご親切に」

「次はベンチの下」

「もういいです」

「それで、ドノヴァンはどうしてきみに酒を渡したんだ。それが人品卑しからぬ男のすることか」

「人品卑しからぬ男？　そんなことを言った覚えはありませんが」

「きみは彼のことを白馬の騎士のごとくに描写していた。でも、それは単なる思いこみで、実際は見かけどおりの変人なのかもしれん。この国は爬虫類によって支配されていると信じている、酔っぱらい運転の常習者かもしれん」

「だから、わたしにお酒を渡したってわけですか。馬鹿馬鹿しい。冗談じゃない」

ラムは口を歪めた。「きみにグラスをさしだすのと、きみを酒のある部屋に監禁するのとは、わけがちがう」

「それくらいのことがわからないと思っているんですか。ひとこと付け加えておくなら、お酒を置いていったのはショーンじゃありません。ベイリー——つまり、クレイグ・ダンです。親切心からしてくれたことです」

「若いのに立派な紳士だ。それにしても飲まずにすんでよかった。まえからずっと気にしていたんだ。わしの常日頃の気苦労がこれで多少は報われたわけだ」

「気苦労が報われた?」キャサリンは笑った。ラムの前で笑うのはめったにないことだ。

「ふざけないでください。わたしが禁酒を続けられているのはあなたのおかげじゃありません。誰かに礼を言うとしたら、それはまえのボスです。あなたとちがって、チャールズはわたしを信用してくれていました。わたしに友情を示し、わたしの言うことを信じてくれていました。ほかのひとたちとちがって、わたしを見捨てはしませんでした。そう。ワインを飲まずにシンクに流させたのは、チャールズ・パートナーです。あなたがやったのは、ふらりとあの家にやってきて、わたしを逃がそうとしていた若者を叩きのめしただけです。いつまでもこんな与太話をしていても仕方ありません。車に戻りましょう。わたしは家に帰りたいんです」

ラムはくわえていた煙草を手に取り、しばらくのあいだそれを見つめていた。だが、キャサリンが機嫌を損ねているのは煙草のせいではない。しばらくして煙草を口に戻し、また彼女のほうを向いたとき、ガソリンスタンドから車のドアが閉まる音がして、音楽が鳴り響いた。車が走り去る。ラムはキャサリンから目を離さず、煙草を喫いつづけている。しばらくして煙草を投げ捨てると、普段はめったにしないことだが、それを足で踏みつけ、地面の染みになるまで揉みつぶした。そのあいだも目をそらせることはなかった。

キャサリンは舌打ちし、それから振り向いて歩きかけたが、そのときラムがようやく口を開いたので、立ちどまった。

「きみには見る目がない。きみの英雄？　チャールズ・パートナーが？　きみに救いの手をさしのべた本当の理由を教えてやろうか」

「そんなことはどうだって……」

「きみの元ボスであり、わしのボスでもあったチャールズ・パートナーは、死ぬまでの十年間ずっとロシアに機密情報を流しつづけていたんだ。金のために。それがきみの英雄だよ、スタンディッシュ。きみが絶対的な信頼を寄せている友人だ。きみをそばに置いて、身のまわりの世話をさせたのは、きみがアル中だったからだ。きみのようなアル中じゃなく、もっと目端のきく者を使ったら、いつ尻尾をつかまれないともかぎらない。ちがうか。もちろん、きみを信頼していたのはたしかだ。一日一日を平穏無事に暮らすために。だから、きみを選んだ。一度アル中になった者は、永遠にアル中でありつづけるからだ」

「嘘です」

「そう思うか。本当に？　まえからわかっていたが、認めたくなかったというだけじゃないのか」

キャサリンは身をこわばらせ、ラムの背後に怪物が潜んでいるかのように、その肩の向こうに目をやった。しばらくして視線が動き、ラムに戻ったが、その目には、怪物を見ているような感じが依然として残っている。唇が動いたが、声は出てこない。

「聞こえなかったぞ」

「糞食らえと言ったんです」聞こえるか聞こえないかくらいの小さな声だった。「糞食らえ、ジャクソン・ラム。わたしは辞めます」

「お好きなように」

キャサリンは何も言わず、くるりと背を向けて、歩き去った。

ラムが車に戻ると、ローデリック・ホーは歩道橋を指さした。そこには、キャサリンの姿があり、高速道路の上を横切ると、その向こう側に消えた。

「どこへ行こうとしているんでしょう」

「歩いて帰ることにしたらしい」

「三十マイルもの距離を……？」

「ありがとう、ミスター・旅行アプリ。じゃ、行こうか」

ホーは車のエンジンをかけた。「行き先は？」

「決まってるだろ。〈泥沼の家〉だ」

工場の壁の手前で銃撃を受け、二発の銃弾が前方の煉瓦に突き刺さった。シャーリーは走る向きを変え、倒れていないほうのサーチライトの下にうずくまった。架台のフレームは弾丸《たま》よけとしてほとんど役に立たないが、仕方がない。そこでしばらく待ったが、次の銃弾は飛んでこなかったので、ニック・ダフィーの拳銃からサイレンサーを取りはずすと、暗がりのなかに出て、空に向けて発砲した。

このときはすぐさま反撃があり、銃弾が金網のフェンスの山のほうから発射され、シャーリーの左側へ飛んでいった。

シャーリーは地面にうずくまり、フェンスの山に向けて撃った。三発。四発。銃弾はフェンスに跳ねかえって火花を散らし、組み鐘《カリヨン》のような音を立てた。一呼吸おいて、また何発か撃つ。銃声が途絶え、その残響が周囲の壁に吸いこまれたとき、いちばん近い建物のほうへ誰かが走っていく音が聞こえた。

「臆病者」と、シャーリーはつぶやいた。

そして、ふたたび立ちあがると、また工場のほうへ走りはじめた。なまこ板の壁の一角に、ぎざぎざの裂け目ができている。そこを通り抜けるまえに、ちらっと振りかえって、空き地を見まわしたが、動くものは何も見あたらない。ここに何人のブラック・アローが来ていたのかはわからないが、大半はすでに通りへ出て、いまごろは大あわてでアリバイ工作をはじめているにちがいない。ロンドンで銃撃戦が繰りひろげられて、誰も警察に通報しないということはめったにない。サイレンが夜を切り裂くのは時間の問題だ。

深呼吸をして、またひとり笑いをしたとき、首筋に銃口を押しつけられ、身体が凍りついた。

それから、「シャーリー？」

「……冗談じゃないわ」

拳銃は引っこめられ、工場の壁の穴からルイーザが出てきて、そのあとにリヴァーが続いた。

「ほんとに冗談じゃない」シャーリーは繰りかえした。「あなたたちは？　だいじょうぶ？」

「きみはここで何をしているんだ」

「あれやこれや」

「マーカスといっしょか」

「ええ。あのあたりにいるはずよ」シャーリーは拳銃を奥の建物のほうに振った。「ニック・ダフィーを追いかけてる」

「誰を追いかけてるって？」と、ルイーザは聞きかえした。

だが、リヴァーはすでに走りだしていた。

ロンドン行きの列車が通りすぎていく。乗客の胸中にあるものは疲労、空腹感、いらだち、心配、熱意、興奮、喜びなどさまざまだろうが、左側の車窓から見える廃屋にことさらに注意を払う者はひとりもいない。その建物の窓は割れ、壁はスプレーの落書きで埋めつくされていて、暗い地上階では、拳銃を持った男がもうひとりの男を捜しまわっていることに気づく者もいない。

マーカスは両腕を前にのばし、小さな拳銃を両手で持っている。ニック・ダフィーの姿はどこにもない。

足もとの砂利のせいで足音を立てないようにするのはむずかしいが、できるだけ静かに忍び足で柱のあいだを進む。線路わきの有刺鉄線やコンクリート・ブロックの壁や黄色いショベルカーは見えるが、ダフィーの姿はどこにも見あたらない。自分よりもっと静かに歩いているか、物陰にじっと潜んでいるかのどちらかだろう。あるいは、引きかえして通りに出て、シルクの目出し帽をポケットにしまい、タクシーを呼びとめているのかもしれない。

どうやら沈黙の時間は過ぎたようだ。

「ダフィー？」

返事はない。

「心配しなくてもいい、ダフィー」

やはり返事はない。

首筋が汗ばみ、太腿がこわばっている。ここに来て、もうだいぶたつ。長いこと闇のなかでトラブルと向かいあい、身の危険にさらされつづけてきた。この三分間は特にそうだ。元同僚に殺されかけたことなどいままで一度もない。

「いますぐ手をあげて出てこい。そうしたら、撃たない」

やはり返事はない。

汗は大歓迎だ。足のこわばりも同様だ。そのおかげで生きていることを実感できる。これまでやってきたのは、賭け屋《ブックメーカー》をめぐり、ギャンブルに金を注ぎこむことだけだった。カード、馬、ルーレット……これまでやってきたのは、蹴りあけるドアを探すことだけだった。闘う相手は同僚ではなく、かならず敵だった。

「叩きのめすかもしれないが、殺しはしない」

どこからともなく、煉瓦の大きなかけらが飛んできて、柱に当たり、暗闇のなかに消えた。マーカスは振りかえり、引き金に手をかけたが、撃つのは思いとどまった。

落ち着け。

「残念だな」マーカスは言って、全方向をカバーするためゆっくり身体をまわした。「さっきとは大違いだ。おれはもう縛られて、床に転がされていない」

返事はない。

「もっとも、あのときだってあんたは何もできなかったがな」

こんどは煉瓦のかけらが頭に当たった。

マーカスはよろめいたが、拳銃は手から離れなかった。ダフィーが腰にラグビーのタックルのお手本のような体当たりを食わせたとき、三発撃ったが、銃弾はすべて天井のほうに飛んでいった。マーカスが床に倒れると、ダフィーが上からのしかかり、顔面にパンチを見舞おうとした。

マーカスは左のてのひらでそのパンチを受けとめ、右手で拳銃を構え、ふたたび引き金をひこうとしたが、このときは肘ではたかれ、それから前腕をつかまれて、二度、三度、四度と地面に叩きつけられた。拳銃が闇のなかを滑っていく。とつぜん胸から重みが消え、身体を自由に動かせるようになったので、すばやくうつ伏せになり、上体を起こして、拳銃を奪われるまえにダフィーの足をつかみにいく。片方の足はつかみそこねたが、もう一方の足には手をかけることができた。ダフィーは前のめりに倒れたが、次の瞬間にはマーカスの顎に足が入っていた。それで舌の先を嚙み切り、口のなかが血であふれたが、それでも足から手を離さなかった。二度目の蹴りが飛んできて、今度は鼻を直撃した。目に涙があふれ、世界が滲む。ダフィーの足から手が離れる。すべてがスローモーションになる。マーカスは地面に血をしたたらせながら四つんばいになり、ニック・ダフィーはあえぎながら立ちあがった。その手には小さな拳銃が握られている。マーカスを見おろして、首を振る。「年をとったな。死にやがれ」

撃たれると思った瞬間、ダフィーは倒れた。鉛管が側頭部を直撃したのだ。

リヴァーが鉛管を投げ捨てて、荒い息をつきながら言った。「上着にメモをつけておいてやろう。目を覚ましたとき、誰にやられたかわかるように」

「目を覚ましたらの話だが」マーカスがくぐもった声で言い、赤い大きな唾の塊りを吐きだしたが、口のなかはすぐまた血でいっぱいになった。「ちょっと強く殴りすぎたんじゃないか」

「かまうことはないさ」

「ほかにもまだいそうか」

「大半が逃げたと思う」

「やっぱりな」

「ルイーザが数人を撃った」

「ほう」マーカスはまた唾を吐いた。舌が麻痺している。そのとき、今朝食べたストロベリーとピスタチオのアイスクリームのことをふと思いだした。もう一度味がわかるようになるだろうか。

リヴァーはニック・ダフィーの身体を足で小突き、意識があるかどうか、あるいは生きているかどうかをたしかめ、それから今度は意味もなく思いきり強く蹴った。長い一日だった。

「まだ息をしているのか」

「さあね。そんなことはどうでもいい」

「手を貸してくれないか」

リヴァーはマーカスを助け起こした。それからしばらくのあいだ、ふたりは肩で息をしなから立ったままでいた。また列車がやってきて、コンクリート・ブロックの壁の隙間から明かりが見え、風が吹きこんでくる。それからふたたび周囲は闇に包まれ、熱気が垂れこめ、遠くのほうから街の脈動とざわめきが聞こえてくるようになった。

マーカスは拳銃を拾い、また唾を吐き、それから頭を振った。「誰かひとりくらい轢かれてもよかったのに」

「気持ちはわかる。こんな場所だからね」

ふたりは空き地を横切り、仲間たちがいるところへ向かって歩きだした。

昼過ぎ、暑さが少しだけ和らいだ。いつまでも同じ陽気が続かないことはわかっているが、いまはわずかな変化でもほっとした気持ちになる。パディントン近くのいびつな形をした広場では、からからに乾いた花壇の上に木の枝葉が力なく垂れさがり、木陰に身をひそめている鳩は鳥というより石像のように見える。通りで犬が吠えても羽音ひとつたてず、ジャクソン・ラムがシャツの裾をズボンの外に出し、片方の靴の紐を結ばないまま、足を踏み鳴らしてやってきても、羽ひとつ動かさない。プラスティックのサングラスをかけ、ピンクのリボンで束ねた厚紙のフォルダーを抱えているので、ほかの者なら弁護士のように見えただろうが、ラムの場合はちがう。サングラスもフォルダーもゴミ箱から拾ってきたもののように見える。

どさりと腰をおろしたベンチには、すでにダイアナ・タヴァナーがすわっていた。真新しいブラウスに、品のいいグレーの麻のパンツ姿で、高級住宅地から迷いこんできたように見える。だが、グッチのサングラスごしに見つめる目には、その外見に似つかわしくない厳しいものがある。

「バーならエアコンが効いている」

「ジャクソン」

「バーじゃ駄目だったのか。バーならエアコンが効いている」

「他人に聞かれて困る話は、こういったところにかぎるのよ」

「きみの罪悪感のせいで、わしの身体はアバズレ女の股間のように湿っている」ベンチの背にもたれかかり、フォルダーであおぎながら、「これ以上暑くなったら、トップレスになるしかないな」

タヴァナーは身震いを抑えて言った。「昨日はあなたの部下が大騒ぎをしたみたいね」

「事情はわかると思う。天気はいい。学校は休みだ。子供たちを部屋に閉じこめておくことはできない」

「ヘイズの近くの局の施設に、多くの死体が転がっていたのよ」

「わしの行きつけのバーと同じだ。土曜日の夜は羽目をはずすものだ」

「まともに話をする気はないってこと？」

ラムは空いたほうの手を広げてみせた。

「トレイナーも死んだ。ドノヴァンも死んだ。ブラック・アローの面々を大勢道連れにして。おそらくはニック・ダフィーのふたりの部下もいっしょに。そしてダフィー自身は……」

「ああ。カートライトが気にしていた。頭に痛みが残っていなければいいんだが」

「心配なのは中身のほうよ」

「だったら、誰にも気づかれないかもしれない」

「あなたは小さな戦争を許可したのよ、ジャクソン。いろいろ訊かれることになるわ」

「わしは何も許可していない」ラムはポケットから二本の煙草を取りだして、一本を耳にはさみ、もう一本に火をつけた。タヴァナーは煙を手で振り払った。「わしの部下の昨日の遠出を許可したのはイングリッド・ターニーだ。ところが、途中で気が変わって、別の一団を同じところに送りこんだ」フォルダーを振りながら、「ドノヴァンが探し求めているものが本当は何なのかわかったからだ」

「グレー・ブックじゃなかったのね」

「ああ。グレー・ブックじゃなかった。きみがおとぎ話を紡ぎはじめるまえに言っておくが、ダイアナ、この一件にはいたるところにきみの指紋がついている。軍人あがりのふたりは電話帳を調べて〈泥沼の家〉を見つけたんじゃない。〈遅い馬〉たちの名前も、イングリッド・ターニーの私用電話の番号も、すべて局内部の人間から教えられていたんだ」

もしかしたら、ラムは誰かを連れてきているのかもしれない。そう思って、タヴァナーは広場を見まわしたが、それらしい人影はない。ふたたび視線をラムに戻して言った。「残念だわ。そういったことは、すべてミズ・スタンディッシュがやったと思ってほしかったのに。彼女は拉致劇を楽しんでいたはずよ。久しぶりに注目の的《まと》になったのだから」

「このまえ電話でわしの将来の話をしたとき、きみはトンデモ系の情報のファイルの保管場所の話を持ちだしさえした」

「ミズ・スタンディッシュの話はしたくないのね。仕方がない、ジャクソン。勘弁してあげるわ。タイガー・チームのことを思いついたのはわたしよ。それで、その話をジャドに持ちかけた。ドノヴァンを引っぱりこんだのはわたしだけど、どうやってブラック・アローにポストの空きをつくるかを考えたのはジャドよ。わたしじゃない。もちろん、モンティスの殺害にもわたしはなんのかかわりも持っていない。それが組織ぐるみじゃないオペレーションのやっかいなところなのよ。いとも簡単に箍《たが》がはずれてしまう」

「でも、きみは一歩前に足を踏みだすべきだった。第三者を通じてこの書類を白日のもとにさらす途を探るべきだった」またフォルダーを振りながら、「ここには、保安局が秘密収容所を利用してきたことについて、誰もが知りたがっているが、誰もが怖くて訊けないことが、こと細かに記されている」

「初耳だという顔をしないで」

「もちろん、初耳じゃない」

だが、これは黙っていたほうがよかったかもしれない。

「何もいまに始まったことじゃない。ウォータープルーフ・プロジェクトといって、面倒な司法手続きを全部すっとばして、厄介者を次々にそこへ放りこんでいるのよ。でも、だからといって、それでほかの国に顔向けできないようになるとは思わない。アメリカ合衆国《USオフA》だって、ずっとまえから同じことをしている」

「かもしれない。でも、グレートブリテンおよび北アイルランド連合王国《UKオフE・S・WアンドNI》は、そういったことを違法行為として一貫して否定してきた」

「そう、それが勘どころなの。わたしたちはそれを否定してきた。きっぱりと。議会の委員会で。でも、実際には裏でそれを実行に移していた。局でそのオペレーションの指揮をとっていたのが――」

「イングリッド・ターニーだな」

「どの書類にも、彼女の名前が出てくる。ロゴかと思うくらいに。飛行計画、搬送の要請、燃料――航空機による国外搬送となると、手続き無用というわけにはいかない。向こうから迎えにきてくれるとも思えない。ところで、煙草が余っているようなら、一本もらえないかしら」

ラムは耳にもう一本の煙草がはさまれていることをたしかめ、それから答えた。「いいや、余ってはいない」

「まあいいわ。こんなクソ暑い日に、煙草を喫おうなんて思うほうが間違っている……それに搬送先は慈善団体じゃない。外国の刑務所――というか、かつて刑務所だったところよ。いまは特殊な目的のために使われている。としたら、当然そのための費用も発生する」

「悪党どもを永久に排除するための必要経費だ」ラムはさらりと言った。その口調からは、それを是としているかどうかはわからない。

「刑期が決まっていなければ、仮釈放の審査会を開く必要もない」苦々しげに含み笑いをして、「大上段に振りかぶるつもりはないけど、おおかたは野放しにしておきたくない者たちばかりよ」

「おおかた?」

タヴァナーは肩をすくめた。「噂だと、ターニーは個人的な理由から邪魔者を排除するためにウォータープルーフ・プロジェクトを利用したことがあるらしい」

「職権乱用だ」

「首相もそう考えるでしょうね」

「首相なら、ジャドにそのプロジェクトを適用しろと言うだろうな。アリソン・ダンがニューヨークで聞いたという話はそれだったのか」

「話をしたのは中央アジアの某国の外交官で、以前、その国の政府施設をイギリスに貸しだす契約の仲介をしたことがあるらしい。人里離れた遠隔の地にあって、高度なセキュリティ対策が施された収容施設よ」それから一呼吸おいて、「言うまでもないと思うけど、高度なセキュリティといっても、ハイテクを駆使しているとかじゃない。壁が厚いとか、配管がないとかいったことよ」

「わかっている」ラムは言って、古い煙草から新しい煙草に火を移し、それから、まだ火がついている古い煙草を近くの鳩に向けて投げつけた。だが、鳩は微動だにしない。

「それから数年後、何か思うところがあり、黙ってちゃいけないという気になった。あるいは、ただ単にアリソン・ダンの気を引きたかっただけかもしれない」

「実質的には彼女の死刑執行令状にサインしたことになる」

「わたしたちはいくつもの汚いことに手を染めてきたのよ、ラム。自分の手はきれいだというふりをしないで」

ラムはすぐには答えなかった。地面に投げ捨てた煙草の吸い殻が、すでに枯れかけている芝生を焦がしている。長い時間のうちには、こういったことから街が火の海になることもあるのだろう。

しばらくして、ラムはようやく口を開いた。「それで何が言いたいんだ」

「プロジェクトの存在を示す証拠が見つかったら、ターニーのキャリアに汚点が残るだけじゃすまない。それは国際問題にまで発展する。政府の上層部は早期に幕引きをはかろうとし、ジャドはターニーに辞任を求める。そうしたら、保安局のトップの座は空席になる」

「その空席を埋めるのは……？」

「コメントはさしひかえさせてもらうわ」

「その見返りに、きみはジャドが首相官邸入りするための地ならしをする。それはそんなにむずかしいことじゃない。きみならどんな機密文書にもアクセスできる。たとえば、現首相の個人情報とか」

「ジャドは安全パイになる。じつは昨日も会って話したのよ」タヴァナーはてのひらで太腿を撫で、麻の布地の皺をのばした。「保安局には最大限の敬意を払うとのことだったわ。検討中だった組織の再編案は棚あげになった」

「あの男はまともな頭の持ち主じゃない」

「だったら、なおのこと飼いならさなきゃ」

「相手はピーター・ジャドだ。噛みつかれることを心配したほうがいい。それに、きみは大事なことを忘れている。証拠を握っているのはきみじゃない。わしだ」ラムはリヴァーから受けとったフォルダーを軽く叩いた。「これが表沙汰になったら、たとえばガーディアン紙の記者の手に渡ったら、話は変わってくる。こっそり処理しようとした不発弾が、人ごみのなかで爆発するんだ。ターニーだけじゃなく、ジャドも吹っ飛ばされる。きみと懇意にし、きみの車にオイルを注いでくれる大臣がいなくなったら……どうなると思う、ダイアナ。それでも局長のポストが転がりこんでくると思うか」

「あなたが大型トラックの前に身を投げだすような危険をおかすとは思わないけど」

「さあ、どうだろう。いいか、忘れるな。わしには部下の手前というものがある」

「本当に？　意外だわ」

「連中はわしを敬っている」

「敬っているんじゃなくて、ストックホルム症候群なんでしょ」

「もしわしが引きさがったら、連中はどんなふうに感じると思う？　今回のことで、連中は殺されかけたんだぞ。知らぬ存ぜぬで通すわけにはいかん」指で鼻の先を押しあげ、大きな音を立てて息を吸いこんで、「どうすればいいか、なんだったら多数決で決めさせてもいい」

「ご冗談を」

ラムは目を細めてタヴァナーを見つめた。吐きだした煙のせいで、その表情を読みとることはできない。

「ああ、もちろん冗談だ。あいつらが撃ち殺されても、わしは痛くも痒くもない」

「だったら、ラム……」

「たとえ朝のシリアルを選ぶときでも、あいつらに投票権を与えはしないさ」ラムは言って、フォルダーをさしだしたが、タヴァナーがそれをつかんでも、すぐには手を離さなかった。

「でも、ジャドのことは冗談でもなんでもない。生きている虎の尻尾をつかむことになる」

「だいじょうぶ。なんとかしてみせる」

「本当に？」

「だいじょうぶと言ったら、だいじょうぶよ」

ラムは鼻で笑いながらフォルダーから手を離した。ダイアナはひったくるようにしてそれを取った。

ラムが立ちあがると、このときは鳩もぎょっとしたらしく、次々に空中に舞いあがり、しばらくあたりを旋回していた。

「ところで、キャサリン・スタンディッシュはどうしてるの？」

「辞めると言っていた」

「それは残念ね」

「帳尻はあう。昨日、馘にしたふたりが、改心して、戻ってきたいと言っているから」

ラムは立ちあがり、小道を歩きはじめた。銀色の熱の膜に大きなシルエットが浮かびあがる。

ラムの姿はその身体の大きさの割には驚くほど早く視界から消えた。タヴァナーはフォルダーのリボンをほどき、それが指にシルクの感覚を残して滑り落ちると、すぐに表紙を開いた。最初のページには、フェルトペンでヴァージルのVが記され、赤いスタンプでファイル番号がおされていた。

それを取ると、その下には《釣りジャーナル》誌があった。ほかには何もなかった。

「勝てない。あなたには勝てないわ、ジャクソン」

鳩の姿を探したが、近くにはおらず、空を見あげると、まだそこにいた。タヴァナーはバッグのなかの携帯電話を探した。

最初の呼びだし音で、ピーター・ジャドが出た。

「昨日、最悪のシナリオのことを話しましたね。あれが現実のものになりました」

アルダーズゲート通りでは、空模様が怪しくなってきていた。それはどの地区でも同じで、いましも雨がロンドンの舗道から立ちのぼる熱いコールタールの匂いを洗い流そうとしていたが、アルダーズゲート通りではその兆候がほかより著しく、菫色のときは急速に暗くなりつつあった。すぐそばで雷鳴がとどろいている。雨はまだ降っていないが、バービカン・タワーの住人は窓辺に立って、ドラマティックな空の変化を楽しげに待ちうけているし、舗道では、朝の陽気にあわせて服を選んだ人々が、大あわてで雨宿りの場所を探している。そして、〈泥沼の家〉の裏口に通じる路地では、きまぐれな風が熱い砂ぼこりを舞いあげていて、雲がぶつかりあってできる音（子供でも知っていることだが、それが雷鳴と呼ばれているものだ）は、いまのような怪しい空模様のときだけでなく、どんな日でも、すんなり開いたためしのないドアが立てる音を掻き消している。それでも、そこから誰かが建物のなかに入っていったとしたら、普通ならほどなく階段がきしむ音がするはずなのに、どうしたわけか何も聞こえてこない。悪名高い〈泥沼の家〉のガタピシ階段を音もなくあがれるとしたら、それは幽霊《ゴースト》の所業としか考えられない。

だとしたら、この幽霊はとりわけ好奇心が旺盛のようで、二階の廊下で立ちどまって、ひとしきりまわりの様子をうかがっていた。この階のドアはいつも開いていて、なかに人影はなかったが、どちらがローデリック・ホーの部屋で、どちらがマーカス・ロングリッジとシャーリー・ダンダーの部屋かを知るのはさほどむずかしいことではない。この日の夜、後者の部屋には、複雑な感情がくすぶっていた。男のほうは、みずからの戦闘経験の豊富さをかねてより自負しながらも、これまで素人《しろうと》同然と見なしていた者たちに命を救われたことに対して、忸怩《じくじ》たる思いがあるように見える。女のほうはどうかというと、身体を張った充足感はそれなりにあったものの、長期的には、愛人を失った悲しみを埋めることはできず、短期的には、別種の高揚感を得るための欲求は、薄れただけで消えてはいない。それでも、その部屋に大きな安堵感が漂っているのはたしかだ。昨日の解雇通知はどうやら撤回されたらしく、少なくとも昨夜の出来事の長時間にわたる事後検討のあいだ、その話が話題にのぼることはなかった。今後も〈遅い馬〉の一員でありつづけられることに胸を撫でおろすというのもおかしな話だが、生きている人間ほど複雑なものはないというのはすべての物の怪の了知するところである。

一方、前者の部屋では、とりわけ耳ざとい幽霊なら、そこで交わされた会話の残響を拾うことができたかもしれない。〝バスを？　ほう。なかなかやるじゃないか〟と言ったのはマーカス・ロングリッジで、言われたのはローデリック・ホーだ。ホーはその言葉を心のなかで何度も繰りかえし、それからしばらくして次の呪文にとりかかることにし、鏡のかわりに窓に自分の姿を映して、〝ところで、ベイビー、一杯つきあわないかい〟と、やはり心のなかでつぶやきはじめた。だが、その言葉をかけるべき相手は、ローデリック・ホーのことは何も考えずに、すでに〈泥沼の家〉をあとにし、通りに出ていた。

階段はまだ続いている。さらに前へ、さらに上へ。次の階にも人けのない部屋がふたつある。どちらにも、さっきまでそこにいた者の気配が色濃く残っている。ひとりは先に言及したルイーザ・ガイで、いまはいつもと同じようにバーのスツールに腰かけ、いつもと同じような男にいつもと同じような言葉をかけられている。けれども、この日の返事はいつもとちがう。この日は、〝悪いけど興味ないの〟と答えて、昨夜の出来事の一断面を頭に思い浮かべている。それは撃ち殺した男たちでもなければ、撃ち殺された可哀想なダグラスでも、勇敢に戦って死んだドノヴァンでもなく、床に倒れた自分を抱き起こしてくれたリヴァー・カートライトだった。そのときの一瞬の接触が、見知らぬ男と一夜をともにする可能性を消し去っていたのだ。もっとも、そういった思いが三杯目のウォッカを飲みほすまで続くかどうかはわからない。

そして、そのリヴァーはといえば、昼食時にふと思いたち、スパイダー・ウェブの収容先をふたたび訪ねていた。だが、そこへ行ってみると、病室は空っぽで、ベッドはきれいに整えられ、このまえまで低い音を立てていた機械はすべて片づけられていた。それを見たとき、昨日リージェンツ・パークでダイアナ・タヴァナーについた嘘（〝彼はこう言っていました。機械につながれていて、それがないと生きていけない状態になったら、スイッチを切ってくれ〟）が、予期せぬ結果を引き起こしたのではないかという疑念が生まれ、胃がねじれるような苦い思いがしたので、自責の念を封印するため、祖父のO・Bの家へ行って、いつものように保安局の伝説やスパイ・ストリートの神話に耳を傾けることにした。

ふたたび雷鳴がとどろいた。このときは屋根をかすめて落ちたのではないかと思えるほど近くで稲妻が走り、カーテンが引かれていない部屋を閃光が満たした。もしそこに誰かいたら、その姿はカメラのフラッシュを浴びたようになっていたにちがいない。だが、実際は部屋の隅に、いつになく暗く、濃く、鮮明な影ができただけで、その影は幽霊のように音もなく、素早く数段をのぼり、最上階まで行った。そこにあるふたつの部屋はほかより狭く、天国により近く……

そのひとつは、ほかの部屋と同様に人けはないが、この夜は空虚感がひときわ強く、その状態は一過性のものではなく、永遠に続くように思える。〈泥沼の家〉からは、キャサリン

・スタンディッシュを含めて、これまで何人もの人間が去っていった。その建物は、もしかしたら住人を失うことを糧《かて》とし、最後のひとりがいなくなるまで満足することはないのかもしれない。もしそうだとしたら、そういう点では幽霊とよく似ている。普通の幽霊なら、この部屋の戸口にしばらくとどまり、コートスタンドの横に立てかけられた傘や、机や窓枠に早くも積もりはじめた埃を見て、そこに漂う寂寞とした雰囲気を楽しんでいただろう。だが、この幽霊は(幽霊が実際に存在し、そこにいるとすれば)キャサリン・スタンディッシュの残り香などにはなんの興味もないようで、すぐに次の部屋へ向かい、この建物のなかで唯一閉まっているドアの前で立ちどまった。部屋のなかからは、家畜の鳴き声を思わせる音が聞こえてくる。もしかしたら、豚が鼻を鳴らしているのかもしれない。頭上でまた雷鳴がとどろき、この部屋にも轟音が鳴り響いたが、雷の機敏さと鋭利な目的意識とは対照的に、豚はどうやら惰眠をむさぼっているらしく、鼻を鳴らす音に変化はない。

ようやく雨が降りだした。〝傘、傘〟という人々の声が雨を呼びこんだのかもしれない。最初は窓をまだらに濡らしていただけだが、次第に勢いを増し、いたるところに広がり、屋根を叩き、壁を打つようになった。ロンドンのほかの地域と同じく、アルダーズゲート通りもこの瞬間を長いこと待っていた。もし街の通りがため息をつけるとしたら、アルダーズゲート通りは間違いなくため息をついていただろう。すぐに雨音に掻き消されてしまうが、それは安堵のため息だ。

〈泥沼の家〉の最上階では、高いびきが続いている。もしかしたらそのとき、ふたつの世界やってのける。ドアに行く手を阻まれるようなら、もはや幽霊の名に値しないだろう。だが、このときは手袋をはめた手がノブをつかんで、静かにまわし、それからドアを押した。人間の生の最期の一瞬に、ようやくその姿をあらわにしたのは、髪を後ろに撫でつけた男だった。セブ――ピーター・ジャドの懐刀であり、アーサー・ケストラーが言うところの〝機械のなかの幽霊〟。ジャクソン・ラムが引渡しを拒んだものを奪い、家畜小屋の騒音を消しさるためにやってきたのだ。部下をいたぶるのはいい。だが、権力に楯突いたら、相応の報いを受けなければならないのは世のつねだ。

ドアは驚くほど静かに開いた。ラムは机の向こうでうなだれている。部屋にはいろいろな臭いがこもっている。古い屁、新しい屁、古い煙草、新しい煙草、そして何日も、もしかしたら何週間も着たきりの服。セブが入っていっても、規則正しい高いびきは少しも乱れない。セブがこれからしなければならない仕事は拍子抜けするくらい簡単で、汚れたボトルを洗う手間もかからないにちがいない――そのとき、ラムが目をあけていなかったら、そして、その手に拳銃が握られていなかったら。

魂が肉体を離れる間際に、セブが学んだのは、いくつものドアをあけていくと、いつかは虎に出くわすということだった。

いびきはすでにやんでいた。ラムは拳銃を机の引出しにしまうと、ポケットから煙草を一本取りだし、だが火をつけるまえに電話に手をのばした。

死体を片づけるのは手間のかかる面倒な仕事だ。
それは〈遅い馬〉たちにまかせるとしよう。

訳者あとがき

〝蟬〟というコードネームを持つスパイが永い眠りから覚めて活動を始めたとき、ロンドンの街には麗らかな春の気配が漂っていた。それから数カ月後、季節はめぐり、八月。記録的な猛暑日が何週間も続き、通りには灼熱の陽光が容赦なく降り注いでいる。人々はみな影を伝って歩いているが、それでも熱中症で倒れる者はあとを断たない。あまりの暑さに草木は枯死しかかっている。陽が翳り、〝菫色の時刻〟（T・S・エリオット）になっても、空気はオーブンの火が消えたばかりのパン屋のように熱い。ネットでは〝何かがおかしい〟という不安げなツイートが飛び交っている。

それは政府の陰謀だと言いだす者までいる。いわゆるトンデモ系の陰謀論のひとつだが、そういう話が出てくる素地はある。五〇年代に軍が行なっていた〝積雲プロジェクト〟なる人工降雨の実験の直後に、デヴォン州のリンマウスという街で記録的な大洪水が起き、三十五人が死亡するという激甚災害が発生したという事実は、いまも人々の記憶に焼きついていて、そこになんらかの因果関係があるのではないかという疑念は、折りにふれて人々の口の端にかかり、決して途絶えることはない。

陰謀論はごくわずかな根拠といくつかの符合の一致さえあれば成立する。陰謀論者が想像力の翼を広げるのは、異常気象の分野にとどまらない。有名なところでは、九・一一アメリカ同時多発テロ事件や、七・七ロンドン同時爆破事件は、政府による自作自演であるとか。ハイチ地震やクライストチャーチ地震や東日本大震災は、アメリカの電離層の研究機関HAARPによって引き起こされたものであるとか。さらに、本書によると、イギリス政府は爬虫類に支配されているとか、ロイヤル・ファミリーは宇宙人だとか、UFOは定期的に地球に来ているとか、ソ連は崩壊していないとか……

ここまできたら、もう笑うしかないが、そういったトンデモ情報を大真面目に収集し、厳重に保管している政府機関があり、それがイギリス国内の治安維持および防諜活動をつかさどる保安局（通称MI5）だというから、脱力する。今回はそういったどこか間の抜けた話を背景に、〈泥沼の家〉はとんだドタバタ劇（と見えるもの）に巻きこまれることになる。

前作をお読みになった方はすでにご存じだろうが、〈泥沼の家《スラウ・ハウス》〉とは、保安局のいわば〝追いだし部屋〟であり、そこにいるのは、過去になんらかの大きな失敗をして、〝能なし〟や〝役立たず〟の烙印を押された者ばかりだ。本部にいる同僚たちからは、蔑みの念をこめて〈遅い馬《スロー・ホース》〉と呼ばれている。

そういった落ちこぼれたちとは逆に、出世の階段を駆けあがり、保安局トップの座におさまっているのが、デイムの称号を持つイングリッド・ターニーであり、その座を奪う機会を虎視眈々とうかがっているのが、ナンバー・ツーのレディ・ダイ（故ダイアナ妃の愛称でもある）ことダイアナ・タヴァナー。そして、その保安局を管轄しているのが、新任の内務大臣ピーター・ジャド――〝親の莫大な遺産を受け継いだ自己陶酔的なサイコパスであり、権力欲のかたまりであり、決して恨みを忘れない〟と言われている男である。〈泥沼の家〉の面々に加えて、今回はこの三人も主舞台に顔を並べている。

本書『放たれた虎』は『窓際のスパイ』、『死んだライオン』に続くシリーズ三作目で、前二作同様、各種の賞を受賞しているので列挙しておく。テレグラフ紙の最優秀クライム・ノヴェル賞、シクストン・クライム・ノヴェル賞、クライム・フェストの〝最後に笑う《ラスト・ラーフ》〟賞。さらには、ボストン・グローヴ紙のベスト・ブックに選ばれ、CWA（英国推理作家協会）のゴールド・ダガーおよびスティール・ダガーの両賞にもノミネートされている。

間抜けか利口かのちがいはあるものの、一癖も二癖もある登場人物。ウィットに富んだ会話。随所に英国流のユーモアとさりげないペダントリーをちりばめた端正な文体。ル・カレなみの入念な仕込み。幾筋もの伏線を張りめぐらせ、そして一気に回収する鮮やかな手並み。隅々まで丹念に練りあげられたストーリー。これほど味わい深い贅沢なスパイ小説はそうざらにあるものではない。

二〇一七年八月

解説

文芸評論家
関口苑生

日本で初めて「窓際」という言葉が登場したのは、一九七七年六月十一日付《北海道新聞》のコラム欄だったという。

「高年齢者層の再就職もむずかしいご時世、テレビドラマも定年や退職をテーマにしたものが目立つ。その中でＯＬたちがからかうのが〝窓ぎわおじさん〟。そろそろ定年近くなった年輩社員が第一線ポストからはずされて、窓ぎわの机で大した用事もなく新聞を読んでいるというパターン……」とある。またその一年後には《日本経済新聞》が、ＯＬの雑談中にあった言葉として「窓際族」を連載記事の中で紹介している。

これが一九九〇年代に入ってバブル経済が崩壊すると、成果主義の台頭により終身雇用制が崩れ始め、窓際に安住することも許されなくなる。組織の再構築という意味を持つリストラの名のもとに、大量の早期退職者を募るようになったのだ。それが次第にエスカレートしていき、やがて〈キャリア開発センター〉であるとか〈事業・人材強化センター〉といった部署が設立されていく。名称は前向きなものだが、その実態は自己都合退職に誘導するための追い出し部屋であった。そこで与えられる仕事は、ほとんど何の役にも立たない雑事ばかりで、精神的に追い込もうとする目的からのものと言ってよかった。

以上は日本における現象なのだが、似たようなことは世界中で、業種を問わずに起こっていた。

本書『放たれた虎』が第三作となる〈窓際のスパイ〉シリーズおいても、まさしく同様のことが行われている。ただし、こちらは対象となる人物がイギリス情報部保安局、通称MI5の部員だというのが普通の会社とは著しく異なる部分だ。要するに彼らはスパイなのだった。

スパイという存在に対して抱く印象は人それぞれだと思うが、一般的には冷徹な切れ者で、優秀な人物というのが妥当なところだろうか。だからこそ、そうしたイメージを逆手にとって、ドラマや映画などでちょっとお間抜けなスパイを登場させたりもする。それで笑いをとろうというわけだ。

しかしここに登場する――〈泥沼の家〉と呼ばれる、ロンドンの中心地から遠く離れた黴臭いボロ家に集められた連中は、揃いも揃って正真正銘の間抜けどもであった。

実地現場での昇進試験中に、代々の語り草になるような大ドジを踏んで、ロンドンの地下鉄駅を大混乱に陥れたリヴァー・カートライト（後に、これは仕組まれたものと判明するが）。

十年前まで酒びたりの生活を送っていて身を持ち崩し、リハビリ施設に長いこと収容されていたキャサリン・スタンディッシュ。

武器の密売人の尾行に失敗し、市中に大量の拳銃を出回らせる結果を招いてしまったルイーザ・ガイ。

中国系イギリス人のローデリック・ホーはその性格の悪さゆえに、誰からも好かれないという特技がある。

カリブ系黒人のマーカス・ロングリッジは人当たりはいいのだが、ギャンブル中毒で、精神にいささか問題がある。ときおり衝動的にドアを蹴破り、銃をぶっ放したくなる危ない癖があるのだ。

シャーリー・ダンダーは、レズビアンでコカイン常用者だ。かつては通信課にいたが、セクハラ上司に〝足が宙に浮く〟くらいのパンチをお見舞いして、飛ばされた。

とまあ見事なほどに間抜けで、滑稽で、悲しい負け犬ぞろいなのである。そんな彼ら、〈遅い馬〉と呼ばれる連中にあてがわれる仕事と言えば、無意味で退屈なデータ処理やゴミ漁り（文字通りゴミ袋の中身を漁るのだ）などの、誰がどう見ても退職勧奨のための嫌がらせとしか思えない雑用ばかり。

おそらく今後、彼らに重要な任務が与えられることはなく、再び第一線で仕事をする機会もないだろう。にもかかわらず、彼らが辞めようとしないのは、挫折感を抱えつつも、いつの日か汚名を返上しようと願っているからだ。心のどこかで本部へ返り咲くすべはないことを知りながらも、頭の片隅で「ほかの者はそうでも、自分だけは例外で……」と思っているのだった。

また本部のほうから彼らに馘《くび》を告げるなどしてお払い箱にしないのは、新規採用の見合せやら予算の削除やら何やらの、高度な政治的判断によるものであった。ただし彼らが自ら辞めてくれれば言うことはない。出来損ないの集まりである〈遅い馬〉の欠員ならば、いくらでも補充できたからだ。

そんな彼らを束ねるのが、〈泥沼の家〉の主、ジャクソン・ラムである。冷戦時代には苛烈な情報戦を闘っていたつわものだが、今はただただ下品で、口汚く、ところかまわず屁をこきまくる老いた太っちょにしか見えない。しかし必要とあれば足音を立てずに歩くこともできるし、異常を察知し、それを分析して対処する能力は今でも群を抜いている。

この〈泥沼の家〉のメンバーに加えて、保安局の局長イングリット・ターニーと、ナンバー・ツーのダイアナ・タヴァナーが毎回物語に絡んでくる。ふたりとも野心家で上昇指向の強い女性同士ということで、水面下では熾烈な権力闘争が繰り広げられている。

シリーズ第一作の『窓際のスパイ』では、〈遅い馬〉のメンバーはラムも含めて十人いた。みな鬱々とし、無聊をかこつ日々を過ごしていたが、ある日、英国全土を揺るがす誘拐テロ事件が発生する。とはいえ、彼らの出番などは当然なく、テレビで成り行きを見ているしかなかった。しかし、とあることから〈遅い馬〉たちが表舞台に立つチャンスがめぐってくる。彼らは復活を賭けて動き出していくのだったが……。一見、ありがちな設定だと最初は思われるかもしれないが、これが予想外の展開の連続で、さすがにスパイの物語だと思い知らされる。事実と真相は別物なのだった。

第二作『死んだライオン』は、前作で命を失った者がいたり、去っていった者がいたりして、メンバーが少し入れ替わっている。

物語は、冷戦時代に活動していた元スパイが、バスの中で心臓発作を起こして死んだことから始まる。その死に疑惑を持つ者など誰もいなかったが、ただひとりラムだけが不審を抱く。一度スパイとなった人間は、死ぬまでスパイだ。スパイが死んだのなら、そこには何かがあるはずなのだ。ラムが調べ始めると、はたしてそこには不気味な過去の亡霊が浮かび上がってきたのだった。旧ソ連時代のスパイ、長期にわたるスリーパー・エージェントの存在、そこに現代のスパイたちの思惑と攻防が、物語に微妙な綾《あや》をなしていく。まさしく、時代を超えたスパイの裏の裏がここでは描かれる。

そして本書『放たれた虎』は、いきなりメンバーのキャサリン・スタンディッシュが誘拐されるという場面から幕が開く。やがて、同じくメンバーのリヴァーのもとに彼女の携帯電話を使った犯人からの接触が。犯人の要求は、時間内までに本部に忍び込み、あるファイル・データを盗んでこいというとんでもないものだった。

またその一方で新任の内務大臣ピーター・ジャドが、リージェンツ・パーク（保安局のある場所で、仲間内ではこれが呼び名になっている）にちょっかいを出そうとしていた。彼は何十年も前に保安局入りを拒否されたという過去があって、自己陶酔的なサイコパス特有のひねくれた憎悪を抱いていたのだ。そこでジャドは、内務大臣に任命されると同時に、憎き保安局に対して次々と注文をつけ、えげつない計画を仕掛けていく。もちろん、局側もただ手を拱《こまぬ》いているわけにはいかなかった。ターニーもタヴァナーも、それぞれに善後策を講じるのだったが……。

本作もそうだが、このシリーズに共通するのは——といっても、あまり詳しいことは書けないのだけれども、敵役の存在が実に多岐に渡っているということだ。もともと保安局は、国内の治安維持を目的とする情報組織である。基本的に彼らの〈敵〉となるのは、たとえば近年だと過激派テロリストなど、英国内で脅威と被害を与える存在が対象となる。ところが、ここでは彼らが一体誰と闘っているのか、次第に判然としない状態に陥ってくるのだ。〈遅い馬〉にいたっては、周囲がすべて敵という状態になっていく。本部からはいいように利用され、用済みとなれば簡単に見捨てられ、裏切られる。その本部にしても一枚岩では決してない。ならば、本当の敵とは一体どこにいるのか。誰なのか。

まさにこれが現代のスパイ物語である。敵は外にも内にも存在するのだった。かつて同じように窓際スパイの意地と矜持を描いたブライアン・ガーフィールドの『ホップスコッチ』や、ブライアン・フリーマントルの『消されかけた男』といった、初期の「窓際族」とはまた違った深化形の窓際スパイと言ってよかろうか。それでもやはりどこか同じ匂いが感じられるのは、いずれもアナログの雰囲気があるからかもしれない。彼らには潤沢な資金があるわけではない。最新鋭のＩＴ機器を駆使できるわけでもない。まあ〈遅い馬〉の場合にはコンピュータおたくのホーという人物がいるにはいるが、やはり限度がある。相手を出し抜くためには頭を使い、相手を凌駕するには手も足も体全体を使う。最終的には覚悟と度胸だ。こうした英国冒険小説風というか、伝統的なアナログ部分が、読者に共感を得ている最大の要素ではないかとわたしはひそかに思っているのだが。

それが事実かどうかはともかくとしても、本シリーズは第一作の『窓際のスパイ』が、二〇一〇年のCWA（英国推理作家協会）スティール・ダガー賞にノミネートされている。続く『死んだライオン』は、二〇一三年のゴールド・ダガー賞を受賞。そして本書『放たれた虎』も、二〇一七年のゴールド・ダガー賞とスティール・ダガー賞の両賞に同時ノミネートされた。ひとつのシリーズでこれだけCWA賞を連続してノミネート、もしくは受賞する作家はまず稀だ。ミック・ヘロン、今後とも目が離せない作家であるのは間違いない。

二〇一七年八月

窓際のスパイ

Slow Horses

ミック・ヘロン
田村義進訳

ミスをした情報部員が送り込まれるその部署は〈泥沼の家〉と呼ばれている。若き部員カートライトもここで、ゴミ漁りのような仕事をしていた。もう俺に明日はないのか？　だが英国を揺るがす大事件で状況は一変。一か八か、返り咲きを賭けて〈泥沼の家〉が動き出す！　英国スパイ小説の伝統を継ぐ新シリーズ開幕

ハヤカワ文庫

訳者略歴　1950年生，英米文学翻訳家　訳書『窓際のスパイ』『死んだライオン』ヘロン，『ゴルフ場殺人事件』クリスティー（以上早川書房刊）他多数

HM=Hayakawa Mystery
SF=Science Fiction
JA=Japanese Author
NV=Novel
NF=Nonfiction
FT=Fantasy

放《はな》たれた虎《とら》

〈NV1418〉

二〇一七年九月　十　日　印刷
二〇一七年九月十五日　発行
（定価はカバーに表示してあります）

著　者　ミック・ヘロン
訳　者　田《た》村《むら》義《よし》進《のぶ》
発行者　早川　浩
発行所　株式会社　早川書房
郵便番号　一〇一 - 〇〇四六
東京都千代田区神田多町二ノ二
電話　〇三 - 三二五二 - 三一一一（大代表）
振替　〇〇一六〇 - 三 - 四七七九九
http://www.hayakawa-online.co.jp

乱丁・落丁本は小社制作部宛お送り下さい。
送料小社負担にてお取りかえいたします。

印刷・星野精版印刷株式会社　製本・株式会社川島製本所
Printed and bound in Japan
ISBN978-4-15-041418-4 C0197

本書は活字が大きく読みやすい〈トールサイズ〉です。